insel taschenbuch 4793
Lucy Foley
Die leuchtenden Tage am Bosporus

AF203416

Istanbul, 1921: Die ehemals schillernde Metropole des Osmanischen Reiches ist durch Krieg und Besatzung durch die Alliierten nur noch ein Schatten ihrer selbst. Viele der Bewohner haben ihr Zuhause verloren, unter ihnen eine junge Frau namens Nur, die einst wohlbehütet in einer intellektuellen Familie aufgewachsen ist, fließend Englisch spricht und sich am liebsten an die herrlich trägen Sommer in ihrem ehemaligen Haus am Bosporus erinnert. Inzwischen lebt sie mit ihrer Mutter und ihrer Großmutter in einer kleinen Wohnung und schlägt sich mit Näharbeiten durch. Als sie eines Tages einen verwaisten Jungen in einem ausgebrannten Haus findet, nimmt sie ihn zu sich, und als er hohes Fieber bekommt, bringt sie ihn in ein englisches Militärkrankenhaus. Dort nimmt sich einer der Ärzte, George, aufopferungsvoll des Kindes an, und sosehr Nur ihn den Engländer und also einen der feindlichen Besatzer, auch verachtet – nach und nach entspinnen sich zarte Bande zwischen den beiden …
Eine stolze, unbeugsame Frau. Ein Junge, der alles verloren hat. Ein Mann, der ihnen den Glauben an Mitgefühl und Liebe zurückgibt. Lucy Foleys neuer Roman atmet die vibrierende Atmosphäre einer Metropole im Umbruch und erzählt von einer Liebe über alle Grenzen hinweg.

Lucy Foley, 1986 in Sussex, England, geboren, arbeitete nach dem Studium einige Jahre als Lektorin bei Hodder & Stoughton. Heute lebt sie in London, wenn sie nicht gerade auf der Suche nach neuen Romanstoffen die Welt bereist.

Im insel taschenbuch liegen außerdem vor:
Das Versprechen eines Sommers. Roman (it 4643); *Die Stunde der Liebenden.* Roman (it 4479).

Lucy Foley

Die leuchtenden Tage am Bosporus

Roman

Aus dem Englischen von

Katja Bendels

Insel Verlag

Die englische Originalausgabe erschien 2018 unter dem Titel
Last letter from Istanbul bei HarperCollins Publishers, London.

Erste Auflage 2020
insel taschenbuch 4793
© der deutschen Ausgabe Insel Verlag Berlin 2019
© Lost and Found Books Ltd 2018
Vertrieb durch den Suhrkamp Taschenbuch Verlag
Umschlaggestaltung: zero-media.net, München
Umschlagfotos: Valentino Sani/Trevillion Images; Getty Images
Satz: Satz-Offizin Hümmer GmbH, Waldbüttelbrunn
Druck: CPI – Ebner & Spiegel, Ulm
Printed in Germany
ISBN 978-3-458-36493-1

Die leuchtenden Tage am Bosporus

Für Al, der immer mein erster Leser ist.
Ich liebe Dich.

SIEGREICHE ENTENTE IN
KONSTANTINOPEL!

Seit heute, dem 13. November 1918, steht Konstantinopel unter Besatzung. Das besiegte Reich der Osmanen, das den Fehler beging, sein Schicksal mit dem Deutschen Kaiserreich zu verbinden, wird sich nun den siegreichen Streitkräften der Alliierten beugen müssen.

Die britischen Schiffe erreichten das Goldene Horn, nachdem sie bereits am Dienstag die Dardanellen und mit ihnen die schicksalhaften Schauplätze der unrühmlichen Schlacht von Gallipoli vor drei Jahren passiert hatten. Es mag ein Fiasko für die Entente gewesen sein, ja, aber nicht weniger auch für die damals siegreiche osmanische Streitmacht. Es war an diesen Stränden von Gallipoli, dass sie die Blüte ihrer Jugend verschwendete, ein Verlust, von dem sie sich niemals erholte.

Kaum, dass sie das Goldene Horn erreicht hatten, stürmten die Truppen, fast 3 000 britische, gut 500 französische und 500 italienische Soldaten, umgehend an Land und besetzten Militärbarracken, Hotels, italienische und französische Schulen, Häuser und Hospitäler. Die Männer werden dort ausharren, bis die Administration der siegreichen Mächte organisiert ist und die Requirierung privater Wohnhäuser beginnen kann, damit die Ordnung in dieser von Krieg gezeichneten Stadt bald wiederhergestellt ist. Anders als die Mehrheit ihrer Kameraden werden diese Männer nicht zu ihren Familien zurückkehren, sondern Tausende von Meilen entfernt ihrer ehrenhaften Aufgabe nachkommen.

DER FEIND ÜBERNIMMT STAMBOL

Heute, am 13. November 1918, haben die Schiffe unserer Feinde unsere herrliche Stadt, die Blume unseres Reiches, eingenommen. Dieser Zug der sogenannten »Entente« straft alle Versprechen Lügen, dass sie nicht an einer Besetzung osmanischer Gebiete interessiert seien. Zum Glück haben die Osmanen schon lange gelernt, dass man dem Wort ihrer westeuropäischen Kontrahenten keinen Glauben schenken kann.

Mit Trauer in ihren Herzen verfolgten Männer, Frauen und Kinder von den Ufern unseres geliebten Goldenen Horns aus den Einzug der Schiffe. Einige der Männer hatten 1915 an den Stränden von Gallipoli beherzt gegen diese »Alliierten« gekämpft. Sie haben damals viele Kameraden verloren, und doch einen ehrenvollen Sieg davongetragen. Nun mit ansehen zu müssen, wie ihre einst geschlagenen Feinde ihnen hierher folgen, um Anspruch auf ihre Stadt zu erheben und sich ihrer Häuser zu bemächtigen, wenn ihnen der Sinn danach steht, ist die größte nur denkbare Demütigung.

ERSTER TEIL

DREI JAHRE UNTER BESETZUNG
DER WESTMÄCHTE

Nur

Früher Morgen. In einem Zimmer oberhalb der Schiffswerften des Bosporus schläft eine Frau. Ihr langes schwarzes Haar hat sich in der rauen See der Nacht um ihren Körper geschlungen. Sie hat vergessen, es zusammenzubinden, wie sie es normalerweise tut. Zu müde. Ein Arm liegt wie achtlos fortgeschleudert über ihrem Kopf, eine körperliche Nachlässigkeit, die sie sich am Tage niemals erlauben würde. Ihre Finger sind gespreizt, die Hand wie in einer flehenden Geste geöffnet.

Es ist still, abgesehen vom selbstgefälligen Ticken einer Uhr: eine eher klobige Konstruktion aus dunklem Holz. MADE IN ENGLAND. Ihr lautes Ticken hallt im Raum, denn neben dieser Uhr und dem niedrigen Diwan mit seiner schlafenden menschlichen Fracht gibt es nur wenige Möbel. Aber es hat einmal welche gegeben; die dunkleren Spuren auf dem Boden, die das Sonnenlicht noch nicht hat ausbleichen können, sind noch immer zu sehen. Sie stammen nicht nur von Möbeln, auch von Teppichen, viel feiner als dieses abgenutzte Ding, das übrig geblieben ist. *Kelim* aus Anatolien, *soumak* aus Persien.

Die Sonne geht auf. Sie klettert über die grünen Grasflächen am anderen Ufer des Bosporus und streicht über das Wasser wie Butter. Jetzt berührt sie Europa. Innerhalb weniger Minuten hat sie zwei Kontinente überspannt; ein tägliches Wunder. Sie vergoldet den hässlichen mechanischen Detritus der Werften. Jetzt erreicht sie das Zimmer der Schlafenden. In der muffigen Luft vollzieht sich ein weiteres Wunder: Die schwebende Staubschicht verwandelt sich in einen Schwarm tanzender Goldpartikel.

Egal wie häufig die Wohnung auch geputzt wird, der Staub bleibt. Vielleicht liegt es am Alter des Gebäudes oder daran, dass es vollständig aus Holz gebaut ist und über die Jahre Regen, brütende Hitze, Frost und Schnee ertragen hat. Es ist geschrumpft und gewachsen, hat sich gebogen und geatmet wie das lebende Wesen, das es einst war.

Mittlerweile ist das Licht lautlos die Bettlaken hinaufgewandert und hat schlafende Zehen unter einem Lüftungsschacht aus Stoff gefunden. Ein Muster aus ungeübt, aber doch ansehnlich gestickten Granatäpfeln. Ihre Farbe entspricht beinahe vollkommen den Früchten, die bald an den Bäumen in einem Garten auf der anderen Seite des Wassers reifen werden. Die roten Kerne der aufgebrochenen Früchte werden zu einem Muster und marschieren am Saum der Decke entlang; ein goldener Faden bildet die Fasern zwischen ihnen.

Jetzt erreicht das Licht die wirren Haarsträhnen. Im Schatten schienen sie schwarz – nun zeigt sich, dass sie in verschiedenen Brauntönen changieren, an manchen Stellen so leuchtend wie der goldene Stickfaden. Das Licht sammelt sich für seinen finalen Coup: den Hals zu erklimmen, die feinen Knochen des Kiefers, den leicht geöffneten Mund, den vorstehenden Bug der Nase, die Augenlider …

Nur erwacht. Rosiges Licht. Sie öffnet die Augen. Weiß. Sie setzt sich auf, verschlafen, wischt sich über den Mund. Es war eine unruhige Nacht. Was hat sie in den frühen Morgenstunden aus dem Schlaf gerissen? Ein schlechter Traum. Sie kann sich nicht mehr an die Details erinnern. Je intensiver sie versucht, ihrer habhaft zu werden, desto rascher versinken sie, wie kleine Wesen, die sich im Sand eingraben. Ihr bleibt nur das Gefühl eines nachhallenden Unbehagens. Weit beunruhigender jedoch ist dieses Gefühl des Nichtwissens. Sie steht auf, betrachtet den Tag. Jenseits der flachen Dächer kann sie das Wasser erahnen, ein helles Glitzern. Bis zum Frühstück wird sie ihre Unruhe von sich abgeschüttelt haben. Da ist sie sicher. Denn was kann einen schon an einem solchen Morgen erschüttern?

Oh. Ein Zögern. *Etwas fehlt.* Und nun geschieht es, wie jeden Morgen. Die Erinnerung an alles, was sich verändert hat. Sie spürt, wie das Wissen sich wieder auf ihre Schultern hinabsenkt – beinahe schon auf beruhigende Weise vertraut. Denn nun hat sie es zumindest wiedergefunden, kennt sein Gewicht. Es ist weit schlimmer als die Erfindung eines simplen Albtraums.

Im Zimmer nebenan kocht jemand Kaffee. Der Geruch ist wie der Tag selbst – eine Andeutung von Wärme und Wohlbefinden. Sie kann diesen besonderen Klang des Kupferkessels hören, als er gegen den Herd schlägt. Sie schiebt die Füße in ihre abgetragenen *babouches* und schlurft in den Flur hinaus. Lang nach oben gestreckt, sodass das Kinn gerade über die Kante des Herds ragt, auf dem der Kessel eine gefährliche Dampfwolke ausatmet, steht eine kleine Gestalt. Der Junge. Er blickt zu ihr auf, gefangen zwischen Stolz und Schuldgefühlen. Dann lächelt er.

Sie kann ihm nicht böse sein. Der Junge ist beinahe wie ein anderes Kind im Vergleich zu dem, der er noch vor zwei Jahren war. Oftmals findet Nur ihn morgens mit offenen Augen auf dem Rücken liegend und fragt sich, ob er sie überhaupt geschlossen oder die Nacht damit verbracht hat, eine Projektion der Schrecken an der Decke zu verfolgen. Wenigstens hat er wieder angefangen zu essen. Doch es hatte etwas Mechanisches, die Art, wie er das Essen nahm und kaute und schluckte und den Mund öffnete, um erneut etwas hineinzuschieben. Es war nichts weiter als der Instinkt eines Organismus, am Leben zu bleiben.

Lange Zeit hatte es keine Anzeichen mehr von dem Jungen gegeben, den sie einst gekannt hatte. Nur fragte sich, ob dieses Kind gänzlich von der Bildfläche verschwunden war – und niemals zurückkehren würde. Es gab Dinge, die einen Menschen vollkommen verändern konnten. Und als Kind war man formbarer, leichter zu beeindrucken; die Veränderung konnte umso verheerender sein.

Nur nimmt ihre Tasse mit hinauf auf das flache Dach des Hauses. Dies ist ihr heimliches Versteck; sie glaubt nicht, dass die anderen Bewohner des Blocks es kennen. Hier kann der Tag sie noch nicht treffen. Sie ist seine Herrin. Der Morgen ist klar, noch kühl. Doch die Hitze des Tages kündigt sich bereits an. Das Wasser schwappt und plappert unaufhörlich. Und am Horizont liegt ein Schimmern; die Wolken, die sich dort oben ballen, haben die Farbe von Safran.

Sie trinkt einen Schluck Kaffee. Er ist gut, weit besser als der, den ihre Großmutter zubereitet, die sich zu gut dafür ist, Kaffee zu kochen, und ihn jedes Mal zu heiß aufbrüht.

Der Tag ist so still wie ein Gemälde. Man kann sich kaum vorstellen, dass dort unten Bewegung herrscht, Chaos. Doch sie kann es hören: die Geräusche der erwachenden Straßen, den Ruf des Milchverkäufers, die fernen Rufe der Schauermänner am Kai, die Fischer, die ihren Fang feilbieten. Ganz in der Nähe das Rattern und Quietschen einer Straßenbahn. Aus dem nahegelegenen Viertel Pera, nur etwa zweihundert Meter nach Westen gelegen, dringt das Wimmern einer Geige – Relikt nächtlicher Vergnügungen.

Früher hätte Nur dieses Viertel, Tophane, nie als Wohnort in Erwägung gezogen. Es war ein Nirgendwo – ein Nachgedanke, der am Rockzipfel der großen Stadt hing, ein Ort, an dem verschiedene Wohnviertel zwangsläufig zusammenkamen, wo ihre Hauptstraßen aufeinandertrafen wie die losen Enden eines Seils.

Sie blickt über die Anlegestellen hinweg auf die glitzernde Weite des mit Kriegsschiffen gesprenkelten Bosporus. Von hier oben sehen sie winzig aus, als könnte man sie mit der flachen Hand wieder ins Meer zurückschieben. Sie repräsentieren drei der vier Sprachen, die Nur beherrscht. Eine vage imaginierte Zukunft in Friedenszeiten, erfüllt mit besinnlichem Zeitvertreib – Paris, London, Rom; die Lektüre der europäischen Literatur.

Der Beginn der Besetzung. Das Donnern ihrer Stiefel auf dem Kopfsteinpflaster, beobachtet von hundert Augen, die ihnen in einer – wie es für die Unwissenden scheinen mag – leeren Straße hinter verschlossenen Läden folgen: alte Frauen, junge Frauen, die sie hassen, die sie fürchten. Die Geschütztürme der riesigen hässlichen Schiffe im Goldenen Horn, die sie auf die antiken Schätze der Stadt richteten – die Ayasofya, Süleymaniye, Sultanahmet. Eine unausgesprochene und doch ohrenbetäubende Drohung.

Diese ersten Nächte, wie ein angehaltener Atemzug.

Dabei hatten sie gesagt, *es würde keine Besetzung geben*. Sie hatten es versprochen. Die Engländer, die Franzosen, die Italiener – beim Waffenstillstand von Compiègne, der den Krieg beendete. Selbst diejenigen, die noch nie eine Zeitung gelesen haben, selbst die, die gar nicht lesen können, wissen das. Wissen jetzt, dass sie ihnen nicht vertrauen können.

Die neuesten Demütigungen sind ein Schlag ins Gesicht: Den Männern wird befohlen, ihre roten Fese abzunehmen, die sie getragen haben, seit sie denken können. Die Frauen werden begafft, aus irgendeinem Grund vor allem dann, wenn sie den Schleier tragen.

Hier oben, auf dem Dach, hat sie gesessen, vor den Blicken verborgen, als die Soldaten der britischen Armee unter ihr durch die Straßen marschierten. Einzelne Gesprächsfetzen schwebten zu ihr herauf:

»… leben wie Tiere …«

und

»… ihre Frauen wirklich kaum besser als Huren …«

und

»… ein Mann hier kann so viele Frauen haben, wie er will …«

und

»… vielleicht hast du Glück, Clarkson, wenn die Ladys hier in diesen Angelegenheiten nichts zu melden haben …«

und

»… seht euch nur den Zustand dieses Hauses an. Kein Wunder, dass sie verloren haben.«

Wären sie auch so laut gewesen, wenn sie gewusst hätten, dass man ihnen zuhörte und verstand, was sie sagten? Nur vermutete – und das war von allen die beleidigendste Variante –, dass die Männer sich nicht weiter darum geschert hätten. Die Stadt gehört ihnen. Sie haben sogar ihren eigenen Namen für sie: *Konstantinopel*. Dieser andere Name stammt aus dem Reich der Bürokratie, der Kartenmacher. *İstanbul*, so nennen ihre Bewohner sie. So hat Nur selbst sie immer gekannt. Das ist der Ort, an dem sie aufgewachsen ist – vertraut, geliebt. Aber die Regeln werden jetzt von anderen gemacht.

Als diese Männer fortfuhren mit ihren Beleidigungen, war sie an die Kante des Daches gekrochen, wobei sie darauf geachtet hatte, außer Sichtweite zu bleiben. Sie hatte die Tasse Kaffee, die sie in der Hand hielt, gekippt und zugelassen, dass ein paar Tropfen hinunterfielen. Völlig aus dem Affekt heraus; doch sie fielen, als hätte Nur es sorgfältig geplant. Ein dicker Lieutenant, der gerade seine Mütze abgezogen hatte, um seinen kahlen Kopf ein paar Sekunden lang zu kratzen. Das beinahe vernehmbare Zischen, als die brühend heiße Flüssigkeit mit der empfindlichen Haut in Berührung kam. Sein Aufheulen, schriller als das einer Straßenkatze.

Doch damals waren sie noch mutiger gewesen. Gerüchte von Widerstand. Kühne Worte, rebellische Worte: Sie würden ihre Besatzer bei allem, was sie taten, unterminieren; sie würden ihre Lagerhäuser in Brand setzen, die Sperrstunde ignorieren, würden ihnen ins Gesicht spucken. Doch dann wurde die Demütigung alltäglich. Eine gewisse Stumpfheit setzte ein. Die Herausforderungen des Lebens kamen ihnen dazwischen, das war es. Alle schienen stillschweigend zu der Übereinkunft zu kommen, dass die beste Form des Widerstands nicht in kühnen Taten und öffentlicher Meuterei bestand, sondern darin, so weiterzumachen, als sei nichts geschehen. Sie würden sich dem Feind widersetzen, indem sie die Anwesenheit von khakifarbenen Uniformen auf den Straßen, die Armada im Goldenen Horn ignorierten. Ausgenommen der paar wenigen, muss man sagen, die im Schatten hockten und handfeste Pläne zur Vernichtung der Eindringlinge schmiedeten.

Nur blickt über den Bosporus zum gegenüberliegenden Ufer, auf die dunkelgrünen Hügel eines anderen Kontinents. Asien. Die wenigen sichtbaren Häuser zwischen den Bäumen sind so verschachtelt und filigran, als hätte man sie aus Papier ausgeschnitten. Zwischen ihnen steht ein weißes Haus, schöner als alle anderen.

Nur wird von Sehnsucht erfüllt. Vertraut, doch konzentrierter an diesem Morgen, intensiver, als sie sie bisher gespürt hat. Ein Gedanke kommt ihr in den Sinn. Warum nicht?, fragt sie sich. Was soll schon geschehen?

Sie ruft zu dem Jungen hinunter: »Ich muss ein paar Stickereien bei Kemal Bey abliefern.«

»Ich könnte mit dir kommen.«

»Nein.« Sie hat jetzt noch ein zweites Ziel für diesen Vormittag, und dort muss sie allein hingehen.

»Aber ich gehe so gerne auf den Basar.«

»Das weiß ich. Aber dort bist du wie eine Katze, die einem Geruch folgt. Letztes Mal bist du bis zum Gewürzmarkt spaziert, bevor ich bemerkt habe, dass du fort warst.« Die Erinnerung an diesen Moment bringt einen Nachhall der Panik mit sich, die sie ergriffen hat. Sie schüttelt sie ab. Er ist hier, er ist in Sicherheit, sie wird nicht zulassen, dass es noch einmal passiert. »Außerdem«, sagt sie, »warten deine Bücher auf dich, wenn ich mich recht erinnere?«

Er wirft einen sehnsüchtigen Blick aus dem Fenster auf die sonnenbeschienenen Straßen. »Es ist so warm draußen.«

»Du kannst draußen lesen, in der Sonne.«

Er öffnet den Mund, begegnet ihrem Blick, schließt ihn wieder. Sie ist jetzt so vieles für ihn. Doch in diesen Augenblicken ist sie in erster Linie seine Lehrerin.

Der Reisende

Früher Morgen. November. Kalt, sodass der Atem dampft, blaukalt wie ein Schleier, der über allem liegt. Dieser hier ist einer der ersten Züge, die den Bahnhof verlassen. Trotz der frühen Stunde wimmelt es von Menschen. Am *tabac*-Kiosk wartet bereits eine kleine Schlange, um Zeitungen und Zigaretten zu kaufen. Der Bahnsteig ist überfüllt. Gut, ich mag es, Leute zu beobachten. Über mir wölben sich eiserne Rippen, das Skelett eines Monsters aus der Zeit der Industrialisierung. Ein erhabener, hallender Ort, ein Tempel der Geschwindigkeit und der Effizienz.

Es gab einmal einen anderen Bahnhof wie diesen. Vor langer Zeit.

Dort vorn stehen Geschäftsleute in einheitlichem Grau, vielleicht auf dem Weg nach Lausanne. Auf den ersten Blick wirken sie, als wären sie allesamt vom selben Schneider ausgestattet und mit Hüten und Schuhen versehen worden. Viele lesen Zeitung. Die neuesten Meldungen: Nukleartests, russische Spionageringe, Anti-Vietnam-Demonstrationen. Die Geschichte des Jetzt. Ich frage mich, was sie wohl von mir halten würden, einem älteren Mann mit einem noch älteren Koffer. Oder was sie von den Seiten, die ich in der Hand halte, denken würden, seit so vielen Jahrzehnten schon veraltet. Die beiden Artikel, der britische und der türkische, sind zusammengeheftet. Ich habe sie viele Male gelesen; einzelne Passagen kenne ich auswendig. *Ehrenhafte Aufgabe. Größte nur denkbare Demütigung.* Irgendwo dazwischen, zwischen diesen wenigen kurzen Absätzen, liegt der Anfang der Geschichte. Der Schlüssel, mit dessen Hilfe es vielleicht möglich sein wird, ein ganzes Leben zu verstehen.

Seltsam, wie ähnlich sie sich sind, diese Artikel; obwohl ich mir sicher bin, ihre Verfasser wären entsetzt, wenn sie das wüssten. Zwei Hälften eines Ganzen? Das Gesicht und seine Reflektion im Spiegel – jedes Detail umgekehrt, und doch im Prinzip dasselbe. Oder die zwei Pole eines Magneten, vom Schicksal dazu bestimmt, sich in alle Ewigkeit gegenseitig abzustoßen.

Wir – sie.

Ost – West.

Irgendwo in der Mitte: ich.

Jetzt folgt mein Blick einem eleganten Paar nur wenige Schritte entfernt. Er ist ein paar Jahre älter als sie. Sie trägt einen rosafarbenen Mantel, ein blasser Schock gegenüber dem Grau der Geschäftsleute und dem Tag selbst. Er trägt Dunkelblau, als solle sein Outfit den Hintergrund für ihres bieten, ihr erlauben, die Aufmerksamkeit auf sich zu ziehen. Sie könnten frisch verheiratet sein, denke ich, auf dem Weg in die Flitterwochen in den Bergen. Oder vielleicht haben sie eine Liaison, laufen davon. Etwas in der Art, wie sie sich ansehen, lässt letzteres vermuten. Übermüdet und hungrig. Eine Erinnerung kommt auf. Nicht frisch und vollständig, nicht fokussiert, um vor dem inneren Auge wie die Szene aus einem Film noch einmal abgespielt zu werden, sondern hauptsächlich ein Gefühl, eine Stimmung.

Ich muss wohl starren. Der Mann sieht mich direkt an, und ich bin ertappt. Ich habe etwas gesehen, das nicht für meine Augen bestimmt war – für niemanden als die beiden Verschwörer.

Ich lege meinen Koffer neben mich auf die Bank; das Leder an den Ecken ist blass und abgenutzt.

Ich öffne ihn, um die Zeitungsausschnitte wieder an ihren Platz zurückzulegen. Während ich das tue, verberge ich das Innere des Koffers mit meinem Oberkörper vor den Blicken der Menge; eine Art Beschützerinstinkt. Denn sehen Sie, ein Teil meines Gepäcks ist ein wenig unorthodox. Neben meiner Zahnbürste, meiner Kleidung zum Wechseln, meinem Rasierzubehör, trage ich auch Fragmente meiner Vergangenheit bei mir. Falls einer meiner Mitreisenden einen Blick auf den Inhalt meines Koffers werfen konnte, so wird er oder sie mich vielleicht für eine seltsame Spezies eines Handelsreisenden halten, der sich auf antike Kuriositäten spezialisiert hat. Sie würden sich fragen, wer meiner Ansicht nach daran interessiert wäre, so etwas zu kaufen. Diese Dinge besitzen keinen Wert an und für sich. Ihr Wert als Relikte, als Beweisstücke jedoch ist unbezahlbar. Es sind Hinweise darauf, wie ein kurzes Zwischenspiel in der Vergangenheit eine ganze Zukunft gestaltet hat. Und so scheint es nur richtig zu sein, dass ich sie, diese Talismane, auf diese Reise mitgenommen habe.

Der Zug fährt jetzt in den Bahnsteig ein. Um mich herum brandet die unweigerliche Welle der Panik auf, als fürchteten meine Mitreisenden, es könnte keinen Platz mehr für sie geben, dabei halten sie alle Fahrkarten mit den Nummern ihrer Plätze in den Händen. Ich stelle fest, dass ich einen Augenblick lang wie gelähmt bin. Zum ersten Mal wird mir bewusst, was ich hier tue. Ich fürchte, so ist es schon immer mit mir gewesen: erst handeln, bei Gelegenheit dann nachdenken, bereuen. Doch jetzt habe ich plötzlich Angst. Wenn ich in diesen Zug steige, so wird mein Leben, das spüre ich, sich erneut auf eine Art verändern, die ich nicht vorherzusehen vermag.

Die Geschichte neu zu deuten, dieselbe, die vor so vielen Jahren abgebrochen wurde, hat nie einen endgültigen Abschluss ermöglicht. Mit einem Mal bin ich mir nicht mehr sicher.

Der Bahnsteig um mich herum leert sich. Ein Horn ertönt unheilverkündend. Mir bleiben etwa dreißig Sekunden.

Ein Zischen sich lösender Bremsen. Und dann stürze ich zum Zug, den Koffer ratternd hinter mir herschleifend, während die anderen Passagiere mich mit großen Augen anstarren.

Hinein durch die Tür, die der Schaffner gerade zuzieht, in den warmen Waggon.

KONSTANTINOPEL
1921

Der Junge

Vom Fenster aus blickt er Nur *hanım* nach, als sie am Ende der Gasse in die breitere Durchgangsstraße mit seinen drängelnden Menschenmassen einbiegt. Seltsam, auf ihn wirkt sie immer so kraftvoll. Doch jetzt sieht er, dass sie im Vergleich zu anderen Leuten nicht sehr groß ist. Tatsächlich wirkt sie neben vielen von ihnen eher klein, auch durch die schwere Tasche mit den bestickten Stoffen an ihrer Hüfte, deren Gewicht sie ein wenig schwanken lässt. Auf eine komplizierte Art bereitet ihm das Sorgen. Er folgt ihr mit seinen Blicken, als wären sie ein Mantel, der sie vor Unheil schützen könnte, bis sie nicht länger zu sehen ist.

Er weiß genau, was er jetzt tun wird, und es hat nichts mit der Lektüre seiner Schulbücher zu tun.

Er ist immerzu hungrig. Als der Krieg kam, vergaß die Stadt, die Menschen, die in ihr lebten, mit Lebensmitteln zu versorgen. Einst hatte es überall etwas zu essen gegeben. Hinter jeder Ecke ein neuer Geruch: die süße Hefe der *simits*, hoch aufgetürmt und mit Sesam bestreut, das salzige Kochwasser gefüllter Muscheln, die über dem Feuer gegart wurden, die gebratenen Makrelen, die in dicke Brotrollen geschoben wurden, das Aroma verbrannten Zuckers, das von der offenen Tür einer *pastane* herbeischwebte, der scharfwürzige, unbotmäßige Geruch gekochter Schafköpfe.

Manchmal reichte es schon, diese Düfte, so überwältigend, dass es einem beinahe schien, als würde man sie essen, wenn man nur nahe genug herankam, einfach nur einzuatmen. Manchmal war es notwendig, sich von ein paar Notfall-*piastres* – nur für den Fall *größter Not* – zu trennen und auf dem Weg zur Schule mit seinen Freunden einen warmen *simit* zu teilen.

Der Stolz, mit dem die Verkäufer ihre Waren präsentierten: frisch geschälte Mandeln, vom *bademci*, dem Mandelverkäufer, auf einem glitzernden Kuchen aus Eis drapiert; die sauren grünen Pflaumen, die man nur zwanzig Tage im Jahr essen konnte, sorgfältig in kleine Papiertütchen verpackt. Eine gigantische Pyramide aus prallen runden Tomaten, die nach der Sonne selbst rochen und schmeckten.

Als der Krieg kam, verschwand all dies. Nicht sogleich. In den ersten Wochen gab es bloß ein bisschen weniger. Zuerst waren es die Essensstände an den Straßen, sie verschwanden allmählich aus der Stadt wie ein Detail aus einem alten Gemälde. Dann die Bäckereien. Anfangs war das Brot einen Tag alt. Dann eine Woche, dann zwei Wochen. Dann verschwand es ganz.

In dem abgebrannten Haus hatte er drei Tage lang nichts gegessen. Er war im Dunkeln geblieben und hatte darauf gewartet, dass es ihn holte. Als sie ihn fand, wäre er nicht in der Lage gewesen, allein dort hinauszugehen – er hatte nicht einmal die Kraft, seinen Kopf vom Boden zu heben. Jetzt ist es, als hätte der Hunger einen Weg tief in sein Innerstes gefunden, dort Wurzeln geschlagen. Und selbst jetzt, da es mehr zu essen gibt, geht der Hunger nicht fort. Selbst nachdem er etwas gegessen hat, ist das Gefühl noch da und nagt an seinen Eingeweiden. Er denkt pausenlos ans Essen; er träumt davon.

Die anderen Frauen sind im anderen Zimmer: die alte und die, die niemals spricht. Durch den Spalt unter der Tür hindurch dringt Tabakrauch. Der Rauch riecht nach verbrannten Dingen, spricht von der Zeit davor. Er wird jetzt nicht daran denken. Das Wichtige ist, dass sie beschäftigt sind. Das gibt ihm Zeit, die Küche zu erkunden.

Diese Erkundungen sind nie besonders einträglich. Eine alte Zwiebel vielleicht, schon weich. Er isst sie wie einen Apfel. Die Erinnerung in seinem Mund schmeckt exakt so, wie der Schweiß eines Mannes riecht. Oder vielleicht ein Kanten Brot, mit der weiß-grünen Blüte des Schimmels. Und Spinnweben, wenn es in irgendeinen schwer zu erreichenden Spalt gefallen ist, aus dem nur ein Arm so dünn wie seiner es wieder herausholen kann.

Doch jetzt, da er tiefer in die dunklen Winkel greift als jemals zuvor, streifen seine Finger über etwas Neues. Nur mäßig neugierig zieht er es heraus. Ein Buch. Für ihn ist es nicht von besonderem Interesse; man kann es nicht essen. Bücher bedeuten Schule und Mühen. Doch für dieses hier spricht, dass es von ihm allein gefunden wurde.

»Hallo«, sagt er.

Ein Geheimnis umgibt dieses Buch. Er trägt es hinüber in den Lichtkegel der Straßenlaterne, um es genauer zu betrachten. Es ist selbstgemacht, nicht gedruckt, geschrieben in einer Handschrift, die ihm vage vertraut ist. Keine Bilder – eine Enttäuschung. Er hat wenig Geduld für Wörter. Er weiß, dass er nicht dumm ist, aber Wörter können ihn austricksen, können sich unter seinen Blicken verändern.

Eine Weile starrt er auf das Buch, kaum bemüht, es zu entziffern, schon bereit, es aufzugeben. Dann erweckt ein Wort seine Aufmerksamkeit, als hätte der Lichtschein selbst dessen Bedeutung aus der Seite hervorgesogen: *Hühnchen*. Ihm läuft das Wasser im Mund zusammen. Er liest das nächste Wort: *Walnüsse*. Es ist schon jetzt, dank dieser zwei Wörter, das spannendste Buch, das er je in seinen Händen gehalten hat.

Mit aller Konzentration, frustriert von der eigenen Langsamkeit, entziffert er auch die übrigen Wörter. *Paprika* – das kennt er, es ist das leuchtende Pulver, das aus den gleichnamigen Früchten gewonnen wird. Diese Wörter beschreiben etwas. Ein Gericht. *Paprika-Hühnchen mit Walnüssen*. Er kann es sich vorstellen, ja. Er schließt die Augen und beschwört unter großen Mühen seiner Vorstellungskraft den Geschmack herauf. Das zarte Fleisch, den leicht bitteren Geschmack der Nüsse, das süß-rauchige Aroma des Gewürzes.

Die Vorstellung dieses Gerichts in seinem Kopf ist eine Art angenehme Qual. Es ist fast so gut, wie es zu essen. Natürlich fehlt anschließend das Gefühl eines vollen Magens. Doch dieses Gefühl kennt er ohnehin kaum, kann sich nicht daran erinnern, wann er sich zum letzten Mal von dem, was er zu essen bekam, vollständig gesättigt gefühlt hat.

Die Magie des imaginierten Mahls ist vorbei.

Er blättert weiter, um die nächste Köstlichkeit zu entdecken. *Hühnchen* – das ist einfach, er hat das Aussehen des Wortes jetzt im Kopf. *Hühnchen mit …* er kneift die Augen zusammen und starrt auf das Wort. *Feigen*. Das ist die beste Zeit des Jahres, wenn der Baum auf dem Schulhof seine Früchte freigibt. In der Zeit des größten Hungers waren sie ihm alles. Nicht so sättigend wie Brot, doch besser als die Häute der Auberginen, die er aus den Mülltonnen herausfischte. Es gibt zwei Sorten von Feigen: weiß und lila. Letztere sind größer, doch die weißen haben einen feineren Geschmack. Kleine duftende Bissen. Die mag er am liebsten. Leider mögen auch die Vögel sie am liebsten. Einmal, nach der Schule, hätte er vor Enttäuschung beinahe geweint, als er feststellen musste, dass sie sich so viele bereits vor ihm geholt hatten. Und sie waren so verschwenderisch. Oft aßen sie nur einen Teil der Frucht und ließen den Rest einfach hängen, wobei er trocken wurde oder verfaulte. Die Hälfte ihres Diebesguts verteilten sie auf dem Boden. Diese Reste nahm und aß er oder steckte sie sich in die Taschen.

Er liest weiter; ihm läuft das Wasser im Munde zusammen, sein Magen protestiert, sein Kopf ist voll unmöglicher Fantasien.

Nur

Die Verhandlungen mit dem Stoffhändler sind schwierig. »Jede Woche kommt eine andere Frau mit der gleichen Geschichte wie Sie, *hanım*. Mächtige Familien, die alles verloren haben, der Armut anheimgefallen sind. Und sie alle zeigen mir wunderschöne Arbeiten.«

»Aber ich bin als Erste zu Ihnen gekommen – das muss doch etwas gelten?«

Er scheint sie nicht gehört zu haben. »Die Russen! Sie kommen direkt von den Schiffen, mit riesigen Bündeln auf ihren Rücken. Seide aus Paris, die feinsten Kaschmir-Tücher. Was für arme Schlucker: keine Heimat, keine Zukunft. Sie können sich noch glücklich schätzen, *hanım*. Anderen geht es weit schlechter als Ihnen. Wir alle haben viel verloren.«

Es ist wahr. Jeden Tag kommen neue Menschen an, die vor den Folgen des großen Krieges, vor der Revolution in Russland fliehen. Enteignet, verzweifelt. Regelmäßig herrscht Chaos an den Docks, wenn die riesigen Schiffe mit ihrer menschlichen Fracht anlegen. Einige sickern in das System der Flüchtlingscamps der Besatzungsmächte. Andere werden von der Stadt verschluckt und verschwinden, ohne nennenswerte Spuren zu hinterlassen. Doch sie hofft, dass der Stoffverkäufer den langen Blick sieht, den sie über seinen Stand schweifen lässt, der mittlerweile viermal so groß ist wie früher, über das hübsch restaurierte Schild mit seinen goldenen Schriftzeichen, den wunderschönen silbernen Samowar, von dem er sich weigert, ihr Tee anzubieten.

Als sie den Basar verlässt, sieht sie Soldaten billigen Tand kaufen. Es reicht ihnen nicht, diese Stadt zu besetzen, sie wollen ein Stück davon mit nach Hause nehmen. Ein Souvenir. Eine Kriegstrophäe. Exotisch, aber harmlos wie ein Tanzbär mit Maulkorb. Ihre bestickten Stoffe werden in einer Kiste landen, werden die lange Reise quer durch Europa antreten, um Kommoden und Tische in London und Paris zu schmücken. In optimistischeren Momenten betrachtet sie es als ihre eigene Art der Kolonisierung.

Die Uniformen der Männer sind sauber, doch Nur sieht sie mit Blut getränkt. Wie viele Männer hast du getötet?, fragt sie stumm einen sonnenverbrannten Jungen, während er mit dem wenig überzeugenden Gehabe eines Experten einen falschen Klumpen Bernstein gegen das Licht hält. Und du? – einen fetten Offizier, der ein paar paillettenbesetzte *babouches* für Damen betatscht – hast du meinen Ehemann abgeschlachtet, in Gallipoli? Meinen Bruder, in dem unbekannten Ödland, in dem wir ihn verloren haben?

Jeden Tag denkt sie an Kerem, ihren vermissten Bruder. Überall wird sie an ihn erinnert – besonders im Klassenzimmer, wo er es sein sollte, der vor den Schülern steht, nicht sie. Doch es geht noch sehr viel tiefer: In ihr sitzt ein körperlicher Schmerz, als hätte sie einen unsichtbaren und doch lebensnotwendigen Teil ihrer selbst verloren.

Mit dem Verlust ihres Ehemanns ist es anders. Manchmal denkt sie tagelang nicht an Ahmet – und dann plötzlich erinnert sie sich und zuckt schuldbewusst zusammen. Es ist nicht so, dass es sie nicht berührte, muss sie sich selbst erinnern. Es ist vielmehr, dass alles – er selbst, sie als seine Braut und dann für kurze Zeit als seine Frau, die Nacht, die folgte – so abstrakt, so wenig greifbar ist wie ein Traum. Einst ertappte sie sich dabei, wie sie die Kleidertruhe in der Wohnung durchwühlte und verzweifelt nach ihrem Hochzeitskleid suchte. Vielleicht würde sein Anblick ihr das Gefühl der Trauer bringen, das sie eigentlich verspüren sollte. Denn sie trauert um ihn, wie sie um den Verlust eines Fremden trauern würde. Doch dann wiederum war er genau das – selbst in den beiden Wochen als Mann und Frau, bevor er in den Krieg ging. Wenn sie an Ahmet denkt, dann denkt sie mit ehrlicher Traurigkeit: Wie schrecklich für seine Mutter. Was für eine Verschwendung jungen Lebens. Sie denkt es nicht, zumindest nicht sofort, in Bezug auf sich selbst. Zu was für einer Witwe macht sie das?

Auf dem Rückweg mit der Fähre steigt sie nicht in Tophane aus, wie sie es normalerweise tun würde, um nach Hause zu gehen. Als sie über den breiten Kanal des Bosporus fahren, beobachtet sie, wie das asiatische Ufer näher kommt, und spürt ihre Haut prickeln wie jemand, der im Begriff steht, ein Verbrechen zu begehen. Auf der anderen Seite steht, zunehmend deutlicher zu erkennen, das weiße Haus.

Sie sollte es nicht tun. Sie weiß, dass es zu nichts Gutem führen kann. Doch ihr Instinkt hat den Verstand überwältigt.

Das Schlimmste war, dass sie es sich nahmen und nicht nutzten. Die finale Demütigung, es Staub ansetzen zu lassen wie das Skelett eines Menschen, dem die Riten der Bestattung versagt wurden.

Ihr Vater hatte das Haus einmal – auf seine eigentümliche Art – als eine Frau beschrieben, die sich neben dem Wasser niedergelassen hatte, um ein wenig auszuruhen, doch für immer eingeschlummert war. Diese Vorstellung, so wie manche Dinge, die sie in ihrer Kindheit gehört hatte, loderte in ihren Gedanken. Selbst jetzt kann sie sich der Vorstellung der Schlafenden nicht entziehen – die Baumgruppe, die ihr wildes dunkles Haar bildet, der schmale Bootssteg wie eine Hand, die durchs Wasser streicht. Während sie sie betrachtet, steigt in Nur ein Gefühl des Verrats auf. Was für ein Luxus wäre es gewesen, all dies zu verschlafen, ohne sich im Geringsten zu sorgen? Es ist das gleiche Gefühl, wie sie es gegenüber den streunenden Katzen empfindet, die sie regelmäßig füttert. Wenn sie sieht, wie der dreifarbige Glückskater sich auf den von der Sonne gewärmten Fliesen auf dem gegenüberliegenden Dach ausstreckt, dann ist ihr bewusst, dass sie Zeugin einer Verachtung wird, die für einen Menschen – besonders für die, die hier leben – unerreichbar ist.

Sie wendet den Blick nicht von dem Haus. Als die Fähre sich bebend dem Anlegesteg nähert, ist sie sicher, eine Bewegung in einem der unteren Fenster im Erdgeschoss wahrgenommen zu haben. Das ist natürlich unmöglich – es muss eine Spiegelung gewesen sein. Das Haus ist die ganze Zeit über leer gewesen, nutzlos. Und doch ist der animalische Teil ihres Hirns beunruhigt, und sie ertappt sich dabei, wie sie nach weiteren Anzeichen von Bewegung Ausschau hält. Es muss im *haremlik*, in den Frauengemächern gewesen sein, dem Reich, über das ihre Großmutter geherrscht hat wie eine Königin. Nun, dieses Haus birgt so viele Erinnerungen, möglicherweise hat sie tatsächlich die Vergangenheit aufflackern sehen.

Als sie auf den Anleger hinaustritt, fühlt sie sich wie auf

dem Präsentierteller und stellt sich vor, wie sie wohl auf jemanden wirkt, der sie kennt, was dieser Mensch wohl von ihrem Vorhaben erraten würde. Die Vorstellung, dass man sie bemitleiden würde, ist das Schlimmste. Weit schlimmer als das Misstrauen, das man ihr früher entgegengebracht hat. Die Unschuld ihres toten Vaters ist praktisch dadurch bewiesen, dass die Besetzer nichts getan haben, um die Familie zu würdigen oder zu belohnen. Was hatten sie noch zu verlieren, um ihre Unterstützung für das Reich zu beweisen? Einen Sohn verloren, eine Tochter zur Witwe gemacht … was noch musste geopfert werden, um nicht länger verdächtigt zu werden?

Zum ersten Mal seit langer Zeit sehnt sie sich beinahe nach ihrem Schleier, nach dem Schutz, den er bietet. Sie hält den Kopf gesenkt und verachtet sich zugleich für ihre Feigheit. Es ist nicht schändlich, was sie tut, nur ein wenig traurig.

Der Pfad zum Haus, der private, verborgene zwischen den Bäumen und Büschen hindurch direkt am Wasser entlang, liegt offen und deutlich sichtbar da. Nur hätte erwartet, dass undurchdringliches Gestrüpp den Weg mittlerweile überwuchert hätte. Hatte der Selbsterhaltungstrieb in ihr nicht vielleicht sogar gehofft, dass sie gezwungen gewesen wäre, an dieser Stelle wieder umzukehren? Nun musste sie die Sache weiterverfolgen, sie beenden.

Auch hier wird sie von unerwarteten Erinnerungen heimgesucht: Gerüche von wilder Feige, Olive, Blue Mint Bush, Farnkraut, die sich mit der salzigen Luft des Wassers mischen. Ein Druck auf ihrer Brust, ein Knoten aus Tränen, die nicht vergossen werden, der somit nicht gelöst werden kann.

Aus der Nähe verströmt das Haus weniger Magie als vom Wasser aus betrachtet. Von hier sieht man die Stellen, an denen die weiße Farbe abblättert und das alte graue Holz darunter zum Vorschein kommt, dass die alten Balkone unter dem Gewicht von mehr als einem Jahrhundert hinabsacken, dass unter den Dachvorsprüngen die fragilen Reste der Vogelnester der vergangenen Jahre hängen. Doch Nur betrachtet diese Mängel mit derselben Zärtlichkeit, mit der man die im Gesicht eines geliebten Menschen betrachtet.

Sie ist jetzt nah genug, um das Gurgeln und Klatschen des Wassers im Bootskeller zu hören, die Begleitmusik während der Stunden, die sie auf dem kleinen Steg gesessen und gelesen oder eine Leine ausgeworfen und geangelt hat, wie ihr Vater es sie gelehrt hatte. Sie war besser darin gewesen als ihr Bruder. Jedes Mal, wenn sie einen Fisch gefangen hatte, egal wie klein und stachelig, servierte Fatima ihn, sorgfältig gegart über aromatischem Holzfeuer und mit Zitrone und Petersilie angerichtet, zur nächsten Mahlzeit. Als Kind hatte Nur hier auf diesem Steg gesessen, die Füße und Knöchel ins Wasser getaucht und die sofortige Abkühlung an einem heißen Tag gespürt. Der Gedanke nimmt sie gefangen, wächst in ihr. Sie ist allein, niemand wird es sehen. Sie steigt die steinernen Stufen hinunter auf die hölzernen Planken des Steges, setzt sich, schlüpft aus den Schuhen und streckt ihre nackten Füße ins Wasser.

Manchmal erscheint ihr das alte Leben heute so fern wie etwas, das man in einem Buch gelesen hat. Aber an diesem Nachmittag ist es so nah, die Erinnerungen überfallen sie geradezu. Wenn sie darauf achtet, nicht zu den riesigen grauen Kriegsschiffen hinüberzusehen, die weiter stromabwärts sorgfältig aufgereiht liegen, könnte sie sich fast einbilden, hier in ihrer eigenen Vergangenheit zu sitzen.

Wie alt ist sie? Sie überlegt. Sie hat die Kontrolle über dieses Gedankenspiel, kann wählen. Zwölf. Die Zeit, bevor alles kompliziert wurde. Vor all den Reden über Heirat, Anstand, Krankheit und Tod. Sie ist gerade auf einen Baum geklettert ... ihre Hände und Füße kleben vom Harz. Sie wird sie abwaschen, hier, in den Wellen des Bosporus, bevor sie ihre Angelleine auswirft.

Die älteren Frauen werden nach einem ausgiebigen Mittagessen in den Frauengemächern sitzen, dem *haremlik*. Vielleicht haben sie Besuch von Freundinnen aus der Stadt in ihren nach Pariser Mode geschneiderten Gewändern, die mit ihren Schleiern eine seltsame Kombination bilden. Oder vielleicht sind sie von weit her gekommen, aus Anatolien, traditionell in weite Seidengewänder gekleidet, die Fingernägel mit roter Farbe gefärbt. Mittlerweile werden sie tief in ihrem Klatsch und Tratsch versunken sein. Oder vielleicht haben sie eine weibliche *miradju* gerufen, um sie alle mit ihren Geschichten zu unterhalten. Die meisten dieser professionellen Geschichtenerzähler verlassen sich auf eine sorgfältig geschliffene Sammlung von Geschichten, von denen die meisten ihren Zuhörern bekannt sind und die sie dennoch dank des eigenen Stils und der Verzierungen des Erzählenden immer wieder erfreuen. Doch die Besten von ihnen können Geschichten spontan erfinden, Menschen und Orte direkt kraft ihrer Imagination heraufbeschwören.

Einmal erzählte Nur ihrer Mutter, dass es ihr größter Wunsch sei, eine von diesen Frauen zu werden – und erhielt prompt eine Predigt darüber, wie wichtig es sei, sich seiner

Stellung in der Gesellschaft bewusst zu sein. Diese Frauen waren und blieben Verkäuferinnen – keinen Deut besser als die *simit*-Händlerinnen oder die Lumpenfrauen –, auch wenn sie mit Worten handelten.

Schritte, hinter ihr. Ihr Vater, der gekommen ist, um ihr beim Angeln Gesellschaft zu leisten. Oder vielleicht hat er das Backgammon-Spiel, innen mit Ebenholz, Elfenbein und Perlmutt verziert, mitgebracht. Sie dreht sich um.

Hinter ihr, am Kopf der Treppe, steht ein Mann in einem weißen Gewand. Eine Pfeife hängt ihm gefährlich weit aus dem offenen Mund. Zwischen seinen Fingern brennt unbeachtet ein Streichholz. Offenbar hat er es in seiner Überraschung vergessen.

»Beim Jupiter«, sagt er und weicht eilig einen Schritt zurück. Und dann, als die Flamme weit genug am Streichholz emporgeglommen ist, um an seinen Fingern zu lecken: »Aua!«

Ein Engländer, halb bekleidet, hier, auf der asiatischen Seite des Bosporus. Nichts davon ergibt für Nur einen Sinn: Sie hatte gedacht, gehofft, dass die Besetzer allein auf Pera beschränkt seien. Er starrt, sie starrt zurück. Wie zwei Straßenkatzen, denkt sie, die einander misstrauisch beäugen.

»Beim Jupiter«, sagt er noch einmal leise, als sei es das Wichtigste, überhaupt etwas zu sagen – als ob er auf diese Weise irgendeine Art von Kontrolle über diese Situation erlangen könnte. Nur kommt auf die Beine und sucht verstohlen mit den Füßen nach ihren Pantoffeln. Sie riskiert einen weiteren raschen Blick. Sie hat noch nie einen Engländer – überhaupt irgendeinen Mann – in einer solchen Aufmachung gesehen. Er trägt ein langes, sehr weites, sehr *dünnes* weißes

Hemd; falls sie sich gestatten würde, genauer hinzusehen, würde sie feststellen, dass es ihn nicht vollkommen bedeckt.

»Also«, fragt er in scharfem Ton, »was zum Teufel treiben Sie hier?« Er setzt darauf, die Oberhand zu gewinnen, stellt sie fest. »Sie verstehen mich nicht, oder?« Er hat seinen Stolz wieder im Griff. »Das hier ist Privateigentum. Privat. Fort mit Ihnen …« Er hebt gebieterisch den Arm und weist in die Richtung des Trampelpfads. »Schsch!«

»Ich nehme an, ich könnte Ihnen die gleiche Frage stellen.«

Er weicht einen Schritt zurück.

Sie hat gelernt, besonders in dieser Zeit seit der Besetzung der Stadt, ihre Sprachkenntnis als eine mächtige Waffe zu führen.

Er verlagert sein Gewicht von einem Fuß auf den anderen – und einen Moment lang scheint er zu taumeln. Die Überraschung scheint ihm den Schwung genommen zu haben. Er wirkt ein wenig bleich, denkt sie, selbst für einen blassen Engländer – eine Zerbrechlichkeit umgibt ihn, die ihr zuvor, abgelenkt von seiner kuriosen Erscheinung und ihrer Überraschung, nicht aufgefallen ist.

Jetzt nähert sich ein weiterer Mann vom Haus her. Er ist vollständig bekleidet, und zwar in der britischen Khaki-Uniform. Nurs Magen verkrampft sich, und ihr wird bewusst, dass sie auf dem Bootssteg eingekesselt ist: diese Männer auf der einen Seite, das Wasser auf der anderen. Doch sie wird sich nicht einschüchtern lassen; schließlich hat sie nichts Falsches getan.

Irgendetwas an ihm, dem anderen Mann, kommt ihr vertraut vor. Auch er scheint sie zu kennen. Er runzelt die Stirn.

Sein Blick wandert von ihrem Gesicht zu ihren nackten Füßen und wieder zurück. »Sie sind es. Die Frau mit den Büchern.«

Ja, jetzt weiß sie, wer er ist. Es ist nicht so sehr das Gesicht als vielmehr seine Stimme. Doch sie wird ihm nicht die Genugtuung gönnen, es zuzugeben. Indem sie es ihm verweigert, wird sie die Oberhand behalten. »Ich weiß nicht, wovon Sie sprechen.«

Er zieht die Brauen zusammen. »Sie erinnern sich nicht? Vor nicht einmal zwei Wochen … hinter der Galatabrücke. Ich bin mir sicher, dass Sie es waren. Sie haben …« – ein Zögern, dann, triumphierend: »…ein rotes Notizbuch fallen lassen!«

Vor einer Woche. Sie war spät dran, auf dem Weg zur Schule. Es hatte quälende Verhandlungen mit dem Stoffhändler gegeben, der versucht hatte ihr einzureden, dass der Markt übersättigt sei und er ihr nur ein Drittel des üblichen Preises zahlen könne. Sie hatte die gesamte Palette aufrufen müssen – sich auf dem Absatz umdrehen und davongehen, bis er sie zurückrief. All das hatte eine gute Viertelstunde verschlungen, die sie eigentlich nicht hatte erübrigen können.

Im Klassenzimmer herrschte sicher bereits das Chaos – es scheint sich schon auszubreiten, wenn sie ihren Schülern auch nur eine Minute den Rücken zuwendet. Selbst jetzt, wo es nur so wenige sind. Nur liebt sie dafür. Doch nun erscheinen schreckliche Bilder vor ihrem inneren Auge: umgeworfene Pulte, verschüttete Tinte.

Sie konnte nicht schnell genug laufen. Das Kopfsteinpflaster in diesem Teil der Stadt ist lebensgefährlich, besonders wenn man in Eile ist. Jeder dritte Schritt schien falsch gesetzt zu sein und ließ sie nach vorn taumeln, als würde sie jeden Augenblick stürzen. Sie spürte, wie Frust in ihr aufstieg, und es gab nichts, worauf sie ihn lenken konnte, als auf die Männer, die diese unebenen Steine irgendwann in unbekannter Vorzeit verlegt hatten. Doch der Frust steigerte sich zu einer schwelenden Wut auf die Stadt im Allgemeinen, wo alles und jeder mit einem Mal des Lebens überdrüssig, gebrochen zu sein schien. Es gab zu viel Vergangenheit, zu viele Leben und Zeitalter übereinander. Wie konnte man jemals hoffen zu wachsen, voranzukommen, wenn einem der allgegenwärtige melancholische heiße Atem der Geschichte in den Nacken blies?

Sie hörte Schritte hinter sich.

»Entschuldigen Sie?« Auf Englisch.

Nur hielt den Blick gesenkt und eilte weiter. Ein weiterer Fehltritt; ihr Knöchel verdrehte sich, und ein Pfeil des Schmerzes schoss ihr Bein hinauf.

»*Bakar mısınız?*«

Sie zögerte, überrascht von dem Türkisch, so unbeholfen es auch klang. In diesem Augenblick des Zögerns hatte er zu ihr aufgeholt.

»Sie haben das hier verloren.«

Sie drehte sich um. Sah, als sie aufblickte, eine khakifarbene Gestalt, das Oval eines Gesichts. Für mehr hatte ihr Blick keine Zeit; sie hätte nicht sicher sagen können, ob dieses Gesicht auch Augen, eine Nase, einen Mund gehabt hatte. Denn die Sache mit fremden Soldaten ist: Man tut alles, um sie nicht ansehen zu müssen. Nicht um so zu tun, als existierten sie nicht; das wäre unmöglich. Nach drei Jahren der

Besatzung sind sie so sehr ein Teil der Stadt geworden wie die streunenden Hunde, die durch die Straßen ziehen. So wie diese Hunde haben sie sie zu ihrer Stadt gemacht; sie in Besitz genommen, sich Freiheiten genommen. Man vermeidet es, sie anzusehen, um Ärger zu vermeiden. Von einem Mann könnte ein zu langer Blick als Bedrohung empfunden werden; viele sind aus geringeren Gründen in die Gefängnisse der Besatzer gewandert. Von einer Frau könnte es als Einladung ausgelegt werden.

Sie nahm das Buch, das er ihr hinhielt, auch wenn selbst das sich anfühlte wie eine Schwäche. Seine Finger berührten ihre, ein Versehen, und sie zog die Hand zurück. Es war ihr rotes Notizbuch, in dem sie ihre Schulstunden vorbereitete. Sie schob es unter den Arm zu den anderen, drehte sich um und ging davon.

Zehn Schritte später fiel ihr auf, dass sie sich nicht bedankt hatte. Nun, dachte sie. Ein kleiner Akt des Widerstands seitens der Besiegten.

»Sie waren es, nicht wahr?«

»Ja«, sagt sie. »Ich war es.« Wenn er darauf wartet, dass sie sich bei ihm bedankt, wird er lange warten müssen.

Er lächelt. Sie denkt, wie gern sie ihn schlagen möchte oder ihm vor die Füße spucken. »Wie geht es Ihrem Knöchel?«

»Meinem Knöchel geht es hervorragend.« Sie hört die Schärfe in ihrer Stimme. Vorsicht, treib's nicht zu weit. Er lächelt, doch bei diesen Eindringlingen kann sich das innerhalb von Sekunden ändern. Und dennoch weigert sie sich zu zeigen, dass sie Angst vor ihm hat, besonders hier, an diesem Ort. »Wieso sind Sie hier?«, fragt sie.

»Das hier ist ein Hospital«, sagt er. »Ich bin der Arzt hier. Dieser Mann, Lieutenant Rawlings, ist einer meiner Patienten.« Und dann, fast zu sich selbst: »Der eigentlich gar nicht hier draußen sein sollte.« Er wendet sich an die Gestalt im weißen Gewand. »Warum sind Sie hier draußen, Rawlings?«

»Ich bin hergekommen, um meine Pfeife zu rauchen. Drinnen darf ich das verdammte Ding nicht anmachen – Schwester Agnes hat sich beschwert.«

»Nun, an Ihrer Stelle würde ich schleunigst zurückgehen, sonst werden Sie sich ihr erklären müssen. Ich kann mir vorstellen, dass dies hier in ihren Augen das schlimmere Vergehen ist.«

Der Mann scheint etwas erwidern zu wollen, überlegt es sich jedoch anders. Mit geröteten Wangen löscht er seine Pfeife und macht sich mit unsicheren Schritten auf den Weg zurück zum Haus. Doch Nur sieht, dass er nicht wirklich hineingeht – er verbleibt als stummer Zuschauer am Rande des Blickfelds.

»Entschuldigen Sie bitte dieses unhöfliche Verhalten.« Die Stimme des Arztes ist jetzt weicher. »Wie Sie sehen, bekommen wir nicht sehr häufig Besuch.«

Sie weiß, dass das nur britische Heuchelei ist. Man erwartet noch immer eine Erklärung von ihr. Sie wüsste nicht, wie sie es über sich bringen könnte, selbst wenn sie der Ansicht wäre, er hätte eine Erklärung verdient. Stattdessen fragt sie: »Das hier ist ein Krankenhaus?«

»Ja. Es war einmal ein Wohnhaus, doch seine Besitzer haben es verlassen.« Ihm kommt ein Gedanke. »Möglicherweise kannten Sie sie ja?«

»Nein.« Er wartet noch immer, sie weiß es, auf ihre Erklärung. Es liegt keinerlei Drohung in seiner Stimme oder seinem Gebaren, doch die Drohung ist in die Uniform, die er trägt, hineingenäht.

»Ich habe Familie«, sagt sie, »ein Stück die Küste hinunter. Ich kenne diesen Pfad und dachte, ich folge ihm, am Wasser entlang.«

Er runzelt die Stirn. Sie ist sich ziemlich sicher, dass er nicht überzeugt ist. Und gleichzeitig vermutet sie, dass die Höflichkeit es ihm verbietet, sie als Lügnerin zu überführen.

»Wissen Sie, warum man dieses Haus verlassen hat? Was ist mit seinen Bewohnern geschehen? Ich frage, weil es sich anfühlt, als seien sie noch nicht lange fort.«

»Ich kannte sie nicht.« Sie reißt sich zusammen. »Wenn Sie mich jetzt entschuldigen würden ...« Sie geht einen Schritt auf ihn zu. So nah wie jetzt ist sie noch keinem von ihnen gekommen, und sie spürt, wie ihr Magen sich vor Angst zusammenzieht.

Erst jetzt scheint ihm bewusst zu werden, dass er ihr den Weg ans Ufer versperrt. Er tritt zur Seite.

Langsam geht sie den Weg zurück, den sie gekommen ist. Es ist ihr gleichgültig, dass es ihm seltsam vorkommen wird, dass sie, wenn ihre Geschichte wahr wäre, in die andere Richtung weitergehen würde, am Haus vorbei, nicht in Richtung des Fähranlegers. Ihre Hände zittern; sie ballt sie zu Fäusten.

Hinter sich hört sie: »Nun, das ist jetzt alles ein wenig verwirrend ...«

»Was mich weit mehr verwirrt, Rawlings, ist der Umstand, dass Sie immer noch hier draußen sind.«

Es könnte schlimmer sein, denkt sie. Man hätte auch eine Kaserne daraus machen können oder einen Nachtclub wie die, die überall in Pera, dem europäischen Viertel, wie Pilze aus dem Boden sprießen. Ein Hospital ist nicht so schmachvoll wie so etwas. Und dennoch war ihr Zuhause eingenommen worden. All ihre Erinnerungen, das intime, private Leben ihrer Familie. Erneut spürt sie den Verlust. Und dieser lächelnde Engländer mit seiner skeptischen Höflichkeit. Aus irgendeinem Grund wäre es besser, beinahe weniger beleidigend gewesen, wenn er mit der kurz angebundenen Grobheit des anderen Soldaten mit ihr gesprochen hätte.

In Gedanken sieht sie sich auf ihn zustürzen, als er zur Seite tritt, um ihr Platz zu machen, sieht sich mit beiden Händen zustoßen ... sieht ihn, wie er nach hinten stolpert und in den Bosporus fällt. Sie stellt sich seine Überraschung vor, köstlich; die Demütigung seines Falls.

Sie hätte zur Fähre zurücklaufen können, bevor er selbst oder dieser Invalide Zeit gehabt hätten, zu reagieren.

Sie bringt ihre Gedanken wieder unter Kontrolle. Weiß, dass sie es niemals hätte tun können. Ihre Mutter und ihre Großmutter, der Junge, die Schule – es steht einfach zu viel auf dem Spiel. Und doch kann es nicht schaden, es sich vorzustellen. Dieser Ort, das Reich ihrer Fantasie, kann nicht besetzt werden.

George

Stabsarzt George Monroe sieht der Frau nach, als sie sich ihren Weg über den Trampelpfad bahnt – ihr Tritt ist überraschend sicher in den langen Röcken, die sie trägt. Sie wirkt melancholisch, aber das mag allein ihrer dunklen Kleidung und der Art geschuldet sein, wie sie sich gegen den Wind stemmt, der vom Wasser herüberweht.

»Die hat nicht mehr alle Tassen im Schrank, wenn Sie mich fragen«, sagt Rawlings gebieterisch. »Sah aus, als wollte sie sich in den Bosporus stürzen.«

Es erscheint ein wenig übertrieben von einem Mann, der George in den Fängen des Fiebers gebeten hat, ihm »ein Glas von dem gelbbraunen '05er« zu bringen. »Und seien Sie nicht zu geizig damit. Und sagen Sie Smythson, ich hätte gern meinen üblichen Platz am Feuer.«

Auf George hat sie vollkommen zurechnungsfähig gewirkt. Neben all den Offizieren der Besatzungsmächte, die von der Hitze und den neuen Freiheiten und der langen Zeit fern der Heimat ein wenig abgedreht waren, schienen die Einheimischen die Einzigen mit einem Bezug zur Realität zu sein, sich auf ihr alltägliches Leben zu konzentrieren.

Aber was zum Teufel hat sie hier getrieben?

Ihre Erklärung hat ihn nicht überzeugt. Er vermutet, dass sie es nicht gewohnt ist, zu lügen. Kurz denkt er an Spionage oder Sabotage, lässt den Gedanken jedoch gleich wieder fallen. Eine weniger bedrohliche Gestalt – eine Frau, die ihre Füße badet, um Himmels willen – kann er sich nicht vorstellen.

Vor einer Woche. Er kam gerade vom Barbier und war auf dem Weg zurück zur Brücke. Eine der Gestalten, die ihm entgegenkamen, bewegte sich schneller als die anderen, und sein Auge war ihr gefolgt, zuerst instinktiv, dann, als er sie deutlicher sehen konnte, aus Neugier. Man sah auf der Straße weit weniger Frauen als Männer, und diese hier rannte geradezu. Zumindest versuchte sie es – behindert von ihren langen Röcken, dem Kopfsteinpflaster, einem schwankenden Stapel Bücher. Er beobachtete sie, halb amüsiert, halb gebannt, die Schultern bereits leicht nach oben gezogen in der Gewissheit, dass das Unglück gleich folgen würde.

Er hatte gesehen, wie etwas hinuntergefallen war.

Als er ihr das Buch überreichte, sah sie ihn mit fast schon hasserfülltem Blick an. Und aus irgendeinem Grund respektierte er sie dafür.

Was für ein bemerkenswerter Zufall, derselben Frau innerhalb von nur einer Woche gleich zweimal zu begegnen … in dieser riesigen Stadt. Doch er hat bereits gelernt, dass es hier wiederkehrende Motive gibt, Begegnungen, die diese riesige Metropole zuweilen eher wie ein Dorf anmuten lassen. Einige der Gesichter darin sind ihm bereits vertraut: die Verkäufer der Makrelen-Sandwiches am Anlegesteg, die Besatzung der Fähren, ein französischer Offizier, der die gleiche Vorliebe für türkischen Kaffee zu haben scheint wie er selbst.

Er ist kein abergläubischer Mensch – er glaubt allein an das allen Dingen zugrundeliegende Chaos. Und doch ist er sich seltsam sicher, dass er ihr wieder begegnen wird.

Der neue Standort für das Lazarett der britischen Streitkräfte in Konstantinopel ist nicht der beste, aber es ist ein friedlicher Ort und wird sich als nützlich erweisen, falls es notwendig sein sollte, eine Quarantänestation einzurichten.

Das Gelände ist nicht mehr wirklich Teil der Stadt – die Bäume und Sträucher hinter dem Haus scheinen nur darauf zu warten, es sich einzuverleiben und sich wieder mit dem Wasser bekannt zu machen. Doch es gab keine Alternative. Es bedurfte eines großen, gut durchlüfteten Gebäudes, und dieses Haus war alles, was zur Verfügung stand – requiriert von den Türken. Und man durfte nicht vergessen: Im Vergleich zu einem Zelt in der Wüste war es der reinste Luxus. All die Monate an der Front in Mesopotamien, wo sich immer neue Fliegen in den Wunden gesammelt hatten, noch während man die alten fortscheuchte. Wo die Temperaturen in gottlose, unerträgliche Höhen geklettert waren, selbst im Schatten der Zeltplanen, und wo jederzeit eine Windböe voller Sand hineinfegen und alles bedecken konnte, die Nasen und offenen Münder der Männer, die zu krank waren, um die Demütigung dieser Invasion zu bemerken.

All seine Vorbehalte gegen das Haus – nicht für diesen Zweck erbaut, zu weit vom Zentrum der Stadt entfernt – schwanden bei dessen Anblick. Es ist das schönste Gebäude, das er bisher am Bosporus gesehen hat. Es ist weder das größte noch das am schmuckvollsten verzierte, doch in seiner Lage, in seiner anmutigen weißen Form, den dunklen, melancholischen Zypressen, die ringsumher aufragen, wie um es abzuschirmen, liegt eine beispiellose Eleganz.

Er hat sich gefragt, wie es wohl kam, dass es leer stand. Als er es zum ersten Mal betrat, konnte er sich des Gefühls nicht erwehren, dass seine früheren Bewohner es soeben erst verlassen hatten – dass sie jeden Augenblick zurückkehren könnten, um etwas zu holen, das sie vergessen hatten. Eine feine Staubschicht lag über den Möbeln und hing wie eine Wolke in der Luft. Offensichtlich war es längere Zeit nicht bewohnt gewesen. Doch viele Dinge schienen in der nachlässigen Art eines Menschen zurückgelassen worden zu sein, dem nicht bewusst gewesen war, dass er für immer fortgehen würde. Hier, überall, gab es Anzeichen von Leben, das mit all seinem Chaos, all seiner Eleganz geführt worden war. In den Laternen befanden sich noch die halb abgebrannten Stümpfe der Kerzen; eine schwere bemalte Vase enthielt noch die braunen Skelette von Hyazinthen. Ein das Haus umgebender Garten, in dem die menschliche Hand noch immer erkennbar ist: Jasminranken, die an einem gestrichenen Spalier entlanggezogen wurden und nun beginnen, wild zu wuchern, Strauchrosen, die an den halbmondförmig angelegten Rändern wachsen, ein Gemüsegarten, in dem riesige gelbe Kürbisse ungenutzt vor sich hin faulen und gigantische Zierspargel im Wind tanzen. Vom Ast eines der Feigenbäume hängt eine Schaukel. Und im Zentrum des Ganzen residiert der König dieses Gartens: ein gigantischer alter Granatapfelbaum. Die meisten der Früchte sind von den Vögeln aufgepickt worden oder durch die schiere Gewalt ihrer ungepflückten Reife aufgeplatzt. In ihnen glitzern noch ein paar wenige Kerne und versprechen einen späten Schatz.

Am ersten Tag, als George die Aufstellung der Krankenbetten überwachte, war er sicher, ein kleines Kind draußen weinen zu hören: das Wimmern eines dünnen Stimmchens, mal lauter und mal leiser. Bestürzt folgte er dem Geräusch hinaus in den Garten und sah die Schaukel traurig knarzend im Wind schwingen. Beinahe so – eine unheimliche Vorstellung –, als hätte eben noch jemand dort gesessen.

George ist ein Pragmatiker, ein Atheist. Und doch kann er sich der Vorstellung von Geistern nicht erwehren, die hier zurückgelassen wurden.

Im größten Zimmer des Hauses hat man die Krankenstation eingerichtet: Die Wände sind pistaziengrün gestrichen und mit Stillleben dekoriert: dunkle Trauben, die über einen Teller hängen, üppige Pfirsiche mit ihrem prachtvoll dargestellten zarten Flaum. Bei ihrem Anblick läuft dem Betrachter das Wasser im Munde zusammen. In der Mesopotamischen Wüste gab es Zeiten, in denen George von solch frischen Dingen geträumt hat – auch wenn seine Träume vielleicht ein wenig bescheidener ausfielen. Ein Kopf Salat. Ihn in die Hände zu nehmen und hineinzubeißen, wie man in einen Apfel beißen würde, und die Blätter kalt und nass auf der Zunge zu spüren: das Gegenteil all dessen, was die Wüste war. Wenn er dies nur ein einziges Mal erleben könnte, so glaubte er, könnte er alle Entbehrungen ertragen.

Der Raum verströmt eine weibliche Atmosphäre. Was möglicherweise an den Farben liegt. Er weiß wenig über das Leben der Osmanen, aber eines hat er gelernt: dass es in jedem Haus, egal wie groß oder klein, einen Bereich gibt, der allein den Frauen vorbehalten ist. Ein Gefühl unbefugten Betretens. Er weiß, wenn er in der Lage wäre, seinem Gefühl Worte zu verleihen, würde man über ihn lachen. Dies ist der Lauf der Dinge, seit Anbeginn der Zeit. Für die Sieger existiert so etwas wie unbefugtes Betreten nicht. Alles, was vor ihnen liegt, ist erobert, ist nun ihrs. Etwas anderes zu behaupten wäre beinahe Verrat.

In den Straßen lässt seine Kleidung ihn mit den anderen verschmelzen, mit allen Vor- und Nachteilen, die das mit sich bringt. Er hat gesehen, wie die Menschen hier auf die verschiedenen Uniformen reagieren, am negativsten von allen auf das Khaki der Briten. Ein mancher hat sich gewisse Freiheiten genommen. Und einige der Soldaten, viele von ihnen, betrachten es als ihr gutes Recht.

Ist das nicht die größte Schande, sich für seine eigenen Leute schämen zu müssen?

Ein Klopfen an der Tür seines Arbeitszimmers. Es ist ein junger Sublieutenant, Hatton. Selbst nach vier Jahren Krieg und beinahe drei Jahren der Besatzung sieht er noch immer aus wie ein Junge. Möglicherweise soll der helle Klecks eines Schnauzbarts über diesen Eindruck hinwegtäuschen; er tut es nicht. Hattons Gesicht ist ein wenig gerötet, und George überlegt flüchtig, ob das vielleicht das Problem sein könnte: Sonnenbrand. Er hat erschreckende Fälle davon während des Marsches durch die Wüste gesehen, wo der Schatten viele Stunden entfernt, die Haut voll Brandblasen war und sich in einzelnen Schichten ablöste.

»Guten Tag, Hatton. Wie kann ich helfen?«

Zuerst kommt keine Antwort. Doch als der Sublieutenant vor ihm steht, scheint sich seine Gesichtsfarbe noch zu intensivieren. Er verlagert das Gewicht von einem Fuß auf den anderen. Ah. Plötzlich ahnt George, worum es geht.

Hatton schließt seine Hose.

»Wir können es leider nicht heilen«, erklärt George, »aber wir können dafür sorgen, dass es nicht schlimmer wird.«

»Aber falls ich«, der Patient holt tief Luft, »weiterhin eine Beziehung mit derselben Partnerin unterhielte …«

»Sofern sie nicht ebenfalls behandelt wird, nein, das würde nicht helfen.«

»Sie sagt, es kann nicht von ihr kommen. Aber sie ist die Einzige …« Er hüstelt und presst die nächsten Worte voll Verlegenheit heraus. »Sie ist die Einzige, mit der ich je …«

»Ich fürchte«, sagt George, »unter diesen Umständen sollten Sie besser davon absehen.«

»Aber ich liebe sie. Und sie … sie sagt … sie liebt mich auch.«

Und wie vielen sonst hat sie dieses Versprechen schon gegeben? Er sagt es nicht laut. Der arme Kerl ist schon gestraft genug.

»Wie heißt die Dame?«

»Sie war eine russische Prinzessin, bevor die Roten gekommen sind!«

»War sie das? Du meine Güte.« Und dennoch, so scheint es, ist auch eine ehemalige russische Prinzessin nicht gegen das Herpes-Virus gefeit.

Der Patient geht, das Rezept fest umklammernd. George ist amüsiert, dass der junge Mann so vehement auf die ehemalige soziale Stellung dieser Frau besteht, als würde dies seine unglücklichen Umstände irgendwie erträglicher machen.

Dann erinnert er sich, dass er selbst nicht in der Position ist, über andere zu urteilen. Das wohlvertraute Gefühl der Scham besucht ihn. Das Lächeln weicht aus seinem Gesicht.

Der Junge

Er sitzt in einem sonnigen Fleckchen auf den Stufen des Wohnblocks und spielt mit einer Straßenkatze, mit der er sich angefreundet hat. Sie hat wunderschöne Augen, groß und blassgrün, schwarz umrandet, als hätte sie sie mit einem Kajalstift nachgezogen. Hin und wieder hat er sie wütend und angsterfüllt gesehen, dann scheint sie doppelt so groß zu werden, mit starrem Blick und fauchendem Atem. Für so ein kleines Wesen ist das eine recht eindrucksvolle Präsentation. Wenn sie zufrieden ist, wie jetzt, dann knetet sie die Luft mit ihren Pfötchen wie ein Bäcker den Teig für sein Brot und zeigt ihren weißen Bauch, als hätte sie keine einzige Sorge auf dieser Welt. Sie liebt es, wenn er das weiche Dreieck ihres Kinns streichelt, die sensiblen, mit Tasthärchen besetzten Wangen.

Er ist so vertieft, dass er Nur *hanım* nicht zurückkommen hört. Als sie an ihm vorbeigeht, zuckt er schuldbewusst zusammen. Er sollte eines seiner Schulbücher lesen, nicht das Buch über Essen, das aufgeschlagen neben ihm liegt. Als sie es nicht kommentiert, weiß er, dass etwas nicht in Ordnung ist. Er sieht zu ihr hoch. Es ist nicht so, dass sie geweint hätte. Eher würde er die ganze Stadt in den Bosporus fallen, als Nur *hanım* weinen sehen. Und dennoch ängstigt ihr Gesicht ihn nicht minder, denn es sieht aus wie eine Maske.

»Nur *hanım*«, fragt er leise. »Ist alles in Ordnung?«

Sie blickt zu ihm hinunter, und dennoch hat er das seltsame Gefühl, als ob sie ihn nicht wirklich wahrnehme. »Ja«, sagt sie ein wenig schroff. »Natürlich.«

Sie geht hinein und zieht die Tür mit solcher Wucht hinter sich zu, dass sie mit einem lauten Knall wieder auffliegt. Die Katze springt erschrocken auf und faucht drohend. Er denkt, wie viel einfacher Tiere zu lesen sind, wie viel ausdrucksvoller und ehrlicher in ihren bloßen Handlungen als Menschen mit all ihren Worten.

Der Gefangene

Die russische Front. Im hintersten Winkel des Reiches; ein Ort aus Eis und Schnee. Der Schnee war wie eine lebende Kreatur, oder viele lebende Kreaturen; ein Schwarm. Er suchte den Mund, die Augen – irgendeine Öffnung, durch die er eindringen konnte. Die Flocken hatten die Größe und das Gewicht von Federn. Wenn er still stehen blieb, waren seine Füße innerhalb von Sekunden verschwunden.

Der Schnee dämpfte alle Geräusche, stahl einem die Sinne. Wusste etwas, das sie nicht wussten. Sie redeten flüsternd; sie spürten, dass sie beobachtet wurden, von jemandem, der immun gegen den Schnee war, der über ihre Mühen lachte, als säße er hinter einer Fensterscheibe. Sie erschraken vor Schatten, wichen vor den Umrissen der eigenen Männer zurück, die durch den weißen Vorhang voranschritten.

Wenn er nach oben blickte, sah er nichts als einen Strudel des immer Gleichen, und er sah, dass der Schnee nicht gerade hinunterfiel, sondern in einer gigantischen Spirale. Einen Augenblick lang blickte er nicht hinauf, sondern hing darüber – baumelte an den Knöcheln über einem Abgrund. Er stolperte und wäre beinahe gestürzt.

Es hätte schön sein können, wenn es nicht so furchteinflößend gewesen wäre.

Er wenigstens kannte Schnee, wenn auch nicht annähernd so wie diesen hier. Was er für Winter gehalten hatte, die gelegentliche weiße Decke über Konstantinopel, den kalten Wind, der vom Schwarzen Meer in die Stadt wehte, erschien ihm nun kaum mehr als eine künstlerische Darstellung dieser Jahreszeit. Doch hier waren Männer aus den südlichsten Gefilden des Reiches, die nie in ihrem Leben Schnee gesehen hatten, für die es ein Mythos gewesen war.

Sie hatten einen Mann im Schnee verloren: Das Weiß hatte ihn mit Haut und Haaren verschlungen. In einem Moment war er noch da gewesen, der Letzte in der Reihe, im nächsten war er verschwunden. Er war Armenier und aus einem nahegelegenen Dorf rekrutiert worden. Gerade er hätte die Landschaft, die Gegebenheiten kennen müssen. Doch der Schnee hatte sogar ihn überwältigt.

Ein paar der Männer hatten ihn nicht besonders gemocht; den Armeniern könne man nicht trauen, hatten sie gesagt, denn sie seien keine echten Osmanen. Dennoch hatten sie die Schneewehen durchsucht, in den harten gefrorenen Tiefen nach ihm gegraben. Ein solches Ende wünscht man niemandem; nur um dann wiedergefunden zu werden, mitleiderregend, wenn der Schnee schließlich schmolz. Doch noch während sie gruben, hatten sich schon wieder neue Verwehungen gebildet. Sie waren gezwungen gewesen, weiterzuziehen, waren durch das frisch gefallene Weiß gestapft und hatten versucht, nicht an den Mann zu denken, der jetzt irgendwo darunter begraben lag. Wenn ein Mann wie er es nicht geschafft hatte, welche Chance hatten dann sie?

Ihm kam der Gedanke, dass sie hierhergeschickt worden waren, um zu sterben.

Man erzählte sich, ihre Feinde, die Russen, hätten fellgefütterte Stiefel, warme Mäntel, mit Karakulfell gefütterte Mützen. Ein paar seiner Kameraden, Soldaten der mächtigen Osmanischen Armee, trugen Sandalen an den Füßen. Andere trugen nichts: Exponiertes Fleisch starb ab und wurde schwarz. Er hatte Glück, seine Schuhe noch zu haben, auch wenn es nur dünn besohlte Straßenschuhe waren.

Um sich von der Kälte abzulenken, ließ er seine Gedanken nach Hause wandern. Er dachte an Frühlingstage am Bosporus, an das Licht, das auf dem Wasser glitzerte, die lauten Freudenfeste der Vögel. Die neue Wärme auf seinem Gesicht, den Duft frischen Wachstums; den präzisen Duft der Farbe Grün. Und an das Dröhnen des Sommers, den schläfrigen Zauber der Hitze, die golden verschleierte Stadt. Er versuchte sich an dieses Gefühl zu erinnern. Es schien unmöglich, dass es so etwas wie *zu heiß* überhaupt gegeben haben konnte, und doch erinnerte er sich daran, wie seine Mutter genau das gesagt hatte, während sie ihre Tage in der schattigen Kühle des *sofa* verbracht und erst wieder in der nachlassenden Hitze der Abenddämmerung herausgekommen war. Auch Farbe schien eine fremdartige Vorstellung zu sein. Hier gab es nur das Weiß des Schnees und das Grau der Gesichter um ihn herum, und das Schwarz ihrer Haare, und hin und wieder die blaue Tönung, die sich um ihre Münder und Fingerkuppen zog, wenn es richtig schlimm wurde. Er erinnerte sich an das lilafarbene Fruchtfleisch einer Feige. Das rostrote Tuch der Haare seiner Mutter.

Er durfte nicht daran zweifeln, dass er eines Tages nach Hause zurückkehren würde, an diesen Ort voller Farbe und Wärme. Dort hatte er getan, wozu er sich bestimmt gefühlt hatte: Er hatte unterrichtet. Die kleinen Glücksmomente seines Tages: durch die mit Kopfsteinpflaster ausgelegten Straßen der Stadt zur Schule zu gehen, das Gewicht der Büchertasche schwer an seinem Arm. Auf dem Weg würde er im Kopf seinen Unterricht vorbereiten, sich auf das einstellen, was ihn erwarten könnte; die kleinen Krisen, die sich in einem Klassenzimmer mit sehr armen Kindern abspielten, die kaum die Sprache beherrschten. Die Genugtuung, zu wissen, dass sie etwas gelernt hatten, trotz aller Widrigkeiten.

Wie naiv war er gewesen, sich einzubilden, dass sein Leben immer so sein würde, dass er bis ins hohe Alter das Gleiche tun würde. Ein Leben, in dem er keine Angst gekannt hatte, diesen besonderen Geschmack davon in der Kehle. Der Witz, dass ein Mann wie er so tat, als sei er ein Soldat.

Niemand schien sich Gedanken darüber gemacht zu haben, wie sie sich vernünftig ernähren könnten – wie es schien, erwartete man von ihnen, ausschließlich von *bazlama*-Brot zu leben. Vor dem Krieg war es köstlich gewesen; mit Honig und Butter bestrichen und einer Tasse starken schwarzen Kaffees hinuntergespült. Er hatte nicht gewusst, wie wenig Geschmack es tatsächlich hatte. In den Dörfern auf Eisenblechen gebacken, wurde es in große Säcke gepackt und mit Eseln an die Front geschafft. Bis es bei ihnen ankam, war es tiefgefroren. Um es aufzuwärmen, musste man es sich unter die Jacke schieben, auf die Haut, unter die Arme. Die Männer schüttelten es sich aus den Jackenärmeln und krochen über den Boden, um auch die letzten Krümel aufzusammeln. Je mehr sie selbst froren, desto schwieriger wurde es, die Dinger aufzutauen.

»Wenn ich es doch nur zwischen den Schenkeln einer

schönen Frau erwärmen könnte«, sagte Babek. »Das wäre besser als der feinste Honig.« Die anderen Männer hatten ihn angestoßen, in einer Mischung aus Empörung und Zustimmung aufgestöhnt und die Wärme ihres gemeinsamen Lachens gespürt. Babek grinste; er genoss es, ein Publikum zu haben. »Aber die ungewaschenen Achseln eines Mannes – selbst wenn es meine eigenen ungewaschenen Achseln sind … das muss die schlimmste Würze sein, die man sich vorstellen kann!«

Babek war sein Freund. Sie hatten sich gleich zu Beginn des Krieges in der Meldestelle kennengelernt. Keiner der Soldaten dort hatte eine militärische Ausbildung. Alles einfache Männer, die das Pech hatten, nach ihrem Geburtsdatum ausgewählt worden zu sein, bereit, sich zu Helden machen zu lassen. Babek hatte sich in der Schlange nach ihm umgewandt. Als Barbier, hatte er erklärt, sei es bei ihm immer darum gegangen, niemanden zu verletzen, kein Blut zu vergießen. Und nun stand er hier und würde lernen, wie er einen Menschen umbrachte. Es war nicht besonders witzig gewesen. Doch er hatte das Zittern der Angst in der Stimme des Barbiers gehört, einer Angst, die der seinen entsprach, und wusste, wie viel Mut es bedurfte, einen solchen Scherz unter diesen Umständen zu machen.

Sie waren das exakte Gegenteil voneinander – Babek war der Clown, während er wusste, dass andere ihn als zu ernst betrachteten. Er war neunzehn, Babek war dreißig und wirkte älter. Als habe er die Welt und alles in ihr bereits gesehen und sei nicht besonders beeindruckt davon, habe jedoch genug Humor in ihr gefunden, um über die Runden zu kommen. Doch er wusste, dass in Babek mehr steckte als das. Sein

Freund mochte tölpelhaft erscheinen, sorglos, aber in ihm zeigte sich eben auch dieser Mut.

Einmal, als man ihnen beigebracht hatte, die uralten Gewehre abzufeuern, die die Armee bereitgestellt hatte, war Babek von einer Kugel an der Schulter gestreift worden und mit einem überraschten Schnauben zu Boden gefallen. Mehr nicht. Sie alle hatten stumm dagestanden und zugeschaut, wie eine rote Knospe sich über der Wunde formte. Es war das erste Anzeichen von Blut, das jeder von ihnen zu Gesicht bekommen hatte. Vielleicht war es nur der Schreck gewesen, der Babek daran gehindert hatte, laut aufzuschreien. Doch von diesem Tag an hatten alle, die dabei gewesen waren, eine neue Ehrfurcht vor ihm, dem dünnen, linkischen Mann, der dem Spott entging, einfach indem er der Erste war, der über sich selbst lachte.

Babek hatte eine Frau. Trotz all der derben Sprüche, die er über das andere Geschlecht machte, so war doch sie es, von der er ständig sprach – allerdings nicht vor den anderen Männern, aus Angst, sie würden ihn für einen Weichling halten. Und er hatte Kinder: zwei kleine Jungen und ein Baby auf dem Weg, als er fortging. Falls es ein Mädchen sei, hatten sie beschlossen würden sie sie Perihan nennen – ein Name wie eine Blume oder eine Prinzessin aus alter Zeit. Seine Frau habe wunderschöne Hände, sagte Babek, und sie bewege sie wie weiße Vögel, wenn sie sprach. Noch bevor er den Schleier gelüftet habe, um ihr Gesicht zum ersten Mal zu betrachten, habe er diese sprechenden Hände gesehen, und da habe er es gewusst.

Sie waren gekommen, um ihn an den Gleisen zu verabschieden – seine Frau unsichtbar unter *çarşaf* und Schleier, die Jungen wie kleine Männer in ihren besten Kleidern und Feses. Sie schwenkten Taschentücher. Sie hatten auffallend klein und hilflos gewirkt, dort unten neben dem Gleis, durch die Dampfwolke des Zuges betrachtet, winzig neben der riesigen Maschine, als diese über ihnen hinwegdonnerte auf ihrem Weg in den Krieg. Vielleicht hatte Babek es ebenso empfunden, denn mit einem Mal hatte er ungewöhnlich ernst gewirkt, und seine Augen hatten geglänzt.

»Ich wünschte, sie wären nicht gekommen«, sagte er wie zu sich selbst. »Es wäre besser gewesen, wenn sie nicht gekommen wären.«

Vor langer Zeit, in einer anderen Welt, war er Lehrer gewesen. Er hatte sich ein kleines Leben für sich ausgemalt. Nicht das, das seine Eltern sich für ihn erhofft hatten – er war nicht geschaffen für die Welt der Politik oder Medizin. Doch vielleicht konnte dieses Leben auf seine eigene Weise groß sein, wenn nicht sogar heroisch. Welch größeres Geschenk konnte es geben als das des Wissens? Für die Reichen war Bildung nur ein hübsches Beiwerk, ein weiteres Gut neben anderen. Doch für die Armen konnte es die Chance auf ein besseres Leben sein.

All das war in einem anderen Leben gewesen, so fern, als gehörte es zu einem anderen Menschen. Einst hatte er jedes der Kinder in seinem Klassenraum so genau gekannt, dass er ihre Eigenheiten ebenso gut verstand wie seine eigenen. Kemal, der begann, mit einem Bein zu schaukeln, wenn er müde war, Arianna, die auf einen Fleck an der Decke starrte, wenn er eine Frage stellte, als könne sie die Antwort dort oben lesen, Enver, der den größten Teil des Unterrichts damit verbrachte, aus dem Fenster zu blicken, was einen zur Weißglut treiben konnte, doch der, wenn er gefragt wurde, die gesamte Stunde Wort für Wort wiedergeben konnte. Mittlerweile konnte er sich kaum noch daran erinnern, wie sie aussahen. Sie entglitten ihm, er hatte die Verbindung zu diesem Leben verloren. Seine Welt war zu dieser weißen Leere zusammengeschrumpft, angetrieben allein von Hunger und Angst, dem animalischen Instinkt zu überleben. Und das, so behaupteten sie, bedeutete es, ein Held zu sein.

In dieser blinden Welt aus Schnee wurde man sich seiner inneren Welt sehr viel bewusster. Des Rhythmus seines Herzens, das in seiner Brust … röchelte, wie er fand. Des Dröhnens des Blutes in seinen Ohren. Doch seine Arme und Beinen schienen nicht länger zu ihm zu gehören. Seine Füße fühlten sich an … nicht wie Füße, sondern wie etwas anderes, wie zwei dünne Klingen eines Schmuckmachers, auf denen das ganze Gewicht seines Körpers unmöglich gehalten werden konnte. Sie wollten ihm nicht gehorchen. Unter ihm war der Schnee zu Eis zusammengepresst, und mit jedem Schritt, den er voranging, schien er unzählige zurück zu schlittern. Die Wut des Schnees, der gegen seine Wangen peitschte. Er sehnte sich nach dem Moment, an dem auch sein Gesicht taub werden würde. Es spürte eine eigene Wut, ja Rachsucht.

Einige Tage nach Beginn der Offensive hatte Babek begonnen, krank auszusehen. Er war immer schon dünn gewesen, egal wie viel er aß, und an der Front gab es nur so wenig zu essen. Alle hatten Gewicht verloren, doch er hatte von Anfang an nichts gehabt, das er verlieren konnte. Seine Lippen waren blau angelaufen wie auch die Nagelbetten seiner nackten Hände. Sein Atem ging rasselnd, wenn er sprach oder auch nur atmete, als hätte sich in seiner Brust etwas gelöst.

Wenn er nun seine Scherze machte, dann ergaben sie nicht immer einen Sinn … seine Worte waren ungeordnet, als hätten sich in seinem Kopf irgendwelche Verbindungen gelöst. Babek gegenüber hätte er es jedoch niemals erwähnt, denn er wollte ihn nicht ängstigen. Zudem wollte er auch seiner eigenen Angst keine Stimme verleihen. Als Babek also einen seiner Scherze, die keinen Sinn ergaben, beendet hatte und sich erwartungsvoll umblickte – das zumindest war wie immer –, dann lachte er so laut, wie er immer gelacht hatte. Vielleicht sogar noch lauter. Falls Babek die Echtheit dieses Lachens anzweifelte, so behielt er es für sich.

Einem Mann in ihrer Kompanie – einem Südländer – waren die Genitalien abgefroren, als er sich an einem Baum erleichtert hatte. Kurze Zeit später war er gestorben. Ein Segen, sagten manche. Doch welche Nachricht sollte man seiner Mutter senden? Das Übliche natürlich: *Er starb mit einem Lächeln auf den Lippen im ehrenvollen Dienste für das Reich.*

Manche ihrer Kameraden waren wahre Bäume von Männern, Bauern und Fischer mit lederner Haut und dicken Muskelsträngen an den Armen. Sie waren um einiges größer als er. Und ihre Seelen waren bereits halb gebrochen. Wenn er neben einem von ihnen stand, so sah er in Gedanken nicht den Mann, sondern einen kleinen Jungen mit einem Bajonett in den Fäusten, die zu klein waren, um es zu führen und aus einer Uniformjacke herausragten, die zehn Nummern zu groß für sie war.

Plötzlich ein Geräusch, ein Zischen. Zuerst schob er es auf eine neue Intensität des Schneefalls. Dann ging der Mann neben ihm mit einem kleinen überraschten Schrei zu Boden. Er sah nach unten. Die spezielle Schönheit der Farbe in all dem Weiß, die sich wie Tinte auf einem Taschentuch ausbreitete. Welch ein wahrhaftiges Rot, beinahe wie das Rot auf der osmanischen Flagge selbst. Er beneidete den Mann um den Ausdruck vollkommenen Friedens auf seinem Gesicht. Bis er verstanden hatte, dass er um Hilfe rufen sollte, und die Worte fand, mit denen er es tun konnte – er hatte seit Stunden nicht mehr gesprochen, Tage, so schien es –, war es zu spät. Der Feind hatte sie erreicht.

Der Reisende

Als wir den Schutz der Bahnhofshalle verlassen, setzt der Regen ein, als hätte er nur auf uns gewartet. Manche sagen, der Regen verdirbt alles. Ich sage, das hängt vom Standpunkt des Betrachters ab. Nun, da das Wasser sich wie ein Film über die Fensterscheiben verteilt, verwandelt sich der schlichte Eisenbahnwaggon in einen heiligen Ort, eine Zuflucht vor den Angriffen von außen. Das Licht scheint sich zu verändern, zu erwachen, wie um der Trostlosigkeit die Stirn zu bieten; die winterblassen Gesichter um mich herum bekommen Farbe. Hinter den Fenstern erlangen die trostlosen Vorstädte und die hoch aufragenden fernen Schatten der *banlieues* – dem Hinterhof von Paris – die romantische Anmutung eines Aquarells.

Ich lege den Koffer neben mir auf die *couchette* und öffne ihn. Wickle eine Fotografie in einem Zinkrahmen aus der weichen Polsterung eines Schals. Wie oft habe ich sie im Laufe der Jahre betrachtet und versucht, die Reihenfolge der Ereignisse zu verstehen, die alles veränderten, die mein gesamtes Leben umkrempelten.

Ein Haus, umgeben von dunklen Bäumen. Es ist ein wenig unscharf, was das Gebäude verschwommen, provisorisch wirken lässt, sodass es nicht aus Holz und Stein erbaut zu sein scheint, sondern aus etwas Vergänglicherem, einer Struktur aus Dunstschwaden und Licht. Es wirkt eher wie die Idee eines Hauses, ein Phantasma, das sich ans Ufer hinabgesenkt hat und nun entscheiden muss, ob es dortbleiben möchte. Doch ich erinnere mich an sehr greifbare Dinge. Bemalte

Fliesen, einen steinernen Brunnen, filigrane Objekte, feines Leinen, Stimmen, die unter hohen Decken widerhallen. Kaum zu glauben, … dass es für kurze Zeit so etwas wie mein Zuhause war.

In der Hoffnung, eine Spur von Leben in diesem Haus zu finden, halte ich mir das Foto näher vor die Augen, sodass mein Atem die schützende Glasscheibe beschlagen lässt. Für den Bruchteil einer Sekunde bilde ich mir ein, etwas in der unteren Reihe der Fenster gesehen zu haben: ein kleines Gesicht, das zu mir herausschaut. Doch es kann nicht mehr als das Ergebnis einer hoffnungsvollen Einbildungskraft gewesen sein. Als ich erneut hinsehe, sind die Fenster leer und dunkel, verbergen ihre Geheimnisse.

Nur

Es ist Morgen. Sie fühlt sich erfrischt, die Demütigungen des
Vortags haben ihren Stachel verloren. Die Straßen sind noch
leer genug um diese Zeit, sodass sie rasch vorankommen. Nur
genießt das Ziehen und Strecken ihrer Muskeln, das Klappern ihrer Absätze auf dem Pflaster. Das leisere Geräusch
der Füße des Jungen, der ihr folgt: Zwei Schritte für jeden
der ihren, und selbst dann muss er sich noch anstrengen, um
Schritt zu halten. Er ist noch so klein. Doch er ist auch, sie
weiß es, abgelenkt von den Gerüchen, die aus den Bäckereien
und Cafés, an denen sie vorbeikommen, zu ihnen heraus-
dringen. Er reckt die Nase hoch in die Luft wie eine Katze.

Sie ist sich der Blicke sehr wohl bewusst. In diesen engen
Gassen laufen sie nah genug an den Fenstern vorbei, um die
Augen hinter den Spitzenschirmen leuchten zu sehen, und
eine Frau schlägt ihre Fensterläden demonstrativ mit einem
geräuschvollen Knallen zu. Seltsam, dass es ausgerechnet die
Frauen sind, die sich am meisten über ihr entblößtes Gesicht,
ihre Anwesenheit auf der Straße empören. Die Älteren von
ihnen sind die Schlimmsten, verständlicherweise. Noch immer spürt sie deren stechende Blicke auf sich. Anfangs hätten diese beinahe ausgereicht, um sie in ihre Wohnung zurück fliehen zu lassen und ihren Schleier zu holen. Jetzt stählt
sie sich gegen ihr eigenes Schamgefühl. Denn von all dem,
was der Krieg ihr genommen hat – und es war mehr, als sie
je geglaubt hatte, überhaupt zu besitzen –, gibt es eine Sache,
die er ihr geschenkt hat: ihre Stadt. Und sie ist nicht bereit,
das aufzugeben. Die Freiheit, über diese Straßen zu gehen,

die immer ihr Zuhause gewesen sind und doch für so lange Zeit jenseits ihrer Kenntnis gelegen haben.

Sie ist nicht allein; viele Frauen ihrer Generation tun es ihr gleich. Grenzen verschoben sich, verschwanden ganz. Junge Frauen, die hinter filigranen Fensterschirmen in den Häusern verborgen gewesen waren, traten hinaus auf die Straßen. Sie zeigten ihre Gesichter und übernahmen die Arbeiten der Männer. Ihre Großmutter hat den Anblick von weiblichen Straßenkehrerinnen in Hosen noch immer nicht überwunden.

Der Junge trödelt.

»Nun komm, beeil dich – wir werden noch zu spät kommen.«

Jetzt sieht sie, was seine Aufmerksamkeit erregt hat; sie hatte es vermieden, hinzublicken. Eine Gruppe französischer Soldaten in ihren blauen Uniformen lehnt rauchend an einem alten Baum, der sich seinen Weg durch das Kopfsteinpflaster gebahnt hat.

Kinder, so hat sie festgestellt, sind fasziniert von Soldaten. Jetzt beobachtet sie mit wachsender Panik, wie einer der Männer seine Zigarette auf den Boden fallen lässt, sie mit einem frischpolierten Stiefel austritt und auf sie zukommt.

»Hallo«, sagt er zu dem Jungen, auf Französisch. Nur vernimmt von den Menschen, die an ihnen vorbeigehen, ein leises, missbilligendes Gemurmel, das sich gleichermaßen gegen sie wie gegen den Mann richtet, als gingen sie davon aus, dass sie etwas getan haben müsste, um ihn zu ermutigen. Und mit diesem Gemurmel überkommt sie ein Gefühl der Scham, als hätte sie das tatsächlich.

»Ich habe einen kleinen Sohn wie dich zu Hause«, sagt

der Soldat jetzt. »Weißt du, was er am liebsten mag?« Er wartet nicht ab, um zu sehen, ob der Junge ihn verstanden hat. »Karamellen! Möchtest du eins?« Er zieht ein in goldenes Papier gewickeltes Bonbon aus der Tasche.

»Nein, vielen Dank …« Doch Nur ist zu langsam, der Junge hat es bereits genommen.

»Ich hoffe« – der Blick des Mannes wandert jetzt zu Nurs unverschleiertem Gesicht und verweilt dort –, »du richtest deiner Mutter aus, wie wunderschön sie jeden Tag aussieht.«

Nur greift nach der Hand des Jungen und zieht ihn so schnell sie kann fort, ohne sich noch einmal umzublicken. Derbes Gelächter folgt ihnen.

Als sie sich ein Stück von den Offizieren entfernt haben, streckt sie die Hand aus. »Spuck es aus.«

»Aber …«

»Tu's bitte.« Sie weiß, wie grausam es ist, einem Jungen wie ihm das Essen wegzunehmen. Doch die französischen Offiziere sehen ihnen noch immer zu, und hier geht es ums Prinzip.

Mit einem Ausdruck abgrundtiefer Qual tut der Junge, was sie von ihm verlangt. Sie wirft das Bonbon auf den Boden, und innerhalb von Sekunden ist eine Straßenkatze herbeigesprungen und schnüffelt daran.

Jetzt fühlt sie sich, als hätte man ihr eine Schicht Haut abgezogen, nicht nur ein dünnes Stück Stoff. Die Stadt scheint es darauf abgesehen zu haben, sie zu schikanieren: Das Kopfsteinpflaster verdreht ihr die Knöchel, die Menschen drängen sich ihr entgegen. Sie wird unbeholfen und erregt Aufsehen.

Nur weiß, dass sie das Interesse solcher Männer weckt,

die davon ausgegangen sind, dass alle Frauen hier verschleiert sind. Sie weiß, dass diese Männer sie sehen – das Haar bedeckt, doch das Gesicht exponiert, während sie nach ihrem eigenen Gutdünken durch die Straßen der Stadt läuft – und sich ihre Gedanken dazu machen. Sie versucht sich einzureden, dass es keine Rolle spielt. Wenn sie auf den Tag wartet, an dem sie nicht bei jedem Schritt daran erinnert wird, dass sie anders ist, könnte sie hundert Jahre warten. Und länger.

Der Junge

Er kann noch immer den buttrigen Zucker des Bonbons schmecken. Kleine Stückchen davon kleben noch versteckt in den Schluchten zwischen seinen Zähnen. Zum Glück war es ihm gelungen, die Hälfte des Bonbons hinunterzuschlucken, bevor sie ihn zwang, es auszuspucken. Der Verlust schmerzt ihn noch immer. Doch er wusste, dass er keine Wahl hatte. Ihre Augen hatten gefährlich gefunkelt. Sie hatte sich bereits in die Lehrerin verwandelt.

Nur *hanım* ist anders, wenn sie in der Schule ist. Dann scheint sie um einen ganzen Fuß zu wachsen. Sie verwandelt sich in eine neue, mächtigere Version ihrer selbst, wie eine äußerst subtile gestaltverändernde Dschinnia. Beinahe könnte er die Version von ihr vergessen, die fast jede Mahlzeit anbrennen lässt und manchmal schief singt, während sie die Wohnung putzt. Die manchmal, eher wie Enver, eine seltene freie Stunde damit verbringt, aus dem Fenster hinaus auf den Bosporus zu starren, stumm, ohne die Welt um sich herum wahrzunehmen. Er könnte beinahe vergessen, dass sie zusammen in derselben Wohnung leben. Dass sie manchmal, zu Hause, wie von einer anderen Macht gesteuert, die Hand ausstreckt und ihm übers Haar streicht, oder sich hinunterbeugt und ihn fest in ihre Arme schließt. Im Klassenzimmer lässt sie ihm keinerlei Vorzugsbehandlung zuteilwerden. Im Gegenteil, manchmal hat er das Gefühl, als würde sie ihn häufiger als die anderen Kinder tadeln, wenn er geredet oder geträumt hat. Auch wenn er es niemals wagen würde, ihr das zu sagen.

Manchmal, wenn das Chaos im Klassenzimmer seinen Gipfel erreicht, sieht er, wie Nur *hanım* sich mit dem Handballen fest über die Stirn reibt. Allein er weiß, dass sie das tut, wenn sie besonders entnervt ist. Wenn die alte Frau sich zum Beispiel darüber beschwert, wie schrecklich ihr Leben nun ist … wie wundervoll damals alles war. Dann schiebt sie die Schultern nach hinten und stellt sich der Herausforderung wie eine Straßenkatze, die sich für den Kampf bereit macht (so macht sie es auch bei der alten Frau). Wenn sie dann spricht, werden die Kinder augenblicklich leise. Selbst wenn sie ihre Stimme nicht erhebt, was sie kaum jemals tut, und selbst wenn die Kinder die Worte nicht ganz verstehen. Sie kennen diesen Ton.

Nur

»Wer kann mir sagen, was für ein Wort das ist?« Stille. »Enver, ich glaube kaum, dass du die Antwort da draußen vor dem Fenster finden wirst.« Der Junge zuckt zusammen, als hätte ihn jemand gekniffen.

»Wossis, *hanım*?«

Das kommt von einem der neuen Mädchen, das jeden Tag dieselben schmutzigen Kleider trägt.

»Das, Ayla, ist ein Stift.«

»Oh. Was tut?«

»Damit schreibt man Wörter, Ayla. Wie dieses Wort hier.«

Ein Abgrund aus Unwissenheit tut sich vor Nur auf. Sie lässt die Karte, die sie hochgehalten hat, sinken. »Wir werden uns heute Morgen wohl besser noch einmal mit den Buchstaben des Alphabets beschäftigen.«

Eigentlich sollte es sie nicht überraschen. Das Mädchen kommt aus einem der ärmsten Viertel der Stadt, wo es eine Ausnahme ist, sein Kind zur Schule zu schicken, erst recht ein Mädchen. Aber dann wiederum: Alle Kinder hier kommen aus den ärmsten Vierteln der Stadt.

Manche sind neu nach Stambul gekommen und blicken mit dem halberstaunten Blick soeben erwachter Schlafwandler um sich. Russen von den Schiffen, die über das Schwarze Meer gekommen sind und ihre menschliche Fracht auskippen, ohne sich weiter um sie zu scheren. Mädchen und Jungen mit königlichen Namen, die ein ausgezeichnetes Französisch sprechen, was in einem krassen Gegensatz zu ihrem schmutzigen und verlumpten Äußeren steht. Es gibt Türken, die kein Türkisch sprechen und die zusehen mussten, wie die Orte, die sie ihr Zuhause nannten, sich in neuen Formulierungen auflösten und sie zu Fremden in ihrem eigenen Land wurden. Und dann gibt es die Kinder, die hier geboren wurden, wie Ayla, und deren Türkisch, der Dialekt ihres Viertels, beinahe so klingt, als sprächen sie eine andere Sprache.

Nur ist sich nicht sicher, ob irgendeins dieser Kinder in ihrem Klassenzimmer überhaupt irgendetwas lernt – abgesehen vielleicht von einer Art Stammesordnung: Wer so spricht wie man selbst und ebenso aussieht, und wer nicht, wer also Freund ist und wer Feind. Wenn neue Schüler kommen, kann sie förmlich sehen, wie das Interesse der anderen sich auf diese ausrichtet, wie sie rasch und stumm gemustert werden. Dann wird eine Gruppe den Neuankömmling in ihre Reihen aufnehmen, und die andere ihn zum Feind erklären. Man muss sehr mutig sein, um diese Grenzen zu überschreiten. Es ist ein Mikrokosmos des Krieges, und es zehrt an Nurs Nerven.

Etwas fällt auf: In der Klasse waren auch einige armenische Kinder. Jetzt ist es nur noch eins. Es stimmt, während des Krieges und auch danach gab es starke Wanderbewegungen in der Bevölkerung – und die sich ständig verändernde Zusammensetzung der Schülerschaft spiegelt diese Veränderungen wider. Und dennoch muss Nur immer wieder an ihre armenischen Schüler denken, die allesamt so plötzlich verschwunden sind.

Die Schule ist eins der Dinge, die der Krieg ihr gegeben hat. Doch dies zu feiern würde bedeuten, Kerems Schicksal zu feiern. Manchmal fehlt ihr die Geduld mit ihren Schülern. Deren Schwierigkeiten verwundern sie.

Aber Kerem wäre geduldig gewesen.

Nur glaubt nicht an Geister. Doch manchmal hat sie das Gefühl, ihn bei sich im Klassenraum spüren zu können. Ein kleines Lächeln, eine gewisse Wachsamkeit. Sie hat sich umgedreht und gedacht, wenn sie es nur schnell genug täte, würde sie ihn vielleicht dabei ertappen.

Ihr Bruder sollte jetzt hier unterrichten und nicht in einem anonymen Grab irgendwo am Rande des Reiches liegen. Ein Lehrer, der zum Soldaten wurde – wer hätte jemals glauben können, dass er überlebt? Schon sein Name war falsch für einen Soldaten: Kerem – »der Gütige«.

»Aber es gibt so viele gute, angesehene muslimische Schulen«, hatte ihre Mutter gesagt, als er ihnen, mit achtzehn, von seiner neuen Arbeitsstelle erzählt hatte. »Kerem. Die Jungenschule in Galatasaray. Überlege es dir! Ein Mann wie du! Sie würden dich sofort nehmen.«

»Vielleicht.« Er hatte gelächelt, auf seine freundliche Art. »Aber ich möchte nicht dort unterrichten.« Er war ein sanfter Mensch, doch wenn er von etwas überzeugt war, dann verbarg sich hinter dieser Sanftheit eine überraschende Durchsetzungskraft.

Ihr Vater hatte nicht viel dazu gesagt. Nur glaubt, dass er höhere Erwartungen an seinen Sohn gehabt hatte. »Du darfst die Naturwissenschaften nicht vernachlässigen«, hatte er dem zwölfjährigen Kerem einmal gesagt. »Die sind wichtig für das Medizinstudium.«

Und sie selbst? Sie glaubt nicht, dass ihr Vater bei ihr solche Vorbehalte gehabt hätte. Das war einer der Widersprüche in ihm. Er hatte sie auf die britische Schule geschickt, die einen guten Lernstandard vorweisen konnte. Und unter seiner Anleitung war sie bald ebenso belesen gewesen wie ihr Bruder. Er hatte immer wieder darüber gescherzt und gesagt, Nur sei schlauer als sie alle. Doch irgendwann schien er sich damit zu begnügen, sie den Plänen ihrer Mutter und Großmutter zu überlassen. Manchmal hat sie das Gefühl, ein halb entwickeltes Wesen zu sein, ein Freak. Zu gebildet, um mit dem üblichen Schicksal ihres Geschlechts zufrieden zu sein, doch nicht gebildet genug, um etwas damit anfangen zu können. Wenn sie besonders wütend ist, dann beschließt sie, dass ihre Ausbildung nichts weiter war als eine Freizeitbeschäftigung ihres Vaters, ein Hobby.

Sie hatte diese Wut vergessen. Zu einfach ist es, die Toten zu glorifizieren, ihre Fehler zu verdrängen. Es war ihr Vater selbst, der ihr das einmal gesagt hat. »Wenn wir die Toten zu Heiligen machen«, sagte er, »werden sie weniger real. Wir verlieren etwas von dem, was sie einmal waren.«

Kinderlachen. Alle Köpfe sind von ihr ab und zum hinteren Teil des Raumes gewandt. Sie sieht sofort, was so amüsant ist.

»Enver!« – in scharfem Ton. »Der ist dafür da, um damit zu schreiben. Nicht um sein Gesicht damit anzumalen.« Der Junge legt den Stift hin. Der Ausdruck auf seinem Gesicht changiert zwischen Schuldbewusstsein und Stolz. Er hat sich Striche auf die Wangen gemalt, die aussehen wie die Schnurrhaare einer Katze, und das mit eindrucksvoller Präzision, wenn man bedenkt, dass er sich dabei nicht sehen konnte. Sie wünschte nur, er würde auch seine Schreibübungen mit einer solchen Sorgfalt ausführen.

Tatsächlich war die Unterbrechung ihrer Gedanken eine Erleichterung. Ein unerwarteter Segen des Unterrichtens – es lässt einem nur wenig Zeit zum Nachdenken.

George

Er hat den Rest des Tages für sich. Bill, sein Stellvertreter, übernimmt so lange die Leitung des Hospitals. Der Nachmittag erstreckt sich vor ihm wie die Stadt, als die Fähre sich ihr nähert – verheißungsvoll glitzernd.

Das Gedränge an der Fähranlegestelle in Tophane ist eine ganz andere Welt als das ruhige asiatische Ufer des Bosporus nur wenige hundert Meter entfernt. Aus der Damenkabine ergießt sich ein Strom verschleierter Frauen, manche von ihnen mit Babys auf dem Arm oder Kindern an der Hand, die auf ihren kurzen Beinen über die Landungsbrücke stolpern. Der Anlegesteg selbst ist so voller Menschen, dass man sich kaum vorstellen kann, wie die Passagiere von der Fähre sich einen Weg durch diese Menge bahnen sollen – und jeder scheint in eine andere Richtung zu streben. Irgendwie gelingt es allen, sich durch das Gedränge zu schlängeln. Unterwegs wird ihm Brot angeboten, Kaffee, frische Feigen, Limonade aus einem wunderschön gearbeiteten Messingbehälter, den der Verkäufer auf dem Rücken trägt. Anfangs fühlt George sich hilflos, wie fremdgesteuert mitgerissen vom Strom, und seine Ohren klingeln. Dann beginnt er langsam, es zu genießen. Die Einsamkeit des Bosporus war angenehm gewesen, doch bot sie den Gedanken viel Raum, um zu laut zu werden. Hier werden sie vom Lärmen des Alltags übertönt.

Es ist der geschäftigste Ort, den er jemals in seinem Leben gesehen hat. Abgesehen von der Front vielleicht – aber das war etwas anderes, ein Anti-Ort, mit einer anderen Art von Chaos.

Doch aus der Ferne scheint die Stadt das genaue Gegenteil zu sein. Ein Bild absoluter Ruhe. Im Licht des frühen Morgens, vom Anlegesteg des Hospitals aus betrachtet, scheint sie ganz und gar aus weißem Marmor zu bestehen und weithin zu leuchten. Die Minarette erheben sich in ihrer bleichen Eleganz bis in die Wolken hinauf. Die Stadt wirkt, als läge sie in einem Dornröschenschlaf.

Natürlich ist es ein verklärter Blick, mit dem er die Stadt betrachtet, ebenso wie all jene, die bereits vor ihm mit ihren Träumen vom Orient hierherkamen. Und indem er dies tut, wie genau, das weiß er noch nicht, leistet er ihr einen schlechten Dienst. Er überantwortet sie den halbmythischen, unbevölkerten Gefilden und missachtet so ihre Bewohner, modern und vom Krieg gezeichnet, die versuchen, ihr tägliches Leben weiterzuführen. Wie diese Frau im Garten ... Was denkt er über sie?

Aber dieser erste Anblick der Stadt, 1918. Vom Deck der *Queen Elizabeth*, während sie sich durch das Goldene Horn arbeitete, den massigen Geschützturm auf die Küste gerichtet für den Fall, dass irgendjemand in der Menge dort »auf Ideen käme«. Sie alle, selbst die rowdyhaftesten unter den Soldaten, waren von ihrem Anblick überwältigt. Plötzlich erschien es unvorstellbar, dass sie gekommen waren, um diese großartige, wunderschöne Stadt zu besetzen, die älter war, als ein jeder von ihnen sich überhaupt vorstellen konnte. In diesem Augenblick hatte die Stadt sie wahrlich zwergenhaft erscheinen lassen, sich ihrer bemächtigt. Sie waren nur eine unbedeutende Fußnote in einer Geschichte, die bereits vor Jahrtausenden begonnen hatte, in der weit mächtigere Armeen als die ihre diese Stadt erobert hatten und wieder bezwungen worden waren.

Nun steuern auch diese Männer noch ihren Anteil zum Chaos in den Straßen bei. Zu den schwarzen Roben der griechischen Priester, den roten Feses der Osmanen, den Seidenschleiern der Frauen, den brauen Jacken der Straßenverkäufer, den langen senffarbenen Gewändern der Zolleintreiber auf der Brücke in Galata addieren sich italienisches, britisches und amerikanisches Khaki und französisches Blau. In den ersten Wochen präsentierten sie sich paradefein, diese Soldaten. Und einige von ihnen sind tatsächlich paradiert, durch die gesamte Stadt – den steilen Berg von Galata und Pera hinauf, über die Brücke nach Scutari. Eindrucksvolle Formationen vor der byzantinischen Pracht der Ayasofya, der ewigen Noblesse der Blauen Moschee. Es war der Versuch, Stärke zu demonstrieren, Herrschaft. Schweigend hatten sich die Besiegten versammelt, um zuzuschauen. Aber hatte nicht auch, so überlegte George, etwas Lächerliches darin gelegen?

Er nimmt die Tram nach Galata und geht über die Brücke in den Teil der Stadt, den sie Stambul nennen. Hier lebt der Großteil der muslimischen Einwohner. Hier befinden sich die erlesensten Wunder der Architektur, die Prachtbauten der Antike. Dort ragt das Juwel von Byzanz, die Ayasofya, hoch über den umliegenden Straßen auf, rostrot im Morgenlicht. Ihr gegenüber, ihre Schönheit herausfordernd: Sultanahmet, der Stolz der Byzanz erobernden Osmanen, mit seiner wunderschönen Reihe goldverzierter Türme. Ganz in der Nähe: der Topkapı-Palast, vier Jahrhunderte lang die Residenz des Sultans. Aus der Ferne wirkt er harmlos, wie verschleiert von hohen alten Bäumen … doch einst war er das Herzstück großer Liebesgeschichten, die Existenz des Reichs bedrohender Fehden und Skandale, die ganze Dynastien verdrängten. Und nur wenige Orte sind so von Mythen umwoben wie der königliche Harem, wo einst zahlreiche Frauen ihr Leben in den blau gefliesten Räumen verbrachten. Falls es so etwas gibt wie die Seele einer Stadt, dann hat sie vermutlich hier ihren Sitz.

Das Gebiet steht unter französischer Besatzung. Blassblaue Uniformen weben sich durch die Menge. Im britisch besetzten Pera wirken die Straßen beinahe europäisch: eine etwas klotzige steinerne Pracht, schmiedeeiserne verschnörkelte Gitter, moderne Boulevards, die beinahe der Feder des Pariser Stadtplaners Georges-Eugène Haussmann entsprungen sein könnten. Sie verströmen eine Art städtischer Erhabenheit. Es hätte ebenso gut eine vollkommen andere Stadt sein können. Die Gebäude hier besitzen zierlichere Dimensionen: Häuser aus filigranem Holz, die spitzen Türme der Moscheen erheben sich über deren Dächer wie Spindeln. Dies ist die Stadt, über die große Männer – und gelegentlich Frauen – geschrieben, in die sie sich verliebt haben. Die Straßen hier scheinen kaum irgendeiner Logik zu folgen und sehen sich so ähnlich, dass es einige Minuten dauern kann, bis ihm bewusst wird, dass er sich nicht dort befindet, wo er erwartet hatte zu sein. Mittlerweile hat er eine ungefähre Vorstellung von dem Gebiet direkt am Wasser, die sich auf einzelne Kaffeehäuser und architektonische Besonderheiten stützt – grüne Fensterläden, ein Gebäude in dem ungewöhnlichen Pink des Sonnenuntergangs, ein Balkon aus besonders fein geschmiedeten Blättern.

Hier, im Schatten der Blauen Moschee, hat er einen Barbier entdeckt, der einen Soldaten für einen Spottpreis paradefein macht. Der Mann hat einen kleinen Assistenten, acht Jahre mag er sein – oder unterernährte zehn –, der auf einem klappernden Tablett Kaffee bringt. In der Regel versucht George, auch ihm ein paar *piastres* zuzustecken.

Jetzt sitzt er dort auf dem Stuhl und atmet den einzigartigen Geruch von Kaffee, Rasierwasser, Schweiß. Er sieht zu, wie sein Kiefer unter dem Bartschatten wieder freigelegt wird, bleich, wo die Sonne die Haut nicht erreicht hat. Auch der Oberlippenbart verschwindet mit einer, wie es scheint, einzigen schnellen Bewegung des Handgelenks. Es ist ein kleiner Schock, sein altes Gesicht wieder zum Vorschein kommen zu sehen, eine unerwartete Wiedervereinigung mit einem einst liebgewonnenen Bekannten. Während er nun diese alte Version seiner Selbst betrachtet, spürt er, wie sich in seinem Innern etwas verschiebt. Er trinkt einen Schluck von dem Kaffee, verbrennt sich den Mund, kaut auf dem fein gemahlenen Sediment des Kaffeepulvers und spürt, wie sein inneres Gleichgewicht zurückkehrt.

Er hat gelernt, den Kaffee, den man hier trinkt, so dickflüssig wie Sirup und ebenso süß, zu mögen. Anfangs hat er sich jedes Mal tapfer durch das fein gemahlene Pulver am Boden der Tasse gekaut in dem Glauben, dies sei ein wichtiger, wenn auch nicht unbedingt angenehmer Teil des Ganzen. Doch irgendwann hatte ein älterer Herr neben ihm Mitleid und erklärte ihm, dass man die Tasse absetzt, sobald die Zunge das Sediment unter der Flüssigkeit berührt.

Mittlerweile trinkt George mehrere Tassen davon am Tag, hin und wieder begleitet von einem der kleinen süßen Konfekte: feines, von Honig triefendes Gebäck, das rasch in den

Mund gesteckt werden muss, bevor der Honig in den Ärmel laufen kann.

Hin und wieder sieht er in den Cafés, die er besucht, das vertraute Khaki oder französische Blau einer Uniform, doch dieser Anblick ist selten – nur wenige der Soldaten scheinen sich für Kaffeehäuser zu interessieren. Wenn er doch welche dort sitzen sieht, dann wechselt er jedoch zum nächsten Kaffeehaus, wie ein Magnet, der von seinem Gegenstück abgestoßen wird. Es ist sein ganz privates, beinahe geheimes Ritual.

Wenn er seinen Kaffee trinkt, fühlt er sich – es ist nicht leicht zu erklären – seinem wahren Ich am nächsten. Nicht seinem Kriegs- oder beruflichen Ich, sondern einfach dem eines Mannes, der sich eine kleine Freude gönnt.

Er verabschiedet sich von dem Barbier und tritt, den Baedeker in der Hand, hinaus auf die große Straße vor der Ayasofya. Das Buch hat er auf dem Markt gefunden, ein seltsames Relikt der Gegenwart, und doch zugleich so fern für alle in dieser Stadt, von Soldaten und Zivilisten einmal abgesehen. Staunend blickt er hinauf zu den goldenen Türmen der Moschee, und dann hinunter auf den aufgeschlagenen Reiseführer. Im selben Augenblick nimmt er direkt vor sich eine schnelle Bewegung wahr und springt instinktiv zurück, bevor er richtig versteht, was gerade geschehen ist. Ein kleiner Junge ist in seinen Weg gelaufen und hat ihm vor die Füße gespuckt. Vollkommen überrascht blickt er nach unten auf den kleinen Spuckefleck, der im Staub zu schäumen scheint, dann auf den Jungen. Das Kind ist noch klein, und doch hat es diesen verhärmten Blick, wie so viele Kinder und Jugendliche ihn hier haben. Er ist stehen geblieben, wie erstarrt in seiner Flucht, und wirkt beinahe ebenso überrascht wie George von seinem Akt des Widerstands. Einen Moment lang starren die beiden sich an und fragen sich, was George wohl tun wird. Doch dann stürzt eine Frau auf den Jungen zu und legt schützend die Arme um ihn. »Bitte«, ruft sie und hebt den Blick zu George. »Bitte vergeben Sie.«

George würde der Frau gerne so einiges sagen. Nach dem ersten Affront dieser Tat ist er plötzlich vielmehr amüsiert. Immerhin ist der Junge so klein, sein Mut so bemerkenswert. Er möchte erklären, dass keinerlei Unheil geschehen ist, dass er, wäre er in der Situation dieses Jungen gewesen, hoffe, dasselbe getan zu haben. In diesem Moment spürt er die ganze Wirkung, die Frustration, die Ohnmacht der sprachlichen Barriere zwischen ihnen. »Es ist alles gut«, sagt er und hebt die Hand. »Es ist alles gut.«

Nur

Durch das geöffnete Fenster dringen ferne exotische Klänge von Musik, aus Russland oder Amerika importiert. Es ist eine Wohltat, nicht draußen auf der Straße zu sein; für den Moment ist diese winzige vollgestopfte Wohnung ein Ort der Zuflucht.

An einem Novemberabend vor einigen Jahren waren sie und der Junge länger in der Schule geblieben. Er hatte an einem der Tische gelesen, während sie den Unterricht für den nächsten Tag vorbereitet hatte. Sie waren auf dem Heimweg, als eine Reihe massiver Detonationen die Fenster der Tram erschüttert hatte. Alle Passagiere hatten sich tief in ihre Sitze geduckt und auf einen Einschlag gefasst gemacht. Vielleicht waren einige von ihnen, wie sie selbst, in Mahmutpaşa gewesen, als die englischen Flugzeuge kamen … oder sie hatten die Geschichten von anderen gehört – blutgetränkte Geschichten.

Dann hatte jemand in den Himmel gezeigt, der in allen Farben leuchtete: grün, rot, golden. Es dauerte eine Weile, bis ihr bewusst wurde, dass es sich um ein Feuerwerk handelte, so eines, wie sie es einst an Eid Mubarak gesehen hatte. Ohne Zweifel war es von den Besatzungsmächten initiiert worden. Keiner sonst in dieser Stadt hatte Grund zu feiern. Der Junge hatte sie gefragt, ob sie hingehen und es sich ansehen könnten. Zusammen waren sie durch die gepflasterten Straßen von Pera den Hügel hinaufgestiegen, um besser sehen zu können, vorbei an den Eingängen der *meyhanes* und Restaurants, vor denen der Junge stehen blieb, gefangen von den gedämpften Klängen eines ausgelassenen Gelages – sie zog ihn weiter.

Hier oben schien es, als wären die Farben überall, das Goldene Horn in reflektierendes Feuer getaucht. Der Junge quietschte vor Vergnügen. Sie selbst war außer sich vor Freude gewesen bei diesem unterwarteten Gefühlsausbruch, diesem möglichen Zeichen einer kurzen Atempause von all den Dingen, die ihn verfolgten. Tatsächlich hatte sie befürchtet, die Raketen könnten ihn wieder in diese schreckliche Nacht zurückversetzen, doch nun begann auch sie, das Feuerwerk zu genießen.

Wie demokratisch es war. Alle konnten es sich ansehen, wenn sie wollten – auch wenn Nur bezweifelte, dass dies die Intention dahinter gewesen war. Zumal das Publikum in den *meyhanes*, auf das diese Raketen wohl abzielten, zu sehr mit anderen Dingen beschäftigt war, um sie sich anzusehen. Plötzlich hatte sich eine der Türen geöffnet und ein Getümmel khakifarben gekleideter Männer auf die Straße gespuckt, von denen einige Gläser mit überschwappendem Bier in den Händen hielten.

Nur hatte den Jungen schützend hinter sich geschoben, jedoch nicht mehr verhindern können, dass einer der Männer in sie hineinstolperte und Nur hart an der Schulter traf. Unwillkürlich hatte sie ihn mit beiden Händen zurückgestoßen, um zu verhindern, dass er sie umwarf. Er war nach hinten gestolpert und hatte einen Augenblick lang versucht, das Gleichgewicht zu halten, bevor der Schwung ihn rückwärts zu Boden fallen ließ. Nur hatte dagestanden, überwältigt von dieser Tat, ihrer plötzlichen, unerwarteten Macht. Seine Kameraden hatten sich köstlich amüsiert. Sie lachten, lallten

Beleidigungen und zeigten mit dem Finger auf ihn, der in seinem verschütteten Bier am Boden saß. Doch dann blickte der gefallene Soldat auf, und Nur erkannte, dass der Schreck ihn ernüchtert hatte. In seinem Blick lag eine einzige Drohung. Sie hatte ihn gedemütigt, und sie würde dafür bezahlen.

Nur drehte sich zu dem Jungen um: »Lauf.«

Sie liefen den Weg zurück, den sie gekommen waren, durch die kopfsteingepflasterten Gassen. Die Männer verfolgten sie eine Weile lachend und Befehle brüllend, aber sie waren betrunken, und Nur kannte die Gegend besser als sie, kannte eine geheime Abkürzung durch eine Reihe miteinander verbundener Gassen, die sie zurück zur Tram-Haltestelle bringen würden.

Sie sind damals entkommen, doch Nur hat noch immer Angst, einer von ihnen könnte sie eines Tages auf der Straße erkennen und Vergeltung fordern. Wenn sie verhaftet wird, was soll dann aus den anderen werden … dem Jungen, ihrer Mutter, ihrer Großmutter? Sie sieht sie an und beschließt, dass es keinen Sinn macht, sich darüber den Kopf zu zerbrechen.

Als der Himmel vor den Fenstern das letzte Licht des Tages abgibt, erwärmt sie eine Schüssel Wasser auf dem Herd und wäscht ihrer Mutter die Haare mit der Damaszener-Rosen-Seife, die sie extra dafür verwahrt. Der Duft ist für seine lindernde und heilende Wirkung bekannt. Er erinnert sie an ihre Mutter. An die Frau, die sie einmal war – die die Mädchen bat, die Blütenblätter auf ihrer Haut und in ihrem Haar zu zerdrücken, bevor sie badete, die sich reines Rosenöl hinter die Ohren tupfte. Die Frau, die Gewänder aus pinkfarbener Seide trug und französische Romane las.

Ihre Großmutter sagt aus einer Ecke des Raumes: »Du

wirst nichts von ihr bekommen. Schlimmer als ein Baby heute.«

»Sie hat so viel gelitten, *büyükanne*.«

»So wie wir alle, mein Kind.«

Nurs Mutter war an dem Tag verstummt, als sie die Nachrichten von der Front erhielten: *Vermisst, vermutlich tot.* Sie wussten so gut wie jeder andere, dass diese Nachricht hieß, dass er tot war. Ihr Bruder lebte nur noch im Chaos der Bürokratie, was bedeutete, dass die Umstände seines Todes noch nicht gesichert waren. In den ersten Tagen hatte Nur sich manchmal gestattet, daran zu glauben, dass er noch lebte. Es gab Gerüchte von osmanischen Soldaten, die als Kriegsgefangene festgehalten wurden. Wenn sie seinen Tod nicht spürte, war er vielleicht noch nicht real?

Jetzt weiß sie, dass es nur eine Fiktion war, an die sie hatte glauben wollen, um den Schmerz noch ein wenig hinauszuschieben. Sie konnte seinen Tod nicht spüren, weil man ihnen die letzte Gewissheit versagt hatte, und das war das Grausamste an allem.

Irgendwo unter ihnen ertönt das schaurige, verzerrte Wimmern eines Babys. Die Wände hätten ebenso gut aus Pappkarton sein können. Über und unter ihnen können sie mit seltsam häuslicher Intimität alle Geräusche anderen Lebens mit anhören. Die meiste Zeit sind die Stimmen nur undeutlich, wie durch Wasser, zu hören.

Die Augen ihrer Mutter haben sich geschlossen. Wenn man nur flüchtig hinschaut, könnte man glauben, sie befände sich in einem Stadium absoluter Glückseligkeit. Doch ihr Atem geht zu schnell. Und unter den violett schimmernden Augenlidern sieht man rastlose Bewegungen, als liefe dort eine Projektion von Bildern, die nur sie sehen kann. Nur ahnt, welche Bilder das sein könnten. Es sind die gleichen, die ihre Mutter nachts aufschrecken lassen, vor denen sie selbst im Schlaf nicht sicher ist.

Nur versucht nicht daran zu denken, wie viel mehr Haare ihre Mutter früher hatte. Ihre Finger entdecken kahle Stellen, an denen der Schädel hervorscheint. Sie gießt ein wenig warmes Wasser aus einer Tasse über das Haar und lässt einen seidigen weißen Schaum entstehen. Sie atmet ein, atmet aus, hört, wie schnell ihr Atem geht, und bemüht sich, ihn zu beruhigen. Sie weiß, wie wichtig es ist, ruhig zu bleiben. Weiß, wie kraftvoll die Fingerspitzen, diese winzigen Lagerstätten der Empfindungen, Gefühle übertragen können. Sie versucht, nur ihre Zärtlichkeit, ihre Liebe, zu übertragen.

Nur füllt eine weitere Tasse mit Wasser, um das Haar ihrer Mutter auszuspülen. Seine Farbe hat sich ebenfalls verändert. Einst strahlte es in einer Mischung aus Braun und Rot. Füllig und mit einem metallischen Glanz. Je nach Lichteinfall leuchtete es bronze- oder kupferfarben. Jetzt leuchtet nichts mehr. Natürlich könnte es auch einfach am Alter liegen. Es ist grausam, ja, aber es ist eine natürliche Grausamkeit, die jeden Menschen trifft. Und doch geschah es so schnell, in nicht einmal einem Jahr.

Nur gießt das Wasser aus. Ein leises Seufzen dringt von den Lippen ihrer Mutter, als der Schwall ihr Haar durchnässt. Es könnte ein wohliges Seufzen sein oder ein schmerzerfülltes.

»Ist es so angenehm, *anne*?« Doch sie erhält keine Antwort.

Der Gefangene

Der Feind, direkt vor den Toren ihres Lagers. Die Russen waren gekommen, durch den Schnee. Ohne einen Laut, in Weiß gehüllt. Und dann waren sie plötzlich überall, und der Tod kam unverzüglich. Er kam in Form von Metallkügelchen, die den ganzen Weg durch einen menschlichen Körper fliegen und unterwegs alles zerstören konnten. Die Männer starben, als sie gerade ihren Mund öffneten, um etwas zu sagen, oder sich kratzten oder beide Hände in die Taschen ihrer Jacke schoben, um sie zu wärmen, oder sich hinunterbeugten, um einen Schuh zuzubinden, oder hinter einem Baum hockten, um sich zu erleichtern. Manche starben, bevor sie schreien konnten, andere mit einem Schrei auf den Lippen, der länger lebte als sie selbst. Und manche starben langsam, mit einem ängstlichen und schmerzerfüllten Wimmern. Er hatte nicht gewusst, dass der Tod im Namen eines edlen Unterfangens, im Namen all dessen, wofür er stand, so hässlich sein konnte. So klein, so erbärmlich.

Er rief Babek zu, sich fallen zu lassen, so zu tun, als sei er getroffen, und dann legte er sich selbst hin und wartete darauf, dass der Schnee ihn bedeckte, während die Feinde voranschritten. Die Kälte drang in seinen Körper wie ein Schwert, und er erkannte, dass es besser gewesen wäre, erschossen zu werden, denn nun würde er einfach erfrieren – und das wäre ein langsamer Tod.

Eine Stunde, vielleicht auch viele Stunden lang lag er da. Doch auch die Zeit war eingefroren.

Rechts und links neben ihm erstreckte sich eine dichte

Reihe aus toten Körpern. Körper, die schon bald kaum noch als solche erkennbar sein würden, deren Haut so hart sein würde wie Stein. Die Russen hatten Hunde dabei, und ein paar von denen hatten begonnen, sich an den Leichen satt zu fressen. Er konnte hören, wie sie sich nicht weit entfernt um die einzelnen Bissen zankten. Dabei gab es mehr als genug.

Babek lag irgendwo in der Nähe. Er glaubte noch immer, den rasselnden Atem seines Freundes zu hören, aber er war sich nicht sicher.

Jetzt kam der Feind, im Gefolge seiner Hunde. Er konnte Stimmen hören, das Knarzen des Schnees unter ihren Stiefeln. Ihre Stiefel waren mit Fell ausgelegt. Die Russen waren in ihrem Element. Männer von Eis und Schnee.

Er spürte, wie das Gewicht des Toten neben ihm verschwand, als man die Leiche anhob und an einen anderen Ort trug. Dann kamen sie zu ihm, stießen ihm mit dem Gewehr in die Seite. Er spürte das scharfe Stechen des Bajonetts auf seiner Haut, aber er blieb stumm.

Er konnte hören, wie sie miteinander sprachen, doch er konnte die Worte nicht verstehen. Wahrscheinlich prahlten sie mit ihrem Sieg. Und dann hörte er es. Eine Stimme, die in einer Sprache redete, die er verstand. Mit schwerem russischem Akzent, doch die Worte waren deutlich zu vernehmen.

»Das hast du gut gemacht. Man wird dich dafür belohnen.«

Eine andere Stimme, ebenfalls mit Akzent, aber nicht russisch. »Danke.«

Er öffnete ein Auge. Und er sah – er war sich ganz sicher –

gerade den Armenier, von dem sie geglaubt hatten, ihn an den Schnee verloren zu haben.

Als die Russen endlich abzogen, zerrte er Babek in den Schutz eines der Zelte. Hier würden sie bleiben, bis die Verstärkung kam und sie fand. Er musste daran glauben, dass sie kam, und bald kam – er glaubte nicht, dass sie noch lange warten konnten.

Hin und wieder gab Babek ein leises Stöhnen von sich. Es klang nicht nach einem menschlichen Laut. Er lag einfach da, wo er abgelegt worden war, die Glieder seltsam verdreht.

Er war nicht sicher, ob Babek ihn hören konnte, aber es erschien ihm wichtig, weiterzusprechen. Er spürte, wie der Schlaf ihn bedrängte und eine Atempause von der Kälte versprach, die ihren Weg in seinen Körper gefunden hatte, tiefer als jemals zuvor. Er konnte noch klar genug denken, um zu wissen, was das bedeutete. Es spielte keine Rolle, dass es ihm irgendwie gelungen war, nicht verwundet zu werden – die Kälte würde ihn ebenso gnadenlos töten wie der fleischzerfetzende Pfad einer Kugel. Und so sprach er – von zu Hause, von seiner Rückkehr. Es würde nicht helfen, über die Dinge zu reden, die sie beide gesehen hatten – die Hunde, die sich an ihren toten Kameraden gütlich getan hatten, die Demütigung der Toten, die ohne eine angemessene Beerdigung einfach liegen gelassen worden waren – dabei musste ein Muslim so schnell wie möglich begraben werden. Selbst wenn er noch Energie und Kraft gehabt hätte, er hätte sie unmöglich alle beerdigen können. Auch würde er nicht an den Verrat des Armeniers denken, des Mannes, der unter ihnen gewesen war, mit ihnen gegessen, mit ihnen Tee getrunken hatte, der versprochen hatte, ihnen zu helfen. Und nach dem sie im Schnee gesucht hatten, während sie seinen Verlust so betrauerten wie den eines jeden von ihnen. Stattdessen also sprach er von der Stadt, die sie beide liebten, den Blüten der Orangenbäume im Frühling, den ersten winzigen grünen Blättern an den Feigenbäumen, dem Duft frisch aufgebrühten Kaffees und warmen frischgebackenen Brotes.

Er versuchte sich daran zu erinnern, wie es sich anfühlte, nicht zu frieren. Er erzählte Babek von einem Sommerausflug auf die Prinzeninseln. Von einem nur wenigen Menschen bekannten Strand, an dem das Wasser so klar war, dass man den Grund selbst dann noch sehen konnte, wenn es so tief war wie ein Haus hoch. Und dann das Gefühl des heißen Sands unter dem Rücken, der Sonne, die einem mit der Zärtlichkeit einer Liebenden die Feuchtigkeit von der Haut trocknete. Sand mit winzigen Muschelstückchen, so rosa wie ein Fingernagel, wie die Innenseite der Lippen. Mittlerweile war ihm so kalt, dass er Schwierigkeiten hatte, die einzelnen Wörter zu formen – jedes musste mit einem kleinen Atemstoß über seine Lippen gezwungen werden, sodass es ihm beinahe vorkam, als könnte er die Buchstaben in der gefrierenden Wolke sehen, die aus seinem Mund kam. Aber er fand, dass er seine Aufgabe ganz gut meisterte. Wenn er doch nur die Bedeutung dieser Worte *spüren* könnte. *Bitte,* dachte er, *wenn dies hier wirklich mein Ende ist … lass mich diese zarte Wärme ein letztes Mal spüren.*

Er versuchte jetzt an seine Schwester zu denken, und an seine Mutter und Großmutter. Er hatte geglaubt, wenn es dazu käme, wenn er sich am Abgrund wiederfände, müsste er

nur an sie alle denken, und er könnte sich zwingen, weiterzu-
leben. Er hatte nicht damit gerechnet, wie schwierig es war,
nicht zu sterben.

Das Stöhnen seines Freundes war verebbt. Es war eine
gewisse Erleichterung. Vielleicht hatten die Schmerzen ein
wenig nachgelassen.

»Deine Frau, Babek. Denk daran, wie stolz sie sein wird,
einen Kriegshelden zum Mann zu haben.«

Würde seine eigene Familie stolz sein? Sie wären erleichtert, sicher, ihn nach Hause zurückkehren zu sehen. Er versuchte sich ihre Gesichter vor Augen zu rufen und stellte fest,
dass es ihm nicht gelang. Die Kälte schien ihren Weg in sein
Gehirn gefunden zu haben.

»Sie werden uns schon bald holen kommen. Es kann nicht
mehr lange dauern. Sie werden uns nach Hause bringen.«

Dieses Wort. Es schien alles in sich zu tragen, was gut war,
das exakte Gegenteil von diesem Ort. Seine Wangen schmerz-
ten, seine Tränen gefroren auf seiner Haut.

Die Zeit hatte sich verflüssigt, verflüchtigt. Es fühlte sich
an, als säßen sie hier seit vielen Tagen, vielen Nächten. Doch
als es dunkel wurde, erkannte er, dass es nur wenige Stunden gewesen sein konnten. Der Verlust des Lichts gab ihm
ein noch stärkeres Gefühl von Einsamkeit. Er erinnerte sich
daran, dass Babek bei ihm war. Er sah hinüber zu seinem
Freund. Babek schlief jetzt, das Kinn auf die Brust gelegt. Er
wirkte beinahe komisch, wie eine kaputte Puppe, mit von
sich gestreckten Gliedern. Er fragte sich, wie lange er wohl
mit sich selbst geredet hatte, sich allein mit dem Gedanken
an ein Gespräch getröstet hatte. Er sah, dass die Jacke, die er
Babek geliehen hatte – denn er benötigte sie weit dringen-

der –, aufgeklappt war. Und wie seine Mutter es getan hätte – wie sehr hatte sie sie betüddelt, als sie noch klein gewesen waren –, beugte er sich hinüber und deckte ihn wieder zu.

Er sprach weiter zu Babek, auch wenn sein Freund schlief, denn es half ihm selbst, wach zu bleiben, und einer von ihnen musste bei Bewusstsein bleiben für den Fall, dass Verstärkung erschien und nach ihnen suchte – oder die Russen zurückkehrten.

Kurze Zeit später, als es dunkel war, kam ihm ein Gedanke. Er war zu schrecklich, um ihn zu Ende zu denken, und so scheuchte er ihn davon. Doch der Gedanke hielt sich fest, irgendwo an den Rändern seines Bewusstseins. Und schließlich blickte er zu seinem Freund hinüber, betrachtete ihn diesmal genauer, und sah, dass er tot war.

George

An diesem Abend treffen er, Bill, der andere Stabsarzt, und Calvert, ein Offizier, den sie in Baku kennengelernt haben, sich in einem neuen Restaurant in Pera zum Abendessen. Es ist ein russisches Restaurant, wie es die meisten neuen zu sein scheinen, eröffnet von den Flüchtlingen, die vor Lenins Revolution über das Schwarze Meer flohen und ein wenig mehr Glück hatten als andere.

Nachts teilt sich die Stadt noch deutlicher als sonst in zwei Hälften. Stambul geht früh schlafen, während die Lichter in Pera, auf der anderen Seite des Goldenen Horns, besonders in den frühen, dunklen Morgenstunden am hellsten zu leuchten scheinen. Hier füllen sich die *meyhanes* und Jazzclubs mit europäischen Soldaten und Marineoffizieren. Und es gibt noch andere Etablissements, die es vorziehen, nicht offen zu verkünden, welche Art von Unterhaltung sie anbieten. Das brauchen sie auch nicht. Ihr Ruf verbreitet sich rasch unter all denen, die eine Neigung dazu verspüren.

Die Luft im Restaurant ist ein Mief aus Rauch und Dampf, Stimmengewirr und Geklapper. Und dazwischen, nicht laut genug, um etwas anderes zu bewirken, als zu dem allgemeinen Lärm beizutragen, dringt das hohe Klagen einer Violine. Der Mann, der sie spielt, hat ein so trauriges Gesicht, wie George es selten bei einem Mann gesehen hat, und er fragt sich, ob man ihn deshalb ausgewählt hat, und nicht aufgrund seines leidenschaftslosen Spiels. Der *maître d'hôtel* begrüßt sie und führt sie schwungvoll an ihren Tisch in der hinteren Ecke des Raumes.

Calvert ist nicht besonders beeindruckt. »Die Franzosen bekommen immer die besten Plätze«, sagt er finster und zeigt auf einen Tisch einige Reihen entfernt, wo drei blau uniformierte Männer rauchen und lachen. Unter den sogenannten Verbündeten herrscht eine Atmosphäre gegenseitigen Misstrauens.

»Was ist an dem Tisch so besonders?«, fragt Bill.

Calvert hebt eine blonde Augenbraue und zeigt hinter den Tisch der Franzosen. Dort, so sieht George jetzt, erhebt sich eine grob gezimmerte Holzkonstruktion mit einer etwas erhöhten Plattform. »Er ist näher an der Bühne. Von da aus können sie den Mädchen direkt unter die Röcke gucken.«

Er blickt sich nach dem *maître d'hôtel* um.

»Weißt du«, sagt George zu Bill, »ich habe ganz vergessen, es dir zu erzählen: Gestern ist mir eine verrückte Geschichte passiert.« Er beschreibt die Frau auf dem Steg. Allein die Vorstellung von ihr erscheint ihm plötzlich irreal, das Fragment eines Traums.

Bill runzelt die Stirn. »Du solltest es melden.«

»Warum?«

»Es könnte Spionage gewesen sein. Mittlerweile gibt es Widerstandsgruppen, weißt du. Die Teşkilât-ı Mahsusa, die Karakol. Hast du nicht von dem Feuer in den französischen Baracken in Rami gehört?«

»Ja, natürlich.«

»Nun, wie durch Zauberei sind die algerischen Soldaten allesamt unverletzt geblieben. Man glaubt, dass sie mit dem türkischen Widerstand unter einer Decke stecken.«

»An all das habe ich auch gedacht – kurz. Aber ich bin davon überzeugt, dass es nichts dergleichen war. Eine einzelne Frau, um Himmels willen, die ihre Füße gebadet hat.«

»Trotzdem solltest du es melden. Sie wäre die perfekte Wahl, um das Hospital auszuspionieren, weil wir sie nicht verdächtigen würden. Und ohnehin ist das Gelände britisches Eigentum. Sie hatte keinerlei Befugnis, dort zu sein.«

»Mmmm.« George wünschte, er hätte Bill nicht davon erzählt. Und er weiß jetzt schon, dass er es nicht melden wird. Würde Bill ihm auch raten, den kleinen Jungen zu melden, der ihm auf die Schuhe gespuckt hat?

Man bringt ihnen eisgekühlte Gläser mit diesem russischen Schnaps, der für George wie ein Destillat von gar nichts schmeckt. Aber er passt zum Essen. Besonders zum Kaviar, den George zum ersten Mal an diesem gottverlassenen Ort am Kaspischen Meer probiert hat, Perlen aus Salz, die auf seiner Zunge zerbarsten, eine Konzentration des Meeres selbst, köstlich und ein wenig abstoßend zugleich. Doch gilt das nicht für alle Dinge, die als besonders raffiniert gelten? Die Säure des Champagners, den bitteren Geschmack des Kaffees, den fleischigen Körper einer Auster. Genießt man sie wegen ihres Geschmacks ebenso wie der eigenen Fähigkeit, die kurz aufblitzende Abscheu, ja Angst, zu überwinden?

Calvert schlürft eine Auster, leert sein Glas und wendet sich an George.

»Was machen Sie eigentlich noch hier, Monroe?«

»Was meinen Sie? In diesem Restaurant? Wissen Sie, ich bin mir wirklich nicht sicher …«

Calvert zieht die Lefzen hoch, was so ähnlich anmutet wie ein Lächeln. »Nein, das habe ich nicht gemeint. Ich habe gehört, man hat Ihnen angeboten, nach Hause zurückzukehren. Schon vor einer ganzen Weile.«

»Das ist wahr.«

»Nun, und warum …?«

»Ich fürchte, ich dachte, dass ich hier eher von Nutzen sein könnte.«

»Das Pflichtgefühl, was?«

George sieht ihn scharf an, kann jedoch keine Anzeichen von Sarkasmus entdecken. »Ja. Etwas in dieser Richtung.«

Er mag Calvert nicht, wie ihm mit plötzlicher Klarheit bewusst wird. Sogar Calverts Gesicht ist ihm irgendwie unsympathisch. Es hat ungewöhnlich feine Züge: die Nase klein und zierlich, das Kinn fein geschwungen, die Lippen voll wie die eines Mädchens, mit einem scharfen Amorbogen. Vielleicht sind es diese Lippen, die das Gesamtbild in Richtung einer Hübschheit kippen, die nicht ganz funktioniert. Und doch ist Calvert sehr stolz auf sie, wie George weiß. Man könnte beinahe sagen, dass er sie bewusst in Szene setzt. Es ist ein Gesicht, dem man nicht recht vertrauen kann.

Jetzt lehnt Calvert sich über den Tisch und murmelt verschwörerisch: »Die haben hier die besten Mädchen. Alles echte Weißrussinnen, keine geringer als eine Countess, ich sage es Ihnen. Allesamt vor den roten Teufeln geflohen.« Sein Atem riecht metallisch vom Wodka.

George wirft einen Blick durch den Raum auf die Kellnerinnen, von denen Calvert spricht. Sie sind allesamt hübsch, relativ jung, mit einem gekünstelten Lächeln auf den Lippen. Nicht unbedingt bemerkenswert auf irgendeine Art … so wirkt es zumindest auf ihn. Vielleicht bedarf es feiner Kleider und Krönchen, um wirklich aristokratisch zu erscheinen. Doch dann wiederum stellt sich die Frage: Was genau ist der Unterschied zwischen ihnen und all den anderen Frauen? Wenn die letzten Jahre ihn eines gelehrt haben, dann die Veränderlichkeit aller Dinge. Wenn ganze Städte – Länder – in so kurzer Zeit zerstört werden können, erscheinen die Chancen eines Menschen, in seiner Essenz unverändert zu bleiben, ausnehmend gering.

Doch Calvert ist offensichtlich von ihnen fasziniert. Er folgt den Frauen mit seinen Blicken wie ein Fuchs. Vielleicht ist es der Fall selbst, der ihn interessiert. Die Vorstellung, dass er, der Sprössling einer Familie von Ladenbesitzern – wenn auch sehr erfolgreichen, wie er gerne betont –, eine mittellose russische Prinzessin ins Bett bekommen könnte. Die Kellnerin kommt zu ihnen an den Tisch, bereit für die nächste Bestellung. Und mit einem Schauder des Entsetzens sieht George, dass ihre Augen in der Sekunde, bevor sie ihr Lächeln wie einen elektrischen Blitz anknipst, so ausdruckslos sind wie die einer Toten.

Wieder muss er an die Frau auf dem Steg denken. In dem Blick, den sie ihm zugeworfen hat, war nichts Ausdrucksloses. Es war ein Blick, mit dem man Nasenhaare hätte versengen können.

»Woran denkst du?« Bill sieht ihn an. »Du grinst wie ein Irrer.«

»Wie bitte? Oh … nichts Wichtiges.«

»Nun, dann solltest du schleunigst zu uns zurückkehren. Die Show fängt jeden Moment an.«

Ein Mann war auf die Bühne getreten, der Ansager, in einem Aufzug, der einmal stattlich gewesen sein mochte: hellblauer Gehrock mit goldenen Borten und passender Hose.

Mittlerweile ist er seit Jahrzehnten aus der Mode, viel zu groß und an Ärmelaufschlägen und Kragen fadenscheinig.

»Wo zum Teufel hat er wohl dieses Ding gefunden?«, murmelt Bill. »Man würde doch denken, dass sie das ein bisschen besser hinbekämen, so populär, wie der Laden hier ist.«

Calvert wirkt ein wenig gekränkt, als bedeute eine geringschätzige Bemerkung über diesen Club gleich auch eine über seinen persönlichen Geschmack, denn er war es gewesen, der diesen Laden hier vorgeschlagen hat. »Das ist der Turgenew«, erklärt er giftig. »Und es *soll* altmodisch aussehen. Ein Hauch des alten Russlands – des Russlands, das Napoleon zurückgeschlagen hat.«

»Ah.« Bill scheint wenig überzeugt.

Zum Glück werden sie durch die Ankündigung der ersten Darstellerin abgelenkt. Das Lied, das sie anstimmt, ist so schrill wie die Violine und so fremd in den Ohren wie der Wodka auf der Zunge. Es ist nur ein Entrée, diese musikalische Einlage, für die Gänge, die nun folgen: weiße Schenkel unter seidenen Petticoats.

»Die da nehme ich mit nach Hause. Nein, nein – die da.«

George sieht ihn an. »Ich dachte, Sie seien verheiratet, Calvert.«

Calverts Haut ist so hell, dass die Röte sich darauf explosionsartig ausbreitet. Schwer zu sagen, ob sie von Verlegenheit oder vielmehr von Wut herrührt. »Was wollen Sie damit sagen?«

George ist nicht ganz sicher, warum er das gesagt hat. Schließlich ist Calvert bei Weitem nicht allein mit dieser Einstellung. Und welches Recht hat er, George, über Calvert zu urteilen? Es ist wohl das Beste, die Gemüter rasch wieder zu beruhigen. »Entschuldigen Sie, alter Freund, ich wollte Sie nicht kränken.«

Calvert antwortet mit einem knappen Nicken und schweigt für den Rest der Darbietung. Bill sucht Georges Blick, doch der weicht ihm aus. Die Wahrheit ist, er ist müde. Er denkt an den armen Hatton und seinen Herpes. Er denkt, dass er in den Monaten, seit er in der Stadt ist, vermutlich mehr halbnackte Menschen gesehen hat als in seiner gesamten medizinischen Laufbahn, und so viele Fälle von Ehebruch wie eine Bordellwirtin im East End.

Falls dies den Eindruck vermittelt, er stünde über diesen Dingen, so ist das ein Irrtum.

Er war nicht immer immun gegen derartige Versuchungen.

Weiche Haut, Parfüm, ein warmer Körper an seinem, das Gefühl vermittelt zu bekommen, der interessanteste Mensch im Raum zu sein.

Nein, er war ganz und gar nicht immun dagegen.

Nur

Als Nur den Jungen ein Buch lesen sieht, traut sie ihren Augen kaum. All ihre Bemühungen, ihm das Lernen schmackhaft zu machen, waren bislang vergeblich. Sie hat die Hoffnung aufgegeben. Und nun dieses kleine Wunder. Er ist so vertieft, dass er nicht einmal hört, wie sie sich nähert.

»Was ist das?«

Der Junge zuckt erschrocken zusammen und sieht sich verstohlen um. »Ich ... habe es gefunden.«

Sie betrachtet das Buch genauer und erkennt es wieder: das Buch mit den Rezepten, lange vergessen. Jetzt versteht sie seine verstohlenen Blicke. »Du hast es wohl in der Küche gefunden.« Sie hat ihn schon oftmals dort herumkramen sehen, es aber nicht über sich gebracht, ihn deswegen zu schelten. »Ich habe es lange nicht mehr gesehen. Darf ich?«

Ein wenig widerstrebend reicht er ihr das Buch.

Es ist das Rezeptbuch, das Fatima ihr zur Abschrift gegeben hatte, als Nur ihr sagte, dass sie sie entlassen mussten. Ihre Hand schmerzt beinahe in Erinnerung an diese Aufgabe. Seitdem hat sie nicht wieder hineingeschaut. In einer Zeit, in der es schwierig genug war, Brot zu bekommen, geschweige denn etwas anderes, was wäre da der Sinn gewesen? Das Papier ist vergilbt, was ihm den Anschein gibt, weit älter zu sein. Wie ein Relikt aus einer anderen Zeit. Was nicht ganz falsch ist. Diese Tage scheinen weit entfernt.

»Ich verstehe das nicht«, sagte sie. »Ich habe noch nie gesehen, dass du dich so für ein Buch interessiert hast. Und das hier sind bloß Rezepte, Listen mit Zutaten.« Doch dann erinnert sie sich wieder an seine Besessenheit, wenn es um Essen geht, an die Tatsache, dass er nie wirklich satt zu sein scheint, und denkt sich, vielleicht verstehe ich doch.

»Welches ist dein Lieblingsrezept?«

Der Junge nimmt das Buch und blättert zielstrebig durch die Seiten. Er findet das, das er gesucht hat, und tippt darauf. Sie liest *Tscherkessisches Hühnchen mit Honig und Feigen* und verspürt ein Ziehen, ein Gefühl der Verbindung zu diesem Gericht, doch anfangs kann sie es noch nicht zuordnen. Die Erinnerung entgleitet ihr.

Nur legt das Buch aus der Hand. Augenblicklich greift er danach.

In den ersten Jahren des Krieges kamen diejenigen, die ihre eigenen Hühner hatten, relativ gut zurecht. Als das frische Fleisch aus den Metzgereien verschwand, brachten die Vögel viel Geld ein, manchmal auch feine Stoffe, Möbel, Schmuck. Sie wurden buchstäblich mit Gold aufgewogen. Dann kam die Zeit, in der niemand seine Hühner mehr verkaufte, egal für welche Summe. Sie waren unbezahlbar geworden. Und dann wurde frisches Fleisch zu etwas, das in die Vergangenheit gehörte. Vielleicht behielt man einen Vogel – mit Argusaugen bewacht – wegen seiner Eier. Ihn zu essen wäre eine entsetzliche Verschwendung gewesen.

Nur überlässt den Jungen seiner Lektüre und geht zurück in die Wohnung. Als sie über die Schwelle tritt, weiß sie es wieder. Sie hat dieses Gericht zum letzten Mal an dem Abend gegessen, als die Kriegstrommeln ertönten. Die Erinnerung trifft sie mit voller Wucht.

Sie schält gerade eine weiße Feige. Kurz zuvor haben sie diese Früchte auch gekocht gegessen, mit Hühnchenfleisch. In der Mitte des Tisches steht eine große Platte voll Feigen, und der Raum ist erfüllt vom Duft ihrer Blätter. Der Himmel hinter den Fenstern leuchtet im dunklen Blau einer Spätsommernacht.

Sie alle sind müde und satt von dem reichhaltigen Mahl, das sie gerade eingenommen haben, und lehnen sich in ihren Stühlen zurück, schläfrig im Kerzenlicht und in der Wärme. Es sind noch drei Wochen bis zu ihrer Hochzeit. Sie versucht, diesen Moment tief in ihre Erinnerung einzubrennen, denn sie weiß, es wird einer der letzten Abende dieser Art sein. Wie viele Abendmahlzeiten wie diese hatte es schon gegeben? Hunderte? Tausende? Die Leichtigkeit, keine Konversation betreiben zu müssen – obwohl ihre Großmutter schon bald eine Zigarette anzünden und zum üblichen Klatsch und Tratsch ansetzen wird, mit dem sie so gern den Abend ausklingen lässt. Oder ihr Vater beschließt, mit roten Wangen von dem Wein, den seine Religion und seine Frau missbilligen, eine kleine Rede zu halten. An diesem Abend war er besonders emotional. Mehr als einmal hat der Schein der Kerze das Glitzern von Tränen in seinem Gesicht eingefangen. Er hat von Liebe gesprochen und von Familie, davon, wie wichtig sie, Nur, ihm sei – seine einzige Tochter, seine kleine Rose. Nur glaubt zu verstehen … er fürchtet sich ebenso sehr vor den Veränderungen, die ihnen bevorstehen, wie sie selbst. Sie kennt noch nicht die volle Wahrheit. Dass er an diesem Morgen seine Symptome so objektiv wie möglich evaluiert hat und zu dem Ergebnis gekommen ist, dass er die Hochzeit seiner Tochter wohl nicht mehr erleben wird.

Sie isst ein Stückchen Feige, kostet den intensiven süßen Saft. Die ersten Früchte der Saison sind immer eine geschmackliche Offenbarung.

Unter dem Gemurmel der Stimmen ertönt ein Geräusch vom jenseitigen Ufer, leise zuerst, wie ein seltsamer Donner. Dann lauter, als schwelle es in der Stille an wie ein Feuer an der Luft. Was auch immer es ist, es ist laut. Nur selten dringen Geräusche aus der Stadt zu ihnen herüber. Hier sind sie geschützt. Noch bevor sie erkannt haben, woher das Geräusch kommt, lässt dessen Beharrlichkeit Schlimmes ahnen. Es hat alle Gespräche verstummen lassen. Sie atmen kaum noch, so intensiv lauschen sie.

Sie kommen ebenfalls mit Trommeln, um die neusten Rekruten zu holen. Ein Fanfarenzug, die Flagge gehisst. Es ist – ja – ziemlich aufregend. Ihre Großmutter, die schon immer eine Vorliebe für Pomp und Pracht hatte, ist verzückt. Sie schauen zu, wie Kerem mit seinem Zug davonmarschiert, mit roten Wangen von all dem Getue, das man um ihn macht. Ein Lehrer, der zum Soldaten wird, was für eine absurde Vorstellung! Die Menge singt das alte Lied, und zum ersten Mal versteht Nur die Worte richtig: »Oh ihr Verwundeten, ich komme, um euren Platz einzunehmen. Mein Herz schmerzt, denn ich muss meine Lieben verlassen …«

Am nächsten Tag geht sie, um ihn noch einmal zu sehen, als die Rekruten das Gebäude in Sirkeci verlassen und in ein provisorisches Camp am Schwarzen Meer ziehen. Zuerst wirken seine Augen wie die eines Schlafwandlers. Er lächelt ihr zu, doch scheint er sie kaum zu sehen. Sie fragt sich, ob ihm das alles ebenso unwirklich vorkommt wie ihr.

»Du wirst schon bald wieder zu Hause sein«, sagt sie zu

ihm. »Sie haben gesagt, es wird nicht lange dauern.« Es ist wahr. Aber dann hatte es auch eine Zeit gegeben, in der sie gedacht hatten, dass man ihn gar nicht erst einziehen würde. Zuerst haben sie die älteren Jahrgänge geholt – viele davon kampferprobte Kriegsveteranen. Dieselben Trommeln. Der *Bekçi Baba* – der Gardist –, der in den Straßen rief: »Männer geboren in den Jahren 1880 bis 1885 haben sich innerhalb eines Tages zum Kriegsdienst zu melden. Wer sich nicht meldet, muss mit rechtlichen Konsequenzen rechnen.«

Nun sind sie gekommen, um die Männer im Alter ihres Bruders zu den Waffen zu rufen – die jüngste Gruppe. Aber es wird keinen richtigen Krieg geben, sagen alle.

»Sie sagen«, erklärt sie Kerem, »dass bis Eid al-Adha im Herbst alles vorbei ist.«

»Ja«, sagt er. »Ich weiß. Ich werde nach Hause kommen und einiges zu erzählen haben. Außerdem wollte ich immer schon ein wenig herumreisen.«

Anfangs erscheint alles so unwirklich, dass es sogar ein wenig aufregend ist, beinahe romantisch. Tapfere junge Männer werden in den Krieg ziehen und vollkommen verändert wieder heimkehren, als Helden des Reiches.

Als also ihre Großmutter später fragt: »Hat er stattlich ausgesehen in seiner Uniform?«, da erscheint es ihr nur richtig, zu nicken und zu antworten, dass er tatsächlich ausgesprochen stattlich ausgesehen habe.

»Und seine Stiefel«, fragt ihre Mutter, »sahen sie vernünftig aus?«

»Oh ja«, antwortet Nur. »Ausgezeichnete Qualität.« Sie hasst es, zu lügen – sie ist eine schlechter Lügnerin. In Wahrheit hat er seine eigenen Kleider getragen, seine eigenen dünnen Stadtschuhe. Das einzig Wahre an der Beschreibung, die sie den beiden lieferte, war der Umstand, dass er seine Tasche bei sich gehabt hatte, genäht von ihrer Mutter und gefüllt mit Essen, sauberer Unterwäsche, wollenen Socken und Handschuhen.

Wenn sie sich ihn an seinem Ende vorstellt – sie kann sich nicht dagegen wehren –, dann sieht sie ihn in diesen erbärmlichen Kleidern, diesen dünn besohlten Schuhen. Den Schuhen eines Lehrers. Einen sanftmütigen, vornehmen Mann in einer ihm ganz und gar feindlich gesinnten Welt.

Der Gefangene

Als sie ihn fanden, hielt er Babek in den Armen, als wäre er sein totes Kind. Der Offizier informierte ihn gnädig darüber, dass er es nicht in seinem offiziellen Bericht vermerken werde – es ziemte sich einfach nicht. Er würde schreiben, dass Babek »im stolzen Dienst für sein Land« gestorben sei, »ein Held seines Reiches«. Na, wäre das nicht was für seine Frau und die Kinder?

Auf der Zugfahrt in den Süden betrachtete er sein Spiegelbild in der Fensterscheibe und sah, dass die Kälte ihn in jemanden verwandelt hatte, den er nicht wiedererkannte. Er war so abgemagert, dass sein Schädel nur noch von einer dünnen Schicht Haut bedeckt zu sein schien. Sein Beinahe-Tod stand ihm deutlich auf den gesamten Körper geschrieben. Doch es war mehr als das: Seine Augen hatten sich verändert. Vielleicht war es nur die Spiegelung, doch er glaubte in ihnen eine neue Abwesenheit zu sehen, etwas, das dieser Ort ihm genommen hatte und möglicherweise niemals zurückgeben würde. Die Distanz, die er beim Anblick dieses Fremden spürte, machte ihm Angst. Wo war der Mann, der er einst gewesen war? Die Kälte schien einen unsichtbaren Teil in ihm getötet zu haben, und zwar ebenso effizient, wie sie sichtbares Fleisch zerstörte. Die Spitzen seiner Zehen, die Ballen seiner Finger, die schuppige Haut in seinem Gesicht, und sogar die Spitze seiner Nase – schwarz wie der Punkt unter einem Ausrufezeichen, ein kleiner Scherz der Kälte. Dieser junge Lehrer wirkte nun wie ein Mensch, dem er in der Vergangenheit möglicherweise einmal kurz begegnet war.

Der Stabsarzt des Roten Halbmonds, der ihn versorgte, hatte allerdings schon Schlimmeres gesehen.

»Schlimmer? Inwiefern?«

»Oh. Nun … diejenigen, die ganze Gliedmaßen verloren haben, natürlich. Und dann die, die sterben. Bei dir, das wird schon wieder.«

Er fragte sich, was genau das wohl bedeutete, und bekam schon bald die Antwort: Es bedeutete, dass er gesund genug war, um sich einem neuen Regiment im Süden anzuschließen, unterhalb des Vansees. Hier war ihr Hauptfeind nicht länger der Russe.

Es sei ganz simpel, erklärte sein neuer befehlshabender Offizier: Die Armenier hatten sie verraten. Nun mussten sie osmanisches Gebiet verlassen. Es gab zwei Möglichkeiten. Sie mussten davon überzeugt werden zu gehen, ihre Dörfer zu verlassen, nachdem sie ihre Habseligkeiten und die Verpflegung zusammengepackt hatten, die sie auf ihrer Reise nach Osten, Richtung Mesopotamien, benötigten. Andernfalls würde man sie zwingen.

»Alle Armenier?«, fragte er den Offizier. »Haben sie sich alle gegen uns gewendet?«

Er hatte Kinder in seiner Klasse gehabt, die Armenier waren. Einer seiner Lieblingsschüler, ein kleiner Junge, war Armenier. Dann dachte er an den Mann, der sie verraten hatte. Er dachte an Babek. Aber das hier waren einfache Leute, oder nicht? Ihre Dörfer waren verschlafene, kaum bemerkenswerte Orte – das Meckern einer Ziege, das Weinen eines Kindes, das konstante tiefe Dröhnen der Hitze. Das Dramatischste, was hier geschah, war ein wilder Hund, der im Hühnerstall Amok lief, hin und wieder eine bescheidene Hochzeit, der

Tod eines alten Mannes. Seit Hunderten – vielleicht sogar Tausenden – von Jahren hatten diese Menschen so gelebt. Ganz sicher wussten sie nichts von einem großen Verrat. Es war nicht einmal klar, ob sie überhaupt etwas vom Krieg gewusst hatten, bis diese Männer der osmanischen Armee kamen und ihnen befahlen, ihre Sachen zu packen.

»Um das Geschwür zu entfernen«, erklärte ihm der Offizier. »Wir müssen alles ausmerzen. Denkst du etwa, diese Leute tragen eine Uniform, um uns zu sagen, dass sie diejenigen sind, nach denen wir suchen müssen? Ganz so dämlich sind sie nicht. Sie arbeiten im Schatten, und das macht sie so gefährlich. Aber wir können den Überraschungseffekt für uns nutzen. Sie haben keine Ahnung, dass wir es auf sie abgesehen haben.«

Das war ganz sicher wahr. Die Dorfbewohner hatten sie nur angestarrt, als sie ihnen ihre Befehle gaben – selbst nachdem diese in ihren Dialekt übersetzt worden waren. Als sie endlich an den Sammelpunkten standen – nachdem man die Befehle sowohl brüllend als auch mithilfe von Gewehrkolben durchgesetzt hatte –, waren viele mit leeren Händen gekommen, ohne ihre Besitztümer, die man ihnen befohlen hatte zusammenzupacken. Es schien, als konnten sie einfach nicht glauben, dass irgendetwas von dem, was gerade geschah, wirklich wahr sein sollte.

»Aber die meisten dieser Leute«, sagte er zum befehlshabenden Offizier, »diejenigen, die wir tatsächlich umsiedeln … es scheinen alles nur Frauen, alte Männer und Kinder zu sein. Sollten wir nicht vielmehr nach jungen Männern Ausschau halten?«

»Hör zu … wie heißt du nochmal? Dieser Befehl kommt

von ganz oben. Oh, und du kennst doch die Strafe für Befehlsverweigerung, oder nicht?«

Er dachte an die Hunde, die sich am Fleisch der Männer, mit denen er gelacht und Brot gegessen hatte, und die ihm beinahe zu Brüdern geworden waren, gütlich getan hatten. Daran war der Armenier schuld gewesen. Er dachte an Babeks Familie, so winzig neben dem riesigen Kriegszug, die Jungen gekleidet wie kleine Männer, die darauf warteten, dass ihr Vater zu ihnen zurückkehrte – als Held.

Sie hatten Befehl, die Armenier weiter nach Osten zu führen, an den äußersten Rand des Reiches, Richtung persische Grenze. Der Befehl kam von den höchsten Rängen des Kriegsministeriums in Konstantinopel. Eine »Umsiedelung« – offenbar war das der Begriff, den man dafür verwendete. Doch das Gebiet, in das man diese Menschen brachte, war dafür bekannt, ein lebensfeindlicher Ort zu sein: eine Wüste, ein Anti-Ort. Man konnte von niemandem erwarten, sich dort anzusiedeln. Es gelang ihm nicht, die Verachtung in sich aufzubringen, die man von ihm erwartete, die er einst gefühlt hatte. Es war, als wäre die Kälte tief in ihn hineingedrungen und hätte jegliche dort verwahrte Gefühle zu Eis werden lassen. Es gab eine Grenze, die er nicht überschreiten konnte, eine Taubheit.

Zugleich hatte Babek nie eine Chance gehabt, zu überleben. Man hatte ihm sein altes Leben genommen. Er hatte Dinge gesehen, die ihn unwiederbringlich verändert hatten. Und so war es vielleicht nicht verwunderlich, dass es ihm auch nicht gelang, die Empathie zu empfinden, die er möglicherweise früher empfunden hätte. Diese Menschen erhielten immerhin die Chance, ein neues Leben zu beginnen, egal wie gering sie auch sein mochte. Und war das nicht mehr, als Babek und all die anderen zu Eis gefrorenen Toten erhalten hatten?

Und so hinterfragte er den Befehl nicht länger, während sie mit den Alten und sehr Jungen, den Kranken, den Unpässlichen, den schwangeren Müttern und neugeborenen Babys in die Wüste marschierten.

Der Junge

»Ich habe etwas für dich. Komm mit.«

Er steht auf, ein wenig ungehalten, die Sonne und sein Buch verlassen zu müssen, aber doch neugierig.

Nur *hanım* führt ihn in die Küche. Dort, auf der steinernen Arbeitsplatte, liegt ein gerupftes Huhn, nackt und pickelig. Daneben eine Schale mit prallen grünen Feigen. Die Feigen hier am Baum sind bereits abgeerntet; sie muss sie woanders besorgt haben. Es gibt noch mehr. Die Aufregung lässt sein Herz schneller schlagen. Ein Glas, halb voll mit Honig, und ein weiteres – er greift danach, wartet darauf, dass sie ihn zurückhält. Als sie schweigt, riecht er daran. Öl. Zwiebeln, fest und golden glänzend. Einige Zweige eines duftenden Krauts.

»Thymian«, sagt sie. »So steht es im Rezept.«

»Danke.«

»Nein«, sagt sie. »Ich sollte dir danken. Ich dachte, du könntest es für uns kochen.« Ihr Blick wandert zum Herd, wo er – zu klein, um daran zu kommen – erst kürzlich eine Dose mit Kaffee umgestoßen hatte. »Wir werden es gemeinsam zubereiten.«

Nur *hanım*, die alles immer so schnell macht, ist auch beim Kochen nicht anders. Obwohl er es noch nie zuvor getan hat, weiß er, dass es Zeit braucht. Ein solches Gericht bedarf der Ehrfurcht, der Geduld … sogar einer gewissen Art von Liebe. Die Abläufe sind ihm mittlerweile so vertraut wie sein eigener Name, wie man ein Gedicht auswendig aufsagen kann. Hier ist die Zwiebel, die in dünne Scheiben geschnitten werden muss, so schlank und rund wie der Neumond. Er reicht sie Nur *hanım* und sieht zu, wie sie mit dem Messer darauf einhackt, als hätte die Zwiebel ihr persönlich Unrecht zugefügt. Wenn sie nicht hinschaut, versucht er ihre Arbeit zu retten. Als es darum geht, die Zwiebel sanft zu dünsten, gerade so lange, bis sie glasig geworden ist, scheint sie mit dem Löffel auf sie einzuhämmern und in der Hitze der Pfanne zu quälen, bis die Scheiben kross und braun sind. Nächstes Mal, beschließt er, wird er sie nur bitten, ihm den Herd anzumachen – das Einzige, was er nicht so gut kann. Nach einer Weile gestattet sie ihm, die Zubereitung des Gerichts selbst zu übernehmen. Er überlässt ihr nur die einfachsten Aufgaben: die Blätter des Thymians von ihren holzigen Stängeln zu befreien, die Feigen zu waschen (was noch nicht einmal im Rezept steht).

Beide schweigen. Während er arbeitet, treten die schlimmen Gedanken, der Schmerz, in den Hintergrund. Er konzentriert sich ganz auf das, was er tut. Der neue, und doch nicht ungewohnte Rhythmus dieser Tätigkeit, er ist ihm vertraut, wie eine geheime Sprache. Er existiert bereits in seinen Händen. Das Gefühl der Zufriedenheit, zuzusehen, wie sie zu einem Ganzen werden, all diese einzelnen Dinge. Und alles nur, weil er sie dazu bringt, mehr zu werden, als sie sind. Das Fleisch, das seine Farbe ändert, von rosa zu gold, die Sauce, die es mit einem glänzenden, duftenden Schein überzieht. Die Süße, die Würze, die sich vereinen.

Es ist der Beginn einer Obsession – oder vielmehr ihr allmähliches Fortschreiten. Mit Nur *hanıms* Hilfe arbeitet er sich durch die Rezepte, und zwar mit den Zutaten, die in der Stadt nicht unmöglich zu besorgen sind. Er lernt, dass das Kochen selbst das eine ist – die Freude an seinen immer besser werdenden Fertigkeiten, am zunehmenden Selbstvertrauen seiner Hände. Das andere ist die Reaktion, die Freude, wenn er sieht, dass seine Gerichte Gefallen finden. Manchmal lädt Nur *hanım* ihre Nachbarn ein, um das Mahl mit ihnen zu teilen. Es ist noch nicht lange her, da hätte der Gedanke, teilen zu müssen, eine gewisse Art von Verzweiflung in ihm hervorgerufen. Jetzt spürt er nur noch Stolz. Es ist eine andere Art von Sättigung. Sein Hunger, der Hunger, der nicht gestillt werden konnte, wird langsam kleiner.

Nur

Er ist ein gelehrigerer Schüler als sie, mit einem natürlichen Talent für diese Arbeit. Sie, die mit ihren Händen in anderen Dingen – Briefe schreiben, Sticken – so geschickt ist, erweist sich in der Küche als unbeholfen und ungelenk. Auch hat er im Unterschied zu ihr ein instinktives Gespür für Geschmacksnuancen. Sie muss härter an sich arbeiten. Außerdem ist sie nicht besonders geduldig: Ihr fehlt die Muße für die Gerichte, die lange kochen müssen. Er dagegen bereitet sie mit einer Art Ehrfurcht zu. Während sie resigniert die Hände in die Luft wirft, wenn eine Zutat fehlt, ist er in der Lage, zu improvisieren. Immer häufiger macht er Vorschläge für Variationen, Verbesserungen. Würde dieses Gericht hier gesprenkelt mit der Wärme einiger getrockneter Chilischoten nicht sogar noch besser schmecken? Vielleicht wäre Minze, mit ihrer leichten Schärfe, eine zuverlässigere Begleiterin als Petersilie, die in diesem Gericht ein wenig untergeht? Voller Staunen sieht sie ihm zu, diesem Jungen, der noch vor gar nicht langer Zeit vergessen zu haben schien, wie man seinen Namen schreibt, und der jetzt mit seiner kindlichen, neuerdings so selbstbewussten Handschrift seine Anmerkungen auf den jeweiligen Seiten notiert. Mitzuerleben, wie er diesen neuen Teil seiner Selbst entdeckt, lehrt sie eine gewisse Demut.

Geschmack, so stellt sie fest, hat die gleiche Macht, Erinnerungen hervorzurufen, wie Gerüche. Ohne dass sie sich dessen ganz bewusst ist, erweckt sie den Geschmack ihrer Jugend wieder zu neuem Leben.

Ein Krümelchen *borek* – eine bescheidene Kombination

aus Blätterteig und Käse – kann zugleich nach Liebe, Tod und Verlust schmecken. Ein Löffel İmam bayıldı, Auberginen in Tomaten, Öl und Gewürzen zu einer samtig zarten Konsistenz gegart, treibt ihr die Tränen in die Augen. Sie schmeckt darin einen ganz besonderen Winterabend: der erste Schnee in der Stadt. Kalte Luft drang durch die Ritzen im alten Holz und drückte ihren frostigen Atem gegen die Fensterscheiben. Sie rückten am Tisch eng zusammen. Vor den Fenstern fielen dicke Schneeflocken, lautlos wie ein Geheimnis. Dann brachte Fatima dieses Gericht aus der Küche, und jeder Löffel davon entfachte Wärme in ihren Bäuchen. Die Kälte schien sich ein wenig zurückzuziehen. Der Schein der Kerzen schien eine ganz besondere goldene Wärme auszustrahlen. Die Welt vor den Fenstern erschien ferner, magischer.

Damals war sie dreizehn Jahre alt gewesen. Und sie hatte noch immer diese kindliche Aufregung verspürt bei dem Gedanken an die frisch gefallene weiße Pracht, die sie am nächsten Morgen erwarten würde – allerdings war diese Aufregung auch ein wenig gedämpft durch das Bewusstsein, dass sie bald erwachsen sein und man von ihr erwarten würde, sich schicklich zu verhalten. Wie oft würde sie wohl noch den Schnee sehen, bis es so weit war? Möglicherweise nur ein einziges Mal. Es geschah nicht jedes Jahr, dieses seltsame Wunder.

Aber morgen würde sie sich mit ihrem kleinen Bruder eine Schneeballschlacht liefern. Sie wusste, dass er gezielt danebenwerfen würde. Manchmal war er sanftmütiger, als es ihm selbst guttat.

Dass all dies, diese konzentrierte Form der Erinnerung, von solch simplen Ingredienzen, solch harmloser Zubereitung hervorgerufen werden kann, grenzt an Zauberei.

So viel aus Nurs altem Leben ist verloren und kann nie wieder zurückgewonnen werden. Das Haus, die feinen Dinge, über all das kann sie nicht länger verfügen. Doch eine gute Mahlzeit, egal wie extravagant sie auch sein mag, ist ein Schritt nach vorn.

Für den Jungen ist es etwas anderes. Er besitzt nicht dieselben Erinnerungen. Für ihn scheint das Kochen und Essen vielmehr eine Möglichkeit zu sein, zu vergessen. Und so stürzt er sich wie ein Abenteurer voller Neugier hinein. Und sie folgt ihm behutsam, vor den Schatten zurückzuckend, in dem Wissen, dass sie sie in weitere tiefe Schluchten der Erinnerung führen könnten.

George

Auf der Krankenstation gibt es dreißig Betten, von denen fünfzehn belegt sind. Einige der Patienten, arme Teufel, die unter
Malaria leiden, sind praktisch bewusstlos. Einen von ihnen
hat es besonders schlimm erwischt. Ein Fall von Syphilis – er
hat zu viel Zeit in den Bordellen von Pera verbracht. Zwei Fälle von Ruhr. Und ein Mann, abgestellt für die Feuerbrigade
der Besatzungsmächte, ist auf einer Seite so verbrannt, dass
er aussieht, als habe man ihn gehäutet. Sein freiliegendes
Muskelfleisch leuchtet rosig. Er wurde unter dem herabfal-
lenden Balken eines brennenden Hauses eingeschlossen –
ein Wunder, dass er überhaupt überlebt hat.

Es gibt Patienten, deren Leiden sich auch unter größten
Anstrengungen nicht lindern lassen, deren Schicksal besiegelt ist. Doch für diejenigen an der Grenze, auf der schmalen
Klippe zwischen Leben und Tod, kann allein die Willens-
kraft den Unterschied machen. George hat es wieder und
wieder erlebt. Die einen kämpfen, die anderen nehmen ihr
Schicksal hin. Keines von beiden birgt irgendeine Schmach,
ganz egal, was Außenstehende darüber denken.

Der Mann mit den Brandverletzungen, Lockett, verbringt
die meisten seiner Tage damit, im Bett zu sitzen, Zigarre zu
rauchen und die internationalen Zeitungen zu lesen, die
George für ihn beschafft. Er wirkt so entspannt, wie ein
Mensch nur sein kann, und wenn man sich ihm von der un-
versehrten Seite nähert, so fragt man sich, was so ein fit und
gesund wirkender Mann wohl in einem Krankenhausbett
zu suchen hat. Die andere Seite hingegen ist ein Schlacht-

feld aus Verbänden, sodass er aussieht, als würde er nur dadurch zusammengehalten. Und so ist es im Grunde auch. Noch immer ist nicht sicher, ob er überleben wird. Eine Infektion könnte sein Ende bedeuten. Und dann ist da noch das, was man nicht sieht: das Rasseln in seinen Lungen. Erst die Zeit wird zeigen, ob sie unwiderruflich geschädigt sind.

»Wie geht es Ihnen heute Morgen, Lockett?«

»Gut, gut, Doktor. Hab mich gefragt, ob ich wohl noch einen Schluck von dem alten schottischen Gebräu bekommen könnte.«

An den ersten Abenden hat George ihm – um seine Schmerzen zu lindern, und weil er den Mann mochte – großzügig von seinem kostbaren Single Malt Whisky eingeschenkt. Jetzt fragt er sich, ob es möglicherweise ein Fehler war.

»Lockett, es ist gerade einmal elf Uhr am Vormittag.«

»Nun, einen Versuch war's wert.«

Lockett hatte sich geweigert, Morphium gegen die Schmerzen zu nehmen, und gleich nachdem er zu sich gekommen war erklärt: »Bei zu vielen nimmt es eine schlechte Wendung mit diesem Zeug.« Doch gegen Georges schwindenden Vorrat an Highland Gold hat er keine Einwände.

»Einen Kaffee vielleicht?«

»Das fiese Zeug, das man hier trinkt?«

»Ja. Allerdings muss ich zugeben, dass ich es mittlerweile sogar bevorzuge.«

»Sie sind schon zu lange hier unten, Doc. Wenn Sie nicht aufpassen, werden Sie noch einer von denen. Aber … ach, warum nicht? Ist ja nicht so, als hätte ich die große Auswahl, was?« Mit einem kläglichen Blick sieht er zu George hoch, das eine Auge mit intaktem Lid und unbeschadeter, blasser

Haut, das andere von rotem, freiliegenden Fleisch umrandet. Sofern etwas Flehendes in diesem Blick liegen sollte, beschließt George, es zu ignorieren.

Er geht hinunter in die Küche, die sich im Erdgeschoss befindet. Hier steht ein riesiger osmanischer Herd, hellblau gefliest, denn selbst die alltäglichsten Dinge in diesem Haus haben ein Anrecht auf Schönheit. Es ist ein beeindruckendes, ungewohntes Ding mit mehreren Öfen und sechs heißen Platten. Gut vorstellbar, dass in dieser Küche einst eine herrliche Auswahl an Speisen zubereitet wurde. Das hier erscheint ihm wie diese Art von Haus, in der solche Festmahle einst ihren Platz hatten. George hat sich bislang nur getraut, auf der kleinsten Platte Kaffee zuzubereiten – allerdings reichen seine Kochkünste, wenn er ehrlich ist, ohnehin nicht sehr viel weiter. Auf dem großen Basar in Stambul hat er einen kleinen Kupfertopf erstanden – und Kaffee, wobei er seiner Nase bis zu einem Stand gefolgt ist, an dem Männer die frisch gerösteten Bohnen vor den Augen ihrer Kunden mahlten und zu prallen duftenden Päckchen verpackten.

Er misst das feingemahlene Pulver und einige Löffel Zucker ab und gießt das Wasser darüber. Er ist sich nicht ganz sicher, ob er die Methode schon richtig beherrscht. Jedes Mal, wenn er auf der Straße für eine Tasse Kaffee anhält, kostet und prüft er die besondere geschmackliche Zusammensetzung und überlegt, wie er seine Zubereitung noch verbessern kann. So arbeitet sein Verstand. Er ist kein kreativer Mensch, aber er kann analysieren und verbessern. Als Arzt hat ihm diese Fähigkeit gute Dienste geleistet, hat ihm geholfen, die optimale Dosierung des Chinins zu verfeinern, ohne den kostbaren limitierten Vorrat zu vergeuden, und das effektivste

Tourniquet für frisch verlorene Gliedmaßen zu finden. Er füllt den Kaffee in zwei Tassen und beobachtet, wie der braune Schaum an die Oberfläche steigt.

Lockett schnüffelt misstrauisch an seiner Tasse und stellt sie dann neben sich, damit sie abkühlen kann. George trinkt den ersten heißen Schluck. Dieser erste Mundvoll ist noch immer eine Art Schock, der Geschmack wie destillierte Erde, der nur durch die Süße des Zuckers erträglich wird. Danach kann er ihn genießen.

»Was haben Sie denn angestellt? Dass Sie hier mit uns festsitzen?«

»Was meinen Sie? Ich bin ein Medical Officer – das ist meine Arbeit.«

»Nein, ich meine natürlich dieses Kaff hier. Wollte es erst nicht glauben, als sie mich hierhin verschifft haben. Hab gedacht, ich wär auf dem Weg nach Hause.«

George nimmt einen Schluck von seinem Kaffee – zu viel – und verbrennt sich die Zunge. »Tatsächlich habe ich mich freiwillig gemeldet.«

»Sie haben sich freiwillig gemeldet?« Lockett sieht stirnrunzelnd zu ihm hoch. »Sind Sie verrückt geworden, Doc? Was war es ... das Geld?«

»Vermutlich. Oder etwas in der Art.«

Nicht komplett gelogen. Die Bezahlung war reizvoll, aber nicht viel höher, als er bei einer neuen Aufgabe in England verdient hätte, in der Behaglichkeit seiner Heimat. Doch die Herausforderung, sein eigenes Hospital aufzubauen und zu leiten – die hatte ihn gelockt. Ebenso wie die Vorstellung echter Betten und beinah adäquater Ressourcen nach so vielen Jahren in Zelten mit hart erkämpftem medizinischem Material.

Und doch, wenn er ehrlich ist, lag der Grund ganz woanders.

An diesem Nachmittag berichtet ihm die Krankenschwester, dass der Mann, der unter Gelbfieber litt – dem Tode geweiht –, gestorben ist. Ob er wohl kommen und ihn sich ansehen könne, um es zu bestätigen? Und dann, in dieser Hitze, da würde die Leiche …

Er macht sich auf den Weg zur Krankenstation, um nachzusehen. Der Mann liegt da, die Augen nach hinten gerollt, was bedeuten könnte, dass er sich – Gott sei Dank – im Delirium befand, als der Tod ihn ereilte. Während George die Stadt erkundete, schwand dieser Mann aus dem Leben. Sie hätten nichts mehr für ihn tun können. Am Ende hing es an seinem Körper, ob er den Willen und die Kraft hatte, die Krankheit zu bekämpfen.

Der Mann ist freiwillig gekommen, wie George. Dieser erinnert sich an ihr Gespräch: der Patient, halb in den Klauen des Fiebers, mit einem zu hellen Leuchten hinter den Augen. Er hatte ein wenig mehr von der Welt sehen wollen, bevor er sich endgültig irgendwo niederließ. Keine größere oder geringere Tragödie als all die anderen, die George miterlebt hat. Doch der Umstand, dass der arme Kerl dem Tod im Schützengraben entkam, nur um hier, unter ansonsten freundlichen Umständen, zu sterben, erscheint George besonders hart.

Seine Familie wird nicht darauf gefasst sein. Ohne Zweifel werden sie, nachdem der Krieg ihn verschonte, entschieden haben, dass das Glück auf seiner Seite sei. Ein weit verbreiteter Trugschluss.

George blickt noch einmal auf den Mann. An den Tod hat

er sich nie gewöhnt; seit dem Tag am Medical College in Edinburgh, an dem sie zum ersten Mal in einen Raum mit nicht weniger als dreißig Leichen geführt wurden – alt und jung, dick und dünn, männlich und weiblich –, empfindet er den Anblick Toter als eigenartig. In einer Hinsicht waren sie alle gleich, waren sich im Tod weit ähnlicher, als sie sich jemals im Leben gewesen waren. Die Vorstellung, dass diese Körper einst lebten, atmeten, dachten, liebten. Es schien so … unwahrscheinlich. Diese Vorstellung wurde noch unheimlicher, stellte er fest, wenn man die Verstorbenen tatsächlich gekannt hatte. An diesem ersten Tag im Sektionssaal wurde er zum Atheisten.

Er geht hinaus in den Garten des Spitals. Die Hitze hat ihren täglichen Zenit bereits überschritten, und die Luft ist schwer vom Duft warmer Feigenblätter. Der Nachmittag hat bereits die blaue Färbung angenommen, mit der er, kaum wahrnehmbar zuerst, und dann ganz unvermittelt, in den Abend übergehen wird. Der Bosporus erstreckt sich schläfrig, violett, mit kaum wahrnehmbaren Bewegungen, vor seinen Augen bis hinüber ans europäische Ufer. Kein allzu schlechter Ort, um zu sterben, denkt er. An dem Punkt, wo die Kontinente zusammentreffen, der Wiege der Zivilisation, unter diesem unendlichen Himmel, so anders als der Himmel daheim, von Wolken begrenzt und gemildert. Auch der Friedhof ist schön gelegen. Sie haben bereits die ersten Kriegsgefangenen begraben müssen, die man ihnen zurückgegeben hatte, die Unterernährtesten, Kränksten. So haben ihre Familien einen Ort, an dem sie sie besuchen können.

Er rollt sich eine Zigarette. Für einen Mann ohne Religion ist es so etwas wie ein Ritual. Er zündet sie an, zieht daran und stößt den Rauch mit der ersten Ausatmung wieder aus. Es hat ihm in weit schwierigeren Situationen geholfen als dieser.

Der Junge

Die alte Frau macht ihm Angst. Sie erinnert ihn an das, was er über die Sultane der Vergangenheit gelernt hat. Manche von ihnen scheuten sich nicht, kleine Jungen zu ertränken, um zum Beispiel sicherzustellen, dass ihre eigenen Sprösslinge zu Herrschern wurden. Oder vielleicht auch bloß, um ein wenig Aufregung zu entfachen, wenn es im königlichen Harem langweilig wurde. Nur *hanım* hat ihnen das nicht erzählt, aber kleine Jungen haben ihre eigenen Wege, etwas zu lernen. Sie haben diese Jungen in Säcke gesteckt, das weiß er, wie ungewollte Katzenkinder. Die alte Frau hat keinen Sohn und keinen Thron zu beschützen – und doch ist er sich nicht sicher, ob er ihr so etwas nicht dennoch zutrauen würde. Zudem scheint sie in der Vergangenheit zu leben: Sie spricht häufiger von früher als von heute. In ihrer Gegenwart verlangsamt er seine Schritte, senkt die Stimme. In seinen Augen ist sie unendlich alt. Für ihn ist Nur *hanım* alt – und die alte Dame noch unendlich viel älter.

Er glaubt nicht, dass sie ihn sonderlich gut leiden kann. Er hat selbst gehört, wie sie ihn »den Jungen« genannt hat. Vor zehn Tagen hat sie ihn dabei erwischt, wie er mit ein paar kleinen grünen Tierfiguren aus Stein gespielt hat, offenbar ausgesprochen selten und kostbar. Der Rüssel des Elefanten und dessen restlicher Körper waren, unglücklicherweise, getrennte Wege gegangen. Vermutlich hätte sie keine großartigen Skrupel, ihn zu ertränken. Besonders nervös macht es ihn, wenn sie beide allein in der Wohnung sind, so wie heute.

Er hat beschlossen, gefüllte Kohlblätter zuzubereiten – ein

neues Rezept aus dem Buch. Eigentlich sollte er sie mit Nur *hanım* gemeinsam kochen. Sie mag es nicht, wenn er den Herd alleine benutzt. Aber sie ist unterwegs, um ihre Stickarbeiten zu dem Verkäufer auf dem Basar zu bringen, und draußen regnet es in Strömen, sodass niemand auf der Straße sein wird, um zu spielen. Der Morgen dehnt sich unendlich vor ihm aus, so wie die Stunden es an sich haben, wenn man jung ist und noch so viele davon zur Verfügung hat.

Eine sorgfältige Lektüre des Rezepts zeigt, dass er den Herd nicht allzu viel wird benutzen müssen. Der aufwändigste Teil ist die Vorbereitung. Außerdem scheint es immer Nur zu sein, die sich am Griff eines Topfes verbrennt oder am Dampf verbrüht – nicht er. Er beginnt die Zutaten zusammenzusammeln: den Reis, die Zwiebeln, den Kohl, die Nüsse und Rosinen, das Olivenöl. Er ist auf den Hocker geklettert und bereitet gerade den Topf für den Kohl vor, als er ein Geräusch hört, bei dem sich vor Angst die Härchen auf seinen Armen aufstellen.

»Was tust du da, Junge?«

Er dreht sich um und sieht sie im Türrahmen stehen. Eine Hand stützt das Gewicht ihres Körpers schwer auf ihren Gehstock, die andere hält eine ihrer Zigaretten in die Höhe. Die Mischung aus Zigarettenrauch und dem *oud*, das sie sich auf Hals und Handgelenke tupft, ist unverkennbar.

»Ich … ich koche, *hanım*.«

»Am Herd?«

»Ja.«

Sie zieht eine Augenbraue hoch. Er bereitet sich auf eine Zurechtweisung vor, doch zu seiner Überraschung bleibt sie aus. Die alte Frau bläst einen dünnen Rauchfaden in die Luft.

»Was kochst du?«

»*Lahana dolması, hanım.*«

»Ah, meine Leibspeise. Ich gehe davon aus, du machst sie für mich?«

Nur *hanım* legt großen Wert darauf, ihn zu lehren, immer die Wahrheit zu sagen. »Nein.«

Die Augenbrauen der alten Frau ziehen sich zusammen. Er spürt, dass er trotz bester Absichten möglicherweise nicht das Richtige gesagt hat.

»Und wie bereitest du sie zu?«

Er zeigt ihr das Buch.

»Oh.« Sie schüttelt den Kopf. »Nein, für so ein Gericht braucht man kein Buch. Solche Dinge *weiß* man einfach.«

Er sieht zu, wie sie sich den Schal vom Hals wickelt und all die glitzernden Ringe von ihren Fingern streift. Ihm wird angst und bange. Er hat ein ungutes Gefühl bei der Sache. Wenn er nicht auf einem Hocker stünde, würde er einen Schritt zurückweichen.

»Hast du Angst vor mir, Junge?«

Er zögert. Dieses Mal ist er fest entschlossen, es richtig zu machen. »Nein.«

»Gut.« Sie geht einen Schritt nach vorn. Der Gehstock lehnt vergessen an der Wand. Wenn sie es will, so scheint es, steht sie ziemlich sicher auf ihren Beinen. »Ich werde dir helfen, es zuzubereiten.« Sie schüttelt die Ärmel von ihren Handgelenken nach oben Richtung Ellbogen. »Ich brauche wohl nicht zu erwähnen, dass wir kein Rezeptbuch brauchen.«

»Aber …«

»Jemandem wie mir liegt so etwas im Blut. Du magst das vielleicht nicht verstehen. Du bist weder eine Frau noch ein richtiger Türke. Aber wir bereiten diese Gerichte seit Anbeginn der Zeit zu. Die Anweisungen einer anderen zu befolgen wäre eine Demütigung.«

Er lässt zu, dass sie sich zu ihm stellt. Was sollte er auch tun?

Rasch stellt er fest, dass sie – zu seinem Entsetzen – nichts so macht, wie es im Rezept steht.

»Natürlich«, erklärt sie ihm, während sie einen riesigen Topf mit Reis aufsetzt, von dem das Buch sagt, er solle zuerst mit den Nüssen und dem Öl vermengt werden, »habe ich selbst dieses Gericht niemals wirklich *gekocht*. In der Vergangenheit« – ihre geliebte Vergangenheit – »hatten wir eine Frau, die diese Dinge für uns erledigt hat.«

»Das Buch …«

»Aber das spielt keine Rolle«, erklärt sie bestimmt. »Solche Dinge liegen jenseits regelmäßiger Übung. Sie entspringen einem anderen, tiefergehenden Wissen.«

Der Raum füllt sich mit dem Gestank des Kohls. Er ist sicher, dass die Blätter bereits weit über den Punkt der Zartheit hinaus kochen, den das Rezept verlangt. Sie haben jede Spur ihrer grünen Farbe verloren und tendieren zunehmend zu braun. Doch er ist zu eingeschüchtert, um es ihr zu sagen. Der Reis scheint ebenfalls verkocht zu sein. Und es ist so viel – viel mehr, als sie benötigen, um die Blätter zu füllen. Nur *hanım* wird darüber nicht glücklich sein. Sie hasst Verschwendung.

Erst als sie die Zwiebel, die er so sorgfältig filetiert und gehackt hat, *roh* unter den Reis mengt, fühlt er sich verpflichtet, sein Schweigen zu brechen.

»Aber«, sagt er, »die Zwiebel ist nicht gedünstet.«

»Nun«, sagt sie und holt Luft, als wolle sie zu einer ihrer Proklamationen ansetzen. Sie scheint zu zögern. Zum ersten Mal wirkt sie ein wenig unsicher. »Was steht da, in dem Buch?«

Er zieht es zu sich heran. »Dass die Zwiebel gedünstet werden sollte.«

»So, so …«

Doch jetzt ist er in Fahrt gekommen. »Und der Reis sollte zuerst mit den Nüssen und dem Öl vermengt werden … und der Kohl sollte nur so lange kochen, bis er zart ist.«

Beide blicken auf den Topf mit dem Kohl, wo ein ungesund aussehender gelber Schaum auf dem Wasser schwimmt.

»Ah.« In einem anderen Ton, einer grundsätzlichen Anerkennung der Weisheit eines Untergebenen, sagt sie: »Sollen wir noch mal von vorn beginnen?«

Der Gefangene

Sie litten, die Armenier. Anfangs hatten sie die Soldaten noch beschimpft, sie angefleht. Doch mittlerweile hatten sie nicht länger die Kraft, sich zu widersetzen. Sie schwiegen, nur hin und wieder unterbrochen von einem leisen, beinahe animalischen gequälten Stöhnen, anfangs geschockt, doch bald so weit zur Erschöpfung getrieben, bis sie ihr Schicksal akzeptierten.

Ein paar von ihnen konnten das vorgegebene Tempo nicht halten. Sie stolperten immer wieder über ihre eigenen Füße. Die Schuhe, die viele von ihnen trugen, hatten gerade einmal einen Tag lang gehalten. Mittlerweile lief die Hälfte von ihnen barfuß über den glühend heißen Boden. Es waren arme Leute vom Land, natürlich. Vielleicht besaßen sie einfach keine guten Schuhe. Doch er vermutete noch einen anderen Grund: Ihm schien, dass keiner von ihnen wirklich geglaubt hatte, was ihnen geschah. Sie waren nicht darauf vorbereitet.

In den ersten Tagen schienen sie es als ein Missverständnis zu betrachten, das sich jeden Moment aufklären würde. Man würde die ganze Aktion abblasen und ihnen erlauben, wieder in ihre Heimat zurückzukehren. Ihre Heimat war alles, was sie kannten. Er wusste nur wenig über diesen südwestlichen Teil des Reiches, abgesehen von den Namen der Städte – Mossul, Kirkuk – und Flüsse – Tigris und Euphrat –, die er von den Landkarten kannte. Doch er hatte mehr als diese Menschen, für die die nächste Siedlung, einen Tagesritt auf dem Rücken eines Maultier entfernt, die weiteste

Strecke gewesen sein mochte, die sie je gereist waren. Sie waren jetzt seit drei Wochen unterwegs. Oder waren es vier? Er hatte schon vor langer Zeit aufgehört, die Tage zu zählen.

Sie konnten einem beinahe leidtun. Aber so durfte man nicht über einen Befehl denken. Und diese Leute waren Verräter ... Mörder. Im kollektiven Sinne, versteht sich. Und Tatsache war: Sie, die Offiziere, litten ebenfalls. Ihre Füße waren ebenso geschwollen und voller Blasen, ihre Mägen leer, ihre Augen ebenso geblendet von der grellen, sonnenverbrannten, unendlichen Wüste, durch die sie zogen. Wenn also die Nachzügler weiter zurückfielen, zu Boden gingen, hatten sie immer weniger Geduld mit ihnen. *Ihnen* war es schließlich auch nicht gestattet, sich in den Staub zu legen und ihren Schmerz hinauszubrüllen, sie hatten niemanden, den sie um Gnade anflehen konnten. Und so war es leicht, keinerlei Mitgefühl für diese Nachzügler zu empfinden, ja, ihnen sogar die Schuld für die eigene Misere zu geben. Ihr Stöhnen war nicht mehr als eine weitere körperliche Belästigung – auf gewisse Weise sogar schlimmer noch als die anderen. Und dann zeigte sich, wie rasch man sich dieses Problems, im Gegensatz zu den anderen Leiden, über die sie keinerlei Kontrolle hatten, entledigen konnte.

Eine Kugel, sorgfältig dorthin gezielt, wo die Wirbelsäule auf den Schädel traf. Darauf folgte ein noch tieferes Schweigen, nicht allein von demjenigen, der für immer verstummt war, sondern von allen anderen – ein schockiertes, angsterfülltes Schweigen.

Anfangs waren es nur die Brutalsten unter ihnen, die die Menschen zum Schweigen brachten. Diejenigen, in denen der Hass tief verwurzelt war. Anfangs sah man bloß zu. Und dann stellte man fest, dass zuzusehen und nichts zu sagen ebenso schlimm war, wie mitzumachen, wenn nicht sogar schlimmer. Also machte man mit.

Eine der Frauen hatte so schmerzhafte Blasen an den Füßen, dass sie kaum noch gehen konnte. Immer wieder fiel sie zu Boden. Sie hatte zwei Kinder, einen sehr kleinen Jungen und ein etwas älteres Mädchen, die sie beide den größten Teil des Weges über getragen hatte. Sie versuchte zu kriechen, anstatt zu gehen. Einer der Soldaten stieß sie mit seinem Bajonett an, befahl ihr, aufzustehen.

Eines Tages trafen sie auf den Tigris, der sich träge durch das kochend heiße Land zog. Plötzlich scherte die Frau mit den Blasen an den Füßen aus und lief Richtung Fluss. Einen Moment lang herrschte benommenes Schweigen.

»Hey!«, brüllte einer seiner Vorgesetzten ihn an. »Hol sie zurück!«

»Ich glaube, sie möchte nur ihre Füße kühlen.«

»Wollen wir das nicht alle? Außerdem wird sie es nicht tun. Sie wird ins Wasser springen. Sieh! Worauf wartest du noch? Los!«

Er lief ihr nach. Plötzlich, vielleicht in Erwartung des Wassers, wurde sie schneller. Das groteske Stolpern einer Betrunkenen auf ihren schmerzenden Füßen.

»Komm zurück!«, rief er. Sie hörte nicht.

»Sie darf nicht entkommen!«, brüllte der Offizier ihm hinterher. »Wir müssen über jeden einzelnen von ihnen Rechenschaft ablegen.«

»Stopp!«, rief er. »Ich befehle dir, stehen zu bleiben.«

Noch immer keine Reaktion. Es war, als könnte sie ihn nicht hören, vielleicht war sie bereits außer Hörweite. Wenn überhaupt, dann lief sie sogar noch schneller – noch immer mit diesem seltsam schrägen, strauchelnden Gang, und zog dabei ihre Kinder hinter sich her, die stolpernd versuchten, mit ihr Schritt zu halten.

»Stopp!«

Sie rannte weiter.

Es war eine spontane Handlung, ohne zu überlegen. Er hob sein Gewehr, zielte auf die Stelle in ihrem Nacken und schoss. Die Vorderseite ihres Kopfes explodierte.

Er spürte, wie etwas in ihm zerbrach.

Später würde er wissen: Das war der Moment. Trotz allem wäre er vielleicht immer noch in der Lage gewesen, zu sich selbst zurückzukehren, zu dem Menschen, der er einst gewesen war, vor alldem. Danach gab es keinen Weg mehr zurück. Und das war noch bevor ihnen die Munition ausging und zu einem kostbaren Gut wurde. Andere Methoden mussten her. Der Kolben eines Gewehrs. Ein großer Stein. Seine bloßen Hände.

Manche von ihnen wurden verrückt über die Dinge, die sie getan hatten. Nicht selten waren sie dann diejenigen, die es am schlimmsten trieben. Eine Art Blutrausch überkam sie. Es war, als hätten sich ihre Seelen in ihnen verschoben. Man konnte es beinahe hören. Doch obwohl in ihm selbst etwas zerbrochen war, wurde er nicht verrückt. Er beneidete diese Kameraden, denn ihr Wahnsinn bot eine gewisse Form von Zuflucht, eine gewisse Schuldunfähigkeit. Und manchmal beneidete er die Toten noch mehr als die Wahnsinnigen, denn sie waren unschuldig – wenn sie Verbrechen begangen hatten, nun, dann hatten sie dafür zumindest mit ihrem eigenen Blut bezahlt. Er beneidete Babek, den er zuvor bemitleidet hatte, weil von ihm nie verlangt worden war, ein solches Opfer zu bringen. Sein Freund war ohne diese Last auf seinen Schultern gestorben, ohne jemals das Ausmaß seiner eigenen potenziellen Verderbtheit erkennen zu müssen, ohne jemals erfahren zu müssen, welcher Teufel möglicherweise in ihm wohnte.

Eines Nachts stolperte er aus dem Camp hinaus. Er dachte an den Fluss, den Tigris, nur wenige Meilen entfernt.

Er hatte den diffusen Plan, sich zu waschen, bis alles fort war, und dann hineinzutauchen in die Fluten – auch wenn er nie ein besonders guter Schwimmer gewesen war – und sich von ihnen davontragen zu lassen … an einen Ort des Friedens.

Stundenlang wanderte er in seinen zerfledderten Lehrerschuhen, doch er konnte das Wasser nicht finden. Also lief er weiter, hinein in die Nacht. Irgendwann wurde ihm vage bewusst, dass er den Fluss wohl verpasst haben musste, vielleicht gar in die falsche Richtung gelaufen war. Doch er konnte nicht anhalten. Er lief, bis die ersten rosa melierten Fingerspitzen der Dämmerung unter dem schwarzen Vorhang der Nacht hervorkrochen.

Erst als er jemanden rufen hörte: »Halt! Wer da?«, blieb er stehen.

Er hatte den Fluss nicht gefunden, aber dafür den Feind: die Briten, am grausamen Ende ihres Mesopotamien-Feldzugs. Müde und krank und im Begriff, sich zurückzuziehen – und sicherlich nicht in Erwartung eines solch unverhofften

Segens. Ein feindlicher Soldat, der sich förmlich anbot, ihr Kriegsgefangener zu werden.

Jeder würde denken, der Kerl sei vollkommen wahnsinnig.

Der Reisende

Ich erinnere mich an einen unmöglichen Ort, an dem man über eine Brücke gehen und fünfzehn verschiedene Sprachen gleichzeitig hören konnte; an dem man in der Zeit, die es bedurfte, um ein warmes *simit* zu verspeisen oder eine Zigarette zu rauchen, von einem Kontinent auf einen anderen gelangte.

Wie gebannt habe ich davon in Büchern gelesen und stieß auf eine jahrtausendealte Geschichte. Byzanz: eine gigantische, kultivierte, demokratische Metropole, als England, das sich selbst so gern als alt und zivilisiert betrachtet, kaum mehr war als eine Ansammlung von Lehmhütten. Die Römer, die die Stadt zum neuen östlichen Juwel ihres Imperiums machten. Der Kaiser selbst zog sie Rom vor und gab ihr seinen Namen: Konstantin. Er machte sie zu einem Ort der Pracht und Herrlichkeit, der Kolonnaden und Badehäusern und Statuen – die dann vom siegreichen Mehmet dem Eroberer und seinen Soldaten in Schutt und Asche gelegt wurden. Von den Osmanen. Die nun ihrerseits Gebäude von unvergleichlicher Schönheit errichteten: Moscheen mit luftigen, glänzenden Kuppeln, Minarette so fein, dass sie aussahen, als müssten sie unter dem Gewicht der Wolken, die auf ihnen zu liegen schienen, zusammenbrechen.

Und doch fand ich auf diesen Seiten nicht die Wahrheit, nach der ich suchte. Diese Stadt war ein geschäftiger Ort voller Leben: streunende Katzen, die in der Mittagssonne dösten; Hunde, die durch die Straßen streiften, so knorrig und charaktervoll wie die Männer, die dort saßen und ihnen zusahen. Eine unvermittelte Konfettiwolke aus Tauben, die sich aus einem Garten am Ufer des Bosporus erhob.

Eine Stadt voller Gerüche. Einige davon unangenehm: Makrelen, die zu lange auf dem Kai gelegen hatten; die ungewaschenen Körper der Menschen, die mit riesigen Schiffen anlandeten und keinen Ort hatten, an dem sie ihr Haupt betten konnten. Der Gestank von verbrannten Dingen, der ganz spezielle Geruch eines gesamten Lebens, das sich in giftigem, schmierigen Rauch aufgelöst hatte: Bücher und Bettzeug und Möbel und Hausrat und Schlimmeres. Doch auch wohlriechende Gerüche: warme, duftende Feigenblätter und Jasminblüten – winzige weiße Sterne vor alten Steinen – das salzige Meer und getoastetes Brot und das verbrannte Karamell des Kaffees und die Zuckerwolke, die durch die geöffnete Tür eines Zuckerbäckers schwebte.

Als ich erwache, weiß ich einige Augenblicke lang nicht, wo ich bin. Auf einem Schiff, denke ich – die schaukelnden Bewegungen, das Gefühl des Eingeschlossenseins. Dann erkenne ich meine Umgebung: das pralle Schaumstoffpolster der Matratze unter mir, den schmalen Streifen staubigen Lichts unter dem Rollo am Fenster. Ich ziehe an der Kordel, rolle es hoch.

Der herrliche Ausblick, der mich erwartet, trifft mich gänzlich unvorbereitet. Als ich zuletzt hinaussah, war es stockfinstere Nacht, nur hin und wieder erleuchtet vom grellen Schein eines Signalhäuschens. Der Regen hat nicht aufgehört, sich jedoch zu einem halbherzigen Nieseln abgeschwächt, als hätte ihn der Enthusiasmus für seine Aufgabe verlassen. Jenseits der Schienen hätte alles sein können, doch erwartete ich lediglich mehr von derselben wenig bemerkenswerten, unendlichen Pastorale.

Und jetzt, die Berge.

Ein frühmorgendlicher Himmel von weicher Bauschigkeit. Babyblau mit einem pudrigen Fleckchen Rosa am Horizont. Wolken verdecken die unteren Hänge, doch über ihnen erheben sich die Kämme, deren Spitzen gerade von der Sonne entdeckt werden. Sie scheinen ihren Schein weniger zu reflektieren, als vielmehr von innen heraus zu glühen wie geschmolzenes Metall. Sie sind tödlich, wunderschön. Die Qualität des Lichts. Auch die Luft riecht, schmeckt anders. Ich öffne den kleinen Flügel eines Fensters so weit, wie es möglich ist, und sauge sie ein.

Bei diesem Anblick hat sich etwas in meiner Brust geöffnet. Schwer zu sagen, ob es Trauer ist oder Freude, oder eine seltsame Mischung von beidem. Die Haut meines Gesichts spannt sich vor Kälte, und als ich die Hand an die Wangen führe, merke ich, dass sie feucht sind von Tränen.

Eine Reise. Beinahe ein ganzes Leben liegt sie schon zurück. Tage des Reisens … verschiedene Länder, ein ganzer Kontinent voll davon. Sie bringen mich eilig fort von diesem Ort. Felder und Dörfer und große, alte, golden schimmernde Städte. Dann diese Berge, ein wenig abgesetzt von allem anderen, die ungerührt auf mich hinabblicken. In diesem Augenblick verstand ich, wie weit ich schon gekommen war. Dass ich niemals zurückkehren würde.

Ich beschließe, mich auf die Suche nach einem Frühstück zu machen. Ein wenig ungeschickt ziehe ich mich an – das Schließen jedes einzelnen Knopfes scheint von einem absichtlichen Schlenkern des Zuges begleitet zu sein, der mich jedes Mal gegen die Pritsche oder den Waschtisch stoßen lässt – und stolpere mit unsicheren Schritten durch den noch schlafenden Waggon. Hin und wieder eröffnen halbgeschlossene Türen Einblicke in unbeabsichtigte Intimität: sich regende Gestalten unter einem Laken, von Schlaf zerknautschte, in Pyjamas gehüllte Körper. Obwohl man sich bemüht, nicht hinzusehen, gleitet der Blick doch unweigerlich dorthin. Ich verspüre eine seltsame Zärtlichkeit gegenüber diesen Fremden, in ihrem Ungeschütztsein liegt eine gewisse Vertrautheit. Wir alle, so denke ich, teilen eine Art von Verletzlichkeit, wenn wir erwachen: Es ist jedes Mal ein Schock.

Ich gehe durch den Zug, durch die Waggons mit den Schlafabteilen und die Waggons der zweiten Klasse, in denen die Passagiere seltsam verrenkt auf den Sitzen dösen. Ich beneide sie nicht um ihren unterbrochenen Nachtschlaf. Es scheint in diesem Zug keinen Speisewagen zu geben. Was für ein Sturz von vormals glorreichen Höhen, in diesem Zug, der einst ein rollendes Grand Hotel war. Nun, da überall die Rollos geöffnet sind, scheint die Landschaft in die Waggons einzudringen, sie beinahe zu überwältigen. Es fühlt sich eher an, als würden wir durch sie hindurchschweben, anstatt uns über festen Boden hinwegzubewegen. Ich sehe Geschäftsleute, die sich bemühen, nicht aus dem Fenster zu sehen, als ob es ein wenig deklassiert wäre, von der Szenerie beeindruckt zu sein. Doch ich sehe auch kleine Gesichtchen, die sich an die Scheibe drücken.

Zurück in meinem Abteil, gestärkt mit Kaffee und einem alten Brötchen, öffne ich meinen Koffer. Ich nehme es heraus und lege es auf das Bett. Es ist vielleicht zwei Meter lang, doch der Stoff ist so fein, dass es zusammengefaltet weniger Platz einnimmt als ein Taschenbuch. Als ich es entfalte, glitzert das Sonnenlicht in einem Goldfaden. Die Farben leuchten lebendig, trotz seines Alters. Es ist handgenäht. Die Stickerei, obwohl zierlich und sorgfältig, zeigt unmissverständliche Hinweise menschlicher Imperfektion. Ich folge ihr mit dem Finger, spüre die seltsame Intimität, meiner Hand so nah an der Stelle, an der vor Jahrzehnten eine andere Hand ihre Fertigkeiten in diesen Stoff gearbeitet hat, die Finger stramm um die Nadel gelegt, haltend, durchstechend.

Im Laufe der Jahre hat es mich auf all meinen Reisen begleitet, hat jeden Ort, an dem es ausgebreitet wurde, verschönert. Ungehörig grell auf sterilen weißen Bettlaken. Mit einer beinahe übernatürlichen Strahlkraft von einer Wand in London leuchtend, wobei die Farben den Raum erfüllten wie Licht, das durch eine bunte Glasscheibe fiel, in den grauen Tag draußen vor den Fenstern hinausbluteten. Und nun das fade Resopal- und Spanholz-Interieur eines Zugabteils: eine irrwitzige Pracht, um die das gesamte Abteil zu schrumpfen und sich zu versammeln scheint.

Einzelne Fäden haben sich im Laufe der Zeit gelöst, kleine Flecke haben sich gebildet, doch es wurde nie gewaschen oder repariert. Ich könnte es nicht ertragen, dass auch nur ein winziger Teil seiner Essenz durch das Waschen entfernt werden könnte – der Geist jenes Ortes, jenes Menschen, der es geschaffen hat. Ich könnte den Gedanken nicht ertragen, dass dieses mir heilige Werk durch die Hand eines Fremden beschädigt oder sein Zauber beeinträchtigt werden könnte.

Es ist etwas Greifbares. Von ihr geschaffen. Beinahe ein

Teil von ihr. Es ist wie ein Relikt der Magie in den Händen des Erzählers am Ende eines Märchens. Es bedeutet, dass ich es mir nicht nur eingebildet habe. Es macht sie real.

Der Junge

Seit einiger Zeit nun trägt er einen Kern aus Schmerz in sich
wie einen heißen Stein. Normalerweise sitzt er in seiner Brust,
irgendwo zwischen den Lungenflügeln. Tagsüber kann er
ihn recht gut ertragen. Wenn er beschäftigt ist, in der Schule, oder besonders wenn er kocht. Doch manchmal, wenn er
versucht einzuschlafen und allein mit seinen Gedanken und
ohne Ablenkung in der Dunkelheit liegt, scheint der Kern zu
wachsen. Manchmal fühlt es sich so an, als würde er die Herrschaft über ihn übernehmen, als wäre er beinahe größer als
er selbst. Er fragt sich, wie es sein kann, dass sein Körper
nicht vergisst, zu atmen oder zu schlucken oder all die anderen Dinge zu tun, die ihn am Leben erhalten. Denn sein Kopf
ist voll von diesem Schmerz, der seine Gedanken auslöscht.
Es ist also kein Grund zur Panik, wenn der Schmerz wächst.
Er ist jetzt in seinem Kopf, und in seinem Bauch, und in seinen Gliedern. All das ist neu. Und dennoch ruft er nicht nach
Nur *hanım* oder einer der älteren Frauen. Er schließt nur die
Augen.

Unglaubliche Hitze. Von irgendwoher dringt Geschrei und
das Jaulen von Hunden herüber, klappernde Schritte auf
dem Kopfsteinpflaster. Auf der Straße: alte Männer in Nacht-
hemden, Frauen, die mit schreienden Kindern in den Armen
umhertaumeln, die Gesichter vor Angst verzerrt. Immer wieder ertönt ein Tosen und Dröhnen, und ein rasend schnelles
brennendes Etwas fällt herab, als hätte der Himmel selbst es
geworfen: ein brennender Balken, ein Regen aus rot glühen-

den Dachziegeln. Der Himmel ist so hell wie am Tag. Überall um ihn herum ist Bewegung – Feuer, Gerenne. Doch er soll sich hier vor den Flammen verstecken – »…, verstanden?« –, bis sie zurückkommen. Und er wird hierbleiben, zwei Tage lang, bis die *tulumba* die Flammen endlich unter Kontrolle bringen. Bis das Viertel sich in seiner neuen Inkarnation präsentiert: ein Anti-Ort, eine schwarze Streichholzstadt, die hin und wieder eine Wolke aus dunklem Rauch ausstößt. Sein einziger Ungehorsam wird sein, dass er wieder hineingeht, als es draußen zu kalt wird.

Niemand kommt. Sie haben ihn vergessen. Es gibt Dinge, die er weiß, schreckliche Dinge, doch die er nicht ansehen kann, nicht jetzt, niemals.

Doch nun hört er es. Jemand ruft seinen Namen. Er öffnet die Augen. Es dauert einen Augenblick, bis er weiß, wo er ist.

Selbst als sie ihn fand, war sie ruhig. Ihre Stimme tröstete ihn. Zum ersten Mal sieht er sie jetzt voller Angst.

»Wo sitzt der Schmerz?«, fragt sie, laut, fast schroff. »Zeig es mir. Hier? Und hier?« Sie drückt eine Hand auf seine Stirn, reißt sie ebenso schnell wieder weg. Dann, mit einem schrillen Unterton in der Stimme: »Ich gehe und hole Hilfe. Hast du verstanden?«

Nur

»Es muss etwas gewesen sein, das er gegessen hat«, erklärt Großmutter entschlossen. Und dann, mit ungewohnter Zärtlichkeit: »Es ist meine Schuld. Ich habe mit ihm zusammen gekocht.«

Und doch hat er abends nur sehr wenig gegessen. Sein mangelnder Appetit hatte Nur überrascht. Beinahe hätte sie etwas gesagt, doch dann beschloss sie, es dabei zu belassen.

Jetzt erinnert sie sich daran, wie sie ihn dabei ertappte, dass er im kleinen Garten der Schule nach Wurzeln grub und sie sich wahllos in den Mund stopfte. Sie hat ihn an den Achseln gepackt und auf die Beine gezogen: Verstand er denn nicht, dass er sich damit vergiften konnte?

Könnte es sein, dass er so etwas wieder getan hat? Nicht jetzt, sicherlich … doch mit seiner Liebe zum Essen, seinem Eifer zu experimentieren? Falls er sich vergiftet hat, wird es nur noch schlimmer werden. Sie sollte ihn sofort zu einem Arzt bringen. Nun, da sie eine Entscheidung getroffen hat, spürt sie, wie eine neue Ruhe, beinahe Kälte sie erfüllt. Sie brauchen einen Arzt.

»Ich gehe«, sagt sie zu ihrer Großmutter, die dem Jungen nun – unerklärlicherweise – kleine Würfel des für ganz besondere Anlässe verwahrten *loukoum* anbietet und leicht verärgert wirkt, als er den Kopf schüttelt.

Mustafa Bey, der alte Freund ihres Vaters, einer der liebenswürdigsten und klügsten Menschen, die sie kennt. Er wohnt nur wenige Straßen entfernt – auch ihn hat der Krieg schwer getroffen.

»Nein«, ruft ihre Großmutter entsetzt. »Du kannst um diese Zeit nicht auf die Straße gehen. Schicke …«, einige Sekunden lang scheint sie nach einem Namen, einem Fragment aus der Vergangenheit zu tasten. Besiegt, in dem Bewusstsein, wo sie sich befindet, versinkt sie in schweigende Zustimmung.

»Ich werde vorsichtig sein.«

»Du wirst einen Schleier tragen.« Ihre Großmutter erhebt sich.

»*Büyükanne*, ich werde keinen …«

»Es ist eine Sache, unverschleiert am Tage durch die Straßen zu laufen, auch wenn ich es von ganzem Herzen missbillige. Aber es ist etwas anderes, in der Nacht hinauszugehen. Es macht einen gewissen Eindruck, Nur, auf eine gewisse Sorte Menschen. Ich werde nicht zulassen, dass du dich in Gefahr begibst.«

Manchmal ist es besser, nicht zu widersprechen.

Hinter dem Schleier verwandeln sich die schwach erleuchteten Straßen in eine unbeständige Traumlandschaft. Um sie herum herrscht die intensive Stille tiefster Nacht, und obwohl Nur ein klares Ziel vor Augen hat und in Eile ist, zehrt es an ihren Nerven. Sie kann sich nicht daran erinnern, während ihres gesamten Lebens in dieser pulsierenden Stadt jemals so allein gewesen zu sein. Die Pflastersteine unter ihren Füßen glänzen vom Regen, rutschig und gefährlich. Ein Geräusch durchdringt die Stille, ein Laut tiefster Verzweiflung. Es ist nur der Schrei einer Katze – doch so körperlos besitzt er eine seltsame Macht. Er klingt wie die Essenz der Stunde selbst.

Als sie Mustafa Beys Haus erreicht, spürt sie sogleich, dass niemand da ist. Natürlich sind alle Häuser für die Nacht verschlossen worden, doch dieses hier verströmt die eigenartige Leere eines verlassenen Gebäudes. Trotzdem klopft sie an die Tür – was sonst kann sie tun? Als niemand antwortet, klopft sie fester – mit beiden Fäusten.

Aus dem Nachbarhaus, hinter dem Schutz eines *keyf* hervor, dringt die Stimme einer Frau: »Was treibst du da draußen? Andere Menschen versuchen zu schlafen!«

Nur kennt die Stimme. Sie gehört der Witwe, die regelmäßig ihre Mutter und Großmutter besucht, um den neusten Klatsch aus der Nachbarschaft auszutauschen.

»Ich bin es«, antwortet sie. »Nur.«

»Die kleine Nur. Aber was machst du da draußen, um diese Stunde?«

»Ich suche Mustafa Bey.«

»Nun, hier wirst du ihn nicht finden.«

»Wieso nicht?«

»Oh, hast du es noch nicht gehört?« Diese Freude, die Neuigkeit als Erste zu verkünden. »Er und seine Frau sind zu Verwandten nach Damaskus gezogen. Letzte Woche. Nachdem ihr Irfan gestorben ist, du verstehst schon ... die Stadt birgt zu viele Erinnerungen.«

Weiter zum Hospital des Roten Halbmonds unten bei den Schiffsanlegern. Doch noch bevor sie dort ankommt, kann sie den Tumult hören, kann die Menschenmenge aus Kranken und Verletzten auf der Straße vor dem Gebäude sehen. Die Neuankömmlinge in der Stadt – es sind einfach zu viele. Manche sind so krank, dass sie halb bewusstlos auf der Straße liegen.

Sie versucht nachzudenken, doch ihr Verstand ist von Panik umnebelt. Sie blickt hinter sich, auf das nächtliche Glitzern des Bosporus. Die Fähren fahren noch. Plötzlich weiß sie, wohin sie gehen muss.

George

Er öffnet die Augen und blickt in eine Dunkelheit, so finster, als wären sie noch immer geschlossen. Das Geräusch – möglicherweise Kanonenfeuer in seinem Traum – entpuppt sich als ein drängendes Klopfen. Mit ungeschickten Fingern entzündet er die Lampe und läuft im Pyjama zur Tür. Schwester Agnes steht auf der anderen Seite; sie fällt fast ins Zimmer. Der Blick, mit dem sie ihn jetzt mustert, lässt vermuten, dass sie bisher stets davon ausgegangen ist, Doktoren seien jederzeit tadellos gekleidet und bereit, ihrer Pflicht nachzukommen.

»Einer der Patienten?«

»Jemand möchte Sie sprechen.« Ihr Ton deutet an, dass es sich um eine prekäre Angelegenheit handelt. »Eine Osmanin. Eine Frau.«

Während er sich eilig ankleidet, fragt er sich, was um Himmels willen ihn da wohl erwartet. Eine Türkin? Hier? Und um diese Uhrzeit?

Im Flur steht eine schlanke verschleierte Gestalt. Im schummrigen Licht der Lampe wirkt sie beinahe wie ein Ghul; ein leiser Schauer des Unbehagens durchläuft ihn. Sie lüftet den Schleier.

»Sie.« Er erkennt sie sogleich – doch er versteht nicht, was ihre Anwesenheit hier zu bedeuten haben könnte.

Sie tritt auf ihn zu wie ein Geist, kreidebleich. »Ich brauche Ihre Hilfe.«

Er ist überrascht, in welch bescheidenen Umständen sie lebt. Kein Viertel und kein Haus scheint ihrer angemessen zu sein: ihre grazile Haltung, die Eloquenz und Klugheit, mit der sie spricht. Ebenso wenig passend erscheint ihm die majestätische Erscheinung der alten Frau, die ihn ansieht, wie sie den kleinen Lebensmittel-Boten ansehen würde, und die zahlreiche Ringe mit, wie es scheint, riesigen Smaragden und gelben Diamanten trägt.

Als er diesen Schmuck sieht, der so gar nicht im Verhältnis zu den schäbigen Räumlichkeiten steht, glaubt er zu verstehen.

Er beugt sich über den Jungen und hört, wie die alte Frau scharf einatmet, als sei er ein Vampir, der das Blut des Jungen trinken wolle. Als er in die Wohnung getreten war, hatte der Junge gerade einen dünnen Strahl Gallenflüssigkeit erbrochen, doch in den letzten Minuten sind seine Augen wieder weit nach hinten gerollt. George glaubt zu wissen, wo das Problem liegt. Doch er will sicher sein. Er legt dem Jungen eine Hand auf die Stirn. Sie ist glühend heiß, und als er die Hand fortnimmt, ist diese schweißnass.

Ein Schrei ertönt – und dann spürt er einen harten Schlag auf den Hinterkopf, so überraschend, dass er stolpert und beinahe nach vorn auf das liegende Kind fällt. Als er sich umdreht, sieht er, wie die alte Frau ihn drohend anstarrt.

»*Büyükanne! Bunu yapma!* Hör auf!« Die jüngere Frau wendet sich an ihn. »Es tut mir schrecklich leid. Sie versteht es nicht. Sie sieht nur einen Feind.«

Noch immer ein wenig überrascht, reibt er sich den Hinterkopf. Unglaublich, dass eine solche Kraft in einer dieser zierlichen alten Hände stecken sollte. Noch immer hält sie die Hand drohend erhoben, und der Ausdruck auf ihrem Gesicht sagt ihm, dass sie nicht zögern wird, noch einmal zuzuschlagen.

Mit einem wachsamen Auge auf die alte Frau spricht er mit der Jüngeren.

»Ich bin mir ziemlich sicher, dass er unter Malaria leidet. Das Fieber, das Erbrechen, es passt alles zusammen.«

»Was hilft?«

»Chinin, Ruhe, Trinken.« Er sieht ihr in die Augen. »Ich muss Sie warnen. Ihr Sohn befindet sich in einem sehr schlechten Zustand. Sie sollten sich darauf gefasst machen, dass er sich möglicherweise nicht mehr erholt.«

Ihre Lippen formen eine dünne Linie, und ihre Hand liegt an ihrem Hals. Er kann ihren inneren Kampf, ihre Angst und ihre Trauer sehen. Doch sie nickt nur.

»Er wird mit mir kommen müssen. Ins Hospital.«

Nun ist es ihr unmöglich, länger zu schweigen. »Er kann nicht hierbleiben? Ich kann mich um ihn kümmern.«

»Nein. Ich kann nicht garantieren, dass er die richtige Behandlung erhält, wenn er hier ist. Er muss unter ständiger Beobachtung sein. Selbst die kleinste Veränderung, nicht erkennbar für einen Laien, könnte seinen Tod bedeuten.«

Er spricht es ganz bewusst so brutal aus, denn sie muss verstehen, dass es keine Alternative gibt, dass er den Jungen mit sich nehmen wird, jetzt. Er ist nicht zum ersten Mal mit einer besorgten Mutter in einer solchen Situation.

Sie nickt und imponiert ihm erneut mit ihrer Selbstbeherrschung. »Dann muss es so sein.«

Der Junge

Der Mann, der ihn von Nur fortträgt, ist sehr groß, und sein Gesicht liegt im Schatten, und er spricht eine fremde Sprache. Er selbst kennt ein paar der Worte, doch sein Schmerz und seine Verwirrung sind zu groß, als dass er sie übersetzen könnte.

Das Nächste, woran er sich erinnert, ist die Weite des Wassers, schwarz wie die Nacht selbst. Er hat gesehen, wie Fischer zu kleine oder kranke Fische zurück in die Wellen geworfen haben. Vielleicht wird ihm das Gleiche geschehen.

Die Überfahrt: ein Schwarm von Sternen über ihnen, strahlende Bündel, die sich zu bewegen und hin und her zu schwanken scheinen. Jedes Schaukeln des Bootes ist schmerzhaft, doch er stemmt sich dagegen und denkt nur an die Sterne. Von irgendwo dort hinten – jenseits der Sterne – sehen seine Mutter und sein Vater zu ihm herüber. Er weiß es. Wenn sie auf der anderen Seite auf ihn warten, wird es nicht so schlimm sein.

Dann wird er wieder getragen. Blätter streifen über sein Gesicht, und der Himmel ist verborgen. Nur *hanım* ist nicht mehr da, sie hat ihn diesem Fremden überlassen.

Er versteht es. Er hat ihr zu viel Ärger bereitet. Sie hat ihn aufgegeben. Unwillkürlich heult er laut auf vor Angst und Traurigkeit über den Verlust. Er weiß, dass er sich später dafür schämen wird – er weint wie ein Baby!

Nur

Zurück in der Wohnung, in der geheimen Dunkelheit der Küche, lässt Nur sich auf einen Stuhl sinken und starrt mit leerem Blick vor sich hin. Sie spürt den Druck der Tränen, doch die Fähigkeit, diesen Druck entweichen zu lassen – dieses Talent –, hat sie vor langer Zeit verloren. Als sie schließlich zu sich zurückkehrt, spürt sie, dass ihre Hände sich krampfhaft um ihren Unterleib legen, als gäbe es dort noch etwas zu beschützen.

Die unendliche Vielfalt des Verlustes. Wenn man nur wenig verloren hat, kann man es nicht nachempfinden. Dann glaubt man, Verlust gäbe es nur in einer Form, die allein in seiner Intensität und Qualität variiert. Nur ist zu einer Expertin geworden. Einer Kennerin, die die Komplexität, die Substrate, die Hybriden, die Mutationen zu schätzen weiß.

Ihr Vater, von ganzem Herzen vermisst. Ein Grab, in Eyüp. Ihre Mutter, verloren in allem außer ihrer physischen Erscheinung. Ihr Bruder, der zerfetzt in irgendeiner vergessenen Ödnis des Reiches liegt – die Einsamkeit seines Körpers; der Gedanke allein schon zu entsetzlich.

Ihr geheimer Verlust, erst nach der Erkenntnis des Verlustes bemerkt, als das Blut kam. Eine angsteinflößende Menge davon; der Tod eines unbekannten Teils ihrer selbst. Wie nur anfangen, es zu betrauern?

Und nun hat sich ein neuer Verlust offenbart, wenn auch nur als Möglichkeit. Sie ist sich nicht sicher, ob sie noch einen weiteren in sich aufnehmen kann. Denn die Trauer um jeden einzelnen Verlust ist nichts, das erfahren und überwunden werden kann wie eine ernste, jedoch wieder endende Krankheit. Nur hat es selbst erfahren. Die Trauer wird absorbiert, wird zu einem Teil des Selbst. Etwas verändert sich, rätselhaft, nicht greifbar, jedoch endgültig. Man ist nie wieder derselbe Mensch.

ZWEITER TEIL

Der Gefangene

»Mir ist aufgefallen, dass du nicht schläfst. Manchmal schreist du mitten in der Nacht.«

Er blickte hinüber zu dem, der gesprochen hatte. Der Mann sah anders aus als die anderen Gefangenen. Nach so langer Zeit im britischen Gefangenenlager in der Wüste Ägyptens unter der glühenden Sonne, mit schlechtem Essen, Krankheiten en masse und, vielleicht das Schlimmste von allem, dieser monotonen Existenz, die einem die Seele zerfraß, sahen viele der Männer aus wie der lebende Tod.

Und doch hatte dieser Mann, wenn auch dürr und mit eingefallenen Wangen, eine gewisse Eleganz. Anders als die meisten von ihnen hatte er nicht vor langer Zeit beschlossen, seine äußere Erscheinung zu vernachlässigen. Sein Haar war sorgsam gekämmt, seine Wangen rasiert, sein Oberlippenbart frisch gewichst. Er hatte ein Funkeln in den Augen, das man entweder als aufgeklärt oder, weniger freundlich, als fanatisch bezeichnen konnte. Das allein schon war etwas Neues. Die Augen von so vielen der Männer waren entweder von Langeweile oder Hunger überschattet oder von den Anfängen einer Blindheit, die so viele von ihnen heimgesucht hatte, ein Zustand, den selbst ihre Gefangenenwärter weder intendiert zu haben noch zu verstehen schienen.

Er dachte: Was kann es schaden, darüber zu reden, an einem solchen Ort? So lange schon war es in ihm verschlossen und vergiftete ihn von innen.

»Ich habe schreckliche Dinge getan. Entsetzliche Dinge.«

»Und was waren das für Dinge?« Der Mann, nur etwa

zehn Jahre älter als er selbst, hatte eine beinahe väterliche Ausstrahlung.

Er zögerte.

»Wie schlimm sie auch sein mögen, ich bin mir sicher, dass ich schon Schlimmeres gehört habe.«

Während er sie gestand, die Taten, bei denen er es über sich brachte, davon zu sprechen, stellte er fest, dass er sie selbst kaum glauben konnte … dass er sie, wäre er nicht selbst dabei gewesen, hätte sie selbst begangen, für unaussprechliche Lügen gehalten hätte. Doch er konnte sie in seinem Innern spüren, – eine abgrundtiefe Übelkeit, tiefer als Fleisch und Knochen, ein Gift, das ihn von innen heraus zerstören würde.

Schließlich hob der Mann eine Hand. »Genug. Ich weiß, wovon du redest.«

»Warst du ebenfalls dabei?«

Der Mann schien ihn nicht gehört zu haben. »Doch in Zeiten wie diesen ist es das Wichtigste, sich zu fragen, wie man diese Taten rechtfertigen kann.«

»Ich bin mir nicht sicher, ob man …«

Der Mann unterbrach ihn mit einer knappen Bewegung seiner Hand. In dieser Geste lag eine natürliche Autorität, eine Gewissheit, dass man ihm gehorchen würde, und ihm kam der Gedanke, dass dieser Mann vor seiner Gefangennahme kein einfacher Soldat gewesen war.

»Zu lange schon war dieses Reich krank, müde und übersättigt. Die Dinge, die uns einst so stark gemacht haben, sind nun unser Untergang: Ein so fragmentiertes Gebilde kann nicht effizient, kann nicht stark sein. Um voranzukommen, müssen wir ein Ganzes sein, eine Einheit. Unsere Verschiedenartigkeit schwächt uns, denn sie bedeutet einen Interessenskonflikt. Verstehst du?«

»Ich bin mir nicht sicher.«

»Krieg bedeutet, schreckliche Dinge für einen guten, ja sogar edlen Zweck zu tun. Jedes Kind weiß das. Jede Armee hat Verräter getötet, das ist einfach ein weiteres tragisches, aber notwendiges Nebenprodukt des Krieges. Es liegt nichts Würdevolles darin, sich selbst zu quälen.«

In dieser Nacht lag er auf seiner Pritsche und dachte an die Worte des Offiziers. Monatelang hatte er sich selbst als nicht länger menschlich betrachtet, denaturiert durch die Abscheulichkeit seiner Taten. Doch nun hatte sich ihm eine neue Möglichkeit eröffnet: Vielleicht waren diese Taten nicht nur zu rechtfertigen, sondern möglicherweise sogar lobenswert.

Damit ließe sich alles erklären, alles entschuldigen. Aber das war zu einfach. Er konnte es nicht glauben – oder doch? Er wünschte, er könnte, denn dann würde er möglicherweise ein wenig Erleichterung finden. Alles, was ihm so sinnlos, wie eine willkürliche Blüte des Bösen erschienen war – in ihm selbst und auch außerhalb –, könnte eine Bedeutung, eine Definition bekommen. Vielleicht würde er sogar wieder schlafen können, aufhören darüber nachzugrübeln, wie er den Horrorfilm in seinem Kopf würde abstellen können.

Es war eine verlockende Idee, als hätte ihm jemand einen Spiegel vorgehalten, in dem er alles genau anders herum betrachten konnte. In dem er kein Monster war, sondern ein Held. In dem seine Taten nicht feige, sondern mutig waren. Taten, für die ein normaler Mensch nicht die Charakterstärke gehabt hätte.

Aber es konnte nicht wahr sein. Oder doch?

Und so ging er jeden Tag, über all die Wochen, die nun folgten, zu diesem Offizier. Allein dem Mann zuzuhören tat ihm gut, denn dieser war sich *so sicher*, bot eine andere Version der Ereignisse. Es mochte erfunden sein, aber zumindest war es eine wohltuende Erfindung. Sie glitzerte bis zu ihm in seinem finsteren Versteck.

Und wenn man es nur oft genug wiederholte, wurde es mehr als nur eine Geschichte.

Eine Wahrheit: Es ist nicht schwer, an eine bessere Version seiner selbst zu glauben. Ein Mann muss einen sehr starken Willen haben, um die Vorstellung eines anderen von ihm als heroisch, als nicht monströs, zu verweigern.

Allmählich begannen seine eigenen Erinnerungen den Glanz des Unwirklichen anzunehmen. Die Dinge, die geschehen waren – die er getan hatte –, verwandelten sich in einen bösen Traum. Sie wurden zu einem Albtraum, der jeden Augenblick seines Wachens durchzog, allerdings vielleicht nicht mehr ganz so lebhaft wie zuvor. Während sie ihn einst so fest im Griff gehabt hatten, war er nun in der Lage, sie für einen Moment anzuhalten, sie zu hinterfragen.

Dieser Mann bot ihm ein Gegenmittel zu dem Gift, das tief in ihn hineingesickert war. Er war wie ein Sterbender, der glaubte, dem Tod schon zu nahe zu sein, als dass man ihm helfen könnte, und der doch bereit war, alles zu versuchen. Und so griff er nach diesem Strohhalm. Natürlich tat er das. Und eines Tages stellte er fest, dass es tatsächlich zu funktionieren schien.

Ein neues Glaubenssystem. Das war es. Um ihm zu folgen, musste er sich ihm vollkommen überlassen. Wie jeder neue Konvertit musste er alles vergessen, woran er zuvor geglaubt hatte, musste diesen schwächeren, alles hinterfragenden Teil seiner selbst zurücklassen, der ihn am Ende zerstört hätte.

Er hatte sich selbst mit der Frage gequält, wie seine Familie wohl reagieren würde, wenn sie wüsste, was er getan hatte. Jetzt erkannte er, dass solche Ängste irrelevant waren. Von normalen Menschen wie seiner Mutter, seiner Schwester, konnte man nicht erwarten, dass sie es verstanden. Er war Teil von etwas gewesen, das sich jedem Verständnis entzog, etwas, das viel größer war als sie alle.

Ein paar der Männer im Camp hatten seltsame Obsessionen. Einer der Offiziere, der nie zuvor ein Instrument gespielt hatte, war vollkommen fixiert auf den Gedanken, sich eine Laute zu bauen. Und irgendwie war es ihm gelungen, sogar ein paar seiner britischen Bewacher mit diesem Traum zu infizieren. Sie brachten ihm die Materialen dafür – eine Feile, Sperrholz, Kleber. Er arbeitete unermüdlich in einer Ecke des Schlafblocks, die schon bald das »Ägyptische Irrenhaus« genannt wurde. Seine Hände wurden zu einer Landkarte aus Striemen und Schnitten, denn er hatte nur ein Taschenmesser, mit dem er arbeitete. Niemand glaubte wirklich daran, dass es ihm gelingen würde, aber vielleicht war es nichts Schlechtes, wenn es ihm eine Beschäftigung gab.

Selbst als die Laute – entgegen aller Erwartungen – fertiggestellt war, brachte er noch Wochen damit zu, sie zu perfektionieren. Er glättete die Kanten, spannte die Saiten, fertigte ein Plektrum und einen Ständer, *gergi,* für die Laute. Mittlerweile verfolgten alle das Projekt mit Interesse.

Irgendwann musste der Offizier schließlich einsehen, dass er sein Werk nicht mehr weiter verbessern konnte. Seine Arbeit war abgeschlossen. Alle feierten seinen Triumph mit ihm. Sie versammelten sich und baten ihn, für sie zu spielen. Aber er konnte nicht spielen – er hatte die Laute nur gebaut. Ein Hauptmann, der es konnte, nahm sie und erfreute alle mit Liedern aus ihrer Heimat. Der Offizier zog sich mit ihnen zusammen in eine Ecke zurück und sang ebenfalls mit, ein zutiefst zufriedenes Lächeln im Gesicht.

Eine Woche später starb er an der Ruhr. Pech, sagten einige. Zumindest hatte er noch sein Projekt beenden können. Doch im Grunde kannten sie alle die Wahrheit: Er hatte keine Aufgabe mehr gehabt.

Was war *seine* Aufgabe?

Dieses neue Glaubenssystem. Es hatte eine eigene Sprache; sie bestand aus Wörtern wie *notwendig* und *gerecht*. Phrasen wie *die Zukunft der Nation, das türkische Volk*. Er war nicht allein. Man murmelte diese Phrasen bei der Essensausgabe, während ihnen der immer gleiche Fraß auf die Teller geklatscht wurde, oder in den Waschräumen, während die Männer ihre verbrauchten Körper wuschen. Es waren Worte des Stolzes in einer Zeit, in der jede Würde verloren war. Für manche, wie für ihn, war es ein neuer Glaube, für andere vielleicht nicht mehr als eine Überlebensstrategie. Man lebte hier entweder in einem Stadium inbrünstigen Glaubens und glühender Hoffnung, oder man verzweifelte und starb. So einfach war das.

Doch manchmal, in stillen Momenten, krochen die Zweifel in ihm hoch. Möglicherweise gab es einen kleinen Teil von ihm, der sich stur weigerte, sich überzeugen zu lassen.

Der ihn zum Beispiel an die armenischen Kinder in seiner Klasse erinnerte, an seinen Lieblingsschüler, diesen klugen, vorwitzigen Jungen, der immer auf alles eine Antwort gehabt hatte. Dann fragte er sich, was wohl aus ihnen geworden war, aus ihren Familien. Doch er lernte, diesen Teil von sich zum Schweigen zu bringen. Es würde sonst das gesamte Konstrukt gefährden, es komplett zerstören, und damit ihn selbst.

Dieses Konstrukt hatte ihn zu einem neuen Menschen gemacht. Die Transformation war schrecklich gewesen, aber in einer Weise, wie Feuer schrecklich war und doch dazu benutzt wurde, um Metall zu härten, das Eisen vom einfachen Gestein zu trennen, zu stärken und zu verbessern.

Er verstand das jetzt.

Nur

Zu manchen Zeiten erscheint ihr die Stadt noch schöner, als sie sie je gesehen hat. Vielleicht liegt es an der Jahreszeit – noch immer heiß, doch die Herbstsonne besitzt eine Reife und Intensität, die sie sonst nicht hat. Unter ihrem Schein leuchten alle Farben noch lebendiger. Der späte Nachmittagshimmel ist so blau, dass er beinahe violett erscheint, und das Licht lässt Andeutungen von Gold in den alten Steinen glimmen. Der Bosporus badet ebenfalls in diesem Licht und vollführt behäbige Transformationen: vom blassen weißlichen Mauve des frühen Morgens zu tiefblauem Mittag, abendlichem Silber.

Die Stadt hat sich als eine Verräterin entpuppt; sie interessiert sich nicht für ihre Bewohner, für all das, was sie verloren haben. Sie wird fortbestehen, nachdem all jene, die jetzt in ihr leben, vergangen sind. Seit Tausenden von Jahren liegt sie da, in völliger Gelassenheit, nährt sich zufrieden von der Quelle der Zeit – selbst als plündernde Horden vor ihren Toren standen, um Zerstörung zu bringen und sie zu erobern, selbst als es Feuer vom Himmel regnete. Vielleicht ist das schon immer die unausgesprochene Abmachung zwischen der Stadt und ihren Bewohnern gewesen. Sie sind wie Vögel, die auf einem uralten Ast sitzen. Wenn der Wind zu stark ist, um sich auf ihm zu halten … nun, dem Baum kann schließlich niemand einen Vorwurf machen, nicht wahr?

Als sie an ihrem alten Haus ankommt, sieht sie einige weißgekleidete Gestalten. Zwei spielen Schach, die anderen geben Tipps; zwei stehen ein wenig abseits und rauchen Pfeife.

Sie genießen den Schatten der eleganten Schirm-Kiefer, auf der Nur als Kind herumgeklettert ist. Noch immer kann sie die raue Rinde unter ihren nackten Schienbeinen und Füßen spüren, den Duft des Harzes riechen, den sie anschließend jedes Mal als Klumpen in ihren Haaren, zwischen den Fingern und Zehen wiederfand. Bei diesem Anblick lodert in ihr das vertraute Feuer sinnloser Wut.

Als man sie entdeckt, verstummen die Gespräche. Wie gern möchte sie glauben, dass alle in Schweigen versunken sind, weil sie die Hitze ihres Zorns zu spüren bekamen, aber sie weiß, dass sie einfach ein Kuriosum ist. Sie spürt die Blicke auf sich, während sie zur Tür geht – ein Eindringling in ihre Zufluchtsstätte. Dann sagt einer von ihnen etwas, ein wenig zu laut, als dass sie es nicht hören könnte, aber zu leise für sie, um es zu verstehen. Gelächter. Als sie es endlich bis zur Tür geschafft hat, hat ihre Selbstbeherrschung sie fast verlassen.

Dieselbe Krankenschwester empfängt sie mit derselben vagen Missbilligung.

»Ich sage dem Doktor Bescheid. Möglicherweise wird er einen Besuch so früh noch nicht gestatten. Der ...« – eine winzige Pause – »Patient ist vielleicht noch nicht bereit.«

Nur wartet, in dem Gefühl, zurechtgewiesen worden zu sein, unter den schweigenden Blicken der weißgekleideten Gestalten.

Es ist das erste Mal seit fünf Jahren, dass sie das Haus betritt. Als ihre Brust anfängt zu brennen, merkt sie, dass sie die Luft angehalten hat. Es ist der Geruch dieses Ortes, der sie zuerst erreicht. Mit neuen Nuancen – etwas Antiseptisches, der beißende Geruch von Reinigungsmitteln, der unverwechselbare, undefinierbare Geruch von Krankheit – ein wenig schal. Doch unter alldem riecht es nach ihrem Zuhause. So vertraut wie ein geliebter Mensch.

Die Krankenschwester kehrt zurück.

»Folgen Sie mir.«

Sie zögert.

Die Schwester winkt sie ungeduldig weiter.

Nur vermutet, dass die Frau sie für ein wenig verrückt hält. Sie stellt sich vor, dass sie ein wenig seltsam aussehen muss – besonders als sie über die Türschwelle tritt, und das allein ihr die Tränen in die Augen steigen lässt.

Doch daneben verspürt sie auch eine gewisse Neugier. Ihr ist sofort klar, dass der *selamlik*, sichtbar durch die geöffnete Dielentür, beinahe unverändert geblieben ist. Hier haben sich die Männer immer versammelt – ihr Vater, ihre Onkel und andere Gäste. Sie riskiert einen weiteren Schritt, beinahe sicher, dass sie den Geruch des Tabaks, den ihr Vater immer geraucht hat, noch riechen kann. Der Raum ist voller Geister.

Beim *haremlik* sieht es anders aus. Er wurde von den Lebenden – und den Sterbenden kolonisiert. Der Raum, der einst das Refugium der Frauen war, ist nun ein Schlafraum für fremde Männer – kranke Männer, doch Feinde nach wie vor. Er hat auch einen neuen Namen bekommen. Das, erklärt die Krankenschwester, die sie mit eiligen Schritten hindurchführt, sei die »Krankenstation«. Klappbetten reihen sich entlang beider Wände. Überall um sie herum liegen Männer, alle mehr oder weniger so gekleidet wie der Mann, dem sie im Garten begegnet ist. Eine Fläche leuchtenden Fleisches jedoch zieht ihren Blick auf sich. Sie kann nicht anders, muss hinschauen, sieht eine Gestalt mit sehr schweren Verbrennungen, widersetzt sich dem unwillkürlichen Impuls des Mitleids. Dieser Mann hat ein frisch bezogenes Bett, eine leichte Brise vom Bosporus durch das geöffnete Fenster. Allen Komfort, den ihr Zuhause bereiten kann. Und er lebt, wenn auch nur so gerade. Ihr Bruder, nach allem, was sie weiß, bekam nicht einmal ein Totenhemd.

Hinter dem *haremlik* liegt das *sofa*, das Herz des Hauses mit seinem gefliesten Garten und Mosaikfußboden. Nur sieht, dass der Brunnen, sichtbar durch die geöffneten Türen, nicht länger plätschert. Betrieben mithilfe eines hydraulischen Wunderwerks und gespeist von den Fluten des Bosporus, war er der Stolz ihres Vaters. Er hatte immer gesagt, das Geräusch fließenden Wassers sei der friedlichste Laut, den er kenne, eine Nachahmung des großen Kanals dort draußen.

All dies ist so vertraut und so fremd – und noch unheimlicher durch das Gefühl, dass alles gleich geblieben ist. Wie können sich leblose Steine und Holz anfühlen wie die Verlängerung des eigenen Fleisch und Blutes? Sie tritt ins *sofa* und blickt instinktiv zu den großen Fenstern hinüber. Dort ist der Ausblick, an den sie sich erinnert.

Auf einem der Diwane im *sofa* liegt ein Stapel Bücher. Herodot, ein paar englische Romane. Die Bücher ihres Vaters. Die Hände des Feindes, seine Augen haben sie erforscht.

»Hallo.«

Nur dreht sich um. Der englische Arzt steht mit leicht gerunzelter Stirn im Türrahmen. Sie unterdrückt ihre Wut. Zum ersten Mal wird ihr deutlich bewusst, in welch ungewöhnliche Lage die Notwendigkeit, nach dem Jungen zu sehen, sie gebracht hat. Am besten vermeidet man es, von den Besatzern gesehen, zumindest aber, von ihnen bemerkt zu werden. Und sie hat sich freiwillig mitten unter sie begeben.

»Er ist ein zäher kleiner Kerl«, sagt der Arzt und geht voran. »Ich habe erwachsene Männer bei diesen Schmerzen schreien hören. Aber Ihr Sohn wimmert nicht einmal. Wir haben ihm ein wenig Morphium gegeben, er wird also nicht ganz er selbst sein. Aber er war heute bereits wach.«

Sie folgt ihm schweigend. Je weniger sie redet, denkt sie, desto besser. Auf diese Weise wird er ihren Hass vielleicht nicht bemerken. Und auf diese Weise wird sie vielleicht später in der Lage sein, sich im Spiegel zu betrachten, ohne eine Verräterin zu sehen.

Der Junge liegt allein in dem Raum, der einst das Arbeitszimmer ihres Vaters gewesen ist – ein kleiner, schmaler weißer Hügel unter dem Betttuch, aus dem nur die feinen Spitzen seines dunklen Haares hervorschauen. Eine erneute Attacke ihrer Erinnerung in Form des Geruchs von altem Papier und Tabak, der offenbar noch Jahre, nachdem seine Quelle fort ist, bestehen bleibt. Der Junge setzt sich im Bett auf und blickt sie mit seltsam unnatürlich leuchtenden Augen an.

»Sehen Sie, ich dachte mir, dass er möglicherweise lieber hier liegen möchte. Nicht draußen auf der Krankenstation bei den Männern. Allerdings werde ich ihn verlegen müssen, falls eine Quarantänestation notwendig werden sollte.« Der Blick des englischen Arztes wandert zu den Wänden, an denen noch die rechteckigen Erinnerungen an die Bilder zu sehen sind, die hier einst hingen.

»Ich denke, das hier war einmal ein Arbeitszimmer, oder vielleicht eine Bibliothek. Es hat diesen Geruch.« Interessant, dass es ihm ebenfalls aufgefallen ist. »Das hier war einmal ein Wohnhaus, wissen Sie.«

»Ja«, sagt Nur.

Hier, in diesem Raum, hat mein Vater stundenlang gesessen und gelesen. Direkt dahinter liegt der Raum, in dem meine Mutter und meine Großmutter und ich und meine Tanten und Basen nach Rosen duftende Limonade tranken und den Luxus hatten, uns zu langweilen. Nachmittage – erfüllt vom Gemurmel der Frauen und dem Rauch parfümierter Zigaretten –, die sich anfühlten, als würde es sie immer geben.

»Nur *hanım*?« Das Hügelchen unter dem Laken bewegt sich, und ein Gesicht erscheint. Seine Haut ist noch immer bleich, doch sie hat ihren gelblichen Schimmer verloren.

Der Arzt hilft ihm, sich aufzusetzen, und zwar mit einer Sorgfalt, die, so beschließt Nur, nicht mehr ist als professionelle Überzeugung. Er schiebt dem Jungen ein paar Kissen in den Rücken.

»Wie fühlst du dich?«, fragt sie.

»Hungrig«, antwortet er auf Englisch.

Sie lacht – sie kann nicht anders –, und genau in diesem Augenblick hört sie auch das laute Lachen des englischen Arztes.

Ihr Gesicht glüht. Ein nicht zu benennender unpatriotischer Ausrutscher.

Der Doktor räuspert sich. »Er macht sich sehr gut, wenn man die Umstände bedenkt. Ich werde Sie beide jetzt allein lassen.«

»Danke.«

»Ich bin draußen auf der Terrasse, falls Sie mich brauchen.« Sie ist beeindruckt, wie leise er sich im Hinblick auf seine Körpergröße bewegt. Vielleicht ist es der besondere Trick eines Arztes.

»Ich habe dir etwas mitgebracht.«

Sie reicht es dem Jungen und beobachtet zufrieden die neu aufkeimende Lebendigkeit, die sein Gesicht erfüllt, das kleine Aufflackern kindlicher Gier bei der Aussicht auf ein Geschenk. Er wickelt es aus.

»Erkennst du es? Ich habe es dir mitgebracht, damit es dich an zu Hause erinnert.«

Er entrollt es aus seiner papiernen Verpackung, ein Aufschrei aus Farbe vor dem sterilen weißen Bettlaken. Langsam streicht er mit dem Finger über den goldenen Faden. Er nickt feierlich. »Danke schön.«

Sie gestattet sich zu glauben, dass er sich wirklich über das Geschenk freut. »Tut es sehr weh?«

»Nein. Er« – der Junge zeigt auf die Tür, durch die der Mann verschwunden ist – »hat mir Medizin gegeben. Ich kann Farben hinter meinen Augen sehen.« Er schließt sie, um es zu präsentieren.

»Das ist gegen die Schmerzen.«

»Ich weiß. Wenn ich groß bin, möchte ich Arzt werden. Wieso runzelst du die Stirn?«

»Kein *chef de cuisine*?«

»Oh.« Er überlegt. »Vielleicht beides.« Und dann, in ernstem Ton: »Darf ich wieder nach Hause?«

»Sobald es dir besser geht. Versprochen.« Die gleiche Frage hatte auch sie sich gestellt. Sie wird ihn von hier wegholen, sobald sie sicher sein kann, dass er außer Gefahr ist.

»In dein Zuhause?«

Sie runzelt die Stirn. »Es ist jetzt auch dein Zuhause. Nicht nur meins.«

»Oh.« Das scheint ihn ein wenig zu beruhigen.

Sie fragt sich, wie er darauf kommt. Es ist das erste Mal, dass er seit dieser schrecklichen Nacht längere Zeit von ihr getrennt und nicht in der Wohnung gewesen ist. Sie bemerkt, dass er noch immer nicht ganz er selbst ist. Einige seiner Sätze lösen sich in zusammenhanglose Wörter auf. Als sie befürchtet, ihn zu ermüden, beschließt sie, zu gehen.

Nur macht sich auf die Suche nach dem Arzt. Sie muss ihm danken, egal wie sehr sie sich wünscht, ohne einen Dank verschwinden zu können. Es ist nicht nur ihre anerzogene Höflichkeit, es ist auch so etwas wie eine Schutzmaßnahme. Sie muss sicherstellen, dass er den Jungen so gut behandeln wird wie einen seiner eigenen Männer.

Der englische Arzt raucht eine Zigarette. Hinter ihm ergießt sich ein Wasserfall aus Grün – die Glyzinien. Die letzten Blüten des Sommers verteilen sich noch um seine Füße, von einem ausgelaugten Lila bis zu einem blassen Braun. Und hinter der Glyzinie die gnadenlose Schönheit des Bosporus. Nur kann es nicht glauben, dass sie diesen Blick einmal als Selbstverständlichkeit hingenommen hat.

»Ich wollte Ihnen danken«, sagt sie.

Er zieht die Zigarette zwischen seinen Lippen hervor und bläst den Rauch von ihr weg über seine Schulter. Die Finger, die die Zigarette halten, sind geschmeidig, elegant. Und doch, erinnert sie sich selbst, sind es die Hände von einem Menschen, der nicht viel besser ist als ein Schlachter. Sie hat Augen, sie sieht die Uniform; er mag Arzt sein, aber er ist auch Soldat. Sein Titel ist nur ein eleganter Euphemismus für »Mörder«.

»Es wird noch einige Wochen brauchen, mindestens.« Seine Stimme ist ein wenig angeraut vom Tabak.

»Wochen?«

Er nickt ernst. »Mehr, wenn möglich. Ich möchte ein Auge auf ihn haben. Dieser Fall – ich fürchte er hat alle Anzeichen der schlimmsten Form, der zerebralen Malaria. Und er ist noch sehr jung.«

»Aber es scheint ihm schon viel besser zu gehen.«

»Ich weiß, dass es für eine Mutter schwer ist, das zu hören, aber ich muss Ihnen sagen, dass er möglicherweise nie ganz von dieser Krankheit geheilt sein wird. Der Virus lebt oft im Körper weiter. Das Beste, was wir im Moment tun können, ist, ihn zu beobachten, solange er noch nicht außer Gefahr ist.«

Sie kann es nicht begreifen. Sie wird das alles für sich selbst noch einmal wiederholen müssen, später, damit es einen Sinn ergibt.

»Sicherlich kann er nicht so lange hierbleiben. Ich kann mir kaum vorstellen, dass es gestattet ist …«

Er unterbricht sie. »Ich bin der Leiter dieses Hospitals. Und ich sage, wir haben hier Platz für ihn.«

»Oh …« Sie ist am Ende ihrer Weisheit. Mit nicht geringem Kraftaufwand überwindet sie sich, es auszusprechen: »Danke.«

Er antwortet ihr mit einem winzigen Lächeln, gerade groß genug, um seine Zähne zu entblößen. Seine Eckzähne sind ein wenig zu lang. Die Zähne eines Raubtiers, denkt Nur. Sie lächelt nicht zurück.

»Ich wollte Sie schon die ganze Zeit fragen«, sagt er. »Wo haben Sie so exzellentes Englisch gelernt?«

Vorgetäuschtes Interesse – als wären sie einander gleich-gestellt. Oder vermutlich ist es vielmehr herablassend ge-meint, so wie man ein Schoßhündchen für ein Kunststück lobt. »Mein Vater hat mich auf die britische Schule geschickt.«

Ihr Vater, der Anglophile. Der Grund für so viele ihrer Pro-bleme.

Ein Bankkonto beschlagnahmt; ein Haus requiriert; eine ganze Familie der Spionage beschuldigt. Selbst noch als ihr Vater im Sterben lag, kaum fähig, irgendeine Form von Ver-rat zu begehen, auch wenn er gewollt hätte. Selbst nach sei-nem Tod, im ersten Jahr der Kämpfe, hatten sie noch unter Verdacht gestanden. Selbst dann noch, als ihr Bruder für ihr eigenes Land in den Krieg zog. Das Misstrauen des Staates hatte einen langen Schatten geworfen.

»Möchten Sie eine Zigarette? Ich drehe Ihnen eine.«

»Oh«, sagt sie, so überrascht, dass sie ganz vergisst, sofort abzulehnen. Sie raucht keine Zigaretten mehr, sie sind zu teuer. Ihre Großmutter trug früher immer eine kleine gol-dene Zange an einer Kette um ihren Hals. Es war jedes Mal ein Ritual für sie, sich eine Zigarette zu rollen. Zuerst kam der Tabak, aufbewahrt in einem bestickten Seidenbeutel, dann ein Blatt feinen rosafarbenen Zellstoffs aus dem Etui, das sie immer bei sich trug. Sie rollte den Tabak zu einer win-zigen ordentlichen Rolle – keine leichte Aufgabe mit Hän-den so knorrig wie die von Nurs Großmutter – und hob sich die fertige Zigarette, entzündet, mit dieser Zange an ih-re Lippen, damit sie sich die Finger nicht weiter beschmutzte. In ihren Bewegungen lag eine Anmut, von der Nur wusste, dass sie selbst sie niemals besitzen würde; ihr fehlte dazu die nötige Geduld.

Der englische Arzt wartet noch immer. Sie spürt, dass er die Unterhaltung gern fortgesetzt hätte, dass in dieser kleinen Metalldose auch die Möglichkeit einer unmöglichen Übereinstimmung liegt, sie fragt sich, ob es ihm ebenfalls bewusst ist.

»Nein«, sagt sie. »Vielen Dank.«

Er kann es sich leisten, großzügig zu erscheinen, wenn er will: Er ist der Besatzer. Er stellt die Regeln auf. Diese Möglichkeiten sind ihr versperrt. Seine Freiheit, sich so zu verhalten – sich auf jegliche Art und Weise zu verhalten, die ihm beliebt –, ist nur eine weitere Methode, Macht auszuüben. Und für diese Vortäuschung von Freundschaft beschließt sie, ihn noch ein wenig mehr zu hassen.

George

»Ich werde dir helfen, dich aufzusetzen.«

Mit bedächtigen Bewegungen richtet er die Kissen, um keine Schmerzen zu verursachen. Der Junge sieht ihm schweigend zu. Der fiebrige Glanz ist verschwunden, und in seinem Blick liegt eine neue Wissbegier. In diesem Moment, der Rückkehr des Bewusstseins, sieht George den Jungen zum ersten Mal wirklich. Davor war er ein Fall, ein Notfall.

Seine Augen brennen. Er reibt sie und macht es damit nur noch schlimmer. Die ganze Nacht hat er bei dem Kind gewacht, auf Anzeichen gewartet, dass das Fieber sich veränderte, verschlimmerte. Dasselbe hat er schon hundert – tausend – Mal getan, unter Zeltplanen in der Mesopotamischen Wüste, in provisorischen Barracken am Kaspischen Meer – einem Marschland, so berüchtigt für diese Krankheit, dass Alexander der Große ungeliebte Generäle dorthin schickte, damit sie starben. George hat erlebt, wie Männer ganz zu sich zurückkehrten, nur um unvermittelt, endgültig, wieder in die Klauen der Malaria zu geraten.

Es ist immer noch nicht sicher, ob der Junge überleben wird, aber George hat beschlossen, der Mutter nichts davon zu sagen. Er spürt, dass sie genug gelitten hat, sie trägt es wie einen Mantel.

»Hast du Schmerzen?«

Ein Zögern. Vielleicht versteht der Junge nicht, was er sagt. George zeigt auf seinen Kopf, den Bauch, zuckt pantomimisch zusammen.

»Ein bisschen«, sagt das Kind. Er sagt es tapfer: Ich leide, aber ich werde mich nicht beschweren. Unter seinen Augen liegen hämatomfarbene Ringe. Nicht so sehr, denkt George, das Zeichen seines momentanen Zustands, als vielmehr einer allgemeineren, langfristigen Malaise: Mangelernährung, generelle Erschöpfung. Er hat es in den Gesichtern der russischen Kinder auf den Flüchtlingsschiffen gesehen. George kennt die Mutter nicht, doch er hat eine generelle Vorstellung davon, was für eine Art von Mensch sie ist, und er kann sich vorstellen, dass der Gedanke sie schmerzen muss, ihren Sohn nicht angemessen ernähren zu können.

Der Junge blickt voller Staunen und mit kaum verhohlener Furcht um sich. George kann ihn verstehen. Er hat dieses Phänomen in den letzten fünf Jahren beinahe täglich beobachtet. Zumindest ist der Zustand des Jungen vorerst stabil, wie lange auch immer es so bleiben wird. Auf dem Marsch konnte es gut zehn Minuten sorgfältigen Nachdenkens dauern, während der Patient die Erinnerungen an den vergangenen Tag wieder zusammensetzte, sie zu den Schmerzen in seinen Beinen addierte, und der Temperatur der Luft, die unter der Zeltplane gefangen war. Und selbst dann konnte man sich nicht immer sicher sein. Die Wüste konnte sich von einem Tag zum anderen in einen vollkommen anderen Ort verwandeln.

»Du bist im Krankenhaus«, sagte er. »Du hast eine sehr ernste Form von Malaria.« Er schweigt, nicht sicher, wie viel der Junge versteht.

Der Junge blinzelt und versucht sich aufzusetzen.

»Nein, lass mich dir helfen. Hier.«

»Danke.« Dann, recht formell: »Entschuldigen Sie bitte, mein Englisch ist nicht gut.«

George muss sich zusammenreißen, um nicht zu lachen.

»Es ist um Längen besser als mein Türkisch, das kann ich dir versichern. Ich bin schwer beeindruckt, dass ein Junge von … Wie alt bist du? Wie viele Jahre? Acht?«

»Sieben.«

Das überrascht ihn. Acht war eine deutliche Übertreibung, um dem Jungen zu schmeicheln. Er hätte ihn auf höchstens fünf geschätzt. Sehr wahrscheinlich hatte die Mangelernährung ihn in seinem Wachstum gebremst.

»Sie sind ein Soldat?«

»Ich bin ein Arzt.«

»Sie sind in der Armee?«

»Ja, aber meine Aufgabe ist ein wenig anders als die der anderen. Ich bin hier, um Leben zu retten.«

»Von den Soldaten in Ihrer Armee.«

»Nicht zwangsläufig.«

»Sie haben auch andere gerettet?«

»Einige.«

Kaum mehr als Haut und Knochen, erinnert George sich, in einem schlechteren Zustand – sofern das überhaupt möglich war – als ihre eigenen Männer. Halbtot vom Frost und von der Ruhr. Die Osmanen hatten in Gallipoli durch schiere Überzahl gewonnen. Männer, dem Feind entgegengeschickt wie Gewehrkugeln, ohne von ihnen zu erwarten, dass sie zurückkehrten.

Mit einer Mischung aus Faszination und Angst blickt der Junge zu ihm hoch. George fragt sich, was er wohl über die britischen Streitkräfte gehört hat. Nichts Gutes, so viel steht fest. Ein spontaner Einfall. »Magst du Tiere? Tiere, verstehst du?« Er verwandelt seine Hand in eine Puppe, die Finger in vier laufende Beine.

Der Junge nickt misstrauisch.

»Und Vögel?«

Erneutes Nicken.

»Einmal sind wir durch eine Wüste gezogen. Die Meso-potamische Wüste. Und dann, plötzlich, fing es an zu regnen, und es war keine Wüste mehr. Auf einmal waren überall Blumen – Orchideen, so leuchtend violett, dass sie aussahen wie winzige bunte Lampen im Gras – und Tausende von Vö-gel kamen herbei, um die Insekten zu fressen, die wegen der Blumen dorthin gekommen waren. Kannst du dir das vor-stellen? Tausende.«

Der Junge sagt nichts. George ist sich nicht einmal sicher, ob er ihn versteht. Aber vielleicht spielt das auch keine Rolle. Im Grunde ist das Schwelgen in dieser Erinnerung ein selbst-süchtiger Genuss. Er erinnert sich an das besondere Grün des Grases: Es war, als sähe man die Farbe zum ersten Mal wirklich. »Und es gab große, fette Vögel, die man Chukarhüh-ner nennt, und kleinere – Raufußhühner. Und in den Sumpf-gebieten gab es Wildschweine. Kennst du Wildschweine?«

Der Junge schüttelt den Kopf.

»Sie sehen aus wie Schweine, aber mit Haaren, und mit langen Eckzähnen.« George ertappt sich dabei, wie er seine Nase hochschiebt, um eine Schnauze zu formen, und grunzt. Er kommt sich albern vor. Was Bill wohl denken würde, wenn er in diesem Augenblick hereinkäme. Doch er wird dafür belohnt, denn der Junge lächelt, zum ersten Mal seit seiner Ankunft im Hospital.

»Sie haben es gesehen? Dieses Tier?«

»Oh ja, selbstverständlich.« Tatsächlich hat er noch nie ein Wildschwein gesehen. Sie blieben ein Mythos – was in gewisser Hinsicht auch nicht weiter erstaunlich war, denn es war ein Land der Mythen, in dem Öl einfach so aus dem Boden trat, eine Konzentration uralter Kräfte. Die Menschen, die dort lebten, scherten sich nicht weiter darum. Sie hatten keinerlei Verwendung dafür. Später dann, als sie über den Paitak Pass zogen und die persischen Berge sich direkt vor ihnen erhoben, blassrot, undurchdringlich, folgten sie einer schmalen Straße, die ursprünglich von Alexander dem Großen auf seinem Weg nach Indien erbaut worden war. Einige der Steine, auf die sie traten, waren vor zweitausend Jahren von Männern dort verlegt worden. Mit diesem Wissen war es unmöglich, nicht die eigene absolute Bedeutungslosigkeit zu spüren. Eine winzige Fußnote in einer weit größeren Erzählung, die edlere Feldzüge, größeren Mut, unmöglichere Taten beinhaltete. Doch darin lag auch ein Trost. Wenn man sich seiner eigenen Nichtigkeit so bewusst war, dann schien es auch weniger bedeutend zu sein, wenn man nur ein paar Meilen die Straße hinauf plötzlich von der Malaria niedergestreckt wurde, von der man mit einem Mal überzeugt war, sie sich eingefangen zu haben.

»Aber die Schwalben mochte ich am liebsten«, sagt er jetzt. »Es sind Vögel … mit einem gegabelten Schwanz, etwa so.«

In den seltenen halben Stunden, in denen er sich eine Ruhepause gönnte, hatte er gern auf dem Rücken gelegen und die Schwalben beobachtet. Sie konnten sich gemeinsam wie eine Einheit bewegen, wie ein einziger Vogel, in perfekter Synchronizität, aufgrund einer stummen, geheimen Fähigkeit. Es hatte ihn tief bewegt, auch wenn er nicht sagen konnte, warum. Sie waren dorthin gekommen, weil schon ihre Vorfahren gekommen waren, seit Tausenden von Jahren.

George sieht, dass die Augen des Jungen fast geschlossen sind, doch vielleicht hört er noch zu. Und deshalb fährt er fort.

»Sie kamen abends, um die Insekten zu fressen. Und sie waren so schnell, so präzise. Wie eine Nadel, etwa so.« Er macht eine schnelle, gezielte Bewegung mit seiner Hand. Dann, beinahe unbewusst, wandern seine Finger zu der Stickarbeit, die an den Fuß des Bettes gerutscht war. Der goldenen Faden fühlt sich rau an unter seinen Fingerspitzen. Er kann die Bewegungen der Nadel vor sich sehen, so schnell, so präzise.

Der Junge schläft. Das ist gut; er muss sich ausruhen. Und doch verspürt George ein seltsames Gefühl der Einsamkeit, nun da er mit seinen Erinnerungen allein zurückbleibt.

Er hat diese Schwalben beneidet. Mit einer solchen Eleganz zu leben, unbeeindruckt von Hitze oder Kälte oder all den Problemen, die der Mensch sich in der unnötigen Komplexität seines Lebens selbst schuf. Diese Tiere kannten keine Grenzen zwischen den Ländern – oder vielmehr nur die Grenzen, die von den Jahreszeiten geschaffen wurden, vom Reichtum oder Mangel an Futter. Einst waren die Menschen nicht anders. An welcher Stelle war es schiefgelaufen? Lange, lange vor diesem Krieg; noch vor Alexander dem Großen, vielleicht.

Und an welcher Stelle ist es für ihn schiefgelaufen? Sein eigener Sturz, verborgen unter dem Mantel der Pflichterfüllung? Das ist ein wenig einfacher zu benennen. Es wird sogar noch einfacher sein, sich selbst davon zu überzeugen, dass er das Richtige tut, das moralisch Korrekte, nun, da er sich um ein Kind kümmern muss.

Doch die Wahrheit bleibt: Medical Officer George Monroe ist ein Feigling.

Der Reisende

Auf der Strecke zwischen Lausanne und Venedig gibt es einen Speisewagen. Ich setze mich und trinke ein Glas Weißwein zu einem Mahl aus zähem Hühnchen, halbgaren Kartoffeln und grünen Bohnen, die zu schlaffen grauen Stängeln verkocht sind. Ich esse so viel, wie ich davon hinunterbekomme, und verspreche mir selbst, mich für diese Entbehrung zu entschädigen, sobald ich mein Ziel erreicht habe. Ich kann die Erinnerung an das Essen dort noch immer auf der Zunge schmecken: die Alchemie von Süße und Säure, Früchten und Fleisch, die Opulenz des Öls.

Ich trinke einen Schluck Wein. Er hat nichts Besonderes, und doch liegt eine gewisse Dekadenz in diesem Glas Wein zum Mittagessen, während die atemberaubende Landschaft an mir vorbeirast. Nachmittägliche Müdigkeit überkommt mich; was hat das Reisen an sich, dass es so müde macht? Alles, was ich seit dem Morgen getan habe, ist sitzen. Doch ich habe letzte Nacht auf meiner harten Schaumstoffmatratze nicht gut geschlafen. Teils war es das Unbehagen und Trommeln des Regens an den Fensterscheiben, teils die Lautstärke meiner Gedanken. Meiner Reise wohnt eine emotionale Dichte inne, die ich den ganzen Weg mit mir tragen werde.

Um mich herum sitzen Paare oder Vierergruppen und essen. Zum ersten Mal frage ich mich, was sie wohl über mich denken. Eine einsame Seele, vielleicht, allein auf Reisen.

Ich weiß genau, was es braucht, um den sauren Nachgeschmack des Weins zu vertreiben. Zurück in meinem Abteil, nehme ich ein hölzernes Kistchen aus meinem Koffer, darauf sichtbar das Bild eines prachtvollen Gebäudes. Im Laufe der Jahre jedoch ist es verblasst, sodass nur noch ein blasser Eindruck der goldenen Türme verbleibt. Aber der durchdachte Schiebemechanismus des Deckels funktioniert noch immer einwandfrei. Ich schiebe ihn zurück, blicke auf die dicken zuckerübersäten Würfel in der Schachtel und gestatte mir einen. Mein Bauch rundet sich sichtbar – eine Mischung aus zu viel Essen und zunehmendem Alter. Nicht länger der schlanke junge Mann, der sich keinerlei Gedanken darüber machen musste, Fett anzusetzen.

Ich lasse der Süße und dem dezenten Duft Zeit, meine Mundhöhle zu erfüllen, bevor ich kaue. Dieses Stück, mit Pistazien gespickt, hat die perfekte Konsistenz: nachgiebig, aber nicht zu weich. Lange Zeit fand ich in England nur diesen beleidigenden, müden Abklatsch von *loukoum*, das Zeug, das sie *Turkish Delight* nennen: Lebensmittelfarbe, billiger Zuckersirup, der überwältigende synthetische Geruch von Rosen.

Es hat mich lange Zeit gekostet, *loukoum* wie dieses hier ausfindig zu machen – das Echte, das wir den Gästen nach den Mahlzeiten zum Kaffee servieren konnten und das es wert war, in dieser Schachtel verwahrt zu werden.

Der Junge

Der Schwarm von Sternen verharrt hinter seinen Augenlidern wie ein Geheimnis. Der Doktor hat ihm eine Flüssigkeit von einem Löffel gegeben. Sie hat die Schmerzen vertrieben und die Sterne herbeigerufen. Doch jetzt verändern die Sterne ihre Form, brechen auseinander, ziehen sich in die Länge. Sie verwandeln sich in kleine flinke Vögel mit gegabelten Schwänzen – Tausende von ihnen. Er verfolgt ihre Bewegungen hinter seinen Augenlidern, teils ehrfürchtig, teils ängstlich … auch wenn er nicht sagen kann, wieso.

Der Doktor hat graue Augen. Er ist in etwa so alt, wie der Vater des Jungen war, aber viel größer. Und doch trägt er seine Größe nicht wie eine Drohung. Bloß dass der Mann – der Doktor – Engländer ist. Er selbst kann ebenfalls ein wenig Englisch sprechen, hat es in der Schule gelernt. Die Engländer sind ihre Feinde. Er weiß das, und Nur weiß das. Er fragt sich, wie sie das vergessen konnte. Vielleicht weil sie so schreckliche Angst hatte. Doch wieder fragt er sich unwillkürlich, ob das ihre Art ist, sich seiner zu entledigen. Vielleicht hat die alte Frau sich beschwert, weil er sie beim Kochen kritisiert hat. Er möchte es nicht glauben, aber in seinem kurzen Leben sind ihm bereits so viele schreckliche Dinge zugestoßen, dass er weiß, alles ist möglich.

Die Feinde töten osmanische Männer. Er ist sich nicht sicher, wie sie zu osmanischen Jungen stehen – auch wenn er nicht wirklich ein osmanischer Junge ist, wie die alte Frau ihm gerne immer wieder unter die Nase reibt.

Der Doktor scheint nett zu sein. Er mag Vögel. Doch der

Junge hat in seinem kurzen Leben bereits gelernt, dass die Dinge häufig nicht so sind, wie sie scheinen. Er wird sich bereithalten, bereit zu fliehen, wenn es sein muss. Jedenfalls *wird* er bereit sein, aber erst nachdem er noch ein wenig von diesem seltsamen, von Vögeln übersäten Schlaf gekostet hat …

Nur

Es ist schwer zu übersehen, dass der Junge nur noch ein Schatten seiner selbst ist. Heute sitzt sie nur eine halbe Stunde bei ihm, bevor er einschläft. Sie ist unschlüssig, ob sie gehen oder noch ein wenig bleiben soll, falls er noch einmal aufwacht.

Von der einen Seite her dringen Geräusche aus der Krankenstation zu ihnen herein, doch von der anderen Seite herrscht Stille. Diese Tür, so weiß sie, führt hinaus ins *sofa* – einst ihr liebster Raum in diesem Haus. Mit angehaltenem Atem drückt sie gegen die Tür. Der Raum ist menschenleer.

Hunderte von bemalten Fliesen; ein gemalter Garten im Haus, mit Zypressen, Weinranken, Hyazinthen, Veilchen, Heckenrosen, Kirsch- und Granatapfelblüten. Sie alle konnte man einst, zu unterschiedlichen Zeiten im Jahr, draußen im echten Garten finden. Die Wellen des Bosporus hinter den Fensterscheiben schaffen ein Wechselspiel von Licht und Schatten im Raum. Es ist mehr als nur eine simple Reflektion, vielmehr eine teilnahmsvolle Erwiderung, so wie ein Tänzer die Bewegungen seines Partners nicht wiederholt, sondern ihnen entspricht.

In der Mitte des Zimmers steht ein *şadırvan*, ein marmorner Springbrunnen, die Ränder seines Beckens ausgekehlt wie das Innere einer Muschel. Einst fiel hier das Wasser wie ein silberner Strom. Wenn man sich auf einen der Diwans setzte, die sich an den Wänden entlang reihten, war es beinahe unmöglich, nicht in einen Zustand der Ruhe und Gelassenheit zu versinken. Das Wasser ist jetzt abgedreht.

Heute wirkt der Raum nüchtern. Mit dem stillgelegten Brunnen und den kühl glänzenden Wänden vermittelt er die Atmosphäre eines schönen Mausoleums. Die Schatten, die über die Wände wandern, erscheinen nun wie eingesperrte Erinnerungen.

Sie vernimmt ein Geräusch hinter sich und dreht sich um. Es ist der englische Arzt, der gerade durch die Tür tritt.

»Für mich ist das hier der schönste Raum in diesem Haus«, sagt er.

Dass er ihn besitzt, dass er ihn erwählt hat. Sie könnte nicht sprechen, selbst wenn sie wollte. Alles, was herauskäme, wäre der harsche Schwall ihrer Wut.

Er fährt sich mit einer Hand durch das Haar. »Ich beobachte gern die Schiffe«, sagt er, »wie sie den Bosporus hinauf und hinab fahren, und stelle mir vor, woher sie wohl kommen und wo sie wohl hinfahren. Auch wenn die meisten von ihnen zurzeit wohl vor allem Flüchtlinge an Bord haben, fürchte ich.«

Es besänftigt nicht ihren Zorn, dieses Wissen, dass er ihre eigene Vorliebe des Zeitvertreibs teilt. Stattdessen lässt es ihre eigenen Erfahrungen irgendwie weniger authentisch, weniger einzigartig erscheinen. Sie ist so darauf konzentriert, ihm nicht zuzuhören, sich nicht von seinen Worten berühren zu lassen, dass es eine Weile dauert, bis sie bemerkt, dass er aufgehört hat zu reden und sie stattdessen ansieht. Voller Neugier.

»Das hier ist mein Haus.« Sie ist sich nicht einmal sicher, ob sie es laut oder nur in Gedanken ausgesprochen hat, bemerkt es erst, als er ein höfliches, überraschtes Hüsteln von sich gibt, das Hüsteln eines Engländers. Diese Engländer mit ihrer Galanterie – kolonisieren höflich die Welt.

»Entschuldigen Sie bitte«, sagt er. »Aber ich dachte …«

»Das hier ist mein Haus. Es war mein Haus, das meiner Familie. Die Regierung hat es uns weggenommen, und dann haben Sie es ihr weggenommen. Ihre Armee hat es genommen.« Beinahe hätte sie mit dem Finger auf ihn gezeigt. Sie gebraucht das Pronomen ganz bewusst, sie will, dass er das Unrecht spürt. »Sie haben sich nicht damit zufriedengegeben, die Stadt einzunehmen; Sie mussten den Menschen auch noch ihre Häuser wegnehmen.«

Langes Schweigen, während er ihre Worte verdaut.

»Nun …«, sagt er, bricht jedoch wieder ab. Er scheint vollkommen überrumpelt.

Jetzt bekommt sie Angst: Sie ist zu weit gegangen. Er müsste taub sein, um die Drohung in ihrer Stimme zu überhören. Sie wartet, wie es das Schicksal der Besiegten ist, um zu sehen, was er mit ihr machen wird.

George

Ihr Haus. Jetzt versteht er. Ihr Gesichtsausdruck an diesem
ersten Morgen, als sie kam, um den Jungen zu besuchen. Ah,
aber auch schon davor – als er sie barfuß am Steg fand und
Rawlings dachte, sie sei verrückt. Sie hatte ihrer Vergangenheit einen Besuch abgestattet. Jetzt hatte er den Code, um
den Ausdruck in ihrem Gesicht zu entziffern, mit dem sie das
Haus betreten hatte. Schmerz, Neugier, eine Art Hunger.

Und jetzt Wut. Er hat über Bill gelacht, als der von ihrem
ersten Besuch sprach wie von einer Drohung. Jetzt erkennt
er, dass er sie unterschätzt hat. Ihr Zorn hat etwas Gefährliches. Er sollte sie zurechtweisen. Doch er kann sich nicht
recht dazu überwinden.

Stattdessen blickt er sich im Zimmer um und erkennt darin
durch die neue Brille, die er nun trägt, eine Spiegelung ihrer
selbst. Die Eleganz, die Kultiviertheit.

Wie seltsam muss es sein, diesen Ort so verwandelt zu
sehen, mit weißen Bettlaken und liegenden Männern, erfüllt
von dem alkalischen Geruch nach Iod und dem Rauch von
Locketts Zigarren.

»Ich habe nicht darüber nachgedacht«, sagt er. »Mir wurde gesagt, es habe einem …« Er hält inne und vermeidet es,
das Wort auszusprechen, das der General benutzt hat: Verräter. »Dass es jemandem gehört habe, mit dem die osmanische Regierung – Ihre Regierung – nicht ganz einer Meinung
war. Aber ich bin davon ausgegangen, nehme ich an, dass
die Besitzer dieses Hauses tot seien.«

»Mein Vater ist tot«, sagt sie, und als sie sein Gesicht sieht:

»Aufgrund einer Krankheit, nicht durch deren Hand, obwohl ...« Sie verstummt und versinkt in nachdenkliches Schweigen.

»Wann sind Sie von hier fortgegangen?«

»Während des Krieges. Man hat uns einen Tag gegeben, um zu verschwinden. Wir haben nur die leichtesten – und wertvollsten – Dinge mitgenommen. Den Rest haben wir zurückgelassen.«

»Sie müssen sie jetzt mitnehmen. Ich werde Ihnen helfen.«

»Nein.«

»Sie wollen sie nicht?«

»Nein.«

Er versucht zu verstehen. »Weil ...?«

»Wir haben keinen Platz dafür. Sie haben gesehen, wo ich wohne.«

Und doch bezweifelt er, dass sie ihm die ganze Wahrheit gesagt hat. »Sie könnten sie verkaufen.«

»Ein paar Bücher in fremden Sprachen, ein paar englische Gemälde? Niemand interessiert sich für so etwas, jedenfalls nicht, wenn es mehr als ein paar Piaster kostet. Und dafür werde ich sie nicht verkaufen.«

Er denkt, dass er vielleicht zu weit gegangen ist, doch er kann nicht anders. »Es erscheint mir sehr mutig, diese Dinge dann in einem leeren Haus zurückzulassen, wo jeder Dieb sich daran bedienen könnte.«

Sie holt tief Luft. »Ich habe sie hiergelassen«, erklärt sie, »weil, so lange sie hier sind, auch wir bleiben. Und eines Tages werden wir zurückkehren.«

Er nickt. Jetzt versteht er.

»Es ist unser Zuhause. Das ändert sich nicht, nur weil wir nicht länger hier wohnen.«

»Selbstverständlich.« Er stimmt ihr zu, denn es erscheint ihm wichtig, auch wenn er nicht ganz die Wahrheit in diesen Worten erkennen kann. Der Versuch, auf diesem Weg ein Zeichen des Besitzanspruches an diesem Haus zu hinterlassen, hat etwas Bemitleidenswertes. All diese Dinge waren für ihn die Besitztümer eines Toten, und selbst jetzt, in dem Wissen, dass sie ihr gehören, bleibt dieses Gefühl bestehen. Sie haben die kühle, begrenzte Aura von Artefakten in einem Museum.

Alles, was sie in seinen Augen tun, ist, den Verlust dieses Hauses noch zu verstärken – das Verschwinden des Lebens, das einst hier herrschte. Er hatte dieses Gefühl, hier nicht herzugehören, bereits zuvor gespürt, als das Haus noch anonym war und er davon ausging, dass seine Besitzer tot oder fortgegangen waren. Er kann sich nicht vorstellen, wie es sich anfühlen muss, das Haus seiner Familie vom Feind beschlagnahmt zu sehen, und mit ihm jede einzelne Erinnerung, die in diesen Wänden entstanden ist. Bisher ist es ihm immer gelungen, seine Arbeit beinahe vollständig als eine Kraft des Guten zu betrachten, unabhängig von der Politik des Krieges. Doch jetzt ist er zum ersten Mal seltsam unsicher.

Der Gefangene

Er hatte mit vielen Menschen gerechnet. Einer jubelnden Menge. Und er ist nicht allein; sie alle haben es geglaubt. Die ganze unendliche Reise hindurch haben sie darauf gewartet. Jeder einzelne Mann an Bord steht auf Deck, bereit für diesen Moment. Sie sind die lange verschollenen Helden des Krieges.

Drei Jahre sind seit Kriegsende vergangen. Vier seit seiner Gefangennahme durch die Briten, an diesem Fluss, in der Hölle. Die Monotonie der Gefangenschaft, der Hitze in der Wüste, anderer Körper so eng um ihn herum. Kein Wort von der Außenwelt – als hätte die Welt sie vergessen. Und doch ist er auf seltsame Art dankbar für diese Jahre. Sie haben ihm Zeit gegeben, alles, was geschehen ist, neu zu lernen. Sich selbst neu zu schmieden.

Endlich sind sie zu Hause.

Die Stadt, so schön wie eh und je, schlummert unter einem warmen Herbstmorgen. Doch es wirkt zu still. Wie eine Stadt, die unter einem Zauber schläft. Keine Menschenmenge, nur ein paar Engländer in khakifarbener Uniform am Kai, um sie zu empfangen. Aus dieser Entfernung wirken die britischen Soldaten wie winzige Figürchen neben dem riesigen Schiffsrumpf. Und doch scheinen ihre nach oben gerichteten Blicke das Schiff zu absorbieren, es in Besitz zu nehmen. Es gehört ihnen.

Ein wenig abseits steht eine Gruppe Stadtbewohner, doch sie jubeln nicht oder winken. Schweigend blicken sie hinauf zum Schiff mit seiner Ladung wie auf ein Phantasma, eine kuriose Illusion aus der Vergangenheit.

Es wird später Nachmittag, bevor irgendetwas passiert. Schließlich kommen vier Offiziere an Bord: zwei Briten, zwei Osmanen. Ein Mann ruft den osmanischen Offizieren zu: »Ihr erkennt uns vielleicht nicht, aber wir sind eure Brüder.« Sie vermeiden es, ihm in die Augen zu sehen.

An diesen beiden Männern mit ihren roten Feses und den makellosen Uniformen können sie sehen, wie sehr sie alle sich verändert haben. Bis zu diesem Moment konnten sie sich nur gegenseitig als Maßstab nehmen, um sich zu vergleichen. Und sie alle sehen erbärmlich aus: sonnenverbrannt, ausgemergelt, vor allem wohl diejenigen, die erblindet sind und mit milchigen Augen um sich blicken, ohne ihre geliebte Stadt erkennen zu können, bezwungen von dieser mysteriösen Krankheit, für die weder Ursprung noch Heilung gefunden werden konnte.

Sie dürfen das Schiff verlassen, endlich, wenn sie eine Adresse in der Stadt angeben können. Einige Augenblicke lang ist er vor Schreck wie gelähmt. Die Worte wollen nicht kommen, nur die Vorstellung von einem Ort. Wasser, weiße Stille, Bäume. Es erscheint ihm jetzt unmöglich, ein Idyll – wie etwas, das man in einem Bilderbuch sieht. Die Version seiner selbst, die dort einmal gelebt hat, scheint ebenfalls unendlich weit weg. Der Offizier wartet mit hochgezogenen Brauen. Als er endlich die Adresse nennt, aus irgendeinem verborgenen Quell seiner Erinnerung, scheint der Mann kaum überzeugt zu sein. Doch er darf das Schiff verlassen.

In den Straßen starren die Menschen ihn an und blicken dann rasch weg; manche zucken unwillkürlich geschockt zusammen. In einem goldenen Spiegel vor einem Marktstand erblickt er einen Geist mit gequälten Augen. Wie ein

Landstreicher sieht er aus, ein Bettler. Er ruft sich alles, was er getan, was er geopfert hat, wieder in Erinnerung. *Ich bin nicht zu bemitleiden*, sagt er ihnen stumm. *Ich bin zu belohnen, zu preisen, zu verehren ... aber nicht zu bemitleiden.*

Er weiß, was er ist. Er ist ihnen peinlich. Sie würden ihn lieber nicht in ihren Straßen sehen. Er ist wie einer der Straßenhunde. Vor nicht allzu langer Zeit befahl der Bürgermeister von Konstantinopel, jedes einzelne dieser Tiere, die ein Teil dieser Stadt gewesen waren, solange man denken konnte, zu entfernen. Gut achtzigtausend von ihnen wurden eingefangen und mit Schiffen auf die unwirtlichste der Prinzeninseln, Hayırsızada, gebracht, ein spitzes Rückgrat aus Felsen, das sich aus dem Marmarameer erhebt. Die meisten der Hunde starben an Durst und Hunger – manche ertranken sogar bei dem Versuch, den Booten hinterherzuschwimmen, die sie abgesetzt hatten. Die wenigen, die nicht starben, lebten von den Möwen, die sie zu fassen bekamen – und voneinander. Am Ende holte man sie zurück, diese Überlebenden, brachte sie wieder in die Straßen, in denen sie nun als Ermahnung an den Fehler lebten, den die Stadt begangen hatte. Das ist er: eine bittere Ermahnung, ein Quell der Scham.

Wie ein Mann in einem Traum findet er seinen Weg zu dem weißen Haus.

Da ist es, unverändert. Sein Zuhause.

Er kann ihre Stimmen hören.

Gleich werden sie seiner gewahr werden. Werden sie die Veränderung in ihm sehen? Werden sie wissen, was er getan hat? Das hier ist der erste ernsthafte Test seines neuen Glaubens. Er ruft sich die Worte dieser neuen Sprache ins Gedächtnis. Notwendig. Gerecht. Die Zukunft der Nation. Dann geht er auf das Haus zu.

Doch irgendetwas ist nicht richtig. Zuerst ist es der Instinkt, der ihm das sagt, tiefer als der Verstand – wie ein schlechter Geruch, der in der Luft liegt. Dann erkennt er, dass es die falschen Stimmen sind. Er sieht weißgekleidete Gestalten, Männer, viele davon. Er sieht Khaki. Er kauert sich auf den Boden, außer Sicht. Jetzt kann er die Worte hören: eine fremde Sprache. Er sitzt da und beobachtet und ist erfüllt von einer furchtbaren neuen Erkenntnis. Dieser letzte, schlimmste Übergriff: die Kolonisierung seiner Vergangenheit. Dieses eine, das noch gut und heil geblieben war. Er wird einen Weg finden, sich zu rächen.

Nur

Auf dem Weg, ihre Stickarbeiten abzuliefern, stoppt sie bei Haci Bekir – dem besten Süßwarengeschäft der Stadt. Der Duft von pudrigem Zucker lässt ihr das Wasser im Mund zusammenlaufen.

Ihr Besuch hier geschieht, so seltsam es klingt, auf Geheiß ihrer Großmutter. »Der Engländer hat uns einen Gefallen getan. Jetzt müssen wir unsere Dankbarkeit zeigen. So ist der Lauf der Dinge. Du hättest das schon bei deinem ersten Besuch tun sollen, *canım*. Du überraschst mich.«

»Aber *büyükanne*«, sagte sie, »er ist unser Feind. Sicher sähe es …«

»Gerade daran denke ich ja, Mädchen. Wie es aussehen würde. Es ist nur recht. Wir dürfen nicht zulassen, dass wir hinter unsere eigenen Maßstäbe zurückfallen, nur weil der Feind ungehobelt und unzivilisiert ist und nicht weiß, was sich gehört. Indem wir es richtig machen, können wir sie bloßstellen; das ist die letzte Waffe, die uns noch bleibt. Und …« – dieser Teil kommt ein wenig widerstrebend – »auch wenn es ihn kaum etwas kostet, weil der Feind tun kann, wie ihm beliebt, hat er sich uns gegenüber als sehr gütig erwiesen.«

Nur ist nicht überzeugt, dass sie die Ansicht ihrer Großmutter teilen kann, aber sie erkennt, dass es ein weiser Zug sein könnte.

Sie hat sich dem englischen Arzt gegenüber unhöflich verhalten, hat zugelassen, dass die Wut sie übermannte. Sie kann es sich nicht leisten, bei ihm in Ungnade zu fallen, nicht solange der Junge so krank ist. Wenn sie es schon nicht über sich bringt, sich ihm gegenüber in Worten zivilisiert zu benehmen, so ist ein Geschenk eine einfachere Möglichkeit, sich seiner Gunst zu versichern.

Nur betritt das Geschäft und bittet den Mann hinter der Theke um einige Würfel *loukoum*, gespickt mit Splittern von Pistazien. Die kleinste Schachtel, denn das ist alles, was sie sich leisten können. Wenigstens ist es eine schöne Schachtel – mit einem gemalten Abbild der Ayasofya. Doch dann, mit einem leichten Schaudern über ihre eigene Leichtfertigkeit, kauft sie noch eine weitere Schachtel: mit Rosenduft, ihre Lieblings-*loukoum*.

Tatsächlich hat sie bisher noch nie einen Fuß in diesen Laden gesetzt. Fatima hat früher für sie dort eingekauft. Die winzige Menge, die sie nun in zwei Päckchen goldenen Papiers eingeschlagen in der Hand hält, erscheint lächerlich im Vergleich zu den vielen Pfund, mit denen Fatima zurückzukehren pflegte, um die silbernen Schalen im ganzen Haus zu füllen. Gewöhnlich verspeisten sie mehrere Stücke davon zu jeder Tasse Kaffee, ohne auch nur einen Gedanken daran zu verschwenden, was sie kosteten. Eine Zeit des Überflusses in allen Dingen.

Allerdings hätte sie in dieser Zeit auch gar nicht ins Geschäft gehen können, selbst wenn sie es gewollt oder gemusst hätte, ohne die unausweichlichen finsteren Blicke. Und dann noch ohne Schleier? Undenkbar. Eine Frau aus gutem Hause hätte sich niemals so verhalten.

Auf dem Rückweg nimmt sie eins der kleinen Stückchen aus der Schachtel und legt es sich in den Mund, genießt das zuckrige Aroma, bevor sie sich gestattet, zu kauen. Eine weitere Beobachtung: Wenn man es nicht gewohnt ist, sie jeden Tag zu essen, schmeckt man die Süße noch lebendiger.

Dieser Geschmack hat ebenfalls seine eigene Zeit. Schläfrige, faule Stunden. Tage, die sich endlos aneinanderreihen. Manche davon vergnüglich, manche voll Langeweile und einer seltsamen Melancholie. Damals wurde die Zeit mit vollen Händen verteilt. Sie war im Überfluss vorhanden; man musste sich anstrengen, um sie ganz aufzubrauchen. Vom frühmorgendlichen Ruf des Milchverkäufers bis zum abendlichen Ruf des Joghurthändlers schienen die Stunden sich vor ihr aufzublähen, leer.

In dieser Zeit tat Nur vielleicht eine einzige signifikante Sache am Tag. Vielleicht beendete sie ein neues Buch – wenn sie sich konzentrierte, konnte sie fünfzig Seiten in der Stunde lesen –, oder sie und ihre Mutter fuhren hinaus zu den alten Mauern der Stadt oder zu einem der Picknickplätze am Bosporus. Oder sie versuchte, den Ausblick von der Terrasse zu malen, was ihr nie zu ihrer Zufriedenheit gelang. Man konnte den Wind nicht malen, das war das Problem.

Es gab Tage, da lag sie im Bett, blickte zurück auf die vielen Stunden des Tages und konnte sich nicht daran erinnern, dass irgendetwas geschehen war … als hätte sie all die Zeit in einer Art Traum verbracht, unterbrochen nur von den Mahlzeiten, von ziellosen Spaziergängen durch den Garten. Oder sie hatte den Tag damit verbracht sich auszumalen, was sie jetzt tun würde, wenn sie ein Leben in der Welt dort draußen hätte – wenn sie zum Beispiel ein Mann wäre. Eine kalte Gewissheit überkam sie: So würde ihr gesamtes Leben aussehen, ausgegeben in kleinen Portionen der Langeweile. Wenn Müßiggang die gesamte Zeit eines Menschen einnahm, verlor er seine Leichtigkeit. Er wurde zu einer Kunst. In den königlichen Harems hatten die Frauen sich zu wahren Großmeisterinnen entwickelt.

Es war wichtig, ein reiches inneres Leben zu kultivieren, das einen durch die Stunden der Langeweile und Einsamkeit trug. Manche Frauen erfanden sich einen Liebhaber und verbrachten viel Zeit damit, über die Details seiner Schönheit zu entscheiden, den Klang seiner Stimme, die Form seiner Hände und seines Körpers, bis sie diesen Mann besser kannten als jeden lebendigen Menschen. Manche stellten sich vor, in exotische Länder zu fahren, unbelastet von jeglichen praktischen Unannehmlichkeiten des Reisens. Nur hatte einmal gehört, die Welt einer Frau sei im Grunde weit weniger begrenzt als die eines Mannes, denn während er vielleicht draußen in der realen Welt zu reisen vermochte, so sei ihre innere Welt grenzenlos, nur beschränkt durch das Limit ihrer Fantasie. Dieses Leben in Gedanken sei eine Fähigkeit, für die Männer sich nicht immer die Zeit nähmen, um sie zu erlernen ... ausgenommen, vielleicht, sie hätten eine besonders spirituelle Neigung.

Nur hatte das nie überzeugt. Sie konnte den Gedanken nicht ertragen, dass alles, was sie in den langen Jahren an der Britischen Schule gelernt hatte, umsonst gewesen sein sollte. All die Sprachen, die sie niemals sprechen würde, ihr Wissen um die Geschichte, die Arithmetik, für das sie niemals Bedarf haben würde ... das Studium der Atlanten, das sie nunmehr allein an all die Orte erinnern würde, die sie niemals würde erkunden können, die Orte, die sie niemals besuchen würde. Wissen, in ihr verschlossen, ohne eine Möglichkeit, hinaus zu gelangen, verrottend wie etwas, das man in einem Glas vergessen hatte. Oder schlimmer noch: sie von innen heraus vergiftend, dieses innere Leben mit dem Gift enttäuschter Hoffnungen infizierend.

Jetzt war er schwer vorstellbar, dieser Luxus, sich zu langweilen.

Als sie den Hügel wieder hinunter Richtung Galatabrücke geht, hört sie, wie jemand ihren Namen ruft.

Sie dreht sich um. Ein Stück unterhalb von ihr auf der gepflasterten Steigung der Straße steht ein Mann: Zuerst erkennt sie ihn nicht, obwohl er etwas Vertrautes hat.

Sie sieht noch einmal hin. Es ist ihr Vetter Hüseyin, der Neffe ihrer Mutter. Die offensichtlichste Veränderung an ihm ist das Fehlen seines einst so luxuriösen Schnauzbarts. Ohne ihn sieht er jünger aus, besser, doch sein Gesicht hat damit eine gewisse Würde verloren. Und es ist mehr als nur das. Seine Kleidung ist ebenfalls anders; der fremde Schnitt gibt ihm eine andere Gestalt. Vor allen Dingen hat er seinen Fes gegen eine dunkle Fellmütze mit einem schmalen Rand getauscht.

»Du siehst so anders aus«, sagt sie. »Ich hätte dich fast nicht erkannt.«

»So wie du.«

In ihrer Überraschung, ihn zu sehen, die Veränderungen an ihm zu entdecken, hat sie vergessen, wie sie selbst wohl auf ihn wirken mag. Jetzt werden ihr die billigen Baumwollhandschuhe mit dem Fleck am Daumen wieder bewusst, das unmodische, zweifach geflickte Kleid, das abgetragene Leder ihrer Schuhe. Und auch die größeren Verluste, die ihr ins Gesicht geschrieben stehen müssen.

Er ist ein Mann; kurz hat sie die Hoffnung, dass er diese Dinge nicht so wahrnehmen wird, wie eine Frau es tun würde.

»Wie ist es euch ergangen?«, fragt er. Sie hört das Mitleid in seinen Worten und erkennt, dass ihre Hoffnung umsonst war.

»Wir haben überlebt.«

»Dein Mann?« Ein kurzer Augenblick, während er nach dem Namen sucht. »Enver?«

Sie schüttelt den Kopf. »Gefallen. Bei Gallipoli.«

»Oh, meine arme Nur. Eine Witwe, so jung. Man sagt, sie hätten tapfer gekämpft dort.«

Sie muss die plötzliche Welle des Zorns unterdrücken. Was wusste er schon von Tapferkeit? »So sagt man«, erwidert sie.

»Und Kerem?«

»Wir haben eine Nachricht vom Kriegsministerium bekommen. Verschollen, vermutlich tot. In der Nähe der russischen Grenze.«

»Also vielleicht ...«

Sie unterbricht ihn. »Das war vor vier Jahren. Zu Anfang hatten wir wenig Hoffnung. Jetzt haben wir keine mehr.«

Sein Gesicht scheint alle Farbe zu verlieren. »Es tut mir so leid.«

»Es ist nicht deine Schuld.« Und was sie nicht laut ausspricht: »Tatsächlich hat es nichts mit dir zu tun. Das hast du klar gezeigt, indem du dich von uns ferngehalten hast.«

»Ich hätte zurückkommen sollen.«

Sie weiß nicht, wie sie darauf antworten soll. Die tief in ihr verankerte Höflichkeit würde ihr niemals gestatten zuzugeben, dass sie es ebenso sieht, dass sie es ihm übelnimmt, nicht zurückgekehrt zu sein.

»Schau«, sagt er, »es war ein wenig schwierig. Meine Umstände haben sich geändert. Ich habe selbst geheiratet. Meine Frau ist Amerikanerin. Ich werde schon bald zu ihr zurückkehren.«

Eine Welle des Zorn überkommt sie, und einen Moment lang bringt sie es nicht über sich zu lächeln, wie es angebracht wäre, geschweige denn zu sprechen. Er war am anderen Ende der Welt, hat sich verliebt, während ihr Bruder für dieses Land starb. Es gibt Momente, in denen ihre Gefühle zu nah an die Oberfläche treten, in denen sie nur wenig Kontrolle über sie hat. Schließlich bringt sie heraus: »Ich muss dir gratulieren. Ich gehe davon aus, du wirst sie herbringen, um uns kennenzulernen?«

»Oh … eines Tages. Es wird eine ziemliche Veränderung für sie sein. Amerika ist so ein junges Land. Es ist so anders als hier, wo alle von der Vergangenheit umgeben leben. Weißt du, es fühlt sich nicht an, als hätte sich irgendetwas verändert.« Vielleicht hat er bemerkt, was er gerade gesagt hat, denn er räuspert sich unbehaglich.

Es kostet sie viel Mühe, ihm gegenüber nicht zu hart zu sein. »Bist du länger in der Stadt?«

»Wenn der Herbst vorbei ist, fliege ich zurück nach New York«, sagt Hüseyin. »Ich bin vor allem gekommen, um das Haus zu verkaufen. Es macht keinen Sinn, solch ein großes Anwesen hier zu behalten, das nur Staub ansetzt.«

Nur nickt. Die Wut in ihr regt sich erneut.

»Wie geht es meiner Tante?«, fragt er jetzt. »Und der Mutter deines Vaters? Wir müssen einmal vorbeikommen und euch besuchen.«

»Nein«, sagt Nur, bevor sie überhaupt über eine Antwort nachdenken kann.

Er wirkt überrascht, ein wenig verletzt.

»Meiner Mutter geht es nicht gut«, sagt sie. Und bevor er nachfragen kann: »Nicht körperlich – seelisch. Kerem … seit dem Tag, an dem er in den Krieg zog, ist sie nicht mehr sie selbst. Und nachdem wir die Nachricht vom Ministerium erhalten haben, ist es, als hätten wir auch sie endgültig verloren.« Er nickt. Sie sieht, beinahe zu ihrer Befriedigung, dass seine Augen feucht glänzen. »Deshalb fürchte ich, es ist kein guter Zeitpunkt.«

Er senkt den Kopf. »Selbstverständlich.«

Jetzt wäre der Moment, um ihm von ihren neuen Verhältnissen zu berichten. Doch sie muss feststellen, dass sie es nicht kann. Erst recht nicht beim Anblick seines offensichtlichen Wohlstands. Sie könnte ihn um Geld bitten. Es wäre seine Pflicht, ihr etwas zu geben, diesem Zweig seiner Familie zu helfen. Es wäre Wahnsinn, es nicht anzusprechen. Sie bräuchte keinen einzigen *piastre* davon für sich selbst auszugeben – sie könnte alles für ihre Großmutter, ihre Mutter, den Jungen benutzen. Und dennoch bringt sie es nicht über sich. Ihr Stolz verbietet es.

»Wir haben gestern Abend mit einem britischen Freund von mir zu Abend gegessen«, sagt Hüseyin. »Ich habe ihn in New York kennengelernt. Wir sind in eines der *meyhanes* in Galata gegangen. Die Stadt scheint sich in ein einziges Tollhaus verwandelt zu haben.«

»Ein britischer Freund?« Nur kann ihre Überraschung nicht verbergen.

»Ja. Er war immer mein Freund, und er bleibt es auch. Dein Vater – wenn ich mich recht erinnere – hatte viele britische Bekannte.«

»Und mit keinem von ihnen würden wir je sprechen oder auch nur einen Gedanken an sie verschwenden. Und ich bin mir sicher, es beruht auf Gegenseitigkeit.«

»Du überraschst mich, Nur. Ich hätte nicht gedacht, dass du in solchen Schwarz-Weiß-Kategorien denkst.«

»Du warst nicht hier« – sie ist selbst überrascht von dem zornigen Beben in ihrer Stimme –, »als alles schwarz und weiß *wurde*.«

Falls er die Verachtung in ihren Worten bemerkt hat, so zeigt er es nicht. »Und du denkst, dass es jetzt so ist?«

»Mehr denn je.«

»Ich bin mir da nicht so sicher. Keiner von uns ist in dieser Sache unschuldig.« Er legt eine Hand über den Mund, glättet die Stelle, wo sein Schnurrbart einst war.

»Sag es mir – das, bei dem du gerade überlegst, ob du es sagen sollst oder nicht.«

»Es kursieren Geschichten, von schrecklichen Dingen.«

»Was genau meinst du?«

»Von unserer Armee, Nur. Hier wirst du natürlich noch nichts davon gehört haben. Aber in den Zeitungen – der Amerikaner, der Franzosen – gibt es detaillierte Schilderungen.«

Sie ist sich nicht sicher, ob sie noch mehr hören möchte, und doch muss sie einfach fragen: »Schilderungen wovon?«

»Nicht die Art von Dingen, mit denen du dich belasten musst.«

»Kann ich das nicht selbst entscheiden?«

»Du meine Güte«, sagt er, beinahe lächelnd. »Du hast dich eindeutig verändert. Was ist nur mit meiner schüchternen kleinen Base geschehen?«

»Ein Krieg.«

Sein Lächeln erlischt. »Na gut – ich gebe es zu, ich möchte nicht darüber sprechen, nicht im Detail.«

»Du kannst nicht einfach so etwas andeuten, ohne es mir zu sagen.«

»Im Osten, hauptsächlich. Massaker, Nur – nicht von Soldaten, sondern von Zivilisten. Unsere eigenen Leute. Bürger dieses Reiches. Die Armenier. Man sagt, sie haben sie in die Wüste gebracht. Manche haben …« – er macht eine Pause, wie für Dinge, die unausgesprochen bleiben sollen, zu schrecklich, um sie beim Namen zu nennen – »Beweise gesehen.« Das Wort klingt schaurig in seiner Sterilität. »Und diejenigen, die überlebt haben, die fliehen konnten, reden davon. Manche glauben, dass sie noch immer nicht vorbei sind, selbst jetzt nicht. Diese Gräueltaten.«

»Das ist absurd. Davon hätte ich gehört.«

»Nicht unbedingt, Nur. Manchmal kann man auch zu nah an etwas dran sein, so nah, dass es einem unmöglich ist, das Ganze zu sehen.«

Sie denkt an den Jungen. Schaudert vor Angst. »Nein. Ich kann es nicht glauben. Es ist so einfach für sie, die ›Alliierten‹, sich irgendwelche Geschichten einfallen zu lassen, jetzt, da sie gewonnen haben.« Doch sie spürt, dass ihre Haut ganz kalt geworden ist und eine Blase aus Übelkeit sich in ihrer Kehle breitmacht. Denn wenn es eine Lüge ist, wer wäre in der Lage, sich so etwas auszudenken, selbst um die andere Seite schlechter aussehen zu lassen? In den meisten Gerüchten, das weiß sie, steckt ein Körnchen Wahrheit. Doch sie sagt: »Wieso sollte ich nichts davon gehört haben?«

»Wieso solltest du davon gehört haben? Die Leute hören – und erzählen –, was sie wollen.«

»Wieso erzählst du es mir?« Für einen kurzen Moment vergisst sie, dass es auf ihren Wunsch hin geschah. Sie spürt, wie dieses neue Wissen in sie eindringt wie Gift.

»Alles, was ich damit sagen will, ist: Wenn man sie mit ein wenig Abstand betrachtet, diese letzten paar Jahre, dann scheint keiner von uns wirklich unschuldig zu sein.«

Langes Schweigen. Nur denkt an die vielen scharfen Erwiderungen, mit der sie die Stille füllen könnte, die meisten gehen in die Richtung, dass alles sehr einfach erscheint, wenn man es aus der Ferne betrachtet.

»Nun«, sagt Hüseyin schnell. »Ich hoffe, dich bald einmal wiederzusehen, kleine Nur.«

»Ganz meinerseits, Vetter.«

Doch als sie davongeht, sind ihre Gedanken ganz andere. Dass es ihr nur recht wäre, ihn niemals wiederzusehen, mit seiner Unversehrtheit und seinem Wohlstand. Und seinen Anschuldigungen – Anschuldigungen, die sie irgendwie mit einzuschließen scheinen, ihren Bruder, alle, die nicht das Glück hatten, dem Krieg zu entkommen, so wie ihr Vetter. Sie können unmöglich wahr sein. Oder doch?

George

»Ich weiß noch nicht, ob ich heute mitkommen kann.« An
den Wochenenden haben George, Bill und ein paar andere,
Briggs und Howarth, es sich zur Gewohnheit gemacht, gemeinsam die Stadt und ihre Umgebung zu erkunden.

»Warum?«, fragt Bill.

»Der Junge – er hat immer noch Fieber.«

»Oh, um Himmels willen, Monroe. Die Schwestern sind
mehr als fähig.« Bills Augen verengen sich. »Weißt du, ich bin
mir nicht einmal sicher, ob du dir bei einem unserer eigenen
Leute ebenso viele Gedanken machen würdest. Was ist an
dem Jungen so besonders?«

»Schon gut.« Er hebt ergeben die Hände. Bill ist ein ver-
ständnisvoller Mann. Aber George sieht ein, dass es im Interesse aller liegt, nicht zu viel Aufhebens um seinen neuesten Patienten zu machen.

Sie nehmen eine frühe Fähre vom Anleger in Galata. Am
Kiosk, wo sie ihre Tickets kaufen wollen, erklärt der Mann
ihnen: »Nein, Engländer. Sie müssen nichts bezahlen.« Er
lächelt nicht, als er das sagt. Es ist nicht als Zeichen des Wohl-
wollens gemeint, da ist George sicher. Es ist vielmehr eine
Anklage.

Auf dem Wasser ist das Licht blau, die Luft kühl mit dem
neuen Atem des Herbstes. Die anderen Passagiere beobachten sie mit verstohlener Neugier. Ein kleiner Junge befreit
sich aus den Armen seiner Mutter, um sich die Männer aus
der Nähe anzusehen. Sie zieht ihn wieder an sich und weist
ihn mit scharfen Worten zurecht.

George betrachtet die anderen Passagiere ebenfalls mit Interesse. Sein Blick wandert zu einem älteren Paar in einer Ecke im hinteren Teil des Schiffes – er mit dem obligatorischen roten Fes, sie mit einem dunklen Kopftuch. Zwischen ihnen herrscht eine stille Zärtlichkeit, obwohl sie sich kaum berühren. Vielmehr liegt sie in der Art, wie ihre Körper sich einander zuneigen, wie er beflissen darauf achtet, dass sie keine der Sehenswürdigkeiten verpasst, an denen sie vorbeifahren. George beobachtet sie, bis Bill ihn anstößt und mit einem Ruck wieder ins Hier und Jetzt zurückbefördert.

Die weite Fläche des Bosporus liegt gleichmütig vor ihnen. Schwer vorstellbar, dass ein gefährlicher Gegenstrom hier unter der Oberfläche tost. Man hatte die Männer vor ihm gewarnt: Seid vorsichtig, wenn ihr schwimmen geht. Man erzählt sich, dass ein Mann in den Fluten ertrunken ist, gleich hinter der herrschaftlichen Schönheit von Arnavutköy, als er versuchte, ein Kind zu retten. Hat das Kind überlebt? George verspürt eine gewisse Dringlichkeit, das zu wissen.

Am Horizont schiebt sich etwas ins Blickfeld: ein Schwarm weißer Gänse. Nein: eine Flottille von Segeln. Sie gleiten näher, lautlos, unaufhaltsam. Aus der Ferne scheinen die *kayıks* unbemannt zu sein, so viele *Mary Celestes*. Dann kann George die Männer erkennen, die in den Booten sitzen, kann den Lärm hören, der von ihnen herüberdringt, ihr Plaudern, ihre Rufe. Es sind Fischer, die mit ihrem frühmorgendlichen Fang vom Schwarzen Meer zurückkehren.

Jetzt erinnert er sich an etwas, das das Verbrennungsopfer, Rawlings, ihm erzählt hat. Dieser bestand darauf, dass es einem Freund von ihm passiert sei, doch die Geschichte klang so fantastisch, dass George sie unmöglich für mehr als erfunden halten kann.

Vor nicht allzu langer Zeit, erzählte sein Patient, hätten zwei überraschte Fischer in ihrem Netz einen Bären aus den Fluten des Goldenen Horns gezogen. Dafür gebe es eine – relativ – logische Erklärung: Eine Gruppe britischer Soldaten, Rawlings' Freund eingeschlossen, hätten einem Unterhaltungskünstler in Stambul einen Bären abgekauft und ihn mit in ihre Baracken in Pera genommen. Die Geschichte besagt, das Tier habe den Biervorrat des Regiments entdeckt, was vermutlich kein Zufall gewesen sei. Es sei seinen neuen Besitzern entwischt und allein durch die Straßen gezogen. Wie so viele Menschen hätte er wohl seine Fähigkeiten und seine Geschicklichkeit überschätzt und sei auf ein Geländer am Ufer des Bosporus geklettert, um wie ein Seiltänzer darauf entlangzubalancieren. Ein sechshundert Pfund schwerer, vom Alkohol berauschter Bär ist nicht unbedingt der beste Akrobat. Er habe großes Glück gehabt, dass die Fischer beschlossen hätten, früher als ihre Kollegen hinauszufahren, in der Hoffnung, den Fang des Tages zu machen. Das war ihnen ohne Zweifel gelungen.

Doch so erheiternd diese Geschichte auch ist, so ist sie doch auch ein weiterer Beweis für den Zustand der Besatzer. George hat es in den Nachtclubs von Pera gesehen: Ihr Verhalten wird zunehmend haarsträubender. Sie langweilen sich, werden unruhig, erfüllt von der Vorstellung von sich selbst als siegreiche Helden und voller Heimweh nach England. Eine explosive Kombination.

An beiden Ufern schwillt das Land nun steil und dicht bewaldet an, wie ein wohlgeformter Muskel. In Wassernähe drängeln sich die eleganten aus Holz erbauten Häuser, manche davon drei Stockwerke hoch, exquisit mit ihren Holzverzierungen und dem filigranen grün-weißen Muster des Jasmins, dessen Duft mit dem Wind zu ihnen herübergeweht wird. In den Straßen der Stadt trifft man diesen Duft häufig, nicht selten noch bevor man die weißen Blüten sich um eine Tür herum drängeln sieht, eine weiße Masse vor uralten Steinen. Ihr Duft bietet eine willkommene Linderung des Gestanks von Müll, der in der Hitze reift: eine zärtliche Berührung nach einer groben Beleidigung.

Einige der Häuser an den Ufern haben kleine Balkone. Auf einem von ihnen steht eine Gestalt – sie ist weit entfernt, doch ihre langen Röcke zeigen, dass es eine Frau ist. Als das Schiff näher kommt, sieht George, dass sie verschleiert ist, und als sie vorbeifahren, geht sie ins Haus. Er ist sich sicher, dass all die osmanischen Kriegstreiber im Lärm der Stadt gelebt haben müssen, nicht hier, mit nichts als dem Wasser und dem Gesang der Vögel, wo allein friedliche Gedanken existieren können. Einige der Häuser sind weniger gepflegt als die anderen. Das Graubraun des alten Holzes liegt exponiert unter der Farbe, die von den Rahmen absplittert. Balkone hängen wie betrunken von den Fassaden. Die Spuren ihrer vormaligen Schönheit lassen diese Häuser noch melancholischer wirken. Es ist, als liege ein Schweigen über ihnen, ein Mantel der Geschichte.

»*Çay! Çay! Kahve! Kahve!*« Einer der Matrosen geht herum und verkauft Kaffee, Tee und die runden, sesambestreuten *simit*, die sie von heißen Stapeln in der Stadt verkaufen. Mit einem Mal ist jeder der Passagiere hungrig. Ein wenig konfus geben sie ihre Bestellungen auf. Gerade als die Getränke ausgehändigt werden, macht das Schiff einen unglücklichen Schlenker. Howarth entleert den heißen Inhalt seines Bechers in seinen Schoß und stößt einen Fluch aus, den die anderen Passagiere zu Georges Erleichterung vermutlich nicht verstehen konnten. Die Männer schütteln sich so vor Lachen, dass keiner von ihnen in der Lage ist, ihm sofort zu Hilfe zu kommen; schließlich beugt Bill sich vor, um Howarth seine Serviette anzubieten.

Am letzten Halt, bevor der Kanal sich in den Dunst des Schwarzen Meeres weitet, steigen sie aus. Ein kleines Fischerdorf; ein paar verstreute Häuser und einfache Holzstege, um die Boote zu vertäuen. Über ihnen, erklärt Bill belesen, liegt die byzantinische Festung.

Sie lassen das Dorf hinter sich, steigen hinauf, während die Hitze immer intensiver wird, bis sie ihnen den Atem zu nehmen droht. Die Kühle in der ersten Stunde der Fährfahrt ist schon kaum noch vorstellbar. Um sie herum steigt der Geruch der heißen Vegetation auf. Ein kleiner Gecko rennt über Georges Fuß – und dieser springt zurück, da er ihn zunächst für eine Schlange gehalten hatte. Die anderen Männer lachen über ihn. Sie klettern weiter, bis seine Kleidung ihm vor Schweiß nass an der Haut klebt. Sie alle sind weich geworden, erkennt er; seit Kriegsende hat sich keiner von ihnen mehr so anstrengen müssen.

Plötzlich ruft Bill etwas. Ihre Blicke folgen seinem Arm und sehen vor ihnen, aufs Meer hinaus gerichtet, riesige Geschützstellungen. Als sie genauer hinsehen, erkennen sie, dass die umliegenden Hügel von Kratern wie Pockennarben übersät sind. Gigantische Klumpen Erde sind aufgerissen, und das Gras hat gerade erst wieder begonnen, sie zu bedecken. Noch näher, und sie sehen die türkische Inschrift am Fuße der Stellungen – in den Stein gehauene Sterne und Halbmonde.

»Ich wusste gar nicht, dass wir den Bosporus bombardiert haben.«

»Nicht nur den Bosporus, Doc«, erklärt Howarth ihm fröhlich. »Die Stadt auch.«

George denkt an die vielen Menschen, die sich täglich über die Brücken und Märkte, durch die trichterförmigen Straßen im Herzen der Stadt schieben, und ihm wird ein wenig übel.

Sie steigen über einen anderen Weg wieder hinab zu einem felsigen Strand. Als sie sich dem Wasser nähern, bleiben alle, wie auf eine stumme Absprache hin, stehen, öffnen ihre Schuhe und ziehen die Socken aus. Bill entledigt sich gleich seiner gesamten Kleidung. Er steht da, bleich und mager, mit roten Flecken, wo die Sonne ihn über dem Hemdkragen erwischt hat, alles oberhalb seines Schlüsselbeins in einer gänzlich anderen Farbe als der Rest darunter, stolz wie ein Imperator. Das allein reicht, um sie alle laut lachen zu lassen. Und noch mehr, als ein kleines *kayık* mit drei Gestalten – drei Frauen – hinter der Landzunge erscheint.

Augenblicklich verwandelt Bill sich in eine sich windende, schrumpfende Gestalt und hüpft über die spitzen Steine, um sich hinter einige Felsbrocken zu kauern, die ihrer Aufgabe nicht ganz gewachsen sind. Niemand denkt daran, ihm zu sagen, dass, während das meiste von ihm verborgen ist, sein komplettes weißes Hinterteil wie eine seltsame gestrandete Meereskreatur über den Felsen hinaus in die Luft ragt.

Doch selbst wenn sie es gewollt hätten, so hätten sie die Worte womöglich nicht herausgebracht. George kann sich nicht erinnern, wann er zum letzten Mal so gelacht hat – nach Luft ringend, sich vor Schmerzen den Bauch haltend. Jedes Mal, wenn er glaubt, sich wieder unter Kontrolle zu haben, kehren die Bilder zurück: das hastige Trippeln über den heißen Strand, das kokette Aufragen von Bills weißem Hinterteil.

Das *kayık* ist ihren Blicken entschwunden – es war zu keinem Zeitpunkt nah genug, um Bill ernsthaft in Verlegenheit zu bringen. Die Männer waten ins Wasser und entledigen sich verstohlen ihrer Kleider, legen sie auf einen flachen Stein, der eine trockene Ablagemöglichkeit bietet. Zum Glück ist das Wasser kalt, trotz der Hitze des Tages, ein wenig Vorbereitung noch immer vonnöten, bevor man sich hineinstürzt. Eine Weile werden sie zu Schuljungen; sie spritzen herum und kabbeln sich gegenseitig, necken Bill, bis der Scherz endgültig aufgebraucht ist, als wäre es ein wertvolles, rationiertes Gut, das bis zum letzten Krümel ausgekostet werden muss. Dann, nach und nach, lösen sie sich aus der Gruppe.

George dreht sich auf den Rücken und schwimmt ein Stück von den anderen fort. Der Himmel über ihm ist weit. Es ist eine eigenartige Spannung von Gegensätzen: sein Körper im kalten Griff des Wassers, sein Gesicht von der Sonne gewärmt. Von der Küste – fern, doch deutlich vernehmbar – kommt der Duft von Pinien und Kräutern. Das Paradies, so denkt er, wäre in etwa so wie das hier – zumindest für ihn. Diesem Gedanken folgt unvermeidlich eine kleine Prise Schuldgefühl. Doch er muss sich beinahe anstrengen, um es zu spüren. Die Heimat scheint so fern – und irgendwie kaum real; so schemenhaft wie Konstantinopel es gewesen wäre, hätte er damals in London versucht, dessen Existenz heraufzubeschwören.

»Oh Gott«, sagt Briggs und zerstreut Georges Gedanken wie ein Kieselstein, den man in einen Schwarm Fische hineingeworfen hat. »Ich bin am Verhungern.«

»Das bist du immer.«

»Ein Bandwurm, das wird es sein …«

»Nimm das sofort zurück, du Schuft. Ich habe nun einmal einen gesunden Appetit, das ist alles. Den Appetit eines echten Mannes. Und das Essen hier – all diese Gewürze. Als wollte man etwas essen, das mit dem *parfum* der eigenen Frau besprenkelt wurde. Gebt mir … Roastbeef mit Kartoffeln. Keine Gewürze, aber Gravy.«

»Fishpie.«

»Nieren in Buttersauce.«

Gequältes und freudiges Aufstöhnen.

Sie wollen nach Hause, denkt George. Sie sind hier geblieben für … was? Ein Abenteuer? Eine Gelegenheit, mehr von der Welt zu sehen? Ein kleines Extra in der Lohntüte? Sie haben keine Spur von dem, was er in sich trägt. Dem Bedürfnis zu bleiben. Oder, wenn er ehrlich ist: der Angst zurückzukehren.

Auf dem Rückweg macht Bill deutlich, was er von ihrem neuen Patienten hält. Ihres ist ein Hospital für Offiziere der britischen Armee, nicht für kleine türkische Jungen.

George ist umsichtig genug, um zu wissen, dass er vielleicht ähnlich gedacht hätte, wenn die Situation umgekehrt gewesen wäre.

»Ich konnte nicht nein sagen.«

»Nein«, sagt Bill. »Aber jetzt kannst zu erklären, dass du ihn verlegen musst. Das Rote Kreuz nimmt Flüchtlinge und Einheimische – sie würden ihn aufnehmen.«

George respektiert Bill zu sehr, um ihn daran zu erinnern, dass er, George, der Ranghöhere von ihnen beiden ist. Vor allem aber weiß er, dass Bill recht hat. »Ich muss ihn mindestens dabehalten, bis wir sicher sein können, dass er außer Gefahr ist.«

»Jedes Mal, wenn du sie ins Hospital lässt, setzt du uns einer weiteren Gefahr aus. Was, wenn sie eines Tages beschließt, eine Waffe mitzubringen? Sie – ja –, eine Frau, könnte die meisten der Männer auf der Station töten, bevor wir sie aufhalten könnten. Woher weißt du, dass das nicht schon die ganze Zeit ihr Plan ist? Dass das Kind nicht bloß ein Vorwand ist?«

George ist verärgert. »Langsam klingst du ein wenig paranoid, Bill. Vielleicht hast du zu viel Sonne abbekommen.«

»Ich denke, möglicherweise bist du derjenige, der geblendet wurde, Monroe.«

»Was genau meinst du damit?«

Vielleicht hat Bill beschlossen, dass er seinem Standpunkt Genüge getan hat, oder er erinnert sich daran, dass George der Ranghöhere von ihnen beiden ist. Denn jetzt sagt er beschwichtigend: »Ich verstehe ja, dass du dich verpflichtet fühlst, für ihn zu sorgen. Aber was dann?«

»Ich werde über das Rote Kreuz nachdenken.«

Es ist das erste Mal, soweit er sich erinnern kann, dass er Bill anlügt. Sie haben mehr miteinander geteilt, als die meisten Brüder es tun. Er hat diesem Mann von seinen Ängsten erzählt. Sie haben gemeinsam geweint. George hat mit ihm sogar seine persönliche Bürde der Schuld geteilt. Und Bill hat es nie kommentiert – auch wenn er es vielleicht nicht nachvollziehen konnte.

Warum also die Lüge? Warum ist er sich so sicher?

Zum Teil liegt es an dem Jungen, das weiß George, an der Verantwortung, die er seinem jungen Patienten gegenüber verspürt. Es hat etwas in ihm erweckt. Und zum Teil liegt es an ihr, der Mutter. Vielleicht wäre es etwas anderes gewesen, wenn sie auf die Knie gefallen wäre und gefleht und geweint hätte. Es ist ihre Tapferkeit, die ihn dazu verpflichtet, dies für sie zu tun.

Nur

Mitten in der Nacht erwacht sie von einem leisen Klopfen –
so leise, dass sie es zuerst für das Klappern des Windes hält.
Doch es hält an, leise, zu gleichmäßig, um zufällig zu sein.
Draußen ist jemand. Ihr erster Gedanke geht zu dem Jungen,
dem Arzt; irgendetwas ist nicht in Ordnung. Eilig zieht sie
sich an und läuft hinunter, öffnet so lautlos wie möglich die
schwere Tür. Sie ist so überrascht vom Anblick der Gestalt
auf der anderen Seite der Schwelle, dass sie es zuerst nicht
begreifen kann. Instinktiv weicht sie zurück, möchte die Tür
wieder schließen in dem Glauben, dass es ein Trugbild sein
muss, ein Produkt ihrer Träume. Es ist nicht das erste Mal,
dass sie glaubt, ihn gesehen zu haben … in den Straßen der
Stadt, beim Besteigen der Fähre, durch ein Fenster. Doch
bisher ist er ihr jedes Mal entschlüpft. Jedes Mal, wenn sie
nah genug herankam, um seine Züge zu erkennen, verwandelten sie sich in die eines Fremden. Sie hat akzeptiert, dass
alles, was sie sah, nur ein Ausdruck ihrer Erinnerung war,
ein Geist; sie kann das Muttermal an seiner Wange sehen,
die Doppelfalte am Lid seines rechten Auges, das nicht ganz
dem linken gleicht.

Er streckt einen Arm aus, hält die Tür fest.

»Ich bin es, Nur.« Die Stimme ist die seine, und doch nicht
die seine – sie hat einen neuen, rauen Klang. »Lass mich rein,
schnell. Ich will nicht mehr Aufmerksamkeit auf mich ziehen als nötig.«

Wortlos tritt sie zurück, noch immer halb in der Überzeugung, dass, wenn sie spricht, alles real werden und er wie-

der in ihren Erinnerungen verschwinden wird. Doch er folgt ihr, und seine Präsenz reicht aus, um die Luft zu bewegen.

Nun, im Licht der Lampe, ist sie überrascht, dass sie ihn überhaupt erkannt hat. Er sieht aus wie ein Bettler, schlimmer als die zerlumpten Offiziere der Weißen Armee, die man an den Straßenecken sieht. Sein Haar ist matt und sieht nicht aus wie menschliches Haar, sondern wie die rauen Borsten eines vernachlässigten Maultiers. Es ist mehr grau als schwarz. In jeder Wange ist eine tiefe Falte, eine richtige Kerbe. Auf seinen Wangenknochen befinden sich schwarze Flecke, als ob die Haut dort abgestorben oder im Begriff sei, zu verfaulen. Seine Lippen sind schorfig, eitrig, als hätten sie beschlossen, sich von seinem Gesicht zu trennen. So seltsam es ist, aber diese Veränderungen in ihm überzeugen sie davon, dass sie ihn sich nicht nur einbildet. Denn wenn es so wäre, würde er ihr ganz sicher so erscheinen, wie er früher war – unversehrt, der Bruder, den sie kennt.

Ihr kleiner Bruder.

Sie wagt es zu sprechen. »Aber wo …?«

Er gibt ihr ein Zeichen zu schweigen und zieht die Tür hinter sich zu. Er bewegt sich wie ein Tier. Knapp über dem Gestank von Schweiß und ungewaschenem Fleisch vernimmt sie den metallischen Geruch von Alkohol, den penetranten Anisgestank von *raki*.

»Ich war zuerst am alten Haus.« Auch seine Stimme hat sich verändert; sie ist leise, hart, und spricht ebenfalls von Leid. In ihr liegt nichts von der alten Zuneigung. Es wird wiederkehren, beschließt Nur, man kann es noch nicht erwarten. Jetzt fällt ihr ein, dass sie sich noch nicht einmal umarmt, die zu erwartenden Worte der Zuneigung gewechselt haben. Es wird kommen.

»Wo bist du gewesen?«

»In der Hölle. Da waren Männer, Nur, im Haus. Engländer ...«

»Wir dachten, du seist tot.«

»Vielleicht war ich das. Oder etwas Ähnliches.« Sie hört ein Rasseln in seiner Stimme, das möglicherweise tief aus seinen Lungen kommt.

Jetzt regt sich die unterdrückte Freude in ihr. »Sie haben gesagt, du seist im Kampf vermisst. Aber wir konnten es einfach nicht glauben. So viele waren wirklich tot. Vermisst bedeutete bald ...«

Wieder hat er eine Hand gehoben, um sie zum Schweigen zu bringen, als führe er in seinem Kopf eine ganz andere Unterhaltung.

»Ich war in der Wüste. Ein Gefangener der britischen Armee. Derselben, die unsere Stadt in ihre Gewalt gebracht hat.«

»Natürlich.«

»Vier Jahre lang. Sie dachten nicht daran, uns gehen zu lassen, als der Krieg vorbei war. Sie haben uns noch drei Jahre lang dort verrotten lassen, obwohl der Waffenstillstand unterzeichnet war.«

»Oh, Kerem ...«

»Die Leute hier auf der Straße haben mich angestarrt, als wäre ich ein Tier. Sie sind vor mir zurückgewichen; kleine Kinder haben mit dem Finger auf mich gezeigt. Ist das die Art, wie wir unsere Kriegshelden willkommen heißen? Ich habe Dinge getan, Nur, Dinge, die man von keinem menschlichen Wesen fordern sollte; aber es waren notwendige Dinge, für unser aller Wohl. Und so werde ich nun empfangen.«

»Was für Dinge, Kerem?«

Selbst noch während sie die Worte ausspricht, ist sie nicht sicher, ob sie es wirklich wissen möchte. Er hört sie nicht, oder entscheidet sich, sie nicht zu hören – doch was es auch ist, sie kann sich des Gefühls der Erleichterung nicht erwehren, als er nicht antwortet.

Sie möchte ihn in ihre Arme schließen, spürt jedoch, dass er es nicht zulassen würde.

»Ich habe Maden in den Füßen, Nur, Flöhe in den Haaren. Ich bin abstoßend, ja. Ich kann sehen, dass du das denkst, so wie die Leute auf der Straße es gedacht haben. Aber das ist es, was sie aus mir gemacht haben.«

»Wir werden dich schon sauber bekommen. Du bist jetzt zu Hause, Kerem.«

Vielleicht hört oder spürt er nicht die Zärtlichkeit in ihrer Stimme; jedenfalls zeigt er es nicht. Stattdessen sagt er: »Das hier ist nicht mein Zuhause. Das ist ein armseliges Loch.«

Sie runzelt die Stirn, um ihn zu fokussieren, versucht diesen neuen Charakter, diesen Fremden über das Bild des ehemaligen Kerem zu legen. Er ist anders, und das in beinahe jeder Hinsicht. Sie kann die Veränderungen in ihm nicht glauben. Er war so sanftmütig; ließ andere die Entscheidungen für sich fällen. Doch es muss immer schon in ihm gesteckt haben, oder nicht? Irgendwo im Geheimen eingeschrieben. Dieses latente Feuer.

»Ich kann es nicht glauben, Kerem. Ich bin … so froh.« Das ist sie nicht, auch wenn sie weiß, dass sie grenzenlose Freude empfinden sollte. Stattdessen grenzen ihre Gefühle eher an Furcht; die Veränderungen in ihm verunsichern sie zu sehr. Doch vielleicht wird es wahr werden, wenn sie es immer wieder sagt, mit genügend Überzeugung. Zudem scheint er sie nicht gehört zu haben. Er starrt mit leerem Blick auf ein Porträt von sich, das an einer der Wände hängt. Sie fragt sich, was er wohl denkt, ob er diese Veränderung ebenfalls bemerkt.

Schließlich spricht er. »Es ist spät. Ich habe eine lange Reise hinter mir. Alles in mir schmerzt. Wir können morgen in Ruhe sprechen.«

»Natürlich.«

Sie kann nicht schlafen. Die Geräusche der Nacht besuchen sie: das Kreischen eines Katzenkampfes, der schaurige Ruf einer Eule. Sie liegt mit offenen Augen da, erschöpft und doch erbarmungslos wach, und wartet auf die Dämmerung. Sie wird das Gefühl nicht los, dass sich eine fremde Präsenz im Haus aufhält, dass mit ihm noch etwas anderes zurückgekommen ist. Es fühlt sich nicht an wie eine Heimkehr.

Am Morgen sitzt ihre Mutter still in ihrer Ecke. Sie wendet den Blick nicht von ihm, außer um hin und wieder auf das geliebte Porträt von ihm zu blicken, das auf sie alle hinunterlächelt. Nur hat keine Ahnung, was in ihrem Kopf vorgeht. Erkennt sie ihn in einem klaren Teil ihres Verstandes? Feiert sie seine Rückkehr? Oder sieht sie all die Veränderungen in ihm? Versucht sie, dieses ausgezehrte Schemen mit dem Bild des rotwangigen Jungen an der Wand in Einklang zu bringen, der mit seiner Gesundheit, seiner Unversehrtheit beinahe zu protzen scheint? Wenn Nur es in der ersten Zeit, bevor sie sich resigniert in den Verlust fügte, gewagt hatte, sich die Rückkehr ihres Bruders auszumalen, dann hatte sie sie sich immer als den Schlüssel vorgestellt, der das Schweigen ihrer Mutter lösen, sie wieder zu sich selbst zurückführen würde. Irgendwie, hatte sie gedacht, würde alles andere leichter zu ertragen sein, wenn er nur wieder bei ihnen war. Jetzt erkennt sie, was für ein naiver Traum das gewesen ist. Denn in dieser Version war ihr Bruder zwar ein wenig dünner, ein wenig älter, aber zweifellos er selbst.

Selbst Nurs Großmutter ist ungewöhnlich still. Bevor Nur erkannte hatte, dass eine Heimkehr unter Umständen so aussehen könnte, hatte sie erwartet, ihre Großmutter würde den Triumph, dass ihr Enkel überlebt hatte, von den Dächern rufen und all ihre Nachbarn versammeln, um Zeugen der Rückkehr des Kriegshelden zu werden. Stattdessen sitzt sie in ihrem Stuhl und dreht die Brillantringe an ihren Fingern. Und im Gegensatz zu Nurs Mutter sieht sie Kerem kaum an, und wenn, dann voll Verwirrung, ja Schmerz. Nie zuvor hat Nur sie so fassungslos erlebt.

Im Licht der Lampe wird sein schlechter körperlicher Zustand besonders deutlich. Nur gießt den größten Teil ihrer wöchentlichen Joghurtration in eine Schüssel, die sie mit großen Löffeln Honig und einigen Nüssen versieht und vor ihn stellt. Sie schneidet ihm ein Drittel ihres wöchentlichen Laibs Brot auf und versichert, sie hätten mehr als genug davon. Er isst, als wäre er kurz vor dem Verhungern – was er natürlich ohne Zweifel auch ist –, ohne seine Umgebung, ohne irgendetwas wahrzunehmen, bis alles verspeist ist. Dann scheint er wieder aufzutauchen. Er wirkt schöner in seiner Magerkeit. Beinahe schmerzt es, ihn anzusehen.

Es gibt so vieles, das sie ihn gerne fragen würde; über die

Orte und Dinge, die er gesehen hat. Es wäre eine Möglichkeit, um ihn, die Veränderungen, die in ihm stattgefunden haben, zu verstehen. Doch sie spürt, dass es auch vieles gibt, vor dem sie sich fürchtet, es zu erfahren. Die größte Veränderung, die, die ihr am meisten zu schaffen macht, ist nicht äußerlich. Diese physischen Narben werden mit der Zeit verheilen. Was Nur spürt, wie nur eine Schwester es zu spüren vermag, liegt unter der Haut. Sie findet dort nichts von dem sanftmütigen Bruder, den sie einst kannte, dem Mann, der sich immer nur wünschte, sein Wissen mit anderen zu teilen. Jemand – etwas – Neues, Zorniges ist an seine Stelle getreten. Sie denkt an die alten Geschichten von *djinns*, die jede Gestalt annehmen können, auch die eines Menschen – die einer geliebten Person. Doch es gab immer etwas, wodurch sie sich verrieten. Eine besondere Eigenart, die das Original nicht besessen hatte … die Augen, nicht selten waren sie es. Mit einem Mal versteht Nur besser als je zuvor. Denn irgendetwas in – oder vielleicht eher *hinter* – seinen Augen hat sich verändert.

Sie würde es niemals zugeben, selbst wenn sie jemanden hätte, mit dem sie darüber sprechen könnte, doch die Wahrheit ist: Dieser Mann dort am Tisch ist ein Fremder. Und er macht ihr Angst.

Der Gefangene

Nach Hause zurückzukehren und sehen zu müssen, dass die eigene Familie lebt wie Bettler. Seine Mutter eine Invalide, eine verrückte alte Frau. Sie starrt mit leerem Blick vor sich hin, als sei ihr Verstand schon vor langer Zeit dem Körper entflohen. Er sitzt neben ihr, versucht ihr ein Lebenszeichen zu entlocken.

Er streckt eine Hand aus, berührt ihren Arm. Sie zuckt zurück, mit einer Heftigkeit, dass die Wasserkaraffe neben ihr umfällt und mit einem lauten Krachen zu Bruch geht. Der leere Blick verwandelt sich kurzzeitig in einen Ausdruck des Entsetzens.

»Dschinn!«, zischt sie anklagend. »Dschinn!« Und er weiß: Sie glaubt tatsächlich, einem Dämon ins Antlitz zu blicken. Er spürt, wie ein Schatten des alten Gräuels ins Zimmer kriecht. Er sieht eine Frau an einem Fluss, und andere Gesichter, alt, und jung …

»Nein«, ruft er, als sie anfängt zu wimmern. »Nein – *anne*, bitte!«

Nur kommt ins Zimmer gerannt. Sie hockt sich hin, streicht ihrer Mutter übers Haar, tröstet sie, murmelt Worte, die beinah klingen wie ein Lied – ein Schlaflied. Sie wendet sich um und sieht ihn mit unerträglich mitleidigem Blick an. »Sie wird Zeit brauchen, Kerem. Um zu verstehen … um wieder zu sich selbst zurückzukehren.«

Er sieht, dass seine Schwester ihr Haar mit einem Tuch bedeckt hat, als wolle sie ausgehen. In ihren Händen hält sie zwei Schachteln.

»Wo gehst du hin?«

Sie zuckt leicht zusammen – so leicht, dass vielleicht nur ein Bruder es bemerken würde. Noch bevor sie spricht, weiß er, dass es eine Lüge sein wird. »Zur Schule. Ich unterrichte jetzt dort, Kerem. Aber ich bin mir nicht sicher, ob ich so gut bin wie du. Die Kinder …«

»Und was hast du da in der Hand?« Bevor sie es verhindern kann, schnappt er sich eines der Holzkästchen und öffnet es. Darin sieht er acht Würfel *loukoum*.

»Für die Klasse«, erklärt sie.

Er lässt sie gehen. Doch er denkt: Sechzehn Stücke *loukoum*. Für eine ganze Schulklasse?

Nur

Die Lüge erschien ihr notwendig. Wie konnte sie Kerem die Wahrheit sagen, so kurz nachdem sie erfahren hat, wo er gewesen ist? Das macht es ihr nicht leichter, ihm davon zu erzählen.

Sie reicht dem Arzt das bemalte Holzkästchen mit dem *loukoum*.

»Ein Geschenk. Eine Kleinigkeit. Als Dankeschön.« Plötzlich erscheint es ihr so dürftig. Sie schämt sich, wegen der Bescheidenheit ihres Geschenkes und wegen der Geste an sich. Es ist ein Fehler, erkennt sie nun; ihre Großmutter hat sich geirrt. Das kleine Kästchen scheint eine Macht, eine Bedeutung zu haben, die sie nicht vorausgesehen hat. Sie stellt sich vor, wie sie selbst es betrachtet hätte: eine osmanische Frau, die dem Besatzer ein Geschenk darreicht. Noch immer werden Frauen, die sich so verhalten, mit finsteren Blicken gewürdigt, und ihre Großmutter ist in dieser Kunst eine Expertin.

Sie stellt sich ebenfalls vor, wie Kerem es sehen würde. Die alte Version seiner selbst hätte es vielleicht verstanden – doch nicht die neue. Nur wenige Stunden in seiner Gegenwart haben sie gelehrt, dass dieser neue Bruder ein Mann harter Linien ist; ohne Kompromisse.

Sogar dem Doktor scheint es unangenehm zu sein. »Ah, danke«, sagt er. Seine Hand scheint sich nach dem Kästchen auszustrecken; er zögert, dann nimmt er es. Es kommt zu Hautkontakt, vor dem sie beide zurückzucken; sie spürt, wie der Schock, dieser Verstoß gegen die Regeln, sie durchfährt.

»Aber Sie hätten nicht …« Er verstummt. »Ich danke Ihnen. Es ist schon eine Weile her, dass ich ein Geschenk bekommen habe.« Er hält es locker in den Händen, als könnte man von ihm erwarten, es zurückzugeben, denkt sie. Das hübsche bemalte Kästchen wirkt albern vor seiner khakifarbenen Uniform.

Mit dem Verlust seiner Contenance gewinnt sie ihre zurück. »Es ist *loukoum*«, erklärt sie. »Man isst es zum Kaffee – aber natürlich können Sie es essen, wann immer Sie möchten.«

»Danke«, sagt er, erneut, und dreht das Kästchen nun vorsichtig in seinen Händen, als wäre es etwas sehr Kostbares.

Ihr wird bewusst, dass die schmuckvoll verzierten Fenster des alten *haremlik,* nun die Krankenstation, direkt auf die Stelle blicken, an der sie stehen. Sie weiß, dass jemand herausschauen und sie sehen könnte.

»Soll ich Sie zum Patienten führen?«, fragt er, als hätte er das neue Unbehagen in ihr gespürt.

»Ja, bitte.«

Der Junge ist wach, und es scheint ihm heute schlechter zu gehen. Sie kann es in seinem Gesicht sehen, sobald sie das Zimmer betritt. Sie öffnet das Kästchen mit dem nach Rosen duftenden *loukoum*, das sie ihm mitgebracht hat, doch er isst nur ein einziges Stück, scheint den Geschmack kaum wahrzunehmen.

Es macht ihr Angst, denn es erinnert sie an die Zeit zuvor, als er sich so verhalten hat. Unempfänglich, reaktionslos. Wochenlang. Schließlich, nach einem beinahe schon körperlichen Kraftakt, gelingt es ihr, ihm ein Lächeln zu entlocken, mit einer Geschichte von ihrer Großmutter, die versucht hat, Kaffee zu kochen, und das unbefriedigende Ergebnis auf den Herd, den Kessel, den Kaffee und sogar das Wetter schob.

Das Lächeln hat ihn viel Kraft gekostet, wie es scheint; innerhalb weniger Minuten ist er eingeschlafen. Sie betrachtet ihn und kann sich nicht vorstellen, dass es möglich sein könnte, noch mehr Zuneigung für ihn zu empfinden.

»Er schlägt sich gut, auch wenn es nicht so aussehen mag. Ich musste die Morphiumdosis senken, damit er sich nicht zu sehr daran gewöhnt. Vermutlich spürt er zum ersten Mal seit Beginn seiner Krankheit Schmerzen.«

»Er sieht sehr müde aus.« Sie verstummt. Es klingt, als wolle sie sich beschweren.

Doch der englische Arzt nickt nur leicht mit dem Kopf. »Das wird er auch sein. Sein Körper muss gerade sehr viel leisten.« Ein leises Lächeln. »Doch er erholt sich davon so gut wie alle anderen Patienten, die ich bisher gesehen habe.«

Plötzlich erinnert sie sich wieder daran, was genau er ist: ein Militärarzt. Sie stellt sich vor, was er wohl schon alles gesehen hat – Krankheit, ja, aber auch Blut, Tod – und schiebt diese Gedanken gleich wieder beiseite. Sie kommen dem zu nah, was sie selbst gesehen hat, an dem Tag in Mahmutpaşa. Sie hat es nicht vergessen.

»Ich wollte Sie fragen …« Er verlagert sein Gewicht von einem Fuß auf den anderen. »Würden Sie mitkommen und ein Stückchen von diesem …«

»*Loukoum.*«

»*Loukoum* mit mir essen?«

»Oh.« Sie bereitet sich darauf vor, abzulehnen.

»Wenn ich darauf bestünde?«

»Dann ist es Ihr Recht«, sagt sie leise, auf Türkisch, »als

Besatzer.« Der Sieg, ja ein ganzer Krieg, hat ihm das Recht erkauft, auf etwas zu bestehen und zu erleben, wie es auch geschieht.

Er runzelt die Stirn. »Entschuldigung?« Er hat es nicht verstanden, natürlich nicht. Doch als sähe er es ebenfalls, sagt er schnell: »Was ich damit meine, ist: Sie würden mir eine große Ehre erweisen, es mit mir zu teilen. Ich habe einen Kessel gekauft und mir selbst beigebracht, den Kaffee auf türkische Art zuzubereiten.«

Es hat beinahe etwas Bemitleidenswertes. Sie muss an ihren Vater denken. Fast fühlt es sich an, als wäre er hier bei ihnen, im selben Raum. »Sicherlich, *canım*«, sagt er, »werden Sie niemandem die Gesellschaft bei einer Tasse Kaffee ausschlagen? Selbst ein Erzfeind verdient zumindest das.« Und so willigt sie ein – wenn auch nicht ohne Bedenken.

Er führt sie hinaus auf die Terrasse, und sie bemüht sich, entspannt zu wirken, als ob sie ihre Einwilligung nicht bereits wieder bereute. Die Heraufbeschwörung ihres Vaters ist keine Entschuldigung: Er hat nie erfahren, was es bedeutet, so zu leben, unter dem Joch anderer Menschen. All diese Geschichten, denkt sie, die wir uns selbst erzählen, um unseren eigenen Handlungen Glaubwürdigkeit zu verleihen. Doch es gibt nichts, was sie noch tun kann, jetzt, da die Entscheidung gefallen ist.

Er hat ein paar reichlich hässliche Stühle auf die Terrasse gestellt, einen kleinen schmiedeeisernen Tisch. Doch als Nur sich setzt, erkennt sie widerwillig die Genialität in dieser Aufstellung: Die leichte Erhöhung bietet einen perfekten Blick auf den Bosporus, eingerahmt durch die herabhängenden Triebe der Glyzinie. Es überrascht und ärgert sie, dass in all den Jahren, in denen sie hier lebten, keiner von ihnen auf diese Idee gekommen ist.

Sie stählt sich selbst, bevor sie ihren Blick durch den Garten schweifen lässt, der ihr so vertraut ist. In den Beeten hängen die letzten Reste der Blütenblätter noch an den Rosen. Voller Neugier stellt sie fest, dass jemand Unkraut gejätet hat: Die Erde scheint frisch bearbeitet zu sein. Offensichtlich kümmert sich jemand um den Garten, wenn auch nicht mit derselben Sorgfalt, wie es möglich wäre; denn sonst hätte man die abgestorbenen Rosenblüten eingesammelt, bevor sie auseinanderfielen. Als sie selbst hier lebte, waren große Sträuße davon im ganzen Haus verteilt worden, sodass es zwei Monate lang danach duftete.

Der Anblick des Granatapfelbaums schmerzt: die Verschwendung all der reifen, nicht geernteten Früchte. Löcher in den Schalen geben den Blick frei auf ihr leuchtendes Inneres, wo die Vögel sich ihren Anteil an Kernen geholt haben. Wenn sie mutiger wäre, würde sie ihn um ein paar Granatäpfel bitten, um sie mit nach Hause zu nehmen, oder sie würde sie einfach hinausschmuggeln. Doch sie weiß, dass sie es nicht tun wird: Ihr eigenes Gefühl des Anstands hält sie zurück.

Nur hört ein Knarzen, und als sie sich umdreht, sieht sie, wie die Türen geöffnet werden; die Krankenschwester kommt mit einem Tablett in der Hand hinaus, gefolgt von dem Arzt. Nur glaubt nicht, dass sie den vorwurfsvollen Blick der Frau missversteht; er unterscheidet sich nicht allzu sehr von dem ihrer Großmutter. Falls sie noch im Zweifel darüber gewesen wäre, ob es die richtige Entscheidung war, seine Einladung anzunehmen, dann kennt sie jetzt die Antwort.

»Sie weigert sich, mich das Tablett tragen zu lassen«, erklärt der Arzt, sobald die Schwester gegangen ist, und setzt sich zu Nur. Er ist ein großer Mann, und auf dem kleinen Stuhl kommen seine Knie den ihren zu nah. Sie rückt etwas zur Seite. »Sie behauptet, ich würde es nur fallen lassen. Zum Glück lässt sie mich wenigstens operieren.«

Das *loukoum* liegt auf einem kleinen Teller – es ist der, von dem sie als Kind gegessen hat, stellt sie mit einem kleinen Schock fest, der Teller mit dem Rand aus roten laufenden Hühnern. Die Süßigkeiten in der Mitte wirken beinahe unanständig pink und saftig. Mit einem gleichmäßigen Strahl gießt er den Kaffee in die Tassen. Sie kann die gute Qualität riechen; die beste Sorte. Einen solchen Kaffee hat sie seit Jahren nicht mehr getrunken.

Plötzlich ertönt neben ihnen lautes Getöse; die Hand des Arztes zuckt und er verschüttet ein wenig Kaffee auf die Untertasse.

»Verdammt.« Dann, rasch, reumütig: »Entschuldigen Sie. Ich habe mich daran gewöhnt, von Soldaten umgeben zu sein.«

Sie hört kaum zu, wird von demselben Getöse abgelenkt, das seinen Ausrutscher verursacht hat. Mehrere Bögen gerollten weißen Papiers scheinen gerade in den Garten geweht zu sein. Sie blinzelt und erkennt, worum es sich wirklich handelt.

»Sie müssen einmal als Haustiere gehalten worden sein«, sagt der Arzt und säubert die Tasse mit einer Serviette, bevor er sie an Nur weiterreicht. Sie wartet, bis er sie vor ihr auf dem Tisch abgestellt hat und seine Hände damit beschäftigt sind, die nächste Tasse zu füllen, bevor sie nach ihrer greift.

»Aber mittlerweile sind sie halb wild …« Und dann verstummt er und erinnert sich.

»Ja«, sagt sie. »Die Tauben gehörten meiner Mutter.«

Er scheint zu überlegen, ob er sprechen, erneut an ihren Verlust erinnern soll. Sie ist erleichtert, als er sich offenbar dagegen entscheidet. Stattdessen beobachten sie gemeinsam schweigend die Vögel.

Es sind eindeutig nicht mehr dieselben fetten schneeweißen Tiere, die sie einst waren. Ihr Gefieder ist von Flecken übersät, ihre Gestalt schlanker. Sie beobachten den Tisch mit der Fülle an *loukoum* mit einem scharfen Interesse, das Nur an die Möwen erinnert, die vom Marmarameer herüberkommen und die Makrelenverkäufer an den Kais bedrängen. Einst sind diese Tauben ihrem Vater auf die Hände geflogen. Jetzt halten sie misstrauisch Abstand, während sie einige Meter entfernt im feuchten Boden nach Würmern picken. Und dann sieht Nur zu, wie sie den Granatapfelbaum entdecken und anfangen, mit ihren Schnäbeln an den roten Bällen zu zerren. Sie versucht, ihnen dieses Festmahl nicht zu missgönnen.

Sie nippt an ihrem Kaffee – denn je schneller sie trinkt, desto schneller wird dieses unbehagliche Zusammentreffen beendet sein – und verbrennt sich die Zunge. Zugleich ist sie überrascht: Es ist ihm gelungen, den Kaffee beinahe perfekt zuzubereiten, auch wenn er ein wenig zu süß ist für ihren Geschmack.

»Bitte«, sagt er, »seien Sie nicht zu nett zu mir: Was halten Sie von dem Kaffee?«

»Er ist gut gemacht. Vielleicht ein wenig zu schwach, ein wenig zu süß.«

Er nickt, während er ihre Kritik aufnimmt.

»Entschuldigen Sie, das war unhöflich.«

»Nein, nein … wie sonst sollte ich mich verbessern?«

Es ist das Lächeln, das sie wieder in die Gegenwart zurückruft. Einige Minuten lang hat sie vergessen, mit wem sie hier zusammensitzt.

Es ist ein schmaler Grat. Sie muss diesem Mann gegenüber freundlich genug sein, dass er den Jungen weiter behandelt. Nur hält ihn nicht für einen Menschen, der sich herzlos verhalten würde. Und es fällt ihr schwer, den Mann vor ihr mit dem blutgetränkten Feindbild in ihrer Vorstellung zu vereinen. Doch sie darf niemals ihren Hass vergessen; er ist die letzte wirkliche Macht, die den Besiegten bleibt.

Sie steht auf, verabschiedet sich. Als er ins Haus geht, dreht sie sich um und verlässt das Grundstück durch den Garten. Dort, direkt vor den Fenstern, falls irgendjemand beschließen sollte, gerade hinauszuschauen, pflückt sie sechs Granatäpfel von den Zweigen, beinahe mehr, als sie halten kann. Die verwilderten Tauben kreischen vorwurfsvoll. Die Früchte sind so reif, dass der Saft aus ihnen herausläuft und ihre Hände färbt wie Blut. Sie gehören ihr. Nur lächelt. Auf diese Art gewonnen, werden sie sogar noch besser schmecken.

Nein, sie hat nichts vergessen.

An dem Tag, als die englischen Flugzeuge nach Mahmutpaşa kamen, war sie unterwegs auf der Suche nach Brot. Der Laden, zu dem sie normalerweise ging, hatte seit Tagen keines mehr im Angebot, und der größte Basar der Stadt erschien ihr so vielversprechend wie jeder andere. Zu ihrem Leidwesen schien sie seit einigen Wochen hungriger zu sein als sonst; ihr Körper hatte sich gegen sie gewendet.

Drei Silhouetten, die mit unglaublicher Geschwindigkeit, wie scharf geschossene Metallsplitter, herannahten. Das Geräusch folgte ihnen einen Atemzug später, und es war dieses Geräusch, das den Silhouetten einen Sinn gab, ihnen Tragweite und Dimension verlieh. Nur war wie festgefroren. Die Silhouetten wuchsen vom Himmel, schienen landen zu wollen. Noch hatte sie keine Angst; mit offenem Mund verfolgte sie das Spektakel wie ein Kind das Feuerwerk am *Ramazan*.

Als jemand »Englische Flugzeuge!« brüllte, dachte sie nur: ... *aber wie absurd.* Undenkbar: England war Tausende von Meilen, die Breite eines ganzen Kontinents entfernt. Doch als die ersten Menschen ihr entgegenrannten, vom Basar flohen, drehte auch sie sich um und versuchte zu fliehen. Es folgte keiner freien Entscheidung, sondern vielmehr einer Art Herdentrieb. Sie hatte gerade einmal drei schnelle Schritte getan, als sie von der Luft selbst nach vorn gestoßen und zu Boden geworfen wurde, ohne dass ihr Körper Zeit gehabt hätte zu reagieren, gar die Hände nach vorn zu strecken. Eine Seite ihres Kiefers und ihre Hüfte trafen zeitgleich auf den Asphalt, und der Schock des Aufpralls wallte durch ihren gesamten Knochenbau. Ein kurzer Karneval der Farben hinter ihren Augenlidern; dann nichts.

Vielleicht hatte sie nur für wenige Sekunden das Bewusstsein verloren, doch als sie die Augen wieder aufschlug, war die Welt eine andere geworden. Um sie herum herrschte eine seltsame Stille. Lautlosigkeit ebenfalls, doch das lag möglicherweise an dem Lärm in ihren Ohren, einem schrillen, an ihren Verstand gerichteten Schrei des Entsetzens, der alles andere übertönte. Als sie sich aufsetzte, hatte der Schmerz in ihrem Kiefer sie schließlich erreicht – ein Schmerz, der sie mit Zorn erfüllte, auch wenn sie nicht sagen konnte, gegen wen. Sie konnte sich nicht erinnern, wem sie die Schuld dafür geben sollte.

Seltsam, da lag ein Pferd, nur wenige Fuß entfernt, und schlief mitten auf der Straße. Hatte noch jemand das Tier gesehen? Sie blickte sich um, suchte nach dessen Besitzer. Da saß er, ganz verdreht, die Füße nach vorn gestreckt. Er wirkte seltsam zuversichtlich. War es ihm egal? Dann sah sie, dass eine Hälfte seines Kopfes fehlte, erkannte, dass ihm alles egal sein würde. Hinter ihm andere Gestalten, Reste von Gestalten. Ihr Blick blieb daran hängen, noch während sie versuchte, nicht hinzusehen. Die Linie, die der Tod gezogen hatte, verlief genau vor der Stelle, an der sie gelegen hatte. Wenn sie ein wenig schneller gerannt, ein wenig früher oder weniger zögerlich losgelaufen wäre, dann säße sie jetzt nicht hier und spürte schwach, wie das Blut in den Stoff ihres Kopftuches sickerte, spürte nicht den Schmerz zwischen ihren Hüftknochen, der sie laut hätte aufschreien lassen, wenn sie in der Lage gewesen wäre, einen Ton von sich zu geben.

Als das Schreien in ihrem Kopf ein wenig nachgelassen hatte – es würde noch Tage dauern, bis es endgültig verstummte –, hörte sie die Sirenen der Krankenwagen. Als die niemanden mehr aufladen konnten, kamen Lastwagen, Maultiere, die Wagen der Limonadenverkäufer. Die Toten, die nicht länger in der Lage waren, die Demütigung zu empfinden, wurden zu hohen Stapeln aufgeschichtet, um abgeholt zu werden, sobald die Lebenden gerettet waren.

Nur war auf die Füße gekommen und nach Hause gelaufen, auch wenn der Schmerz in ihrer Mitte es schwierig gemacht hatte.

An der Tür hatte ihre Mutter geschrien und geschrien. Nur war überrascht gewesen, dass sie überhaupt in der Lage war, dieses Geräusch in ihrem Kopf zu hören und widerhallen zu lassen. Erst als sie ihr Kleid auszog, bemerkte sie, dass sie voller Blut war; das meiste davon ihr eigenes. Doch als sie sich bis auf die Unterkleider auszog, fand sie noch mehr Blut, dunkel und klumpig, deutlich dickflüssiger als der Rest. Auch dieses ohne Zweifel von ihr. Schließlich, jedoch zu spät, ergab manches einen Sinn: Veränderungen, die sie an sich bemerkt hatte. Sie hatte sich gewundert. Doch erst jetzt, in diesem Augenblick des Verlustes, wusste sie sicher, dass sie ein Kind unter ihrem Herzen getragen hatte.

Später hörte sie, dass die Flugzeuge das Kriegsministerium hatten bombardieren wollen. Das zumindest erzählten sich die Menschen, denn man konnte nicht glauben, dass die Flugzeuge auf einen Basar voller Zivilisten gezielt hatten. Nur weiß nichts über solche Maschinen, weiß nicht, wie exakt sie ihr Ziel finden.

Aber sie war da. Sie hat gesehen, wie nah die Flugzeuge waren; hat ihre Entschlossenheit gesehen.

Nur

Ihre Großmutter ist wieder einmal schlecht gelaunt an diesem Abend. Nur spürt es, sobald sie den Raum betritt.

»Was ist es, *büyükanne*?«

Ihre Großmutter gestikuliert mit einer Hand, wobei ihre Ringe glitzern und funkeln. (Nur hat es vor langer Zeit aufgegeben, sie davon zu überzeugen, die Klunker zu verkaufen.) »Diese grässliche Wohnung. All der Dreck und die Düsternis.«

Nur spürt, wie eine Entschuldigung sich auf ihren Lippen formt, und schluckt sie gerade noch rechtzeitig hinunter. Es gibt andere Dinge, derentwegen sie sich möglicherweise schuldig fühlen könnte, aber nicht das.

»Ich war einmal sehr schön. Hast du das gewusst?«

»Ja, *büyükanne*. Natürlich warst du das. Du bist immer noch sehr schön.«

»Oh, sei still, du ungehöriges Mädchen! Ich lasse mir nicht schmeicheln.« Sie macht eine abwehrende Bewegung mit der Hand. Doch ihre Stimmung hat sich ein wenig aufgehellt. »Habe ich dir schon von dem Mondschein-Picknick erzählt, das wir einst an den Süßen Wassern Europas veranstaltet haben?«

Nur tut so, als würde sie nachdenken. »Nein, *büyükanne*. Ich glaube nicht.« Sie kennt die Geschichte so gut, als wäre sie selbst dabei gewesen; die Bilder vor ihrem inneren Auge haben eine Lebendigkeit, als wären es ihre eigenen Erinnerungen.

In seidene Gewänder gehüllt, mit *yashmaks* verschleiert,

sitzen die Frauen in langen *kayıks* mit zahlreichen Ruderern. Weitere Boote folgen in einer geschwungenen Prozession, manche davon mit Musikern bestückt, die für sie spielen. Junge Männer in ihren eigenen *kayıks* versuchen, einen Blick auf die berühmten Schönheiten zu erhaschen. Sie werden enttäuscht; die Frauen sind sorgfältig verschleiert. Die Boote selbst sind mit wunderschönen Stoffen geschmückt – Seide, bestickt mit Fischen aus echten Silber- und Goldfäden. Wenn sich das Mondlicht, vom Wasser gebrochen, in ihnen verfängt, scheinen sie wahrhaftig zu schwimmen.

Und da ist ihre Großmutter, im Vordersten der *kayıks*. An ihren Füßen trägt sie Pantoffeln aus weichstem weißen Gamsleder. Es ist die Sorte von Schuhen, die jedem Betrachter sogleich eine Geschichte erzählen: Hier sitzt eine junge Frau, die niemals einen Fuß in den Schmutz setzen muss.

Ein kostbarer Rubinring am schlanken Finger ihrer linken Hand, doch das ist ihr einziger Brillantschmuck. Mehr benötigt sie noch nicht – das ist etwas für das Alter, wenn die eigene verlorengegangene Brillanz durch die Blendwirkung der Edelsteine kompensiert werden kann.

»Und ein mit einem einfachen Volant besetztes Kleid aus chinesischer Maulbeerseide«, sagt ihre Großmutter. Ihre Augen sind geschlossen. Sie, wie Nur, sieht zu, wie die Gesellschaft in all ihrer Pracht das Ufer ansteuert. »Und darüber eine Jacke. Eine *salta*, so nannte man es. Aber welche Farbe?« Sie scheint zu zögern. »Ich kann mich nicht erinnern. Es wird mir wieder einfallen. Blau? Nein, diese Farbe habe ich nie getragen – sie hat meinen Teint verwässert. Rot? Nein … das erscheint mir ebenfalls nicht passend – ich hatte so wunderschönes rotes Haar.«

Mit einem winzigen verärgerten Schaudern öffnet sie die Augen.

»Grün?«, bietet Nur ihr an.

»Oh, kluges Mädchen. Aber woher weißt du das nur?«

Über ihnen erklingt ein Poltern. Jemand ist oben auf dem Dach.

Ihre Großmutter verzieht das Gesicht. »Das ist dein Bruder, Nur.« Sie spricht seinen Namen nicht oft aus in diesen Tagen. Allein wenn sie von ihrem Enkel spricht, scheint sie ein wenig an Haltung zu verlieren. »Er riecht nach Alkohol. Welch eine Schande, Nur!«

»Er hat viel gelitten, *büyükanne*.«

»Das ist sicherlich wahr. Ich glaube, er hat den Lagerwahnsinn. Fatima *hanım*« – die Frau des Schlachters – »hat mir davon erzählt. Der Neffe ihrer Freundin ist damit heimgekommen. Und er war zudem noch blind – ein jämmerlicher Anblick.« Ihr Mitleid wird von einem unglücklichen Anflug von Schadenfreude unterminiert, was noch verstärkt wird, als sie hinzufügt: »Zum Glück ist er noch immer ein gutaussehender Bursche.«

Nur kann ihr nicht ganz zustimmen, denn während sein Körper an Kraft gewinnt, scheint die Veränderung in ihm ebenfalls zuzunehmen.

Sie geht, um nach ihm zu sehen, nach oben auf das Dach.

Er hockt zusammengekauert in einer Ecke. »Kerem?«, flüstert sie. Die Sonne versinkt irgendwo im Westen. Sie steht schon zu tief, als dass man sie sehen könnte, doch sie hat den Himmel mit Streifen zinnoberroten Feuers übersät.

»Kerem?«

Vielleicht hat er sie beim ersten Mal nicht bemerkt, denn

sie sieht, wie er zusammenzuckt. Er wendet sich zu ihr um. Sein Gesichtsausdruck jagt ihr einen fürchterlichen Schreck ein. Es ist ein Blick entsetzlicher Qual.

Sie geht zu ihm und setzt sich neben ihn.

»Kerem«, sagt sie nach einer Weile. »Als du im …« Sie scheut davor zurück, es auszusprechen: im Krieg warst. »Als du fort warst. Vielleicht, wenn du darüber redest …«

»Ich kann nicht.«

»Nicht jetzt vielleicht. Aber später …«

»Ich kann nicht darüber sprechen, Nur.«

Er sieht sie an. In seinem Blick liegt ein Flehen, ein Drängen, doch sie kann es nicht entschlüsseln. Es ist noch zu früh für ihn, denkt sie. Es wird andere Gelegenheiten geben: Er ist wieder zu Hause. Sie denkt an den Jungen, und wie lange er gebraucht hat, um sich von seiner Krankheit zu erholen. Nun, diese Veränderung in Kerem ist wie eine Krankheit – wenn auch tief in seinem Innern, unsichtbar für das menschliche Auge. Sie haben Zeit. Das ist das Einzige, das sie nicht vergessen dürfen.

Also sitzen sie gemeinsam da und schweigen, während die Welt um sie herum in Dunkelheit versinkt.

Später ertappt Nur sich dabei, dass sie sich vorstellt, wie ihr Leben wohl verlaufen wäre, wenn Enver nicht in den ersten Wochen bei Gallipoli gefallen wäre, wenn er zu ihr zurückgekommen wäre, wie Kerem. Wie hätte der Krieg ihn verändert? Ihr Ehemann hatte nie Kerems Sanftmut besessen. Hätte er es deshalb besser verkraftet … oder schlechter?

Sie findet die Miniatur in ihrer kleinen hölzernen Kiste mit Erinnerungsstücken und versucht sich daran zu erinnern,

wie dieses Gesicht auf dem dazugehörigen Körper aussah –
tut sich aber schwer. Ein … Geruch. Wie hat er gerochen? Nach
Tabak und Eau de Cologne? Sie versucht sich an Fleisch, Gewicht, Präsenz zu erinnern.

Doch jedes Mal, wenn sie dies versucht, geschieht mit ihren Gedanken etwas Seltsames. Sie sieht nicht den Mann,
den sie geheiratet hat, den Mann auf dem Bild. Stattdessen
sieht sie zuerst eine dünne Gestalt, Füße und Nase zu groß
für den Rest seines Körpers. Einen seltsam spitzen Kopf, feines schwarzes Haar, das knapp bis auf die Augenbrauen hi-
nunterfällt. Das ist Enver, das Kind, das er einst war, die einzige Zeit, von der sie behaupten könnte, ihn wirklich gekannt
zu haben.

Ihr Bruder hat ihr erzählt, wie Enver einmal stolperte und
sich den Kopf hart an einem Stuhl stieß. Sein Vater stand über
ihm, während Envers Gesichtsmuskeln zuckten, und sagte:
»Ein echter Mann weint nicht, Enver. Er denkt an die Lektion,
die sein Schmerz ihn lehren kann.«

Im Jahr vor dem Krieg war Enver, nach Meinung ihrer Großmutter, »ausgesprochen charmant und klug« geworden. Diese
Behauptung war durch dessen Mutter selbst gefiltert worden
und somit mit einer gewissen Vorsicht zu genießen. Daneben
hatte man Nur diese Miniatur präsentiert. Eins immerhin
musste sie zugeben: Er war in seine Nase hineingewachsen;
diese gab seinem Gesicht nun ein distinguiertes Aussehen.
Doch die Ähnlichkeit mit seinem Vater war nun nicht mehr
zu verkennen. Auch sein Vater war ein gutaussehender Mann
gewesen. Es gab seinem Gesicht eine neue Arroganz. Sie dachte,
dass sie ihm wohl positiver gegenüberstünde, wenn er in dieser Hinsicht vielmehr verloren, statt gewonnen hätte.

Schuldbewusst hatte sie die leise Hoffnung verspürt, die Kriegserklärung würde die Hochzeit verzögern. Er gehörte der ersten Altersgruppe an, die eingezogen wurde. Doch stattdessen wurde der Termin der Hochzeit nach vorne verschoben. Er wollte als verheirateter Mann in den Krieg ziehen. Sie hatte sich gefragt, ob es wohl von einer Art Aberglaube seinerseits herrührte. Es konnte nichts mit ihr zu tun haben – er hatte sie seit ihrer Kindheit nicht mehr gesehen. Später, mitleidiger, hatte sie sich gefragt, ob er vielleicht nicht hatte sterben wollen, ohne vorher ein ganzer Mann geworden zu sein.

Ein Hochzeitsbett, bestreut mit Sesamkörnern, um das böse Auge abzuwehren. Ursprünglich eine armenische Tradition, die mittlerweile in die Gepflogenheiten der Stadt gesickert war, damit alle sie nutzen konnten. Das rituelle Bad; das Badehaus selbst wie ein Tempel der Reinheit. Das Einweichen im schnell fließenden Wasser, das Abrubbeln, die Kissen aus wohlriechendem Schaum. Ihr Haar mit Rosenwasser gewaschen, getrocknet, frisiert. Ein weißes Kleid, bestickt mit grünem und silbernem Garn. Zwei ganze Tage lang in dieser Staffage, die sich wie Meeresschaum um sie herum ergoss, dazusitzen, den Blick von zwei silbernen Glitzersträngen getrübt, die von ihrem Kopfschmuck herabhingen, sodass sie bei jeder Bewegung einen Sternenregen sah. Irgendwann war ihr die Langeweile und die seltsame Erfahrung, von so vielen fremden Menschen angestarrt zu werden, plötzlich lächerlich erschienen. Sie hatte angefangen zu grinsen, und es war ihr schwergefallen, ihre Schultern daran zu hindern, vor Lachen zu zucken, egal wie sehr sie sich auch auf einen Sprung in den Fliesen zu ihren Füßen konzentrierte. Ihre Großmutter hatte sie mit einem Blick bedacht, unter dem Fleisch zu Stein erstarrt wäre. Eine Braut hatte zurückhaltend, still, züchtig zu sein.

Er, der sich hinunterbeugte und ihren Schleier lüftete, um sie ein paar Minuten lang anzusehen. Sein Gesicht seltsam ausdruckslos: Was war es, das er in ihr sah? Sie war davon so abgelenkt, dass sie ganz vergaß, ihn zu betrachten, seine Züge in sich aufzunehmen – die Veränderungen in dem Jungen, den sie einst gekannt hatte. Erst später fiel ihr ein, dass es ihm möglicherweise ähnlich ergangen war.

Es blieb keine Zeit herauszufinden, wie die Jahre zwischen Kindheit und Mannesalter ihn verändert hatten. Er war freundlich zu ihr; aber viele Ehemänner sind das in den ersten Wochen ihrer Ehe.

Hat er sie geliebt? Hat sie ihn geliebt? Ein alberner Gedanke – sie hatten sich nur so kurze Zeit gekannt. Die einzige Liebe, die ihr vertraut war, war die ihrer Familie, und diese war das Ergebnis von Historie und Blutsverwandtschaft, ein ganzes Leben lang geschmiedet und verkompliziert, verknotet und detailliert und bunt wie ein *kilim*.

Er hatte sie begehrt; sie sah es in den Nächten, in denen sie zusammen waren, spürte ihre Macht über ihn. Doch es war keine reale Macht, nicht wie die Macht, die Männer in den Händen hielten. Es war ein flüchtiger Zauber.

Und ihr Begehren? Er war seines eigenen Körpers überdrüssig, kein Zweifel. Vielleicht war der Körper einer Frau veränderlicher, schwerer zu definieren. Sie hatte von der Macht dieses Begehrens in Büchern gelesen. Anna Karenina, Emma Bovary, die Ehefrau von Shah Zaman in *Tausendundeine Nacht* – sie alle waren förmlich verrückt vor Begehren. Und doch sind Bücher nicht immer die vertrauenswürdigsten Lehrer. Sprechen sie von der generellen Erfahrung oder von ihren Extremen? Es war nichts, worüber Nur mit ihrem Vater hätte sprechen können, egal wie angeregt sie über andere literarische Themen zu diskutieren pflegten.

Ihre Mutter, ihre Großmutter: undenkbar. Wenn sie eine Schwester gehabt hätte, dann vielleicht. Sie selbst glaubt nicht, dass sie dieses Begehren jemals wirklich gespürt hatte. In diesen Nächten hatte sie etwas gefühlt. Ein kurzes, rein sensorisches Vergnügen, wie ein Streicheln über die zarte Unterseite des Arms oder über das Haar. Doch das Unbehagen hatte jedes Mal überwogen. Vielleicht, mit der Zeit, hätte sie es fühlen können. Wenn sie ihn besser kennengelernt hätte. Doch dafür hatten sie nicht die Zeit gehabt.

Er ist beinahe sofort gestorben. Sie hat auch einen Brief von einem der Männer in seiner Kompanie erhalten: »An Envers Witwe«. Sie fragte sich, ob er ihnen allen ihren Namen gesagt oder ihn für sich behalten hatte wie ein Geheimnis. Ihre Traurigkeit überraschte sie. Sie trauerte – nicht so sehr um ihn als um den Mann, den sie niemals wirklich kennenlernen würde. Selbst die Beschreibung seines Todes wirkte distanziert. Es war ein *bon mot*, ein Allheilmittel, eine Beruhigungspille für trauernde Ehefrauen und Töchter und Schwestern, um es wie ein Andenken zu bewahren.

Er fiel im mutigen Kampf für das Reich, mit einem Lächeln auf den Lippen.

Der Gefangene

Er dreht sich in der dunklen Wohnung auf die Seite und hustet wie ein alter Mann. Spuckt Galle auf die Bodendielen.

Auch seine Schwester hat sich bis zur Unkenntlichkeit verändert. Eine Witwe. Nein, das ist nicht die markanteste Veränderung. Sie hat sich in beinahe jeder Hinsicht verändert. All ihre Weichheit ist fort. In der Abwesenheit von Männern hat sie alle Verantwortung auf sich genommen. Selbst jetzt, da er zurück ist, scheint sie nicht bereit zu sein, ihm die Verantwortung zu überlassen. Sie geht unverschleiert hinaus auf die Straße, sie unterrichtet an seiner Schule.

Wenn er sie sich dort vorstellt, fühlt er sich verraten. Früher hätte er ihr vielleicht dafür gedankt – dafür, dass sie seine Arbeit fortführte, nachdem man davon ausgehen musste, dass er nicht wieder zurückkehren würde. Doch er kann es nicht, kann es nicht spüren. Er kann ihr nur ihre Berufung neiden, ihr geschäftiges, erschöpfendes Leben.

Er reißt sich zusammen. Er, ein Lehrer, jetzt? Der Gedanke ist absurd.

Er hat versucht, Arbeit zu finden. Hatte ihm denn noch niemand vom Zustrom der Russen mit ihren tadellosen Manieren, ihrer attraktiven tragischen Aura erzählt? Oder von den türkischen Flüchtlingen, die von ihrem Land vertrieben wurden, das jetzt den Griechen gehörte? Der Wirt, der Kaffeehausbesitzer – selbst der ölverschmierte Vorarbeiter der Schauermänner auf den Kais – betrachten seinen ausgemergelten Körper und erblassen argwöhnisch, als wäre es etwas Ansteckendes. Sie haben keine Ahnung, dass vor ihnen ein Kriegsheld steht: ein Mann mit der zehnfachen Willensstärke eines jeden von ihnen, der Dinge gesehen und getan hat, die sie sich nicht einmal vorstellen können. Er ist erfüllt von dem Drang, es ihnen ins Gesicht zu schreien, diesen kleinen Männern, die ihn bemitleiden. Sein Hass gegen sie übertrifft beinahe seinen Hass auf den Feind. Für sie ist er ein Teil der Vergangenheit; ebenso peinlich wie die Eunuchen, die durch die Straßen der Stadt spazieren. Einst haben diese Männer die unsichtbaren Zügel der Macht am Hofe des Sultans in ihren Händen gehalten – Überbringer von Nachrichten und Gerüchten, Großmeister der Intrige. Heute betrachtet man sie als Teil des alten Reiches: antiquiert, vage beschämend, ein Andenken archaischer Ideale. Und ganz so, wie sie in den Straßen sofort an ihren weichen Formen, ihren haarlosen Schädeln erkannt werden, kennzeichnet sein ausgemergelter Körper ihn als einen der wenigen, die aus der Hölle zurückgekehrt sind. Es ist bequemer, zu vergessen, dass es Männer wie ihn überhaupt gab.

Trotz aller Entbehrungen im Gefangenenlager gab es dort eine Sache, die er jetzt vermisst. Ein Ziel. Dort war es ihm mit Hilfe des Offiziers möglich, alles so klar zu sehen. Nun kehren die alten Zweifel wieder zurück und beginnen ihn zu quälen. In den Nächten versucht er, sich nicht dem Schlaf zu überlassen, denn wenn er das tut, wird er von Gesichtern heimgesucht: schreckliche Gesichter, von denen er geglaubt hat, ihnen entflohen zu sein. Manchmal, wenn er dennoch schläft, wacht er bald darauf schweißgebadet auf. Manchmal wacht er schreiend auf. In der ersten Nacht, als dies geschah, kam Nur zu ihm und fragte, was sie für ihn tun könne. Er hasst das Mitleid in ihren Augen; in manchen Momenten kann er beinahe glauben, dass er sie hasst. Sie denkt, ihr Leben sei hart, seit der Krieg begann. Sie hat keine Vorstellung von den Dingen, die man von ihm verlangt hat, den unsichtbaren Seiten von ihm, die er gezwungen war, zu opfern.

Mittlerweile schläft er auf dem Dach. Er behauptet, den harten Boden vorzuziehen. In Wahrheit jedoch ist ihm die Nähe der Menschen, die die alte Version von ihm gekannt und geliebt haben, beinahe unerträglich.

An einer schäbigen Wand hängt ein Portrait von ihm, das seine Mutter einige Monate bevor er an die Front zog in Auftrag gegeben hatte. Dieses Portrait – mit Hut, geradem Rücken, schwarzem Flaum über der Oberlippe (es war kurz bevor er sich ernsthaft einen Bart hatte wachsen lassen) – zeigt ein Bild, zu dem er ebenso wenig zurückkehren könnte, als wenn er beide Beine verloren hätte. Sie haben es dort hängen lassen, um ihn zu verhöhnen, ihn zu quälen. Er erinnert sich daran, wie viel besser er jetzt ist, wie viel stärker, wie notwendig die Dinge waren, die er getan hat, erinnert sich an alles, von dem er im Gefangenenlager dachte, es sicher zu wissen. Doch es ist schwieriger geworden, besonders wenn er sieht, wie seine Schwester ihn betrachtet, als ahne sie, was sich so fundamental in ihm verändert hat. Als fürchte sie sich vor ihm.

Nun, auch sie hat ein Geheimnis. Ihm ist aufgefallen, dass sie oft stundenlang von zu Hause fort ist und nicht selten erst zurückkehrt, wenn es dunkel wird. Sie kann nicht die ganze Zeit über in der Schule gewesen sein oder Stoffe zum Basar gebracht haben. Etwas anderes nimmt ihre Zeit in Anspruch, doch niemand spricht darüber.

Also folgt er ihr. Mit der Fähre über den Bosporus – verborgen in der Menge, den Kopf gesenkt, sodass sie ihn nicht sieht. Die Menschen um ihn herum jedoch sehen ihn und rücken ein wenig von ihm ab, als habe er eine Krankheit. Doch auch ohne solche Vorsichtsmaßnahmen hätte sie ihn wohl nicht entdeckt; sie scheint in ihre eigenen Gedanken versunken zu sein, den Blick fest auf das sich nähernde Ufer gerichtet.

Es gibt nur einen Ort, zu dem sie fahren könnte – und doch ergibt es keinen Sinn. Er hat den Feind dort gesehen, mit seinen eigenen Augen. Doch er beobachtet, und folgt ihr, und versteckt sich und wartet. Und dort wird er Zeuge ihres Verrats.

Der Reisende

In Italien haben sich die Farben der Häuser unmerklich verändert. Jetzt ist es ein verbranntes Siena, orangerot, die Fensterläden dunkelgrün. Selbst die finstersten Vororte verströmen für mich, den Fremden, eine gewisse Romantik, einfach weil sie anders sind als das Gewohnte.

Am Nachbartisch sitzt das Pärchen, das ich in Paris auf dem Bahnsteig gesehen habe; die Frau mit dem rosafarbenen Mantel. Unbeeindruckt von dem grässlichen Hauptgericht haben sie das ebenso grässliche Dessert bestellt: eine Mischung aus Crème und Biskuit serviert auf Glastellerchen. Sie füttern sich gegenseitig mit dem Löffel, augenscheinlich ohne sich des mangelnden kulinarischen Wertes bewusst zu sein. Ihre Blicke gleiten hin und wieder zu der Szenerie vor dem Fenster – sonst jedoch nirgendwohin. Nichts scheint ihre Begeisterung für diese Reise, für einander zu mindern. Es ist wie das Beobachten von Kindern – ein sinnliches Vergnügen. Ich grolle ihnen nicht, doch ihr Anblick schmerzt mich. Nicht jedem ist ein solches Glück vergönnt. Manchen von uns winkt es, bleibt jedoch für immer außer Reichweite – ein unmögliches Versprechen.

Als wir uns Mailand nähern, leuchtet der Himmel in einem blassen Gold. Die Bäume davor wirken wie delikate Scherenschnitte. Ich habe immer gedacht, dass Mailand mehr mit den Städten Österreichs und der Schweiz gemein hat als mit dem Süden des Landes. Es ist nüchterner, kühler; es regnet häufig. Durch Schnellstraßen und das Rattern der Tram zerteilt; mit Geld gesäumt. Die Passagiere, die hier aussteigen, sind fast ausschließlich gut gekleidet. Die Damen im Pelz, exquisit beschuht. Doch womöglich beweisen die Männer sogar noch mehr *chic*: Sie tragen ihre Anzüge mit einem Stil, der weit jenseits der Liga eines jeden Engländers liegt, und dazu pastellfarbene Schals aus feinster Wolle. Doch ich erinnere mich an eine Zeit, in der es schien, als trüge ein italienischer Mann nur eines: eine Uniform aus khakigrünem Serge, so wie alle Engländer.

Venedig, bei Dämmerung. Für solch ein Juwel der Geschichte und der Kunst besitzt es einen überraschend schäbigen Bahnhof. Es hat angefangen zu regnen, und ich kann kleine Grüppchen von Regenschirmverkäufern ihre Ware anpreisen sehen. Hier steigt das Pärchen auf seiner Hochzeitsreise aus. Er trägt die drei eleganten monogrammierten Koffer. Beide wirken beinahe altmodisch, besonders neben den paisley-gekleideten Zwanzigjährigen mit ihren langen dünnen Haaren, die nur zehn Jahre jünger sein können.

Die beiden sind direkt vor mir. Ich beobachte, wie sie von der Menge verschluckt werden, und verspüre eine seltsame Traurigkeit darüber, sie so endgültig verloren zu haben.

Ich habe in der Stadt ein Hotel für die Nacht gebucht, um die Reise zu unterbrechen. Venedig liegt etwa auf halber Strecke, wenn man die Fähre von London mit einrechnet. Ich kann eine Pause gebrauchen. Mein ganzer Körper schmerzt, als wäre ich die gesamte Strecke zu Fuß gelaufen.

Es regnet, als ich den Bahnhof verlasse, regnet, als ich aus dem Hotel trete – wo mein Zimmer noch nicht ganz für mich bereitet ist – und an den Rändern der kleineren Kanäle entlang Richtung Markusplatz laufe. Leute eilen unter ihren Regenschirmen an mir vorbei. Ihre Mienen tragen dieses Wetter als persönlichen Affront. Die Kanäle sind voll, gefährlich. Alles scheint aus Wasser zu bestehen; die Stadt sieht aus wie ein Gemälde, bei dem die Farben zu verlaufen beginnen.

Als ich zu dem berühmten Dom hinaufblicke, verändert sich etwas. Die vielen geriffelten Kuppeln und eleganten, filigranen Türmchen lassen ihn plötzlich nicht mehr wie einen Ort christlichen Glaubens, sondern vielmehr wie den Tempel eines anderen großen Glaubens erscheinen. Einen Augenblick lang fühlt es sich an, als stünde ich nicht hier in dieser italienischen Stadt, sondern bereits an meinem Ziel. Ich weiß, dass die Seidenstraße hier zu einem Ende kam. Sie brachte Seide aus dem Osten, ja, aber auch essbare Waren, Sprache und, wie es scheint, Gebäude. In gewisser Weise, denke ich, ist dieser Dom das, was ich in bescheideneren Dimensionen mit dem Restaurant zu erreichen versucht habe. Es ist eine Rekonstruktion, die Übersetzung eines erinnerten, fernen Ortes.

Auf der Suche nach Schutz vor dem Regen entdecke ich ein kleines, jedoch recht pompöses Café, dessen Interieur von Samt und Gold schimmert. Es wirkt wie überteuerter Tand, doch vielleicht ist es zumindest authentisch: Das Datum auf der Speisekarte, die mir von einem mürrischen Kellner gebracht wird, lautet 1720.

Als ich die Tür öffne, entweicht eine dampfende Wolke schlechter Luft. Ich werde zu einer plüschigen roten Bank in einem der mit Gold und Spiegeln dekorierten Salons geleitet. Hinter mir befindet sich das Trompe-l'œil einer hinreißenden Demoiselle: blasse runde Schultern und dunkler Blick, schwarzes Haar, das ihr über den nackten Rücken bis auf die Hüften fällt. Sie erinnert mich ein wenig an einige Gemälde von Frauen des »Orients«: grässliche französische oder englische Fantasien von liegenden Frauen, umgeben von Früchten und Dienern; ein Gefühl von Trägheit und Überdruss. Ich frage mich, was eine ganz spezielle osmanische Frau wohl von solch einer Darstellung gehalten hätte. Es hätte ihr nicht gefallen, so viel weiß ich. Vielleicht ist es der Ausdruck der Apathie, der Untätigkeit, der sie besonders erzürnt hätte. Sie war niemals untätig. Sie verstand gar nicht, was es bedeutete, irgendein Unterfangen aufzugeben.

Ich sehe, wie der Blick des Kellners an meinem Koffer hängt, als überlege er, ob er es über sich bringen kann, den Besitzer eines solch klapprigen Geräts zu bedienen. Ich hatte den Koffer nicht im Hotel zurücklassen wollen. Es mag absurd erscheinen – wer würde ein solch erbärmliches Gepäckstück stehlen? Doch sein Inhalt ist mir so kostbar, dass ich das Risiko nicht eingehen wollte.

Als der Kellner davoneilt, so schnell seine Oxfords ihn tragen können, öffne ich den Koffer und nehme den nächsten Gegenstand heraus. Es ist eine Erstausgabe. Ein kräftiges Sèvres-Blau mit einem goldfarben geprägten filigranen Muster, das hübsch zum gold- und pastellfarbenen Prunk dieses Cafés passt. Ich habe es vor langer, langer Zeit gelesen; es ist so lange her, dass die Geschichte in meinem Kopf ein wenig undeutlich geworden ist. Sie hat begonnen, in andere Erinnerungen aus dieser Zeit hineinzusickern. So bin ich mir zum Beispiel nicht mehr sicher, ob es der Protagonist dieses Buches war, der die Mesopotamische Wüste durchquert und die persischen Berge erklommen hat, der einst in einer Stadt am Kaspischen Meer wohnte und sah, wie ein Offizier der

Weißen Armee auf sein eigenes Spiegelbild schoss, weil alles verloren war. Und ob er tatsächlich einst vor seinem Zelt auf dem Rücken gelegen und den Vögeln zugeschaut und sich nach ihrer Eleganz und ihrer Freiheit gesehnt hat. Manchmal ist es nicht leicht zu unterscheiden, was aus dieser Zeit Fiktion und was Realität ist. Mein Gedächtnis ist nicht mehr, was es einst war. So viel ist seitdem geschehen.

Mein Kaffee wird gebracht, mit einem delikaten Reif aus bräunlichem Schaum. Ich probiere einen kleinen Schluck, und er ist perfekt; allein die Italiener verstehen sich auf Kaffee wie die Türken. Doch ich favorisiere die türkische Art der Zubereitung.

Ich öffne den Buchdeckel. Ein ganz eigener Geruch, noch immer zwischen den Seiten gefangen: Rauch.

Auf der Innenseite des Buchdeckels befindet sich eine bunte Weltkarte, nach der diese Zugfahrt nur der Breite eines Daumennagels entspricht. Und dort steht, mit eleganter blauer Tinte geschrieben, unverwechselbar, ihr Name.

Nur

»Wie geht es ihm heute?«

»Sehr viel besser – sehen Sie selbst. Er ist gesprächiger, interessiert sich für alles.«

Nur ist ein wenig überrascht. Es klingt nicht so recht nach dem kleinen Jungen, den sie kennt. Es klingt mehr nach dem Kind, das sie vor dem Krieg kannte.

Noch lange Zeit nach diesem schrecklichen Tag schien nichts von dem Jungen durch, der er einst gewesen war. Sie fragte sich, ob dieses Kind wohl ganz und gar verschwunden war und niemals zurückkehren würde. Es gab Dinge, die einen Menschen vollkommen verändern konnten. Und als Kind war man formbarer, leichter zu beeindrucken; die Veränderung konnte umso verheerender sein.

Sie las ihm vor, auf Türkisch und auf Englisch. Er hörte ihr zu, so glaubte sie, doch ohne eine Miene zu verziehen. Immer wieder fand sie zuvor unbemerkte Schrecken auf den Seiten. Tod und Gewalt verbargen sich in diesen Büchern, ohne dass sie ihr zuvor wirklich aufgefallen waren. Ganze Passagen mussten ausgelassen werden, und manche Geschichten endeten, ohne einen Sinn zu ergeben, doch er schien es gar nicht zu bemerken.

Nur war sich ziemlich sicher, dass sie der einzige lebende Mensch war, der sich für sein Schicksal interessierte, und es war ihre Pflicht, über dieses Schicksal zu wachen, egal wie ungeschickt sie sich dabei anstellte.

»Wir haben Domino gespielt.« Der englische Arzt reißt sie aus ihren Gedanken. »Ich habe es ihm beigebracht. Es ist kein schwieriges Spiel, aber ich bin beeindruckt, wie schnell er es verstanden hat. Er ist sehr intelligent.«

»Ich weiß.«

»Wäre es Ihnen lieber gewesen, wenn ich es nicht getan hätte?«

»Nein. Sie können selbstverständlich tun, was Ihnen beliebt. Er ist in Ihrer Obhut.«

Ihre eigenen Emotionen sind offenbar deutlicher zu erkennen gewesen, als sie dachte. Wenn der englische Arzt so redet, spürt sie eine vage Vorahnung. Es ist wie der Kaffee bei ihrem letzten Besuch. Es ist das Gefühl von Grenzen, die überschritten werden, die Verkomplizierung der Beziehungen, was ihr Unbehagen bereitet. Sie sollte ihm dankbar sein, weil er sich mit dem Jungen beschäftigt. Aber er ist immer noch ihr Feind.

Der Feind trägt eine Uniform, er hat helles Haar, er spricht mit demselben Akzent. Und doch kann sie ihn nicht mit dem Mann in Einklang bringen, der hier vor ihr steht, leicht auf seinen Füßen schaukelt, ein wenig sonnenverbrannt auf Wangen und Stirn, und sich mit der Hand durchs Haar fährt, sodass es ihm wirr vom Kopf absteht.

An einem anderen Ort als diesem hier kann sie es. Sie kann sich sogar sehr viel vorstellen: dass er mit seiner Bereitwilligkeit, den Jungen zu behandeln, nur seine Überlegenheit zeigen will. Sie kann sich einreden, dass er diesen Gefallen eines Tages als Druckmittel einsetzen wird. Sie denkt an ihren Bruder – *vier Jahre* in einem britischen Gefangenenlager eingekerkert. Etwas in Kerem ist zerbrochen. Und was immer es war, das diesen Bruch verursacht hat, geschah im Krieg, oder vielleicht sogar gerade in diesem Lager, durch die Hände eines Engländers.

An einem anderen Ort als diesem könnte sie sich davon überzeugen, dass sie den Jungen sofort aus seiner Obhut fortschaffen muss, ungeachtet der Konsequenzen. Denn einen Engländer auch nur anzusehen – ganz zu schweigen davon, mit ihm zu reden, mit ihm Kaffee zu trinken –, macht sie zu einer Verräterin an ihrer eigenen Familie.

Und dennoch: Mit der Präsenz dieses Mannes, seiner unerträglichen Freundlichkeit konfrontiert, muss sie feststellen, dass sie nicht mit demselben Nachdruck an ihren Überzeugungen festhalten kann. Alles wäre so viel einfacher, denkt sie, wenn er nur ein bisschen weniger nett wäre, wenn er ihr etwas liefern würde, das ihr zuwider ist und das sie nähren könnte, bis es sich zu Hass ausgewachsen hätte.

Er hat etwas gesagt. »Entschuldigen Sie, wie bitte?«

»Der Junge hat mir erzählt, dass Sie Backgammon spielen.«

»Nicht mehr. Ich habe früher mit meinem Vater gespielt.«

»Woher weiß er davon?«

Weil er alles weiß, denkt Nur – ihm entgeht nichts. Manchmal wünscht sie, er wäre ein wenig unaufmerksamer. »Ich habe ein Brett. Es war eines der Dinge, die ich von hier mitgenommen habe, als wir gingen. Ich hätte es verkaufen sollen, aber ich konnte nicht.«

»Niemand wollte es? Das überrascht mich.«

»Nein, ich meine damit: Ich wollte nicht. Ich habe es nicht über mich gebracht, es zu verkaufen.«

»Ah.«

Er führt sie zu dem Jungen. Sie sieht, dass er sich im Bett aufgesetzt hat und isst – ein Teller mit Eiern und dem weichsten weißen Brot, der Sorte, die in der Stadt mittlerweile unmöglich zu bekommen ist. Sein Gesicht ist voller geworden. Er sieht beinahe besser aus als vor seiner Krankheit, wie ein vollkommen anderes Kind. Er hat sie noch nicht bemerkt – er ist zu sehr mit seinem Frühstück beschäftigt.

Aus dem Augenwinkel sieht Nur, dass der Arzt sie beobachtet. Er scheint alles zu bemerken. Dass sie statt Erleichterung über die Veränderung in dem Jungen große Traurigkeit empfindet.

»Ich muss kurz hinausgehen«, flüstert sie steif. »Entschuldigen Sie mich.«

Sie blickt hinaus auf die Weite des Bosporus, der mit jeder Stunde anders aussieht und doch in seiner Essenz unveränderlich ist. Langsam kehrt ihr Atem zu seinem normalen Rhythmus, kehrt ihre innere Ruhe zurück. Es ist vorüber. Gerne hätte sie einen Spiegel, um zu sehen, wie sichtbar ihre Gefühle sich auf ihrem Gesicht ablesen lassen, doch vielleicht ist es von Vorteil, dass sie sich nicht betrachten kann.

Eine selbstsüchtige Traurigkeit, denkt sie. Es sollte sie nicht anrühren, dass sie selbst nicht in der Lage war, diese Veränderung in dem Jungen hervorzurufen – nur, dass es überhaupt jemandem gelungen ist und dass es ihm so viel besser geht.

Die Tür öffnet sich.

»Ich möchte nicht stören …« Mit vorsichtigen Schritten tritt er näher. »Ich wollte mich nur erkundigen, ob alles in Ordnung ist.«

»Ja, natürlich. Es war eine Überraschung, ihn so zum Guten verändert zu sehen. Ich bin – sehr froh.« Es klingt wie eine Lüge, was absurd ist.

»Ich muss Ihnen gratulieren«, sagt er. »Er ist ein kluger Junge, aber er wurde auch exzellent unterrichtet.«

Sie will seine Freundlichkeit nicht. Sie spürt deren Macht, sie aus dem Gleichgewicht zu bringen.

»Danke«, sagt sie so kalt, wie es ihr möglich ist. Dann, sie kann sich nicht helfen: »Solch ein Brot habe ich in der Stadt seit Anfang des Krieges nicht mehr gesehen.«

»Entschuldigen Sie, wie bitte?«

Beinahe hätte sie laut ausgesprochen, was sie denkt: Ich nehme an, wenn man eine Stadt besetzt hält, hat man Zugang zum Besten von allem. Ihr Selbsterhaltungstrieb hält sie davon ab.

Er betrachtet sie stirnrunzelnd, als versuche er, ihren Gesichtsausdruck zu entziffern. Sie wird es nicht zulassen. Ihr Gesicht wird zur Maske.

»Ich werde Sie zu ihm zurückbringen«, sagt er.

»Wenn es Ihnen nichts ausmacht, würde ich gern allein mit ihm sprechen.«

»Selbstverständlich.« Er neigt den Kopf. Falls er sich beleidigt fühlt, ist er sehr bemüht, es sich nicht anmerken zu lassen.

So sollte es sein; der Kaffee war ein Fehler – oder vielmehr die Erkenntnis einer einzulösenden Schuld. Eine einmalige Angelegenheit, die sich nicht wiederholen wird.

Sie setzt sich neben den Jungen und nimmt seine Hand – warm, ein wenig feucht.

»Wie ich höre, hast du ein neues Spiel gelernt?«

»Es heißt Domino«, erklärt er geduldig. »Ich kann es gut. Ich habe George vier von sechs Mal besiegt.«

»George?« Der Name verwirrt sie. Dann versteht sie – der Arzt. Er und der Junge reden sich also mit Vornamen an. Wieder das Gefühl der Grenzüberschreitung.

»Dein Freund.«

»Mein *Freund*?« Sie ermahnt sich, dass er nur ein Junge ist, er kann es nicht verstehen. Und doch bereitet ihr seine Interpretation Sorgen.

»Der Doktor ist kein schlechter Mensch … im Vergleich zu anderen von ihnen«, sagt sie. »Doch er ist ganz sicher nicht mein Freund; er ist nicht dein Freund. Er ist unser Feind.«

»Der Krieg ist vorbei.«

»Aber unsere Stadt wird von ihrer Armee besetzt. Verstehst du das? Er ist Engländer, und du bist ein osmanischer Junge.«

»Nein, bin ich nicht.«

Seine Worte lassen sie einen Augenblick lang stutzen. Sie hat ihn nie auf diese Weise über sich selbst reden hören, hat nicht gedacht, dass diese Unterscheidung für ihn von Bedeutung ist – denn für sie hat es keinerlei Bedeutung. Für ihre Großmutter war es einst wichtig, natürlich, wie für so viele Menschen. Der Krieg hat dazu geführt, dass man einander mit anderen Augen betrachtete, das ist es. Nur denkt an die grässlichen Dinge, von denen Hüseyin gesprochen hat, und versucht dann, nicht weiter daran zu denken. Es kann nicht wahr sein. Ein Krieg verändert Menschen, ja, aber er verwandelt sie nicht in Tiere.

»Nächstes Mal«, sagt sie, »wenn er fragt, ob du eine Runde Domino spielen möchtest, sag ihm, du würdest es vorziehen, ein wenig zu lesen.« Und bevor er protestieren kann: »Schau, ich habe dir ein Buch mitgebracht.« Es ist eine Sammlung von Märchen, einige ihrer Lieblingsmärchen. »Ich habe sie sehr geliebt, als ich jung war.«

Er wirkt nicht ganz überzeugt.

»Was ist los?«

Mit unbedachter kindlicher Ehrlichkeit sagt er: »Ich habe schon andere Bücher. Ich habe das Rezeptbuch. Und George« – wieder dieser Name – »hat mir hieraus vorgelesen.«

Sie betrachtet es. *In achtzig Tagen um die Welt.* Es war eines ihrer Lieblingsbücher als Kind. Sie hat sich immer vorgestellt, eine weibliche Version des Helden zu sein und um den Globus zu navigieren. Wie simpel und greifbar ihr dieser Traum erschienen war, damals, vor all den Einschränkungen und Komplikationen, die mit dem Erwachsenwerden einhergingen, mit dem Krieg.

»Es ist wundervoll – oh, es geht um …«

»Ich weiß«, sagt sie. »Ich weiß, worum es geht.« Er wirkt ein wenig verletzt. Doch dann wiederum, denkt sie, hat er sie ebenfalls verletzt, und in diesem Augenblick scheint es keine Rolle zu spielen, dass er ein Kind ist und sie eine erwachsene Frau. Und es ist ihre eigene Ausgabe dieses Buches. Nur erkennt sie am Umschlag: hellblau, der Titel in goldfarben geprägten Buchstaben. Auf der Innenseite des Umschlags steht ihr Name, in der kindlichen Handschrift eines vergangenen Jahrzehnts. Also kein Geschenk des Arztes, nein, sondern eine Aneignung. Eine Okkupation. Eine Stadt, ein Haus, und jetzt, wie es scheint, eine Kindheit.

»Nun«, sagt sie. »Natürlich musst du dieses hier erst beenden. Es wird deinem Englisch förderlich sein.«

Die Worte sind kalt und hart wie Kieselsteine in ihrem Mund. Sie ist sich des Widerspruchs sehr wohl bewusst: Sie hat ihn ermahnt, sich von dem Engländer fernzuhalten, sich jedoch weiterhin zu bemühen, dessen Sprache zu lernen. Die Alternative wäre, sich einzugestehen, dass all die Jahre des Unterrichts, all ihre Arbeit umsonst gewesen seien.

»Danke.« Er nimmt das Märchenbuch und erklärt mit ehrlicher, kindlicher Anmut: »Ich bin mir sicher, dass sie mir ebenfalls sehr gefallen werden.«

Sie spürt, wie ihr Ärger verebbt.

»Vielleicht könntest du mir das Dominospielen beibringen.«

George

Sie kommt, um ihm zu sagen, dass sie nun wieder gehen wird.
Er ist enttäuscht – dieses Mal hatte er kaum Gelegenheit, mit
ihr zu sprechen, abgesehen von der seltsamen Konversation
über das Brot. Für einen kurzen Moment lag wieder dieser
Ausdruck auf ihrem Gesicht, den sie auf dem Steg gezeigt
hatte, oder als er sich hinunterbeugte, um ihr Buch aufzuheben.
Als wollte sie – er ist sich ziemlich sicher – ihm am liebsten
vor die Füße spucken, so wie der kleine Junge an der Ayasofya.

Der Besuch bei ihrem Sohn hat ihr gutgetan. George spürt
so etwas wie eine neue Leichtigkeit in ihr und wünscht sich,
sie würde weitersprechen, würde noch ein wenig bleiben. Auf
der Suche nach einem Gesprächsthema sagt er: »Ich hatte
Sie noch fragen wollen, ob Sie mir erklären können, wofür
diese Räume jeweils benutzt wurden, als Sie hier lebten. Ich
nehme zum Beispiel an, dass die Krankenstation einst das
Frauengemach war.«

Der starre Blick, der ihm begegnet, lässt ihn die Impertinenz
seiner Frage spüren. Einen Augenblick lang glaubt er, dass sie
sich nicht herablassen wird, ihm zu antworten.

»Ja«, sagt sie schließlich. »Das war es.«

»Ich kann mir vorstellen, dass es sich seltsam anfühlen
muss ...«

»Und dieses Zimmer« – sie zeigt auf den Raum, in dem der
Junge liegt, ihr Ton nun unmissverständlich gefährlich – »war
das Arbeitszimmer meines Vaters. Und dort hindurch ist der
Raum, in dem meine Großmutter ihre Zigaretten rauchte ...

dort, in dem Brunnen, habe ich einmal ein paar Goldfische ausgesetzt, die ich heimlich auf dem Basar gekauft hatte; mein Vater war sehr wütend auf mich. Und hinter uns liegt das Zimmer, in dem mein Vater starb, und auf der anderen Seite des Hauses ist das Zimmer, in dem mein Bruder und ich geboren wurden. Und hier – hier haben wir zum ersten Mal die Kriegstrommeln gehört, beim Abendessen; es war das letzte Mal, dass wir alle als Familie zusammen waren. Genügt Ihnen das? Oder müssen Sie noch mehr haben?«

Er weiß, dass er ihr diese letzte Provokation nicht durchgehen lassen dürfte. Man hat Einheimische schon für weniger als das verhaftet. Sie scheint auf eine Reaktion von ihm zu warten, beinahe neugierig zu erfahren, welche Auswirkung ihre Worte haben werden.

»Sie sollten nicht so mit mir reden«, sagt er. »Das kann ich nicht zulassen.«

»Ich entschuldige mich.« Und doch ist keine Spur von Reue in ihrer Stimme.

Aber er kann sich nicht dazu bringen, den Ärger zu empfinden, von dem er weiß, dass er ihn empfinden sollte. Hauptsächlich, weil ihre Wut beim Anblick ihres kolonisierten Heims ihm nur nachvollziehbar erscheinen kann. Und auch wenn all das als Anschuldigung vorgetragen war, so hat er nun ein Bild vor Augen, bei dem er sich privilegiert fühlt, es betrachten zu dürfen. Ein Bild von diesem Gebäude als einem lebendigen Ort: heimelige Freude und Tragik, all das Chaos und der Glanz des Lebens.

»Danke«, sagt er. »Ich nehme Ihre Entschuldigung an.« Bei diesen Worten kehrt das rebellische Funkeln wieder in ihre Augen zurück. Normalerweise ist sie so vorsichtig, doch in diesem Moment kann er sie sich als die Saboteurin vorstellen, für die Bill sie hält. Er möchte nicht, dass sie etwas Bedauerliches sagt, etwas, das ihn zwingen würde zu handeln. Also sagt er: »Und ich entschuldige mich ebenfalls. Ich hätte Sie nicht bitten sollen, von dieser Zeit zu erzählen. Ich verstehe, dass es sehr schmerzhaft für Sie gewesen sein muss.«

Sie schließt die Augen. Als sie sie wieder öffnet, sieht sie ihm direkt ins Gesicht und nickt. »Danke.«

Eine seltsame Pause entsteht. In ihr liegt eine unerwartete Offenheit; möglicherweise ist es das erste Mal, dass sie einander wirklich ansehen. Üblicherweise vermeidet sie es, ihm ins Gesicht zu sehen, als läge darin etwas Anstößiges – was, davon geht er aus, denn es ist das Gesicht des Feindes, wohl tatsächlich so sein muss. Dieser Blick nun stellt das Gleichgewicht wieder her. In ihm sind sie ebenbürtig.

Als sie davongeht, sieht er ihr nach, verborgen hinter den Fensterläden, wo sie ihn nicht sehen kann, falls sie sich noch einmal umdrehen sollte; er fühlt sich wie ein Voyeur. Sie geht mit schnellen Schritten, als sei der Rasen ein Niemandsland, in dem es nicht sicher ist, sich länger aufzuhalten.

Sie ist beinahe jeden Tag hergekommen. Und er ist froh darüber. Er mag ihre Gesellschaft, trotz ihrer Feindseligkeit. So lange war er nur in Gesellschaft von Männern; Männern, die allesamt auf die gleiche Art reden und denken, die allesamt in etwa den gleichen Hintergrund haben. Ihre Gegenwart ist mehr als eine Erfrischung, sie ist eine Herausforderung. Sie schüttelt die Bequemlichkeit von ihm ab. Der Gedanke selbst ist eine Überraschung. Als Arzt, und als jemand, der den Jungen lieb gewonnen hat, wünscht er ihm eine rasche Genesung. Doch er freut sich auch, dass er – solange das Kind im Hospital bleibt – weitere Gelegenheiten haben wird, sich mit ihr zu unterhalten.

Nur

»Ich weiß, wo du gewesen bist, Schwester.«

»Was meinst du?« Sie klingt wie jemand, der ein Geheimnis hütet; er kann es in ihrer Stimme hören.

»Ich bin dir gefolgt. Du bist zum Haus gegangen, dem Haus, das jetzt voll mit den feindlichen Männern ist. Ich habe gesehen, wie du hineingegangen bist. Ich habe gesehen, wie du mit einem von ihnen gesprochen hast.«

Sie spürt, wie die Röte an ihrem Hals emporkriecht, und legt eine Hand darauf. Und sie lacht, um ihre Angst zu verbergen. Ihr Lachen klingt nicht überzeugend; ihm fehlt der Humor.

»Ich finde das nicht lustig. Was genau erscheint dir so amüsant daran?«

»Nichts. Ich ...« Sie zögert. »Was ist mit dir geschehen, Kerem? Seit du zurück bist, bist du ...« Sie sucht nach dem richtigen Wort. Gefährlich. Zornig. Kalt. »... so anders.«

»Dieselbe Frage könnte ich dir stellen.«

Er betrachtet sie jetzt nahezu hasserfüllt.

Sie hatte gedacht, sobald Kerem wieder ein wenig Fleisch auf den Rippen hätte, würde er besser aussehen, ein wenig mehr wie er selbst. Seine Wangen sind voller, sein Haar ist gebürstet, seine zahlreichen Narben verheilen. Doch sie hat nicht begriffen, dass die wahre Veränderung etwas weniger Handfestes ist, etwas, das hinter seinen Augen liegt. Ihn jetzt zu betrachten ist womöglich noch unheimlicher als zuvor, denn nun, in freundlicherem Licht, sieht er aus wie der Kerem von früher. Man könnte beinahe glauben, er habe sich nicht verändert. Bis man ihm in die Augen blickt.

Sie erzählt ihm von dem Jungen, der Krankheit, der Notwendigkeit. Sicherlich wird er nun verstehen. Doch da ist wieder diese Kälte in ihrem Bauch, beinahe wie Angst. Absurd: Sie darf sich nicht vor ihrem eigenen Bruder fürchten, egal wie sehr er sich verändert hat.

»Welcher Junge?«

Sie erzählt es ihm.

»Der armenische Junge?«

Die Art, wie er das sagt, gefällt ihr nicht. Die Tatsache, dass er überhaupt das Bedürfnis verspürt, zu fragen. »Er ist sehr krank«, sagt sie, »und der englische Arzt hat sich bereit erklärt, ihn zu behandeln.«

»Was ist mit Mustafa Bey? Wieso hast du nicht ihn gefragt?«

»Er ist nach Damaskus gegangen. Und das Krankenhaus des Roten Halbmonds war voll. Es war mitten in der Nacht – ich wusste nicht, was ich sonst tun sollte.«

»Du bist mitten in der Nacht zu einem englischen Hospital gelaufen. Für ein armenisches Kind.«

»Es war ein Notfall – wenn du da gewesen wärst, wüsstest du es.«

Er runzelt die Stirn. »Wenn ich da gewesen wäre.« Die Art, wie er es sagt, macht ihre eigenen Worte zu einer Anschuldigung.

»So habe ich es nicht gemeint. Alles, was ich damit sagen wollte, ist: Hier ist jetzt alles anders.«

»Warum haben sie den Jungen genommen? Warum sollte ein britisches Krankenhaus – ein Militärkrankenhaus – einen Fremden aufnehmen?«

Sie hat diese Frage erwartet und gefürchtet.

Bevor sie antworten kann, so umsichtig, wie es ihr nur möglich ist, spricht ihre Großmutter: »Nur kennt den Arzt dort. Den Engländer.«

»Du kennst einen Engländer?«

»Ich kenne ihn nicht. Ich bin ihm begegnet.« Rasch, bevor er irgendwelche Schlüsse daraus ziehen kann, fährt sie fort: »Es war Zufall. Auf der Straße. Ich habe etwas fallen lassen, und er hat es aufgehoben.«

»Dieselbe Sorte Engländer«, sagt er, mit leichtem Ton, »die unsere Männer umgebracht hat? Die versucht hätte, auch mich zu töten, wenn ich an eine andere Front geschickt worden wäre? Die unser Land abgeschlachtet, unsere Hauptstadt gestohlen hat? Du ... ah ... bist ihm begegnet.«

Sie hasst diese Betonung, als wäre es etwas Schäbiges.

»Sind unsere Männer umsonst gestorben?«

»Nein, ich würde nie ...«

»Bin ich umsonst beinahe gestorben?«

»Nein, Kerem, natürlich ...«

»Dann hör mir jetzt genau zu, Nur. Du wirst nie wieder etwas mit ihnen zu tun haben. Du wirst das beenden. Sofort. Sonst ...«

Sie hört die Drohung, doch diese bleibt unausgesprochen, und somit seltsamerweise noch gefährlicher.

»Es muss aufhören. Hast du verstanden?«

George

An diesem Abend erhält er Besuch von einem Major Harding.

»Man berichtet mir, Sie hätten hier ein türkisches Kind?«

»Berichtet wer?«

»Bitte, Captain, beantworten Sie einfach die verdammte Frage.«

Doch George kennt die Quelle – oder ist sich beinahe sicher, sie zu kennen. Der zweite Lieutenant, den er gestern entlassen hat, der jede von Georges Entscheidungen im Hinblick auf seinen Genesungszustand hinterfragte, weil er »selbst ein wenig Ahnung auf diesem Gebiet« habe. Auf Nachfrage entpuppte sich dieses Wissen als ein Jahr am St Thomas', woraufhin der Mann sein Studium abgebrochen hatte.

Das größte Problem war, so weiß George, dass der Mann von seinem Zustand beschämt gewesen war und unter ihm gelitten hatte. Und George, der beharrlich darauf bestand, dass die Brandwunden geöffnet werden mussten, war zu seinem Hauptpeiniger geworden. Kein erwachsener Mann wollte auf diese Weise seinen Stolz verlieren – George selbst hätte seine Schwierigkeiten damit gehabt.

Der Mann hatte sich gleich am Morgen, nachdem der Junge aufgenommen worden war, beschwert. »Das hier ist ein Militärhospital«, hatte George ihn seinem Nachbarn nicht besonders leise zuraunen hören. »Ein britisches Militärhospital. Wir können nicht jeden hier reinlassen.«

»Ja«, sagt George schließlich, denn er sieht keinen Sinn darin, es zu leugnen. »Ein Kind wurde mitten in der Nacht hierhergebracht – ein Notfall.«

»Für die einheimische Population gibt es andere Einrichtungen.«

»Was hätte ich tun sollen? Das Kind fortschicken? Den Tod eines unschuldigen Jungen auf mein Gewissen laden? Auf das Gewissen der britischen Armee?«

»Sie sollten sich auf Ihre Patienten konzentrieren. Was, wenn Ihre Aufmerksamkeit durch das türkische Kind abgelenkt gewesen wäre und Sie dabei die Verschlechterung des Zustands bei einem Ihrer anderen Fälle übersehen hätten?«

George richtet sich auf. »Das würde nicht geschehen. Denn, wie Sie zweifelsohne in meiner Akte lesen werden, bin ich ein ausgezeichneter Arzt. Ich würde niemals die Sicherheit meiner Patienten aufs Spiel setzen.«

»Gut. Denn falls herauskäme, dass Sie das Wohl des Kindes priorisiert haben … nun, ich denke, dazu brauche ich nur eins zu sagen: Ich weiß nicht, ob es für diesen so seltenen Fall ein spezifisches Kriegsgericht gibt, doch ich bin mir sicher, dass man schnell genug eines aufstellen könnte.«

Nur

Nur geht, um den Jungen nach Hause zu holen. Sie tut es entgegen ihrer Überzeugung, doch etwas an der Art, wie Kerem zu ihr sprach, macht ihr Angst. Es war … ja, wie eine Drohung.

Gerade als sie an der Pinie vorbeikommt, tritt eine seltsame Gestalt aus den Rosenbüschen direkt vor ihr.

Einige Sekunden lang starrt sie die Kreatur an und versucht zu verstehen, was sie da sieht. Es ist eine der streunenden Katzen, der alte rote Kater. Doch er trägt etwas um den Hals – einen breiten Kragen aus Stoff. Er muss sich darin verfangen haben. In dem Versuch, ihn davon zu befreien, tritt sie näher. Der Kater beobachtet sie misstrauisch, läuft aber nicht davon, wie um ihr zu zeigen, dass er keine Angst vor ihr hat.

»An Ihrer Stelle würde ich das nicht tun.« Sie dreht sich um und sieht den Arzt, der sich vom Haus aus nähert. »Im Moment hat er ziemlich schlechte Laune.«

»Er hat sich in etwas verfangen.«

»Ich habe es ihm angezogen.«

»Aber wieso?« Sie ist nah daran, sich gekränkt zu fühlen. Dabei hat sie das Tier nie besonders gemocht; er schien ihr immer ein ziemlicher Unruhestifter zu sein. Immer wieder hatte es des Nachts schreckliche Kämpfe unter den Katzen gegeben, deren Urheber dieser Kater gewesen sein musste, da war sie sicher. Doch das hier erscheint ihr als eine seltsame und mutwillige Quälerei.

»Wenn Sie sich sein Hinterbein ansehen – dort links, direkt über der Hüfte.«

»Das Fell ist weg.«

»Ja, ich musste es ihm rasieren. Er hatte eine Wunde – einen fiesen Schnitt. Ich habe ihn genäht und mit Iod behandelt.«

»Wieso?«

»Nun«, er zuckt mit den Schultern, »weil ich es kann, vermutlich. Ich habe es gesehen und wusste, dass ich ihm helfen konnte.«

In der Art, wie er das sagt, liegt keine Prahlerei. Vielmehr klingt es, als hielte er es für die einfachste Sache der Welt. Sie muss zugeben, in dieser Einstellung liegt eine gewisse Noblesse. Wie viele Männer in seiner Position hätten wohl dasselbe getan? Einer von zwanzig? Von hundert?

Und sie denkt auch, dass ihr Vater ebenso gehandelt hätte. Sie erinnert sich an den Esel, den er einmal von einer Fahrt aufs Land mitbrachte, weil das Tier seine Dienstbarkeit für den Bauern geleistet hatte und getötet werden sollte. Der Esel hatte jede einzelne Rose im Garten abgefressen und die Lieblingsstatue ihrer Großmutter von ihrem Sockel gestoßen. Und einmal war er ins Haus gekommen und hatte einen dampfenden Haufen Dung auf einem der kostbarsten Teppiche hinterlassen. Doch sie behielten ihn, bis er ein paar Jahre später starb.

»Menschen«, sagt der Arzt jetzt, »verstehen, dass es in ihrem Interesse liegt, eine Wunde nähen zu lassen. Wenn man ihnen sagt, sie sollen die Stelle nicht anfassen, damit sie heilen kann, dann werden sie das auch tun. Einem Tier fehlt dieses Verständnis. Deshalb trägt er diesen Kragen, denn sonst hätte er sich die Fäden mit den Zähnen wieder herausgezogen und alles nur schlimmer gemacht. Ihm hat diese Prozedur gar nicht gefallen, obwohl ich ihm ein wenig Novocain gegeben habe – ein Anästhetikum. Es war eine der schwierigsten Operationen, die ich je durchgeführt habe.«

Er schiebt den Ärmel seines Hemdes hoch und zeigt sein Handgelenk, das von tiefen Kratzern übersät ist, die erst gerade begonnen haben, zu einem hellen Rosa zu verheilen.

»Sie hätten sich die Tollwut einfangen können.«

»Ich weiß. Oder Tetanus. Man würde meinen, ein Mediziner sollte es besser wissen. Was soll ich sagen? Ich bin ein Dummkopf.«

»Sie sind nicht wie die meisten Engländer.« Sie hatte nicht vorgehabt, es laut auszusprechen.

»In welcher Hinsicht?«

Nur vermutet, dass sie damit die mangelnde kalte Formalität der englischen Besatzer meinte, ihre Überzeugung, ihre eingebildete Überlegenheit. Natürlich kann sie nichts davon laut sagen.

»Ich bin mir nicht sicher.«

»Nun, es mag daran liegen, dass ich kein Engländer bin. Ich bin Schotte. Es gibt genügend Landsleute von mir, die sich einen solchen Irrtum mit Blut bezahlen lassen würden.«

»Ich verstehe.« Als ob es für sie einen Unterschied machte, als ob sie ihn nun im Licht dieses neuen Wissens mit anderen Augen betrachten würde.

Er lächelt. Irgendetwas an ihm ist heute anders, aber sie kann nicht recht sagen, was es ist. Es dauert einen Augenblick, bis ihr bewusst wird, dass er weder eine Uniform noch einen Arztkittel trägt, sondern vielmehr Kleider, die aussehen, als seien es seine eigenen: Hose, Hosenträger, Hemdsärmel. Er sieht jünger und zugleich mehr und weniger aus wie er selbst. Das hier ist der Privatmann. Nur fühlt sich seltsam, so als habe sie ihn unbekleidet gesehen. Bisher hat die Formalität seiner Kleidung all ihren Wortwechseln eine gewisse Definition gegeben. Zudem hat sie es Nur einfacher gemacht, ihn als Exemplar eines Typus zu betrachten: der in Khaki gekleidete Engländer, bis zu den Spitzen seines blonden Haares mit dem Blut ihrer Landsleute getränkt. Nun, ihre Vorstellungskraft wird einfach ein wenig härter arbeiten müssen, das ist alles.

Zudem hilft ihr der Gedanke an Kerem, der sie aus irgendeinem Versteck heraus beobachtet. Es ist nicht unwahrscheinlich, dass er ihr auch diesmal gefolgt ist, um sicherzugehen, dass sie ihr Versprechen einhält. Dieser Gedanke lässt sie jede einzelne ihrer Handlungen sehr viel bewusster ausführen. Was würde er sich wohl beim Anblick dieser so einvernehmlichen Szene denken: der Arzt in seiner neuen, zivilen Inkarnation?

Jetzt marschiert der Kater zu George und reibt seinen hässlichen Kopf an dessen Schienbein. Die Zuneigung überrascht Nur, die dieser Kreatur so etwas niemals zugetraut hätte.

»Ich nenne ihn den Roten Schrecken. Wir sind Freunde geworden. Ich stelle mir gern vor, dass auch er weiß, was es bedeutet, im Krieg gewesen zu sein.« Und dann, schnell: »Vielleicht sollte ich besser keine Scherze darüber machen.« Und als sie schweigt: »Sie haben jemanden verloren.«

»Meinen Mann.« Sie zögert. Und meinen Bruder, denkt sie.

»Das tut mir leid.«

»Er ist nicht durch Ihre Hand gefallen.« Ihr wird bewusst, dass sie so etwas nicht mit absoluter Sicherheit sagen kann.

»Nein. Meine Aufgabe war es, die Verwundeten zu versorgen«, sagt er, als habe er ihre Gedenken erraten und wolle diese Möglichkeit ausräumen. »Und die Kranken. So viele Kranke wie Verwundete – vielleicht mehr.« Er scheint sie um etwas zu bitten, irgendeine Form von Anerkennung seiner Unschuld an Envers Tod.

Sie stellt fest, dass sie sie ihm nicht geben kann.

Jetzt reibt der Kater, frisch gezähmt, wie es scheint, seinen Kopf an ihrem Bein. Sie sieht hinunter, dankbar für diese Ablenkung.

»Ich gebe ihm die Reste vom Essen. Als ich ihn fand, sah er aus wie ein Bündel Zweige, um das jemand ein Wachstuch gewickelt hatte.«

Eine Erinnerung scheint plötzlich vor ihrem inneren Auge auf. Ein kleiner Junge, der in den Abfalltonnen der Schule nach Essensresten sucht.

Der Arzt nickt ernst, und Nur stellt fest, dass es ihr unmöglich ist, ihn der Hinterlist zu verdächtigen. Und dann sagt er: »Ich werde Sie jetzt zu dem Jungen bringen.«

»Ehrlich gesagt, bin ich hier, um ihn nach Hause zu holen.«

Er runzelt die Stirn. »Nein. Wie ich bereits erläutert habe, ist das vorerst nicht möglich. Er muss noch einige Zeit hierbleiben.«

»Wir können uns zu Hause um ihn kümmern.«

»Sie können ihm nicht die Behandlung zukommen lassen, die er benötigt. Sie können nicht verhindern, dass er einen Rückfall erleidet – was sehr wahrscheinlich ist.«

»Sie waren … sehr freundlich, ihn zu behandeln. Ich bin Ihnen sehr dankbar. Aber er sollte nicht hier sein.«

Er seufzt. »Darf ich Sie daran erinnern, dass Sie selbst es waren, die ihn hierhergebracht hat?«

»Ich war verzweifelt. Ich wusste nicht, was ich sonst tun sollte. Ich dachte, er würde sterben.«

»Und nun sage ich Ihnen, dass er immer noch sterben könnte. Wäre er nicht hier behandelt worden, wäre sein Leben in Gefahr gewesen. Und wenn er nun von hier fortgebracht wird, wird sein Leben wieder in Gefahr sein.«

»Aber es ist nicht richtig. Ich kann mir nicht vorstellen, dass Ihre Armee es gestatten würde.«

Etwas in seinem Gesichtsausdruck verändert sich.

»Sie haben es nicht erlaubt?«

»Es gab …«, er räuspert sich, »ein Gespräch. Aber ich habe exakt das gesagt, was ich auch Ihnen jetzt sage: Wir hätten den Tod eines Kindes, eines Unschuldigen, auf dem Gewissen. Und für Sie ist es noch so viel mehr als das.« Er betrachtet sie forschend. »Ich dachte, das wäre Ihnen klar gewesen.«

Seine Augen sind von einem hellen, transparenten Grün.

»Das ist es auch.«

»Wieso bestehen Sie dann darauf, ihn heimzuholen, wenn Sie wissen, dass es nicht gut für ihn ist?«

»Weil es nicht so sein sollte. Wir können nicht …« Sie sucht nach dem richtigen Wort. »Freunde« erscheint ihr eine peinliche Übertreibung zu sein. Wieder denkt sie an Kerem, wie er sie aus seinem Versteck heraus beobachtet. »… Bekannte sein. Wir sind nicht einfach nur Menschen von unterschiedlicher Nationalität, die nebeneinander leben. In dieser Stadt verstehen wir zumindest, wie so etwas funktioniert.« Sie spürt die Wut in ihr aufsteigen. »Doch mit Ihnen ist es anders. Sie haben uns besetzt. Und davor waren Sie unser Feind.«

Sie zögert. Warum nicht?, denkt sie. Es mag ihm helfen zu verstehen, was sie ausdrücken möchte. Und so erzählt sie ihm von dem Tag, als die englischen Flugzeuge kamen, erspart ihm keine Details ihrer Verletzungen, ihres Verlustes, des verborgenen Blutes, das kam, als sie zu Hause war. Als sie geendet hat, herrscht lange Schweigen. Sie denkt – hofft –, dass sie ihn schockiert hat.

Als er spricht, ist es nur leise. »Davon habe ich nichts gewusst. Ich kann mir nur vorstellen … dass es ein Versehen gewesen sein muss.«

»Es war kein Versehen. Sie waren tief genug, um unsere Gesichter zu erkennen, um zu sehen, dass wir einfache Leute waren, keine Soldaten.«

Er widerspricht ihr nicht noch einmal. Doch dann sagt er, mit leiser Stimme: »Im Krieg tun die Menschen schreckliche Dinge. Ich werde es Ihnen erzählen, weil ich denke, dass Sie es ertragen können.«

»Ich glaube nicht …«

»Wir waren in der Wüste, und es herrschten beinahe fünfzig Grad. Es war der lebensfeindlichste Ort, den man sich vorstellen kann. Zwischen den einzelnen Wasserstellen lagen manchmal vierzig Meilen und mehr. Wir waren darauf vorbereitet, aber wir litten trotzdem. Und dann, eines Tages, sahen wir etwas, das ich erst für eine Halluzination hielt, ein Trugbild. Einen langen Strom aus Menschen. Hunderte.«

»Was für Menschen?«

»Keine Soldaten. Tatsächlich hätte keiner von ihnen ein Soldat sein können. Alte Männer und Frauen. Kinder, die dort, in diesem Augenblick, an einem Hitzschlag, an Unterernährung, Erschöpfung starben, mitten auf dem Weg.«

»Aber wieso?«

»Wir haben nicht viel von dem verstanden, was sie uns

sagten. Doch wie es schien, waren sie alle gezwungen gewesen, zu fliehen, ohne die Zeit zu haben, sich vorzubereiten. Sie waren entsetzlich schlecht ausgestattet. Die Glücklicheren unter ihnen ritten auf Maultieren oder Rindern, salzverkrustet von altem Schweiß. Doch manche gingen in Schuhen, die bereits auseinanderfielen. Manche liefen barfuß. Wissen Sie, was mit der menschlichen Haut passiert, wenn man bei diesen Temperaturen über Sand läuft?«

Nur möchte nicht unbedingt noch mehr erfahren, doch er spricht weiter, unerbittlich. »Wir versuchten zu helfen, ihnen wenn möglich Essen zu geben, Wasser – doch vielen von ihnen war schon nicht mehr zu helfen. Da war ein älterer Mann. Er war gefallen, in den Staub. Ich versuchte ihm wieder aufzuhelfen, aber er konnte nicht. Ich glaube, tatsächlich ist eine Art Frieden über ihn gekommen. Er bat mich, zu seinem Bündel zurückzugehen und eine Geldbörse herauszuholen. Er wollte das Geld unter denen verteilen, von denen er glaubte, dass sie es am nötigsten brauchten. Leider benötigten diese Menschen kein Geld, sondern Schutz vor der Sonne, Wasser, etwas zu essen.«

»Wer hat ihnen das angetan?« Noch während sie diese Frage ausspricht, überkommt sie eine schreckliche Ahnung.

»Wir konnten nicht absolut sicher sein. Doch wir stellten fest, dass diese Menschen, die wir dort sahen, noch Glück gehabt hatten. Ein Stück weiter diese Straße entlang sahen wir … andere Bilder. Ich werde sie Ihnen nicht beschreiben. Alles, was wir in Erfahrung bringen konnten, war, dass es sich um Armenier handelte. Später habe ich Ähnliches auch von anderen gehört. Anscheinend ging es dabei um Rache. Aber dies waren einfache Menschen, so wie die, die Sie auf dem Basar gesehen haben. Wie viel, denken Sie, hatten sie wirklich mit alldem zu tun?«

Nur kann nicht sprechen, kann ihm nicht antworten. Sie denkt an den Jungen, einen Unschuldigen. Sie denkt an andere Unschuldige wie ihn, ohne die Chance, die ihn vielleicht vor einem schrecklichen Schicksal gerettet hat. Ihr ist übel, nicht nur körperlich, auch in einem profunderen Teil ihrer selbst. Noch möchte sie es nicht glauben, doch sie denkt bereits an das, was Hüseyin angedeutet hat. Sie muss und versucht doch nicht an den Jungen zu denken. Daran, was sein Schicksal gewesen wäre, wenn die Dinge nur ein wenig anders gelegen hätten. Sie denkt an Kerems Andeutung, was er hat tun müssen. Notwendig hat er es genannt. Sie denkt an die Veränderung in ihm. Aber doch sicher nicht …?

»Die Wirren des Krieges«, sagt er. »Ich glaube, die Menschen denken in dieser Situation, dass sie Teil von etwas Größerem sind als sie selbst. Doch häufig sind sie zu weniger geworden. Weniger menschlich. Sie werden zu Teilen einer Maschinerie, und eine Maschinerie besitzt keine Moral. Dabei denke ich an keine bestimmte Armee, wenn ich das sage.« Er senkt die Stimme. »Man würde mich vor ein Kriegsgericht stellen, wenn man erführe, dass ich das gesagt habe, aber ich habe keinerlei Zweifel, dass auf allen Seiten schreckliche Gräuel begangen wurden. Jetzt müssen wir neu lernen, einander als Menschen zu betrachten.«

Seine Worte erinnern sie an etwas. Sie gräbt tief in ihren Erinnerungen. Der persische Dichter Rumi. Er schrieb davon, einander über die Grenzen der Nationen hinweg zu sehen, einander so zu sehen, wie man war. Tatsächlich hatte er nicht das Wort »sehen« benutzt. Sondern lieben.

»Ich möchte mich in keiner Weise als Held darstellen. Glauben Sie mir … ich bin keiner.« Er lacht kurz und freudlos auf. »Als Sie mir von Ihrem Ehemann erzählten, war ich vielleicht nicht ganz so ehrlich, wie ich es hätte sein können. In den letzten paar Jahren zumindest war eine Hälfte von mir Soldat, hat wie ein Soldat gedacht. Ich bin mir sicher, dass ich in keinerlei Weise in seinen Tod involviert war. Ich war nicht Teil der Hauptoffensive. Aber ich habe ein Gewehr getragen, ein Messer. Ich habe nicht so häufig von ihnen Gebrauch gemacht wie andere. Doch ich habe sie benutzt, einmal, als ich dazu gezwungen war.« Bei diesen Worten spürt sie den Schatten einer unausgesprochenen Erinnerung über ihren Köpfen schweben. »Doch die andere Hälfte von mir ist Arzt. Und man hat uns gelehrt, Leben zu retten, ganz egal, wer unser Patient auch sein mag, ohne Unterschied. Und da liegt die Schwierigkeit. Sie haben den Jungen zu mir gebracht. Ich habe ihn behandelt, und nun ist er mein Patient. Ich bitte Sie ausdrücklich, ihn nicht meiner Verantwortung zu entreißen.«

Als sie sich auf den Rückweg zu ihrer Wohnung macht, ist sie von einer neuen Entschlossenheit erfüllt, es Kerem verständlich zu machen, an den gütigen, sanftmütigen Lehrer zu appellieren, der noch irgendwo in einem kleinen verborgenen Teil von ihm existieren muss. Und im Gegenzug zu versuchen, auch ihn zu verstehen, zu verstehen, was ihn zu dem Mann gemacht hat, der er geworden ist, auch wenn sie nicht sicher ist, ob sie es wird ertragen können. Und vor allem: zu versuchen, sich daran zu erinnern, ihn zu lieben.

Der Gefangene

Er hört von einem Ort, an dem andere wie er zusammenkommen. Männer, die alles für ihr Land gaben und bei ihrer Rückkehr erleben mussten, dass diejenigen, für die sie gekämpft hatten, sie mieden, dass sie nicht wie Helden, sondern wie Ausgestoßene behandelt wurden. Sie treffen sich außerhalb der Stadt, in Eyüp, weit genug entfernt, um von den Besatzern, die jede Ansammlung osmanischer Männer wachsam verfolgen, übersehen zu werden. Die Alliierten sind dafür bekannt, solche Gruppen, die in den Cafés an den Kais ihre *narghile*, ihre Pfeifen, rauchen, zu verhaften, allein weil sie »verdächtig aussahen«.

Hier verlässt ihn die Hoffnungslosigkeit, die er spürt, während er sich in dieser billigen Absteige versteckt, bei seiner Großmutter und seiner empfindungslosen Mutter, während seine Schwester in die Stadt hinausgeht. Hier wird seine Erfahrung als Soldat, als Überlebender geschätzt. Sein körperlicher Verfall, seine geschundenen Glieder, seine Krusten, seine Abszesse, sie alle werden nicht als abstoßend betrachtet – er ist sich sicher, dass Nur Abscheu vor ihnen empfindet, auch wenn sie sich bemüht, es vor ihm zu verbergen –, sondern als Zeichen seines Durchhaltevermögens. Und er ist nicht der Einzige, der sie trägt. Während sie in den russischen Camps von Unterkühlung, Frostbeulen und Malaria heimgesucht wurden, kannten die Überlebenden der englischen Camps in der Wüste Hitzschläge und Hunger. Der Hunger war das Schlimmste, denn wenn die Männer nicht bereits daran starben, dann fand er andere Wege, sie zu quälen. Pellagra: eine

Krankheit mit einem recht hübschen Namen, dem Namen einer jungen Frau – doch mit Folgen, so hässlich, wie man sie sich nur vorstellen kann. Die Haut verrottet einem auf den Knochen. Ihre Schwester, Trachom – die die Männer erblinden lässt. Seine eigenen zahlreichen Narben werden vielleicht irgendwann verblassen, doch diese Männer werden ihr Augenlicht nie wiedererlangen.

Meist reden die Männer über die Ereignisse der Vergangenheit, die sie miteinander teilen. Sie trauern um ihre toten Freunde – so viele Babeks – und prahlen mit den glorreichen Momenten ihres persönlichen Heldentums. Oder der Verführung: sinnliche Russinnen in den Dörfern nahe der Gefangenencamps, Huren, die sich weigerten, Geld von solch mannhaften Freiern zu nehmen. Die meisten dieser Geschichten sind zu absurd, um glaubhaft zu sein. Doch niemand würde ihren Wahrheitsgehalt offen infrage stellen. Sie sind der letzte Trost ihrer Erzähler. Keiner von ihnen spricht von dem, was in Ostanatolien passiert ist, an der Grenze zu Syrien; keiner von ihnen erwähnt die Armenier. Doch er glaubt, dass er es in einigen von ihnen sehen kann; sie tragen es wie eine zweite Haut. Wenn zufällig die Namen der Orte fallen – Bitlis, Erzurum, Van –, herrscht sogleich eine beinahe greifbare Anspannung, als hielten zwei Drittel der anwesenden Männer die Luft an.

Vielleicht warten sie alle, wie er, darauf, dass einer von ihnen den Mut findet, darüber zu sprechen. Doch keiner tut es. Wie könnte man überhaupt versuchen, es in Worte zu fassen, nach all dieser Zeit? Und so hängt es zwischen ihnen in der Luft, wie Schatten in den Winkeln des Raumes.

»Ich hatte gehofft, dich eines Tages hier zu sehen, alter Freund.«

Es ist der Offizier aus dem Gefangenenlager. Seine Eleganz, die selbst an diesem verzweifelten Ort spürbar war, ist nun offensichtlich in den frischgebügelten Kleidern, dem schmalen Goldring an seiner Hand, dem teuren Glanz seiner Lederschuhe. »Der Kriegsheld.«

Er betrachtet den Mann mit scharfem Blick. Will man ihn verspotten? Nein – offenbar nicht.

»Ich fühle mich nicht so.«

»Nein. Doch du darfst nicht vergessen, dass du es bist.«

»Ich muss immer wieder an sie denken. Ich weiß, dass es notwendig war. Aber ich kann nicht aufhören, an sie zu denken. Die Dinge, die ich getan habe, von denen ich Ihnen berichtet habe …«

»Sie dürfen nie wieder erwähnt werden. Diese Dinge geschahen, um die Zukunft unseres Heimatlandes zu sichern, das uns heiliger und lieber ist als unser eigenes Leben. Doch andere werden es nicht verstehen. Unsere eigenen Frauen und Kinder werden nicht in der Lage sein, es zu verstehen – weil Handlungen, die im Krieg erfolgen, jenseits des Verständnisses von Zivilisten liegen. Das verstehst du, nicht wahr?«

»Ich denke schon.«

»Dennoch ist deine Arbeit nicht getan. Der Feind lebt in unserer Stadt, in unseren Häusern, trinkt in unseren Kaffeehäusern, glotzt unsere Frauen an. Du weißt sicherlich, dass einige von ihnen sogar osmanische Frauen heiraten?«

Er denkt an seine Schwester, an den Tag, als er ihr folgte, an den englischen Offizier.

»Ein schrecklicher Gedanke. Doch wir müssen der Realität unserer Umstände ins Auge sehen, wenn wir eine Veränderung herbeiführen möchten.«

»Wie?«

»Sie werden nicht für immer hier sein. Schon bald werden sie für jede Demütigung bezahlen, unter der sie uns haben leiden lassen. Eine Armee wird kommen, um sie zu vertreiben. In diesen Tagen formiert sich in Ankara eine Rebellenregierung. Doch auch von innen heraus arbeitet eine Armee. Dieser Krieg ist noch nicht beendet. Es liegt kein Ruhm darin, bis auf den eigenen Stolz, einen guten und notwendigen Dienst zu leisten. Hast du Interesse?«

»Was genau würde dieser Dienst beinhalten?«

»Nun. Manche benutzen Worte. Einige Männer hier schreiben zum Beispiel für die Rebellenpresse. Du hast ja gesehen, wie gern sie reden, wie gut sie mit Worten umgehen können. Doch manchmal denke ich, diese Worte verbergen nur einen gewissen Mangel. Es ist alles, was sie können. Ich glaube, manche von ihnen haben nicht einmal wirklich im Krieg gekämpft, oder wenn, dann mit Stift und Papier aus der Sicherheit hinter ihren Schreibtischen heraus. Andere sind genau das Gegenteil, einfach gestrickte Grobiane ohne Finesse. Du und ich, wir sind anders. Was wir wirklich brauchen, sind Taten.«

»Welche Art von Taten?«

»Die Art, die den Besatzern zeigt, dass wir keine Angst vor ihnen haben, dass wir nicht eingeschüchtert sind. Die Art, die sie daran erinnert, wie es ist, in Angst vor dem Feind zu leben.«

George

Er kommt gerade aus einer Suite in einem Hotel, wo er einen hochrangigen Befehlshaber mit einer hässlichen Enteritis behandelt hat. Auf seinem Weg nach unten beschließt er, noch auf einen Aperitif in die Bar zu gehen. Am frühen Abend knistert die Bar des Pera Palace förmlich vor Intrigen und – unverkennbar – vor Sex. Darunter mischt sich der Geruch von italienischen Zigarren, türkischen Zigaretten, englischen Pfeifen. Wenn Konstantinopel die Welt in all ihrer Heterogenität zu beherbergen scheint, so ist dies hier eine Destillation ihrer Abgründe und ihres Glanzes.

Als er eintritt, sieht er vier italienische Offiziere an einem Tisch sitzen und wie ein paar alte Frauen tratschen. Am Nachbartisch sitzt ein griechisch-orthodoxer Priester mit schwarzer Robe und üppigem weißen Bart und trinkt Tee mit zwei eleganten Damen in wundervoll geschneiderten Pariser Hosenanzügen. Direkt hinter ihnen, auf dem Teppich, ist ein Blutfleck, ein wenig blasser jetzt als zu dem Zeitpunkt, als das Blut vergossen wurde, dank der Mühen eines armen Hotelangestellten von einem braunroten Aufschrei zu einer rostigen Andeutung verwässert.

Bill hat es gesehen; er trank gerade einen Absacker, als es geschah. In der einen Minute nippte der Mann noch an seinem Drink, erzählte er, und in der nächsten schon war ein anderer – Anzug, Brille, völlig unauffällig bis auf den Umstand, dass sein ausgestreckter Arm in einer Pistole mündete – auf ihn zugetreten und hatte ihn kaltblütig erschossen. Tot. Ein sauberer Schuss mitten in die Stirn, es gab also keinen Zweifel. Man machte keinerlei Aufhebens. Und das trotz oder vielleicht gerade wegen vier Jahren Krieg. Bill berichtete, dass manche im Raum beim Knallen des Schusses nicht einmal zusammengezuckt seien und kaum in die Richtung des Gefallenen geschaut hätten. Man erzählt sich, er sei ein bolschewistischer Spion gewesen. Der andere war ein einstmals hochrangiger Weißrusse. Oder … war es gerade umgekehrt gewesen? George waren beide Versionen dieser Geschichte zu Ohren gekommen.

»Anschließend hat er sich einfach in Luft aufgelöst, wie eine Rauchwolke.« Vielleicht, denkt George, hat er, wenn er wirklich so unauffällig war, bloß seine Brille abgenommen, die Waffe unter den nächsten Sessel geworfen (wo man sie später fand), sich hingesetzt und einen Drink bestellt. Vielleicht ist er in genau diesem Augenblick hier. Es sind schon kuriosere Dinge hier geschehen.

In diesem Salon werden Menschen reich, kein Zweifel, und manche davon aus den Taschen der Flüchtlinge, die am Tophane-Kai anlegen. Die Idee, die sie verkaufen – ein neues Leben, einen neuen Anfang, eine Existenz jenseits der Armut und Verfolgung –, ist so unwiderstehlich wie verlogen.

»Monroe – dachte ich's mir, dass du es bist.«

George dreht sich um und sieht Calvert. Er geht hinüber und setzt sich. Calvert, so erkennt er, hat sich bereits weit durch eine Flasche sehr guten Weißweins gearbeitet und zeigt so deutlich die Auswirkungen des Alkohols, dass George davon ausgehen muss, dass es nicht seine erste Flasche ist. Er blickt auf die Uhr – achtzehn Uhr.

»Großer Gott, Mann – wogegen trinken Sie denn an?«

»Nichts.« Calverts Wangen glühen. »Nichts, verdammt.

Aber ich sag's Ihnen, Monroe, es treibt einem Mann die Galle hoch, wenn er eine galante Geste macht und erleben muss, wie sie abgewiesen wird.«

George blickt sich in der Bar um und entdeckt schon bald die Schuldigen. Es sind nur wenige Frauen anwesend, und diese beiden sind die Einzigen, die infrage kämen.

»Starren Sie sie nicht so an.« Calvert sinkt ein wenig tiefer in seinen Stuhl. »Ich will nicht, dass sie denken, ihr ungehöriges Benehmen kümmerte mich auch nur einen Pfifferling.«

George legt die Hand vor den Mund und hustet. Hinter diesem Schutzschild grinst er.

Vielleicht sieht Calvert es. Er ist schlauer, als George sich ermahnt, ihm zuzutrauen, selbst nach beinahe einer ganzen Flasche Wein.

»Aber solche Probleme kennen Sie nicht«, sagt der nun in einem seltsam lockeren Tonfall. »Nicht wahr, alter Junge?«

»Calvert, ich fürchte, Ihre Bemerkungen sind wie immer zu raffiniert für mich. Was können Sie nur damit meinen?«

»Man erzählt sich, dass eine von ihnen Sie in der Klinik besucht. Eine Frau. Eine Türkin.«

»Wer hat Ihnen denn so etwas erzählt?« Nicht Bill, denkt er, bitte. Er hätte nicht gedacht, dass Bill sich, selbst wenn er dieses Arrangement nicht gutheißen konnte, so weit herablassen würde, einem Mann wie Calvert davon zu erzählen.

»Rawlings. Sie erinnern sich sicher – er war bei Ihnen in Behandlung.«

»Ich erinnere mich an seine Pfeife. Meine ganze Station riecht noch danach.«

»Nun, wir sind jetzt sozusagen Nachbarn. ›Schlauer alter

Fuchs‹, hab ich zu ihm gesagt. Hätte nicht gedacht, dass Sie zu dieser Sorte Männern gehören, Monroe.«

»Es ist nicht so, wie Sie denken. Rawlings hat, wie er das ja gerne tut, vollkommen falsche Schlussfolgerungen aus etwas gezogen, das eigentlich absolut klar sein sollte.«

»Es sagte, es sei *absolut* klar.«

»Nun, dann kann ich nur annehmen, dass er beschlossen hat, exakt das zu sehen, was er sehen wollte.«

»Ich sollte Ihnen wohl sagen, Monroe, dass ich mir sicher bin; egal was Sie jetzt erzählen, Sie werden mich kaum überzeugen.«

George wünschte, er hätte nicht dieses Bedürfnis, sich einem Mann wie Calvert zu erklären. Er sagt sich, dass es nicht nur eine Frage des Stolzes ist. Calvert könnte sich als sehr gefährlich erweisen.

»Sie ist zu mir gekommen, weil ihr Sohn medizinischer Hilfe bedurfte – ein Notfall, einer der schlimmsten Fälle von zerebraler Malaria, die ich seit Mesopotamien gesehen habe. Ich hatte keine andere Wahl, als das Kind zu behandeln. Es war meine Pflicht.«

»Ich nehme mal an, es hat nicht geschadet, dass sie … wie hat Rawlings es ausgedrückt? Ein ›echter Hingucker‹ ist?«

»Das ist mir nicht aufgefallen.« Selbst für seine eigenen Ohren, und obwohl er es wirklich so meint – oder sich zumindest einredet, dass er es so meint –, klingt es wie eine Lüge.

Als er die Bar verlässt, verspürt er das dringende Bedürfnis nach einer Zigarette. Ungeschickt hantieren seine Hände mit dem Tabak, dem Papier. Die erste Zigarette misslingt ihm, und er muss sie wegwerfen. Er bebt buchstäblich vor Wut.

Zum Teil auf Calvert – vor allem aber auf sich selbst. Er hätte sich nicht dazu herablassen dürfen, zu versuchen, sich ihm zu erklären. Das ist es: verletzter Stolz. Nicht, ganz sicher nicht, weil Calverts Fragen einer Wahrheit zu nahe kamen, gegen die er sich bisher mit aller Kraft zur Wehr gesetzt hat.

Nur

»Was für eine *Schande*«, sagt ihre Großmutter. »Gül *hanım*, du weißt schon, von unten, hat erzählt, dass osmanische Frauen dieser Tage im Pera Palace eine Erfrischung einnehmen, umgeben von den abscheulichsten Elementen. Und« – mit einem empörten Unterton in der Stimme – »man hört noch Schlimmeres. Man hört die widerlichsten Gerüchte. Sie erzählen, es gäbe sogar welche, die die Besatzer *geheiratet* hätten. Frauen aus den ältesten Familien der Stadt.«

Vermutlich sind es mehr als nur Gerüchte. Drei oder vier Mal hat Nur bereits osmanische Frauen mit einem fremden Offizier über die Straße gehen sehen. Beim ersten Mal hat sie die beiden so lange und so fest angestarrt, dass die Frau ihren Blick gespürt haben musste. Sie sah Nur mit so etwas wie Verachtung an, und es war Nur, die als Erste den Blick senkte. Als sie durch das alte Viertel von Fatih ging, wo seit Jahrhunderten einige der berühmtesten Familien lebten, sah sie einen französischen Offizier ein Blumenbeet gießen. Eine Frau lehnte sich aus einem der oberen Fenster und gab ihm Anweisungen: Ein wenig mehr für die gelben Tulpen, die besonders durstig seien. Nur betrachtete die beiden und spürte ein Gefühl von Grenzüberschreitung, eine stille Wut. Ja, sie missbilligt es.

Sie hat gedacht, dass nur wenig in dieser neuen Realität sie schockieren könne, in der Grenzüberschreitungen zum Alltag gehören. Doch dies hier schockiert sie. Was bedeuten diese Allianzen? Sind sie aus der Bequemlichkeit geboren, aus Pragmatismus? Hier in dieser Stadt werden Ehen nicht selten auf kaum mehr gegründet als das. Doch diese Verbindungen, über die Grenzen der Sprache, der Kultur, der Religion hinweg, sind neu. Zudem geschehen sie ausdrücklich gegen die Gebote des Glaubens: Einer muslimischen Frau ist es nicht gestattet, einen Mann zu heiraten, der einer anderen Religion angehört. Zugegeben, für jemanden aus einer Familie wie Nurs wäre das nicht zwangsläufig ein Hindernis. Ihre Familie hat diese Glaubensvorschriften nie besonders strikt befolgt. Ihr Vater und ihre Mutter tranken Wein, und keiner von ihnen, mit Ausnahme ihres lange verstorbenen Großvaters, hat jemals wirklich den *Ramazan* befolgt.

Wie würde sich ihr Leben – ihrer aller Leben – ändern oder gar verbessern, wenn Nur das Gleiche täte? Es wäre nicht allzu schwierig. Jedes Mal, wenn sie durch die geschäftigeren Straßen der Stadt geht, fühlt sie sich von den fremden Männern beobachtet wie ein Objekt der Neugier, gar der Begierde. Sie hätten Zugang zu besserem Essen, einer besseren Wohnung; vielleicht wären sie sogar in der Lage, wieder in ihr altes Haus zurückzukehren. Sie ist überzeugt, dass der Zustand ihrer Mutter sich durch eine Rückkehr in ihr geliebtes Zuhause verbessern würde. Sicherlich wären diese Vorzüge die Verachtung der anderen wert? Wenn sie es so betrachtet, erscheint es ihr beinahe egoistisch, dass sie sich noch nicht um ein solches Arrangement bemüht hat.

Und doch könnte sie es ebenso wenig über sich bringen, wie in eines der neuen Etablissements in Pera zu marschieren und sich für eine deutlich unverhülltere Transaktion anzubieten. Sie weiß, dass es nicht die unvermeidliche Missbilligung ist, die sie davon abhalten würde – jedenfalls nicht nur, auch wenn es eine gute Entschuldigung ist. Es ist ihr eigener Stolz.

George

Der Junge hat das Buch aufgeschlagen vor sich liegen.

»Gefällt es dir?«

»Ich verstehe die Bilder besser als die Worte. Viele davon kenne ich nicht.«

»Natürlich nicht. Aber ich bin beeindruckt, dass du überhaupt etwas davon lesen kannst. Wo hast du Englisch gelernt?«

»Bei Nur *hanım*.«

George findet es ungewöhnlich, dass der Junge seine Mutter so nennt. Vielleicht ist es eine osmanische Tradition, so wie es keine Nachnamen gibt. »Natürlich. Sie ist Lehrerin?«

»Ja. Aber im Moment haben wir kaum Unterricht. Die meisten Schüler sind fort.«

»Ah. Nun, es tut mir leid, das zu hören.« Es stimmt. Er kann sich nicht vorstellen, dass sie ein Mensch ist, der die Untätigkeit genießen kann.

»Jetzt bestickt sie Tücher. Für Geld.«

»Ich verstehe.« Er weiß wenig über diese Frau, doch aus irgendeinem Grund erscheint ihm der Gedanke, dass sie stundenlang über eine Stickerei gebeugt dasitzt, seltsam unpassend. Er kann sie sich nicht beim Stillsitzen vorstellen. Als er sieht, dass das Märchenbuch, das sie dem Jungen mitgebracht hat, noch immer ungeöffnet neben dem Bett liegt, verspürt er einen unerwarteten Stich.

»Und was liest du normalerweise gern?«, fragt er. »In deiner eigenen Sprache?«

»Rezepte.«

George glaubt, der Junge habe in Unkenntnis den falschen Begriff gewählt.

»Rezepte«, wiederholt er. »Welche Art von Rezepten?«

Der Junge sieht ihn geduldig an, als störe es ihn nicht, sich mit einem Dummkopf abzugeben; er hat mehr als genug Zeit. »Für Essen. Anleitungen, wie man ein Gericht kocht.«

»Oh«, sagt George, und dann, weil ihm nichts Besseres einfällt: »Warum?«

Wieder dieses Gefühl, dass der Junge ihn mit Nachsicht behandelt. »Um sie nachzukochen.«

»Du kochst?«

»Ja.«

George hat so etwas noch nie gehört. Kleine Jungen interessieren sich, zumindest seines Wissensstands nach, für die gleichen Dinge, die auch ihn als Kind interessiert haben: hauptsächlich Sport – in all seinen wunderbaren Varianten – und Tiere. Vor allem Hunde. Vielleicht Pferde.

»Mir war nicht bewusst, dass kleine Jungen sich fürs Kochen interessieren«, sagt er. »Da bist du vermutlich eine Ausnahme. Aber ich bin da auch kein Experte.«

Der Junge hört ihm mit gerunzelter Stirn zu; George sieht seine Konzentration, während er die Worte übersetzt. Dann sagt er: »Wieso? Sie haben keinen Sohn?«

»Nein«, sagt George. »Ich habe keinen Sohn.« Der Junge betrachtet ihn noch immer mit diesem seltsamen Glanz in den Augen, von dem George erst kürzlich erkannte, dass es sein eigener ist, und nicht das Resultat des Fiebers. Unter den Blicken des Jungen fühlt er sich … wie lautet das richtige Wort? Exkoriiert. Als hätte man eine Schicht von ihm abgetragen. Er denkt an die Bilder dieser Röntgenmaschinen, die

die geheimen inneren Vorgänge eines Menschen offenlegen, verborgene Bösartigkeiten. »Ich denke«, sagt er abschließend, »ich werde dich nun wieder deinen Büchern überlassen. Du wirst erschöpft sein.« Er lässt den Stapel neben dem Bett liegen und wendet sich zum Gehen.

»Ich kann für Sie kochen«, sagt der Junge. »Ich habe die Rezepte auswendig gelernt. Sie sind hier drin.« Er tippt sich gegen die Stirn.

George denkt an den riesigen Herd im Untergeschoss, in dessen Nähe Schwester Agnes ihn nur lässt, um Kaffee zu kochen oder hin und wieder eine Dose Corned Beef zu erwärmen. Nicht zu Unrecht, denn damit ist die Grenze seiner Fähigkeiten als Koch erreicht. »Nun«, sagt er, »es ist sehr nett von dir, das anzubieten. Doch im Augenblick bist du noch zu schwach, um aufzustehen.«

Es kommt ihm nicht ganz ungelegen, dass dem so ist, denn George ist sich nicht sicher, was er sagen würde, wenn es dem Jungen gut genug ginge, so eifrig ist der Ausdruck in dessen Gesicht. Und er ist noch nicht besiegt.

»Ich kann Ihnen sagen, was Sie einkaufen müssen. Sie könnten auf den Basar gehen.« In seiner Begeisterung scheint seine Beherrschung der fremden Sprache noch fließender zu werden. »Ich kann Ihnen alles beibringen.«

George erkennt, dass er sich selbst in eine Sackgasse manövriert hat. Es ist absurd: Das hier ist ein Krankenhaus, er ist ein Arzt mit Verpflichtungen und sehr wenig Zeit, über die er frei verfügen kann. Und mehr noch: Es ist ein Militärkrankenhaus; der Junge sollte nicht einmal hier sein. Er könnte all dies sagen und damit das Thema beenden. Die Sache ist nur: Er möchte, dass der Junge ihn mag. Hauptsächlich aus dem einfachen Grund, weil *er* ihn mag. Doch da ist noch etwas anderes: Er wird den Gedanken nicht los, dass, wenn ihm dies gelingt, er sich etwas über sich selbst wird beweisen können. Der Junge grinst, womöglich weil er eine Schwäche in Georges Zögern spürt, und George kann nur noch ergeben nicken.

»Einverstanden. Vielleicht dieses eine Mal. Morgen Vormittag habe ich frei. Wenn du mir sagst, was du benötigst, kann ich es besorgen.«

Er kann nicht recht glauben, was er da sagt. Wie würden die anderen Männer über ihn lachen, wenn sie es wüssten.

Der Basar ist ein Labyrinth aus überdachten Gassen. Der Lärm darin klingt seltsam verzerrt. Draußen hat es begonnen zu regnen, und die Luft im Innern ist feucht, beinahe neblig. Die grellen Farben ringsumher scheinen förmlich zu bluten, wie Wasserfarbe. George spürt die Blicke auf sich, wenn er an einem Stand vorbeigeht. Doch wenn er sich umdreht, schauen die Verkäufer zur Seite und beschäftigen sich mit ihren aufgetürmten Waren. Er fragt sich, welche Erfahrungen sie wohl schon mit britischen Soldaten gemacht haben, und stellt sich vor – denn es ist das wahrscheinlichere Szenario –, dass sie diese ihre Autorität missbraucht haben. Manche der Männer scheinen besonders eifrig zu sein, wenn es darum geht, Dissens unter der lokalen Bevölkerung zu erkennen und auszumerzen.

Er hat beschlossen, zum Gewürzbasar zu gehen – dem ägyptischen Gewürzbasar, wie er mit richtigem Namen heißt –, und zwar durch den Großen Basar, der in diesen übergeht. Hier möchte er noch ein paar Dinge kaufen. Tabak zum Beispiel. Vielleicht auch etwas Süßes – er hat einen süßen Zahn.

Doch die typisch britische Sorge, missverstanden zu werden, sich zu blamieren, hält ihn zurück. Das schier unendliche Angebot an Waren ebenfalls. Die Stände, an denen er vorbeikommt und an denen man Tabak kaufen kann, scheinen dreißig und mehr Varianten anzubieten; er wüsste gar nicht, wo er anfangen sollte. Er findet einen, der in etwa richtig riecht – nicht allzu aromatisiert, nicht allzu stark (mit einem Mal fühlt er sich wie das Goldlöckchen unter den Pfeifenrauchern) –, und bittet den Mann um eine kleine Menge davon.

Nun, da er eine Tüte am Arm hat, da deutlich wird, dass er hier ist, um einzukaufen – nicht um die Befolgung irgendeines Gesetzes der Besatzer zu überwachen –, werden die Inhaber der anderen Stände mutiger. Sie gehen auf ihn zu, machen Vorschläge. Auf dem Schmuckbasar geben manche Verkäufer sich besonders geheimnisvoll und sehen sich immer wieder misstrauisch um, bevor sie unauffällige Tücher beiseiteziehen, unter denen Juwelen von atemberaubender Größe und Brillanz zum Vorschein kommen: ein großer quadratisch geschliffener Rubin, funkelnde Saphire, grasgrüne Smaragde mit einem Glanz wie Diamanten. Plötzlich versteht er die Geheimnistuerei: Einige dieser Stücke müssen von astronomischem Wert sein.

»Für Ihre Frau?«, fragt ein Mann und bietet ihm ein schmales Goldarmband an. Dann, um seine Chancen zu erhöhen: »*Pour votre femme?*« und, beeindruckend: »*Per tua moglie?*«

»Nein«, sagt George, »nein danke.« Er schiebt sich mit mehr Körpereinsatz an dem Mann vorbei, als vielleicht notwendig gewesen wäre. Mit einem Mal ist er dieses Ortes überdrüssig.

Weiter, vom Strom der Menge vorangetrieben. Weiter, ohne noch vorzugeben, er wüsste den Weg, die Tatsache akzeptierend, dass er keine Ahnung hat, wo er sich befindet. Er marschiert durch die unbekannten Straßen, vorbei an unbekannten Gesichtern, wie ein Roboter mit nur einem Ziel: nicht stehen zu bleiben. Die Menge fordert es, die Straßen ebenfalls. Er kommt an zwei Frauen vorbei, die ihre Schleier hochgeklappt haben und ihre Gesichter offenbaren. Eine von ihnen taxiert ihn offen mit einem abschätzenden, amüsierten Blick. Und dann steht er plötzlich draußen in der frischen Luft. Durch Zufall hat er seinen Weg in die Straßen zwischen den beiden Basaren gefunden.

Er riecht die Gewürze, noch bevor er sie sieht. Dann erscheinen sie vor ihm in grellen, unmöglichen Kegeln: senfgelb, rot, umbrabraun, grünbraun. Kleinere Berge getrockneter Rosenblüten, so perfekt pink, so winzig und wunderschön geformt, dass sie kaum echt aussehen. Kräuter: Thymian und Rosmarin ... und – er wagt einen Tipp, beugt sich näher heran – Lavendel? Nein, etwas anderes. Ein exotischer Moschus, ohne dessen beißender Geruch. Berge von Wurzeln in allen Größen und Geraden von Knorrigkeit. Der Geruch ist beinahe überwältigend. Die temperierte Süße des Anis, die Wärme des Zimt, das Plumpudding-Aroma von Muskat, ein Hauch von Lebkuchen. Und mit diesen Aromen, flüchtig, changierend, greift er nach Fäden der Erinnerung – verloren, bevor er sie genauer betrachten kann.

Er schaut auf seine Liste. Rosenwasser und Safran, Ingwerwurzel, Zimtrinde. Er hat keine Ahnung, wie all dies aussieht, obwohl er vermutlich den Geschmack von einigem kennt. Zum Glück scheinen die Verkäufer die Namen ihrer Gewürze auch auf Englisch zu kennen – vielleicht in jeder Sprache, denn er hört einige von ihnen in einem gebrochenen Französisch sprechen. Einige der Gewürze auf seiner Liste sind überraschend kostspielig. Selbstverständlich bietet seine Unwissenheit über den üblichen Preis dieser Waren kaum eine gute Ausgangsposition, um zu verhandeln. Und doch spürt er eine seltsame Zufriedenheit darüber, dass es ihm gelungen ist, sie zu beschaffen. Er betrachtet sie – Blütenstempel, ein Wasser aus Blütenblättern, eine verdrehte Knolle, die Rinde eines Baumes – und kann sich nicht vorstellen, wie all diese Dinge in etwas Essbares übersetzt werden sollen. Langsam fragt er sich, ob der Junge sich wohl einen Spaß mit ihm erlaubt hat.

Er verlässt den Basar durch einen anderen Ausgang und wird blinzelnd in die mittlerweile sonnendurchflutete frische Luft katapultiert. Es hätte ein anderer Tag sein können. Der Kontrast zu dem chaotischen Trubel auf dem Basar ist stark. Plötzlich ist er allein, in einer Straße, auf die blau und fleckig die Schatten fallen, kühl wie ein Glas eisigen Wassers. Wo sind all die Menschen? Diese Straße beherbergt keine Geschäfte, nur eine Reihe verlassen wirkender Häuser unverkennbar osmanischer Bauart, hoch und elegant, mit Holzverzierungen, die aussehen wie Stickereien und deren obere Etage bedenklich weit über die untere hinausragt.

Er hört das Plätschern von Wasser, das auf Steine fällt, und trifft hinter der nächsten Biegung auf einen Brunnen, der seinen selbstbewussten Strahl aus einem dicken Bronzerohr in einen steinernen Trog speit. Am hinteren Ende des Troges steht eine kleine, schwarzgekleidete Gestalt. Es ist eine ältere Frau, die einen vom Alter knorrigen Fuß in die grünen Tiefen streckt und sich nach unten beugt, um ihn zu waschen.

Als sie gegangen ist, beugt auch er sich hinunter, hält eine zur Schale geformte Hand unter den Strahl und wischt die dünne Schicht Schweiß aus seinem Gesicht. Das Wasser ist sehr kalt und riecht moosig. Offenbar stammt es aus einer geheimen unterirdischen Quelle. Einem römischen Aquädukt womöglich – die Römer hatten es mit dem Wasser. Auch wenn sie es sich von den Griechen abgeschaut haben, die bereits vor ihnen hier waren. Dieser Brunnen konnte Tausende von Jahren alt sein. Oder nur ein paar Jahrzehnte. Unmöglich zu sagen. Alles in dieser Stadt, an diesem Ort der Mythen und historischen Fakten, kann sich selbst in geborgtem Alter und Ansehen verbergen.

Hinter der nächsten Ecke – ein Schock. Die Häuser eines ganzen Straßenzugs sind zerstört. George schmeckt den Rauch hinten im Rachen, bevor er versteht, was er da sieht. Noch nie ist er Zeuge von etwas Vergleichbarem geworden. Hinter den verkohlten Resten der Mauern kann man so eben noch die traurigen Überbleibsel von Möbeln ausmachen, alten Diwans, Stühlen. Er bleibt stehen. Einer dieser Umrisse – so reglos wie die anderen – besitzt eine allzu organische Form; vielleicht ist es besser, nicht zu genau hinzusehen. Es könnte sein, es könnte nicht sein. Zumindest sind die Menschen hier auf solche Eventualitäten eingestellt; George hat gehört, dass sie häufig vorkommen, diese Feuer. Die alten Holzhäuser brennen wie Zunder. Für die Menschen, die in dieser Stadt leben, ist ein solcher Anblick vielleicht weniger schockierend, weil er allgegenwärtig ist. Doch George kann sich nicht vorstellen, jemals gleichmütig an so etwas vorbeizugehen.

Er eilt weiter, den Kopf gesenkt, das Wissen darüber jetzt in ihm wie ein Gift, seine Stimmung radikal verändert.

Der Reisende

Es ist erst Nachmittag, doch das Licht hinter den Fenstern wird bereits schwächer. Ich habe mein Mittagessen im Speisewagen eingenommen und befinde mich nun wieder in meinem Abteil, allein mit meinen Gedanken und nichts weiter zu tun, als auf mein »Bett« zu starren, mit seinem Rechteck aus Schaum, das mir für den nächsten Morgen nur weiteres Unbehagen voraussagt. Die Nacht in einem richtigen Bett in Venedig hat die Auswirkungen des Liegewagens ein wenig gemildert. Doch schon nach einer einzigen Nacht auf diesem dünnen Schaumrechteck hat mein Rücken seinen Protest wieder aufgenommen. Ich fühle mich aus der Form gebogen ... geriffelt. Es ist unfair, wenn man es recht bedenkt, ist es doch das Physische – der Ungehorsam meines Körpers in seinen zahlreichen bedauernswerten Degradierungen –, das mich an mein fortschreitendes Alter erinnert.

Die Landschaft hinter den Fensterscheiben hat sich den ganzen Tag über kaum verändert: eine unendliche Pastorale, ein Flickenteppich aus Feldern, hin und wieder von einer Stadt oder einem Dorf oder dem Nichts eines gemauerten Tunnels unterbrochen. Ich bin mir sicher, dass es im Sommer üppig und grün und wunderschön wäre, doch zu dieser Jahreszeit bestehen die Felder allein aus umgepflügter Erde, einem unbelebten Graubraun.

Jetzt hat etwas meinen Blick auf die Szenerie vor dem Fenster gelenkt. Eine Veränderung, mehr als nur die Verminderung des Lichteinfalls, unmerklich zuerst, und ich will schon den Blick wieder abwenden, als ich es sehe – eine winzige weiße Flocke, die eine Sekunde lang vor dem Glas zu schweben scheint, bevor sie in den Luftsog des Zuges hineingesaugt wird. Und dann, plötzlich, sind sie überall und tanzen vor dem Fenster wie Flecken reinen Lichtes.

Es ist mir nie möglich gewesen, es einfach als ein Wetterphänomen zu betrachten – nicht wie Sonne oder Regen. Nicht seit diesem besonderen Tag, an dem ich wohl zum ersten Mal in meinem Leben Schnee gesehen habe. Mir ist es immer vielmehr wie Magie erschienen, die in die Welt hineinsickert.

Mittlerweile herrscht draußen beinahe vollständige Dunkelheit, und der weiße Schwarm scheint daraus hervorzuleuchten. Zeit, denke ich, für einen Aperitif. Ich könnte in den Speisewagen hinübergehen, doch irgendwie fühlt es sich einsamer an, allein unter Fremden zu trinken, als allein mit sich.

Mir bleibt nur eine Möglichkeit, die allerdings eher zum Digestif taugt, aber es wird gehen. Ich nehme ihn aus seinem Kistchen, den alten Flachmann aus Zinn – langjähriger Reisender über die Kontinente –, und gieße mir einen sparsamen Schluck ein. Beinahe kann ich ihn schmecken, bevor ich ihn überhaupt an die Lippen hebe, den warmen Rauch des schottischen Torfes.

Letzte Nacht habe ich von ihr geträumt. Lange Zeit dachte ich, dass ich sie hasste, für das, was sie getan hatte. Dafür, dass sie nicht stark genug gewesen war, als ich sie für mutig hielt, für jemanden, der zu allem im Stande war. Ich dachte, sie hätte einfach aufgegeben.

Ich spreche sie aus, teste sie, diese eine gehaltvolle Silbe. Meine Stimme klingt fremd, so laut in der Stille meines Abteils, ein wenig rau von dem Whisky. Und es ist so lange her, dass ich diesen Namen ausgesprochen habe.

Nur

»Wie geht es ihm heute?«

»Bemerkenswert gut. Tatsächlich sogar besser als das – er kocht.«

»Er kocht?«

»Nein«, sagt er rasch. »Er kocht nicht selbst, sondern lässt mich ausführen, was er mir sagt, als sein Stellvertreter, wenn Sie so wollen.«

Sie bemüht sich, nicht zu lächeln.

»Er erzählte mir, sein Lieblingsbuch sei eines mit alten Rezepten.«

»Das stimmt. Die Köchin, die einst für meine Familie gearbeitet hat, Fatima. Sie stammen von ihr.«

»Ich verstehe.«

»Er hat es gefunden. Seitdem kochen wir die Rezepte aus diesem Buch.«

»Das hat er mir erzählt.«

Sie fragt sich, wovon der Junge ihm sonst noch erzählt hat. Von ihrer empfindungslosen Mutter vielleicht, oder den Nachtstunden, die sie selbst mit Sticken verbringt … oder dass sie manchmal drei Tage altes Brot beim Bäcker kauft und in Wasser einlegt, damit es essbar wird. Ihr Stolz erbebt, wenn sie daran denkt. Sie sagt sich, dass sie einfach nur dankbar sein sollte, dass Kerem erst nach Hause zurückgekehrt ist, nachdem der Junge krank wurde. Kinder verstehen nicht immer die Dringlichkeit eines Geheimnisses.

»Ich muss sagen«, erklärt er nun, »es ist schon ein deutlicher Fortschritt im Vergleich zu Dosenessen und Kaffee.«

»Was hat er Ihnen gekocht?«

Er sagt es ihr.

»Ich fürchte, da hat man Sie schamlos ausgenutzt.«

»Was meinen Sie? Es war köstlich. Den Männern hat es vorzüglich geschmeckt.«

»Das war ein Rezept, von dem ich ihm sagte, dass wir es nicht zubereiten könnten, weil die Zutaten zu teuer seien. Safran ... Ich kann mir gar nicht vorstellen, was der Sie gekostet haben muss.« Sie ist beinahe stolz auf den Einfallsreichtum des Jungen.

»Ich habe alles zu einem guten Preis bekommen.«

»Ah.« Sie beschließt, ihn nicht zu demütigen, indem sie ihn fragt, was er bezahlt hat. »Es ist unglaublich«, sagt sie. »Es scheint ihm unmöglich, sich die Herrscherfolge der Sultane zu merken, oder ihre Jahreszahlen, doch er hat alle Rezepte mit sämtlichen Details im Kopf.«

»Das hängt davon ab, wie sehr man sich für ein Thema interessiert – das geht uns ja allen so. Während meines Studiums war es mir unmöglich, mich für die Symptome einzelner tropischer Krankheiten zu interessieren; sie schienen so weit entfernt von allem, was ich jemals erleben würde. Doch als ich begann, die Männer zu behandeln, die daran – und an weiteren, neuen Krankheiten – litten, wurde ich plötzlich zum Experten.«

»Natürlich.«

»Doch ich kenne keinen anderen Jungen in seinem Alter, der eine fremde Sprache so fließend beherrscht. Sein Englisch ist bewundernswert. Fast besser als meines.«

»Und Französisch«, sagt sie und ist sogleich beschämt über ihr Prahlen.

»Was ihn weit eindrucksvoller macht als jeden erwachsenen Engländer. Seltsam«, fährt er fort. »Ich habe eine ganze Kiste mit englisch- und französischsprachigen Kinderbüchern hier gefunden. Waren es Ihre?«

»Ja.« Sie kann nicht weitersprechen; irgendetwas versperrt ihre Kehle. Schweigen hat eine seltsame Macht. Manchmal bringt es Menschen zusammen, wie Verschwörer. Dieses hier jedoch scheint etwas zwischen ihnen aufzureißen, und sie sind vielleicht beide ein wenig verlegen über die Vertraulichkeit, die in den letzten Minuten zwischen ihnen geherrscht hat. Sie sind wieder zu Fremden geworden.

»Sie könnten einmal abends hier mit uns essen.«

Nur vermutet, dass er es nur gesagt hat, um das Schweigen zu füllen, den Akkord der vergangenen Minuten zu retten. »Nein«, sagt sie. »Vielen Dank.«

»Entschuldigen Sie«, sagt er. Vielleicht hat er erst jetzt erkannt, wie unangebracht seine Einladung war. »Ich hätte nicht fragen sollen.«

Unwillkürlich überlegt sie, ob er wohl auch gegenüber einer Engländerin jemals eine solche Einladung ausgesprochen hätte. Zum Abendessen mit einem Soldaten. Sie ermahnt sich, dass es als eine freundschaftliche Geste gemeint war.

»Leider«, sagt sie, »muss ich für meine Mutter kochen, und für meine Großmutter. Beide sind noch schlechtere Köchinnen als ich selbst. Aber ich danke Ihnen für die Einladung.«

»Ich hätte sie nicht aussprechen sollen.«

»Vielleicht nicht. Aber ich weiß, dass es gut gemeint war. Und ich muss zugeben, dass ich seine Kochkünste vermisse.«

»Das glaube ich gern. Ich verbringe auch gerne Zeit mit ihm. Er ist so anders als diese Männer hier – die im Übrigen deutlich mehr jammern als er. Er ist ein wundervolles Kind, Ihr Sohn.«

Er hat dieses Wort schon einmal benutzt, und sie hat ihn nicht korrigiert. Ihr hat – ja – sein Klang gefallen. Doch plötzlich erscheint es ihr wie eine Täuschung.

»Ich war Ihnen gegenüber nicht ganz ehrlich. Vielleicht ist es auch nicht wichtig. Aber ich habe das Gefühl, Ihnen die Wahrheit sagen zu müssen.«

»Was meinen Sie?«

»Er ist nicht mein Sohn.«

Überleben ist wichtiger als Bildung. Nur hat es bereits in den ersten Tagen des Krieges verstanden. Ihr war nur noch eine Klasse von etwa sechs Schülern geblieben, denn die Kinder kamen und gingen, je nach Situation zu Hause oder in der Stadt selbst.

Manche ihrer Schüler, besonders die Mädchen, wurden zu Hause behalten – um zu sticken oder Waren auf der Straße zu verkaufen. Und einige der Familien – Griechen, Armenier, Juden – waren einfach verschwunden. Nicht selten ohne Vorwarnung. In Zeiten wie diesen kamen die Leute nicht höflich vorbei und erklärten, dass Konstantin oder Maria nicht länger am Unterricht teilnehmen würden. Sie schrieben keine Nachrichten. Sie verschwanden, als wären sie nie da gewesen.

Nur ein Schüler war immer da. Am Tag nach der Bombardierung von Mahmutpaşa hatten nur sie beide im Klassenraum gesessen. Er war schlau und frech. Und er hatte eine besondere Begabung für Sprachen – Englisch, Französisch, Latein. Gegen ihren Willen verspürte Nur eine gewisse Zuneigung zu dem Jungen. Doch manchmal wirkte er teilnahmslos. Nur vermutete, als der Krieg sich weiter hinzog, dass es am Essensmangel lag.

Er war der Sohn zweier Armenier: der Vater ein Barbier, zu dem Nurs eigener Vater manchmal gegangen war, die Mutter eine sehr talentierte Schneiderin, die für Nurs Mutter und Großmutter Kleider änderte. Doch während des Krieges schien es ihnen sehr schlecht zu gehen. Der Bedarf für nicht essentielle Dinge wie die Dienste einer Schneiderin war zurückgegangen, und auch ein armenischer Barbier schien nicht länger gefragt zu sein – zum Teil, weil so viele Männer in den Krieg gezogen waren, zum Teil, weil manche Leute Armenier, Griechen, Juden boykottierten und behaupteten, sie würden heimlich jeden Sieg der Feinde feiern. Die Wohnung, in die Nurs Familie gezogen war, hatte nach Angaben der Frau des Schlachters, die unter ihnen wohnte (eine der neuen Informantinnen ihrer Großmutter), einst einer armenischen Familie gehört.

»Wohin sind sie gegangen?«

»Oh, niemand weiß es. Mir schienen sie ja ganz annehmbar zu sein – obwohl ich weiß, dass andere sie missbilligten. Aber vermutlich ist das nur recht, seit dem Krieg.«

Ihre Großmutter hatte dazu weise genickt – obwohl Nur vermutete, dass sie ebenso wenig wie Nur selbst wusste, was genau die Frau damit meinte. Doch sie hätte ihre Unwissenheit niemals preisgegeben, denn das wäre einem Eingeständnis von Schwäche gleichgekommen. Ihre Großmutter war wie die Sultane, die darauf bedacht gewesen waren, sich allwissend und allmächtig zu präsentieren.

»Warum?«, fragte Nur die Frau des Schlachters. Sie teilte

ihre Bedenken keineswegs. »Warum ist es nur recht seit dem Krieg?«

»Nun.« Die Frau schien einen Augenblick lang nicht zu wissen, was sie sagen sollte. »Nun. Weil sie jetzt unsere Feinde sind, natürlich.« Dann, augenscheinlich gelangweilt von diesem Thema, erzählte sie von einer anderen Nachbarin, die mitten in der Nacht in voller Lautstärke auf ihren Ehemann eingeredet habe, und wie »geradezu schändlich« das doch sei – sowohl der Lärm als auch die Tatsache, dass der Mann es einfach hingenommen zu haben schien. Aber er war ganz offensichtlich ein Schwächling – schließlich sei er im richtigen Alter gewesen, um in den Krieg zu ziehen, wäre da nicht diese zweifelhafte Geschichte von irgendeinem Problem mit seinem Herzen gewesen.

»Aber warum?«, insistierte Nur.

»Warum was? Ich kann mir unmöglich anmaßen zu wissen, woher ein Mann diese Art von Unmännlichkeit hat. Vielleicht hat er als Kind zu lange die Brust bekommen.«

»Nein. Ich meine, warum sind sie jetzt unsere Feinde, die Armenier?«

Ein kurzer Schauer der Verärgerung schien die Frau zu durchzucken. Es erinnerte Nur an eine Phase, die sie als Kind durchlebt hatte: Es war ihr ein Spiel gewesen, jede Frage mit einer Gegenfrage zu beantworten. Ihre Mutter hatte denselben Ausdruck von Unmut gezeigt wie jetzt die Frau des Schlachters.

»Sie sind Verräter«, sagte die Frau schlicht. »Mehr weiß ich nicht, aber ich weiß, dass es stimmt. Alle wissen es.« Und als hätte Nur die letzten Jahre unter einem Stein gelebt: »Jeder weiß, dass es wahr ist.« Ein wütender Blick auf Nur.

»Mein Mehmet weiß natürlich mehr darüber. Er geht ins Kaffeehaus, und da erfährt er alles. All die Geschichten, die die Männer von der Front mitbringen.«

Nur war beinahe versucht zu fragen, warum Mehmet, der vollkommen gesund und fähig wirkte und das richtige Alter besaß, nicht ebenfalls an die Front gezogen war. Doch sie hielt sich zurück, denn sie wusste, dass sie sich selbst nicht würde leiden können, wenn sie fragte.

Später dachte sie an ihr Kindermädchen, Sara, die ebenfalls Armenierin gewesen war. Sie war wie eine zweite Mutter für Nur gewesen – ganz buchstäblich, denn in den ersten Wochen ihres Lebens hatte Sara die Rolle einer Amme übernommen, so wie es damals üblich war in Familien wie der ihren. Und obwohl Nur von Saras Andersartigkeit fasziniert gewesen war – dem Umstand, dass sie an *Ramazan* nicht fastete, Wein trinken durfte (auch wenn sie es niemals tat) und ihr Haar nicht bedeckte –, hatte sie sie geliebt wie eine nahe Verwandte. Es war ihr unmöglich, in Sara so etwas wie einen Feind zu sehen, ebenso wie es ihr unmöglich war, die armenischen Kinder in der Schule als Feinde zu betrachten. Nur hatte Andeutungen über den »armenischen Verrat« in den Zeitungen gelesen, sie jedoch nicht weiter beachtet. Sie waren ihr ebenso glaubwürdig erschienen wie die Artikel über »unsere alles besiegende Armee«. Doch jemanden wie die Frau des Schlachters davon reden zu hören, als sei es eine Tatsache, das war etwas ganz anderes.

Sie hatte den Jungen einmal dabei ertappt, wie er die Küchenabfälle in der Schule auf der Suche nach Essensresten durchwühlt hatte. Er hatte einen kleinen Haufen von Schätzen neben sich liegen: Kartoffelschalen, die harten äußeren Schalen von Zwiebeln, Stücke von Auberginenhaut. Als sie ihn darauf ansprach, erzählte er ihr die ganze Geschichte. Er trug immer eine kleine Tüte mit sich in der Tasche. Darin waren Salz und Pfeffer, ein wenig Chilipulver. Mit diesen Gewürzen konnte er alles genießbar machen – Wurzeln oder Gras, oder Fleisch, das seine besten Tage bereits überschritten hatte. Das Chili verbarg zudem die grünliche Färbung, wenn man in diesen Belangen empfindlich war. Im Vergleich dazu waren diese Gemüseabfälle der Schule ein ziemlicher Luxus. Er berichtete ihr all dies mit einem unverkennbaren Ton des Triumphes, als sei er stolz auf seinen Einfallsreichtum.

Am nächsten Tag brachte sie ihm ein wenig Brot mit in die Schule – heimlich, denn wenn man sie dabei ertappt hätte, hätte sie ihrer Mutter und Großmutter Rede und Antwort stehen müssen, hatten sie doch selbst kaum genug zu essen. Diese Praxis zog sich über mehrere Wochen. Nur freute sich zu sehen, dass ihre Geschenke tatsächlich einen Effekt zu haben schienen: Der Junge sah nicht länger aus wie ein Kind, das dem Tode geweiht war. Sie bestand darauf, dass er das, was sie ihm brachte, in ihrem Beisein aß, denn sie befürchtete, er würde es sonst mit nach Hause nehmen, um es mit seiner Familie zu teilen. Wogegen generell vielleicht nichts einzuwenden gewesen wäre. Doch sie war schließlich für *ihn* verantwortlich, und er war ein sechs Jahre alter Junge. Man musste einfach davon ausgehen, dass seine Eltern eher in der Lage waren, für sich selbst zu sorgen.

Eines Tages war er nicht in die Schule gekommen. Anfangs hatte sie sich keine großen Sorgen gemacht. Doch als die Tage ohne ein Zeichen von ihm vergingen, wurde sie unruhig.

Sie wusste, wo er wohnte. In Samatya, dem armenischen Viertel der Stadt seit byzantinischer Zeit, auf der anderen Seite des Goldenen Horns. Wo genau er dort wohnte, wusste sie nicht, doch es war eine eng miteinander verbundene Gemeinschaft, die seit dem Erdbeben im letzten Jahrhundert, das so viele gezwungen hatte, die Stadt zu verlassen, kleiner geworden und noch enger zusammengerückt war. Seine Eltern waren eine Zeitlang sehr bekannt gewesen; Nur hoffte, dass jemand in der Lage sein würde, ihr zu sagen, was mit ihnen geschehen war. Doch als sie durch das Viertel lief, musste sie feststellen, dass sie womöglich zu zuversichtlich gewesen war: Es waren nur wenige Menschen auf der Straße. Der Hunger hatte dafür gesorgt, und die Angst.

Sie bog um eine Ecke und sah sich einem entsetzlichen, doch allzu bekannten Anblick gegenüber: ganze Straßenzüge, die vom Feuer zerstört worden waren. Schmieriger Rauch erhob sich noch immer teilnahmslos über den Ruinen. Im Nachhinein konnte Nur nicht mehr sagen, warum, aber plötzlich war sie sicher, dass hier der Grund für die Abwesenheit des Jungen lag. Sie lief durch die Häuserreste und rief seinen Namen, auch wenn sie nicht wirklich glaubte, dass es irgendetwas nützen würde. Doch als sie am äußeren Rand der Katastrophe an einem der Gebäude vorbeikam, das zum Teil von den Flammen verschont geblieben war, sodass die Räume einen kulissenhaften Eindruck boten, hörte sie ein Geräusch. Eine leise, hohe Stimme, die durch eine der in der Hitze geborstenen Fensterscheiben drang. Zuerst hielt Nur es für den Schrei einer streunenden Katze. Konstantinopel war immer voll davon gewesen, und zu dieser Zeit waren sie mehr denn je die Herrscher der Straße, die Einzigen, die sich von der Zerstörung der Stadt nicht einschüchtern zu lassen schienen. Der Ruf erklang erneut, und diesmal klang er anders, menschlich.

Nur wappnete sich für das, was sie dort drinnen unter Umständen finden würde, und trat durch den leeren Türrahmen. Sie hielt inne, erkannte ihren Irrtum. Unmöglich, dass jemand hier ausgeharrt hatte. Um sie herum war nur Tod; sie konnte ihn riechen. Ein dichter Nebel aus grauem Ruß hing in der Luft, und sie spürte, wie er sich um sie schloss. Reste verkohlter Möbel ragten an einigen Stellen hervor wie abgebrannte Streichhölzer. Der Gestank war beinahe überwältigend. Sie wollte sich schon umdrehen und wieder hinausgehen, als sie das Rufen erneut hörte. Angestrengt spähte sie in die Dunkelheit und sah eine Gestalt. Ein Kind, zusammengekauert wie ein Tier; seine Augen und Zähne leuchteten förmlich aus dem rußverschmierten Gesicht. Zuerst sah er aus wie ein ganz anderer Junge, es war unmöglich, ihn unter all dem Schmutz zu erkennen. Doch das war noch nicht alles: Etwas hatte ihn verlassen. Oder, so dachte sie später, etwas war hinzugekommen. Eine neue Finsternis, ein Virus der Trauer. Es würde lange dauern, bevor sie etwas von dem Jungen wiederfand, der er einst gewesen war.

Es gab Gerüchte, dass das Feuer kein Unfall gewesen war. Dass es gelegt worden war, um den Menschen dort eine Lektion zu erteilen, und zwar von denen, die – wie die Frau des Metzgers – glaubten, die Armenier seien Feinde im eigenen Land. Nur weigerte sich, das zu glauben. Niemand konnte so etwas mit Absicht getan haben.

Später fand sie heraus, dass der Junge drei Tage lang in dem Haus gehockt hatte, drei Tage mit den verbrannten Körpern seiner Eltern. Sie hatte sie gesehen, doch nur als undenkbare Formen; ihr Verstand hatte nicht zugelassen, dass sie etwas anderes sein könnten. Selbst wenn sie wusste, was sie waren, so war es ihr doch unmöglich, diese Formen mit dem freundlichen Paar in Verbindung zu bringen, das sie einst gekannt hatte. Der kleine Mann, der so gerne gelächelt hatte, und seine Frau, deren Lachen so leicht, so freigiebig über ihre Lippen gekommen war.

Nur hatte den Jungen hochgehoben – er hatte sich nicht gewehrt – und wie ein kleines Kind aus dem Haus getragen. Er war beinahe ebenso leicht gewesen. Und so war sie mit ihm den ganzen Weg nach Hause gelaufen.

George

Er erinnert sich an die zerstörten Häuser hinter dem Basar. Und obwohl er schon vieles gesehen hat, schaudert er.

Er war sich sicher, dass der Junge ihr Sohn sein musste. Schließlich war sie einmal verheiratet gewesen, vor dem Krieg. Es ergab vollkommen Sinn. Aber es war noch mehr als das: ihre liebevolle Art dem Jungen gegenüber. George erinnert sich, wie ihre Hand, als er ihr vom Zustand des Jungen berichtete, an ihren Unterleib gefahren war. Er fragt sich, was wohl dahintersteckte.

Ebenso fragt er sich, warum sie ihn nicht bereits früher korrigiert hat. Dachte sie womöglich, er würde seine Hilfe weniger bereitwillig anbieten, wenn er nicht davon ausging, dass es ihr Junge sei? Hätte es einen Unterschied gemacht? Er würde gerne glauben, dass es nicht so war. Nur dass er sich nicht absolut sicher sein konnte. Der wahre Grund seiner Handlungsmotive, wie es bei so vielen der bedeutungsvollsten Taten eines Menschen der Fall ist, bleiben auch ihm selbst unergründlich.

Dachte sie, er würde sie in irgendeiner Weise verurteilen, sie geringer achten?

Die Wahrheit lautet: ganz im Gegenteil.

Sie ist jeden Tag gekommen. Und jedes Mal hat er etwas Neues an ihr bemerkt, über sie gelernt.

Dass sie eine unergründliche, komplexe Mischung aus Selbstvertrauen und Zaudern, Wut und Gleichmut ist.

Dass sie manchmal, wenn sie ein besonders schwieriges

Wort auf Englisch ausgesprochen hat, einen Moment ver-
streichen lässt, bevor sie weiterspricht, als warte sie darauf,
dass er sie korrigiert. (Was er nie tut – er ist nicht sicher, wie
sie es aufnehmen würde, trotz ihrer offensichtlichen Aufforderung; zudem übertrifft ihre Beherrschung des Englischen
beinahe seine eigene.)

Dass die Handschuhe, die sie trägt, von ausgesprochen feiner Spitze, jedoch an zahlreichen Stellen eher unbeholfen aus-
gebessert zu sein scheinen.

Dass, wenn sie die Handschuhe auszieht, ihre Nagelbetten von blauer – beinahe violetter – Farbe zu sein scheinen.
Zeichen eines niedrigen Blutdrucks, den er als Mediziner
nicht als charmantes Detail betrachten kann.

Dass sie drei winzige dunkle Hautfleckchen um eines ihrer Augen hat – auch wenn er sich nie merken kann, um welches. Wie ein Sternbild. Nein, wie eine Signatur, das Zeichen
eines meisterhaften Künstlers, der stolz ist auf sein Werk.
George ist von sich selbst überrascht. Normalerweise überlässt er sich nicht solch albernen Vorstellungen.

Dass sie häufig, wenn er mit ihr spricht, die Augenbrauen
zusammenzieht. Er ist sich nicht sicher, ob es daran liegt, dass
sie sich darauf konzentriert, seine Worte zu übersetzen – was
er bezweifelt, so fließend wie sie seine Sprache beherrscht –,
oder ob sie damit ihre Abneigung gegen ihn, gegen das, wofür er steht, zum Ausdruck bringt. Was ihm plausibler erscheint.

Dass ihr Lächeln hart erkämpft werden muss, doch wenn
es kommt, eine ungemilderte Freude ist, die durch die Schwierigkeit, es zu gewinnen, noch gesteigert wird.

Und noch vieles mehr, zu viel, um alles aufzulisten. George

hat das Gefühl, als könne er eine ganze Abhandlung darüber schreiben – weit flüssiger als den Aufsatz über die Erregerstämme der Mesopotamischen Malaria, an dem er sich derzeit versucht.

Es ist nicht leicht, bei sich selbst ein Leiden zu diagnostizieren. Selbst dann – oder gerade dann –, wenn man ein Mann der Medizin ist. Der beste Weg ist es, die Symptome exakt und unvoreingenommen aufzulisten und dann zu versuchen, sie so zu betrachten, wie man die Symptome eines Fremden betrachten würde.

George geht zum Schrank, holt die kostbare Flasche heraus und gießt sich einen sparsamen Schluck davon ein. Er behält den Whisky im Mund, genießt das Brennen, die Klarheit, die er seinen Gedanken verleiht.

Was, wenn er in diesem Augenblick seine Symptome auflisten sollte? Angespannte Erwartung. Ein gesteigertes Bewusstsein seiner selbst und seiner eigenen Mängel. Ein gesteigertes Bewusstsein für die Perfektion eines anderen Menschen, an dem alles faszinierend, neuartig erscheint. Erhöhte Herzfrequenz. Verwirrende Träume. Anspannung. Seltsame, irrationale Schübe von Euphorie.

Er ahnt, dass hundert Ärzte das gleiche Leiden diagnostizieren würden. Er selbst würde es ebenfalls so benennen … wenn er diese Symptome an einem Fremden beobachtete. Doch bei sich selbst? Unmöglich. Es kann nicht sein; er kann nicht zulassen, dass es so ist. Denn wenn dem so wäre, steckte er mächtig in der Tinte.

Schnee

Der Schnee kommt wie eine Überraschung über die Stadt; vor einem Monat noch war es warm. Unter helllavendelfarbenen Wolken fegt er aus dem Norden des Schwarzen Meeres heran und bringt die Welt zum Schweigen. Er bedeckt unansehnliche Berge von Unrat und Schmutz und lässt die Straßen makellos erscheinen. Die Straßenkatzen schleichen verstohlen durch ihn hindurch, als wollten sie vermeiden, seine Aufmerksamkeit auf sich zu ziehen. Die streunenden Hunde begegnen ihm mit Misstrauen, mit Angst: Sie knurren und winseln – der mutige Anführer eines Rudels versucht die Flocken mit seiner Pfote aus der Luft zu angeln.

Es ist schön, unwirklich. An manchen Orten dieser Welt mag er banal sein, doch nicht hier, wo er sich so selten blicken lässt. Nur tritt in ihn hinaus, und die Kälte lässt sie kurz nach Luft schnappen. Sie wickelt sich ihren Schal ein wenig enger um das Gesicht und taucht ein in den weißen Schwarm.

Kerem beobachtet alles von einem der Fenster aus. Früher einmal hätte er darin Schönheit gesehen – er kann die fröhlichen Schreie der Kinder auf der Straße hören. Während er hinausblickt, erscheinen zahlreiche kleine Gestalten, ihre Kleidung dunkel vor dem Weiß des Schnees. Sie sehen aus, als trügen sie jedes einzelne Kleidungsstück, das sie besitzen. Sie treten gegen den frisch gefallenen Puder und schöpfen ihn in ihre Arme, sodass er wie ein Wasserfall hinunterfließt. Kerem beobachtet, wie Nur stehen bleibt und mit ihnen spricht, und dann sieht – oder vielleicht hört er – ihr Lachen.

Er blinzelt. Denn alles, was er sehen kann, sind die toten

Körper so vieler Männer, hart gefroren wie Stein – doch nicht so hart, dass die Hunde nicht ihre Zähne in sie hineinschlagen könnten. Er spürt eine Enge, weit oben in seiner Brust, schließt die Augen und wendet sich vom Fenster ab. Er wird sich eine Zigarette anzünden, und dann wird er in Eyüp ins Kaffeehaus gehen und mit seinem Freund sprechen.

Der Junge betrachtet den Schnee durch ein Fenster im Haus am Bosporus, fasziniert davon, wie die Flocken mit dem Wasser zu verschmelzen scheinen oder von ihm verschlungen werden. Seit er auf der Welt ist, hat es erst dreimal wirklich geschneit; es ist ein Wunder. Und wie schnell das gegenüberliegende Ufer von Dunkelgrün in Weiß verwandelt wird. Er würde gerne hinausgehen, doch er weiß, dass man es ihm nicht gestatten wird. Sein altes Selbst wäre durch den Schnee gerannt und in ihn hineingesprungen, hätte Figuren aus ihm gebaut.

Für den Arzt ist es noch immer ein Wunder. Seit vielen Jahren hat er nicht mehr so viel Schnee gesehen. Als sie in den Dörfern am Kaspischen Meer ankamen, war der Schnee bereits alt und brackig. Für die Menschen, die dort lebten, war er vor langer Zeit zu einer Last geworden, keine Neuheit. Dieser hier ist wie der Schnee seiner Kindheit, der über Nacht die Spitzen der Berge bedeckte, sodass er am Morgen in einer völlig veränderten Welt erwachte. Das Rotwild, das durch ihn hindurch zog, mit einem Mal so exponiert. Alle Farbe verschwunden. Eine neue, essentiellere Schönheit. Der Schnee schien ein eigenes Licht zu besitzen, selbst nachdem es dunkel geworden war. George konnte ihn von dort draußen zu ihm hinüberstrahlen sehen wie ein Geheimnis.

Er ist von einem Gefühl erfüllt, das er nicht definieren kann.

»Möchtest du gerne nach draußen gehen?«

Er erhält seine Antwort, noch bevor der Junge gesprochen hat.

»Schwester Agnes, ich nehme den Jungen mit raus. Könnten Sie mir ein paar Decken bringen?«

Sie sieht ihn mit weit aufgerissenen Augen an. Ist er verrückt geworden?

Er ignoriert ihren Blick.

Es ist kälter als erwartet. Der Wind, der über das Wasser hereinweht, fühlt sich an, als käme er direkt aus Sibirien.

»Ist dir warm genug?«

»Ja.« Die Antwort kommt gedämpft aus einer Lage von Decken.

»Wir müssen nicht lange hier draußen bleiben.«

Sie kommen nur langsam voran. Der Schnee bedeckt den Boden einige Zentimeter hoch, und der Rollstuhl lässt sich nur schwer bewegen, selbst mit seiner geringen Last. Nach wenigen Minuten ist George trotz der Kälte nass geschwitzt.

Er erinnert sich an etwas aus seiner Kindheit.

»Sieh hinauf, in den fallenden Schnee.«

»Ich kann nicht.«

Der Junge, sieht George jetzt, ist so fest eingewickelt, dass er sich nicht bewegen und nur starr nach vorn blicken kann.

»Warte, ich helfe dir.« Mit nicht wenig Anstrengung kippt er den Stuhl auf seinen Rädern nach hinten, sodass der Junge in den Himmel blickt.

Sie schauen hinauf in den hinabfallenden Strudel des Schnees – wie Sterne, die vom Himmel fallen, ein sich auflösender Nebel. Die wenigen kahlen Äste über ihnen sehen aus wie schwarze Adern, nicht weniger seltsam. Der Junge öffnet den Mund und fängt eine Schneeflocke auf seiner Zunge. George weiß, wie sie schmeckt – nach nichts, und doch mit einem ganz eigenen Geschmack, metallisch und ein wenig süß. Seine Augen brennen. Doch wahrscheinlich liegt es nur an der eisigen Luft.

Nach einer Weile nimmt er aus dem Augenwinkel eine Bewegung wahr, und als er sich umdreht, sieht er, wie eine Gestalt sich aus dem weißen Schleier heraus nähert. Sie alle mögen undefinierbar sein, dermaßen eingewickelt in Schals und Decken, doch irgendetwas an der Bewegung sagt ihm, dass sie es ist. Die Freude, die ihn bei ihrem Anblick überkommt, überrascht ihn. Es ist die Freude, die man bei der unerwarteten Ankunft eines alten Freundes verspürt; ja eines geliebten Menschen.

Er hebt eine Hand. Er ruft nicht nach ihr, denn er ist nicht sicher, ob sie ihn aus dieser Entfernung wird hören können, und außerdem wollen die Worte sich in seinem Mund ohnehin nicht formen. Es ist, als hätte irgendetwas ihm den Atem geraubt.

Mit vorsichtigen Schritten kommt sie näher. Als sie nur noch wenige Meter entfernt ist, sieht er, dass der Schnee das Licht in ihren Augen verändert hat; sie sind nicht länger dunkel, sondern beinahe silbern.

»Was tun Sie da?«

»Er wollte den Schnee sehen.«

Zwischen ihnen herrscht eine gewisse Leichtigkeit. Er kann es spüren. Es ist etwas Neues, beinahe Freundschaftliches. Es ist die Magie der Schneeflocken, ihre Absonderlichkeit.

»Es sieht eher so aus, als würden Sie beide ihn essen.«

Sie zieht ein kleines, in braunes Papier gewickeltes Päckchen aus den Falten ihres Mantels hervor.

»Die hier habe ich für ihn gekauft.«

Sie reicht ihm das Päckchen. Er nimmt es; es ist warm. Einen Moment lang denkt er, es sei ihre Wärme, die Wärme unter ihrem Mantel. Er spürt, wie ein neues Gefühl ihn durchzieht, und starrt intensiv auf das Päckchen, für den Fall, dass es in seinem Gesicht zu erkennen sein sollte.

»Haselnüsse«, sagt sie. »Die Straßenverkäufer rösten und verkaufen sie an jeder Ecke. Er mag sie.« Und dann: »Und vielleicht möchten Sie ja auch welche.«

»Vielen Dank.«

Es folgt ein nachdenkliches Schweigen. Keiner von ihnen scheint zu wissen, wie es weitergehen könnte. Und dann geschieht etwas Unerwartetes: Etwas Nasses, Kaltes, trifft ihn mitten ins Gesicht. Er prustet, überrumpelt und verärgert über diesen Angriff. Einen verwirrten Augenblick lang denkt er, sie habe den Schneeball auf ihn geworfen. Dann versteht er. Einer der Zweige über ihnen hat seine Last auf ihm abgeladen. Ein Volltreffer. Der Junge lacht laut auf. Sogar sie gestattet sich ein Lächeln. Als er die Situation so betrachtet, wie sie sie gesehen haben müssen, beginnt auch er zu lachen.

Der Junge

Er betrachtet Nur *hanım*. Sie erscheint ihm irgendwie anders. Sie sieht aus wie immer – abgesehen von der zusätzlichen Schicht Kleidung gegen die Kälte vielleicht –, doch sie trägt diese Veränderung wie einen unsichtbaren Mantel, der sie auf geheimnisvolle Weise wärmt. Er glaubt, den Grund dieser Veränderung in ihr zu kennen. Es ist der Arzt. Dem Jungen ist bisher nie bewusst gewesen, dass auch ein Erwachsener einen Freund braucht, so wie ein kleiner Junge. Gerade von Nur *hanım* hätte er so etwas nie erwartet, denn sie wirkt immer so stark. Und sie hatte nie einen Freund, solange er denken kann. Doch jetzt lächelt sie, und ihr ganzes Gesicht sieht anders aus: weniger müde, weniger alt.

Vor langer Zeit hat sie ihm einmal gesagt, dass der Arzt kein Freund von ihnen sei. Dass er der Feind sei. Sie scheint es vergessen zu haben.

Und da ist noch etwas anderes. Er ist zu jung, um es zu verstehen, aber nicht um es zu bemerken. Er kann es fühlen, wie eine Veränderung in der Atmosphäre, wie den Geruch einer neuen Jahreszeit. Es liegt in den Blicken, in den Worten – aber hinter den Worten. Etwas Mächtiges, möglicherweise Gefährliches. Merken sie es auch? Er ist sich nicht sicher. Aber er weiß, dass er mit Nur *hanım* nicht darüber sprechen kann. Nicht bloß, weil er nicht weiß, wie er es in Worte fassen soll, sondern auch, weil er glaubt, dass es ihr nicht gefallen würde, wenn er fragte.

Der Gefangene

Destabilisierung. Das ist das Wort, das er sich merken muss. Verhindern, dass sie es sich zu gemütlich machen.

»Sie müssen hier leben wie alle anderen«, sagt der Offizier. »Wenn ihre Lage hier ein wenig unsicherer wird, wird es ihnen schwerer fallen, die Besatzer zu spielen.«

Darin liegt ihre Macht. Nicht in der Art einer Armee – in einer Demonstration der Stärke. Sondern als Agenten der Unsicherheit und Angst. Egal wie umfassend eine Besatzung ist, sie kann nicht alles sehen.

Er ist an einigen kleineren Aktionen beteiligt. Einige davon beinhalten Überfälle auf die Artillerielager der Besatzungsmächte. Die erbeuteten Waffen werden weitergeleitet, bis sie schlussendlich in Ankara landen, bei der Rebellenregierung. Andere beteiligen sich bei ähnlichen Unternehmungen.

Auf dem Rückweg vom Kaffeehaus, spät in der Nacht, trifft er am Kai auf einen betrunkenen britischen Soldaten. Gerade beugt sich der Mann nach vorn, um sich in den Bosporus zu übergeben. Die goldenen Epauletten auf seinen Schultern geben ihn als einen hochrangigen Offizier zu erkennen.

Und das sind die Männer, denen wir unsere Stadt überlassen sollen, die sich das genommen haben, was uns gehörte. Welche Schande.

Er handelt beinahe schon, bevor er sich überhaupt entschieden hat, es zu tun – aus einem Impuls heraus. Seine Hand schießt vor und packt den Mann im Nacken. Nur ein winziger Augenblick der Gewalt. Doch mehr braucht es nicht, um den Offizier nach vorne kippen zu lassen. Beinahe lautlos gleitet der Mann ins Wasser, fast so, als wäre er nie da gewesen. Die Oberfläche zeigt kaum eine Veränderung.

In seinem Innern jedoch: Ist da nicht ein leises Kräuseln der Unruhe ob dieser Tat? Ja, gegen seinen Willen und entgegen allem, was er gelernt hat. Denn dieser Tod darf ihn nicht berühren. Schließlich hat er schon Unschuldige ermordet, und *diese* Tode waren notwendig. Er muss daran glauben, oder es wird ihn zerstören. Dieser Mann hingegen war selbst ein Mörder. Er muss es als das feiern, was es ist: einen Sieg über den Feind.

Doch zwei Tage später hört er im Kaffeehaus, dass der Mann überlebt hat. Jetzt suchen sie nach dem Täter. Männer sind schon für weniger exekutiert worden. Hat er Angst? Er weiß nicht mehr, was das ist. Einige Tage bleibt er in der Wohnung – obwohl er sich beinahe sicher ist, dass der Mann ihn nicht gesehen haben kann, und selbst wenn, dass er dann zu betrunken gewesen ist, um sich an ihn zu erinnern.

Am frühen Morgen hämmert eine kleine Gruppe britischer Soldaten an sämtliche Türen des Viertels, um die Leute zu »befragen«. Was augenscheinlich bedeutet, halbbekleidete Männer barfuß auf die kalte Straße hinaus zu beordern und unter den heimlichen Blicken ihrer Nachbarn zu demütigen, sie ins Verhör zu nehmen, während sie zitternd dastehen.

»Nur.« Er geht, um sie zu wecken, doch sie ist bereits wach. »Sie dürfen nicht wissen, dass ich hier bin.«

Er sieht die Verdächtigung in ihrem Blick; einst hätte es ihn getroffen, doch mittlerweile ist er daran gewöhnt, dass sie ihn so ansieht. Und tatsächlich ist es besser als die Male, an denen er sie dabei ertappt hat, wie sie ihn heimlich beobachtete, als überlege sie, ob er wirklich der ist, für den er sich ausgibt.

Zuerst fürchtet er, sie würde sich weigern. Es war dumm – das erkennt er jetzt –, diese Tat in der Nähe ihrer Wohnung zu begehen. Er hatte Nur nicht in diese Sache hineinziehen wollen, egal wie illoyal sie sich verhalten hat. Doch sie nickt.

Von seinem Versteck auf dem Dach aus hört er, wie sie mit ihr reden, sie demütigen. Nach den alten Regeln hätten sie nicht einmal das Recht, eine Unterredung mit den Frauen des Hauses zu verlangen. Er stellt sich vor, dass sie, selbst wenn sie sich dieses Edikts bewusst sind, großes Vergnügen darin finden, es zu übergehen.

»Nein«, hört er seine Schwester sagen, »sonst ist niemand hier. Mein Bruder ist im Krieg verschollen.« Er hört, wie ihre Stimme die Lüge preisgibt; aber sie kennen seine Schwester nicht so, wie er sie kennt – oder meinte sie zu kennen. Diese Sache war sie nicht wert, die Demütigung seiner Schwester, der Männer auf der Straße. Die Tat war trivial, wirkungslos. In den Stunden, die ihr folgten, hat sie ihn mehr geplagt, als sie es hätte tun sollen, hat sein Gewissen bedrängt. Wieder und wieder sah er es vor sich, die schutzlose – beinahe beschämende – Haltung des Offiziers, als er ihn ins Wasser stieß. Es war feige, unter seiner Würde. Das sei es, was ihm Unruhe bereite, sagt er sich, nicht der mögliche Tod des Mannes oder die unheldenhafte Rolle, die er selbst dabei gespielt hätte. Und dann zu erfahren, dass der Mann überlebt hat, dass er sich umsonst erniedrigt hat.

Die nächste Tat muss dementsprechend bedeutungsvoll sein. Sie sollte detailliert geplant sein und mit Mut und Überzeugung ausgeführt werden – nicht aus einem Impuls her-

aus, mit dem Grandeur eines Taschendiebs, der eine Geldbörse entwendet. Es muss etwas sein, das eine deutliche
Grenze zieht zwischen dem Mann, der er einst war, und dem
Mann, zu dem er geworden ist. Etwas, das ihm selbst ebenso viel beweisen wird wie dem Feind.

Ihm kommt ein Gedanke.

Es würde mehrere Probleme auf einmal lösen.

Zuerst schreckt er davor zurück.

Dann kehrt er zurück, betrachtet diesen Gedanken genauer,
wie einen schlechten Traum, der ihm Angst eingejagt hat.

Nur

Kerem wirkt in letzter Zeit abwesend, geheimnisvoll. Oft kehrt er erst spät in der Nacht nach Hause zurück. Bisher hat er das Hospital nicht wieder erwähnt. Sie glaubt nicht, dass dies bedeutet, er habe ihr verziehen, nur dass wichtigere Dinge ihn beschäftigen. Da war dieser Morgen, als die britischen Soldaten kamen. Die Armee hatte sich seit Beginn der Besatzung in den ereignislosen Straßen des Viertels nicht wieder gezeigt. Etwas Wichtiges musste sie hergeführt haben.

Falls es das ist, was sie vermutet, dann ist es nicht so sehr das auslösende Ereignis, das ihr widerstrebt. Vielmehr hat sie Angst um ihn – das ist es.

Seit Beginn der Besatzung hat es immer wieder Gerüchte über Widerstand gegeben. Manche besagen sogar, dass auch Frauen involviert sind. Wenn Nurs Situation eine andere gewesen, wenn ihre Mutter nicht gewesen wäre, der Junge, wäre sie vielleicht sogar versucht gewesen, sich ebenfalls anzuschließen.

Sie verspürt keine Loyalität gegenüber den Besatzungsmächten, darin besteht kein Zweifel. Ihr ist klar, dass der Arzt eine Ausnahme darstellt, und nicht die Regel – und selbst dann noch vermutet sie, dass er nicht ganz so ehrlich und schuldlos ist, wie er scheint. Sie hat gesehen, mit welchen Blicken die Krankenschwestern im Hospital sie betrachtet haben, hat den Blick seines Kollegen gesehen: als sei sie eine Betrügerin. Nur erinnert sich auch an die britischen Soldaten, die sie und den Jungen in der Nacht des Feuerwerks verfolgt haben –

eine Frau und ein kleines Kind. Sie denkt an all das, was sie in den ersten Tagen von ihrem Aussichtspunkt oben auf dem Dach aus gehört hat. Ja, selbst mit der Verantwortung, die sie zu Hause hat, wäre sie früher womöglich versucht gewesen, sich zumindest in kleinerem Umfang den Widerständlern anzuschließen. Vor der Krankheit des Jungen, vor dem un-ausweichlichen Kompromiss, den sie mit ihrem Gewissen hat schließen müssen, bevor eine persönliche Verpflichtung über die Pflicht an ihrem Heimatland gestellt werden musste. Doch selbst wenn sie sich ihnen angeschlossen hätte, so hätte sie sich einen Sinn für die Verhältnismäßigkeit, für ihre eigene Selbsterhaltung bewahrt. Genau das ist es, so fürchtet sie, was ihrem Bruder fehlt. Und sie erkennt, dass ihre Angst im Hin-blick auf ihren Bruder am Ende nicht darin liegt, ihn *nicht* zu lieben, sondern darin, ihn zu sehr zu lieben.

Der Reisende

Bulgarien, Sofia, am Morgen; der letzte größere Halt vor meinem Ziel. Eine frische Gruppe Reisender steigt zu, und mittlerweile vertraute Gesichter im Waggon werden von neuen ersetzt. Ich verspüre eine seltsame Traurigkeit über den Verlust. Auch wenn wir kaum ein Wort miteinander gewechselt haben, so hat sich doch ein stiller Einklang eingestellt, als wären wir bereits sehr viel länger auf dieser Route unterwegs. Wir alle haben einmal zu etwas gehört.

Was ich jedoch erst lernen musste: Zugehörigkeit ist kein endgültiger Zustand. Jahrelang hört man, dass man dazugehört, dass man ein homogener Teil eines großen Ganzen ist. Dass die eigene Identität die gleiche ist wie die Identität einer Nation. Und dann, eines Tages, stellt man fest, dass die Kriterien für die Mitgliedschaft sich geändert haben. Unterschiede offenbaren sich; Aspekte des eigenen Lebens, die man selbst nie als andersartig empfunden hat. Mit einem Mal sind sie radikal, pervers, gotteslästerlich. »Sieh doch, wie du betest!«, sagen sie. »Sieh dir das Essen an, das du isst, die Sprache, die du sprichst, die eigenartige Farbe deiner Haut, die Art von Bett, in dem du dein Haupt zur Ruhe legst ... selbst den Klang deines Namens. Du bist anders als wir – es ist uns jetzt erst aufgefallen –, so wie eine Katze anders ist als ein Hund. Hast du schon mal gehört, dass eine Katze mit einem Hund befreundet sein kann? Was für ein Unsinn! Wir sind Erzfeinde, für alle Ewigkeit. Wir haben dich enttarnt. Wir werden dich zerfleischen.«

Ich öffne den Koffer und nehme eine kleine Tabakdose

heraus. In London gibt es einen Mann, der diese Sorte Tabak aus der alten Heimat importiert. Viele Jahre lang wurde er in einem schweren prallen Päckchen geliefert, das stark nach verbranntem Toast roch, und dann in einer von zahlreichen kleinen Dosen wie dieser hier. Meine Erinnerungen riechen danach, vermischt mit dem beißenden Geruch einer Krankenstation.

Auf dem Deckel der Metalldose schmeichelt das Bild einer liegenden Odaliske der westlichen Vorstellung einer osmanischen Frau, anachronistisch flankiert von zwei ägyptischen Sphinxen. MURAD TURKISH TOBACCO steht da in stolzen Buchstaben. Und darunter die mutige Aufforderung, im Laufe der Jahre zu einem Zögern verwittert: »Urteilen Sie selbst!« Die Farben auf der Dose sind nur noch ein Schatten ihrer selbst. Der Lack ist ab.

Ich habe diese Dose in einer Schreibtischschublade im Arbeitszimmer gefunden. Jetzt erinnere ich mich auch, wie ich an seinem Schreibtisch saß und versuchte, den Deckel zu öffnen. Egal wie viel Kraft ich auch aufwendete, das Metall schien keinen Deut nachzugeben; es war vom Rost wie zugeschweißt. Diese Tatsache verstärkte natürlich nur meine Entschlossenheit. Schließlich gab der Deckel nach – und das sehr plötzlich, mit einem Mal.

In der Dose befand sich kein Tabak, sondern Sand. Ich fühlte mich, als hätte mir jemand einen Streich gespielt. Ein wenig von dem Sand war auf den Boden gefallen. Ich verbrachte eine ganze Stunde damit, die einzelnen Körner aus dem Teppich und den Ritzen der Bodendielen aufzulesen. Sie waren von einer blassen Färbung, und unter ihnen befanden sich winzige Teile von Muschelschalen, so rosa wie die Farbe von

Fingernägeln, nein, dunkler, wie die Innenseite einer Lippe. Dies war nicht der gräuliche Sand eines englischen Strandes. Ich wusste, dies hier war das Relikt eines warmen Ortes, wo das Licht Teil aller Dinge war.

Heute ist in der Dose kein Sand mehr. Stattdessen bewahrt es etwas weit Kostbareres.

Nur

»Du warst auch heute wieder bei dem Jungen.«

»Es ist wichtig, *büyükanne*. Es geht ihm sehr schlecht.«

»Dann hast du auch den englischen Arzt gesehen, nehme ich an. Es muss etwas geben, das er sich von dieser Sache verspricht. Ich verstehe nicht, warum er sonst bereit sein sollte, dem Jungen zu helfen.«

»Er ist kein Engländer, er ist Schotte. Und …« – rasch hinzugefügt, als ihr einfällt, was sie als Erstes hätte sagen sollen – »er hat ihm geholfen, weil ich ihn angefleht habe. Ich vermute, er hielt es für seine Pflicht.«

»Ich frage mich …« – ihre Großmutter schließt die Augen und tut so, als würde sie konzentriert nachdenken –, »wie viele Ärzte, denkst du, würden mitten in der Nacht über den Bosporus in ein ihnen völlig unbekanntes Stadtviertel kommen, um einer fremden Frau zu helfen? Und den Jungen dann aufnehmen, und zwar zweifellos gegen ihre Befehle …«

»Ich glaube, dass er trotz allem kein schlechter Mensch ist.«

»Und doch ist er einer derselben Männer, die deinen Bruder vier Jahre lang gefangen gehalten haben. Und du siehst, was das mit ihm gemacht hat, was aus ihm geworden ist.«

»Nein, er ist keiner von ihnen. Er war nie daran beteiligt: Er war in Mesopotamien und in Persien.«

Ihre Großmutter sieht sie bedeutungsvoll an.

»Du hast mit ihm gesprochen.«

»Nur so viel, wie nötig war, um nicht unhöflich zu erscheinen.«

»Du musst aufpassen, *canım*.«

»Wie meinst du das?«

»Das Leben war hart für dich in den letzten Jahren. Und ich weiß, dass wir es dir manchmal nicht leicht machen. Und vielleicht zeigen wir nicht immer, dass wir sehen, was du alles für uns tust. Aber ich sehe es, mein liebes Mädchen.«

Die Zuneigung trifft Nur unerwartet. Sie muss sich die Handballen auf die Augen pressen, um die Tränen zurückzuhalten, die sich plötzlich hinausdrängen wollen.

»Und ich weiß, dass der Verlust eines Ehemanns … und des Babys …«

»Nicht.« Ihre Großmutter ist die Einzige, die von diesem zweiten Verlust weiß. Nur spürt jetzt, dass sie dieses Wissen unfair einsetzt.

»Manchmal denke ich, es wäre besser gewesen, wenn du gar nicht erst geheiratet hättest. Es war nur ein weiterer Verlust für dich. Und wenn man einen Ehemann verliert, dann verliert man auch eine gewisse … Form der Zuneigung, die die Familie nicht ersetzen kann.«

Nur denkt, dass es nicht viel Sinn macht, zu erklären, dass sie sich nicht erinnern kann, in der kurzen Zeit mit Enver so etwas erlebt zu haben.

»Ich denke nur …«

»Nun«, unterbricht Nur sie scharf. »Ich denke, wenn man zu viel Zeit damit verbringt, herumzusitzen und sich Gedanken zu machen, dann läuft man Gefahr, sich in Fantastereien zu verlieren.«

Noch während sie es ausspricht, weiß sie, dass sie zu weit gegangen ist. Sie wartet auf den Zorn ihrer Großmutter, wohlbekannt und gefürchtet, seit sie ein kleines Mädchen war.

Doch zu ihrer Überraschung kommt er nicht. Stattdessen hört sie ein leises Geräusch, ein kleines Luftholen. Voller Sorge blickt sie zu der alten Frau. Und sieht – ein Wunder –, dass diese weint.

»*Büyükanne* …«

»Ich sage das nicht, weil ich mich vor der Schande fürchte. Auch wenn diese ohne Frage groß wäre, falls irgendjemand etwas vermutete. Ich sage es, kleine Nur, *canım*, weil ich Angst um dich habe.«

Frühling

Er bringt all die Wunder der neuen Jahreszeit mit sich, die Überraschung eines Zaubertricks – als käme er nicht in jedem Jahr. Die Blätter an den Bäumen entsprechen dem platonischen Ideal von Grün, dem originalen Grün, im Vergleich zu dem alle anderen Schattierungen nur imperfekte Iterationen sind. Auf der Erde unter ihnen liegen die vertrockneten Skelette ihrer Vorgänger wie ein Memento mori.

Die Luft riecht nach Wachstum. In der Mittagszeit trägt die Sonne den Atem des Sommers in sich. Für manche trägt der Wind dieses Jahr den Duft der Veränderung. Mustafa Kemals Rebellenregierung in Ankara setzt die Besatzungsmächte zunehmend unter Druck; der Schwanz, so scherzen manche, wedelt allmählich mit dem Hund. Die türkische Polizei erhält ihre Befehle mittlerweile aus Ankara. Die Oberbefehlshaber der Entente erhalten eine höfliche Note, die sie darüber informiert, dass am 23. April Paraden zur Jahresfeier der Gründung der Nationalversammlung abgehalten werden. Sie stimmen den Paraden zu, und diese verlaufen ohne Zwischenfälle, weil die Europäer wissen, was geschehen würde, wenn sie sich dem entgegenstellten. Auf diese Weise erkennen sie vielleicht an, dass sie dieses Land nicht länger gänzlich unter ihrer Kontrolle haben.

Die Straßenverkäufer haben die Haselnüsse gegen frische Muscheln getauscht, die sie am Morgen an den Ufern des Schwarzen Meeres sammeln, und gegen Mandeln auf Eis – *buzda badem* –, sodass man die verborgene cremige Süße des Fleisches ganz schmecken kann.

In den Baracken überall in der Stadt sehnen sich die Männer so sehr wie vielleicht zu keiner anderen Zeit des Jahres nach ihrem eigenen Land. Nach der Kirschblüte an der Seine, Spaziergängen durch die Downs, dem Feuerwerk der Wildblumen entlang der ligurischen Küste.

Denn nirgends spürt man die Perfektion dieser Jahreszeit so intensiv wie in der Heimat.

Nur

Sie und der Junge machen einen kleinen Spaziergang durch den Garten des Hauses. Er ist noch ein wenig wackelig auf den Beinen, die Anstrengung nicht gewohnt. Der Arzt ist nirgendwo zu sehen; die Krankenschwester hat sie mit einem missbilligenden Blick zu dem Jungen geführt. Diese Missbilligung hing wie eine Wolke in den Zimmern, und so schlug Nur vor, hinauszugehen. Sie wollen sich die Glyzinien ansehen, frisch erblüht, mit dem Duft all ihrer Erinnerungen an diese Jahreszeit. Die Pflanze sei hundert Jahre alt, hat ihr Vater ihr einst erzählt. Vielleicht sogar noch älter. Sie kann viele Generationen überdauern. Und dennoch ist es ein überraschend fragiles Gewächs. Irgendein Schock, vielleicht gar jenseits des Wissens ihres Gärtners, und das Ende kommt allzu rasch. Die Glyzinie verkümmert und stirbt und blüht nie wieder. Doch an diesem Morgen ist sie so schön wie immer.

»Hallo.«

Nur hat den Arzt nicht bemerkt. Er sitzt verborgen hinter diesem Wasserfall aus Blüten, ein Buch auf dem Schoß.

»Hallo«, sagt der Junge, und dann blickt er zu ihr hoch, ein stiller Tadel ob ihrer Unhöflichkeit.

»Guten Morgen«, sagt sie schließlich. Es ist seltsam. Vor wenigen Monaten hat sich ein neuer Einklang zwischen ihnen herausgebildet, eine gewisse Leichtigkeit. Doch als sie ihn jetzt sieht, spürt sie einen Knoten aus Angst in ihrer Brust, eine Kontraktion in der Kehle. Jedes Wort, das sie miteinander wechseln, scheint ein neues Gewicht zu bekommen, tausend mögliche Bedeutungen offen für Interpretationen, Missverständnisse.

Sie kann diese Veränderungen nicht gänzlich verstehen. Möglicherweise hat es etwas mit der Warnung ihrer Großmutter zu tun, und auch mit Nurs Wissen über die neue Berufung ihres Bruders und wie diese ihre eigenen Taten im Gegenzug fragwürdig und anstößig erscheinen lässt. Und doch ist es mehr als das: ein Bewusstsein, das allein mit ihr zu tun hat, die Preisgabe eines bislang verborgenen Aspektes ihrer selbst.

»Ich hatte es Ihnen sagen wollen«, sagt er. »Ich habe heute meinen freien Tag und bin ein wenig auf Entdeckungstour gegangen. Dabei habe ich den Bootskeller unter dem Haus entdeckt.«

Plötzlich wird sie von einer Erinnerung durchzuckt. Eine Geschichte, die ihr Vater ihr einst erzählte.

»Sie lächeln.«

»Oh.« Sie ordnet ihre Gesichtszüge. »Ich habe mich gerade an etwas erinnert.«

»Was?« Der Junge blickt zu ihr hoch. Sein Englisch hat sich in letzter Zeit verbessert. Die Geschichte wird ihm gefallen. Dieser Umstand gestattet es ihr, sie zu erzählen – was ohne die Anwesenheit des Jungen nicht der Fall gewesen wäre. Und so erzählt sie es ihnen, wobei sie sich immer wieder unterbricht, um für den Jungen zu übersetzen.

Eines Nachts erwachte ihr Vater von etwas, das er zuerst für ein Erdbeben hielt. Feiner Putz rieselte von der Decke, berichtete er, die Kronleuchter schaukelten. Doch dieses Phänomen schien sich allein auf das Haus zu beschränken, fast so, als würde es von der Faust eines Riesen geschüttelt. Er dachte, vielleicht habe ein Schiff die Küste gerammt. Nur wenige Wochen zuvor hatte ein Frachtschiff eine Biegung des Kanals zu eng genommen und die gesamte Fassade von einem der *yalıs* abgeschabt, die Zimmer frisch entblößt zurückgelassen. Doch vor den Fenstern war die Welt dunkel und still, kein Schiff in Sicht.

Er hatte das Gefühl, als läge das Epizentrum irgendwo unter ihm, im Bootskeller unter der Küche. Ein wenig beklommen ging er nach unten. Dort sah er eine große schwarze Silhouette aus dem Wasser ragen und sich vor Wut und Todesangst hin und her werfen. Er konnte deutlich die Form des glänzenden Körpers, die Finne und Schwanzflosse ausmachen. Das Tier musste einem Schwarm Fische durch einen der bogenförmigen Eingänge hindurch gefolgt sein und nicht wieder hinaus gefunden haben. Als das Wasser von ihm abspritzte, silbern glänzend, sah es aus, als sei es aus Mondlicht gemacht.

Gerade als er sich einen Plan überlegen wollte, fand es den Ausgang und tauchte ab, hinaus in die Nacht. Das Wasser schloss sich beinahe nahtlos über ihm. Es war, als wäre es niemals geschehen.

»Und vielleicht ist es das auch nicht«, sagt sie und erinnert sich an die Leidenschaft ihres Vaters für gute Geschichten.

»Ein Delphin?« Der Junge starrte sie mit weit aufgerissenen Augen an. Zuerst befürchtet sie, ihn geängstigt zu haben, doch dann erkennt sie, dass es Aufregung ist. Sie kann sehen, dass dieser Gedanke von nun an zur Obsession werden wird.

»Ich verbiete dir, dort hinunterzugehen«, sagt sie. »Eines Tages werde ich es dir vielleicht zeigen.« Damit meint sie nicht jetzt, solange das Haus ein Hospital ist. Vielmehr bezieht sie sich damit – sie weiß nicht, ob es dem Arzt bewusst ist – auf eine imaginierte Zukunft, in der dieses Haus durch irgendein Wunder wieder das ihrige sein wird und sie alle wieder darin leben werden. Sie sieht den Arzt an und erkennt, dass auch ihn die Geschichte offenbar fasziniert hat. Sein Blick hängt an ihrem Gesicht.

»Wir werden Sie nun wieder allein lassen«, beeilt sie sich zu sagen und wendet sich ab, um den Jungen ins Haus zurückzubringen.

»Warten Sie.« Nur hält inne, doch allein deshalb, weil es eine Bitte ist, kein Befehl. »Ich habe auch den Nachmittag zu meiner Verfügung«, sagt er.

Einen schrecklichen Augenblick lang fürchtet Nur, er könnte vorschlagen, diesen gemeinsam zu verbringen. So etwas würde er doch sicherlich nicht tun? Die Engländer haben andere Umgangsformen, ein anderes Verständnis von Anstand. Mit einem Mal wird ihr bewusst, wie wenig sie weiß, trotz ihrer guten Beherrschung der englischen Sprache. Sie bereitet schon ihre Entschuldigung vor, als er sagt: »Wohin sollte ich gehen? Was würden Sie mir empfehlen? Welchen Ort mögen Sie in dieser Stadt am liebsten?«

Sie ist erleichtert. Jedenfalls beinahe ausschließlich. Und wundert sich ungläubig über diesen winzigen Teil von ihr, der es nicht ist. Nun, sagt sie sich, mittlerweile ist sie alt genug, um zu wissen, dass es manche Facetten in einem Menschen gibt, die er oder sie auch nicht besser verstehen als ein Fremder.

Sie denkt an den Friedhof in Eyüp – verdrängt diesen Gedanken jedoch sogleich wieder; dorthin kann sie ihn unmöglich schicken. Auch befürchtet sie, dass die Melancholie, die sie selbst auf so sonderbare Weise als tröstlich empfindet, nicht auf alle denselben Reiz ausübt. Zudem gehört dieser Friedhof den Menschen dieser Stadt; sie gehen dort spazieren, sie liegen in seiner Erde. Ihn mit einem Fremden zu teilen wäre illoyal.

Dann erinnert sie sich an einen Tag in ihrer Kindheit. Ihr Vater, sie selbst, ihr Bruder. Die Inseln, die für sie bis zu diesem Tag ein halber Mythos waren. Weit entfernt dort draußen im Marmarameer, vom Nebel verschleiert, jenseits der weitesten Grenzen der Stadt. Ein kleines Dorf aus Häusern mit weißen Fensterläden. Alles Übrige wilde Natur. Der Duft nach Kräutern und Meer. Um diese Jahreszeit wird es dort perfekt sein. Dies kann sie ihm geben.

»Möchten Sie an einen Ort, wo Menschen sind, oder an einen Ort, wo keine Menschen sind?«

»Oh.« Die kurze Gunst eines Lächelns. »Keine.«

George

Er nimmt das Schiff. Eine Stunde dauert die Fahrt.

Als er den Punkt erreicht, an dem die Küste wieder in sich zurückfällt, weiß er, dass er die Insel in ihrer gesamten Länge abgelaufen ist. Sie hat ihm gesagt, dass hier die besten Badestellen seien, und diese Stelle hier erscheint ihm so gut wie jede andere. Die Vegetation ist dicht, ohne einen sichtbaren Durchgang; er wird sich hindurchkämpfen müssen. Die Arme schützend vor sich erhoben, zwängt er sich durch das Dickicht. Zweige schlagen zurück, manche davon zerkratzen seine Haut mit ihren Dornen. Er konzentriert sich auf das verheißungsvolle blaue Glitzern vor sich.

Schließlich kämpft er sich durch ein besonders widerspenstiges Gestrüpp und fällt nach vorne, nur um im selben Augenblick entsetzt zurückzuweichen. Unter ihm erstreckt sich ein zwanzig Fuß tiefer Abgrund. Selbst wenn er den Sturz überlebt hätte, wäre er zu schwer verletzt gewesen, um wieder hinaufzuklettern. Der Gedanke hat etwas schaurig Faszinierendes: Würde man ihn finden, bevor er stürbe? Vermutlich nicht. All das zu überleben – die Osmanen, die Malaria, das Sandmückenfieber, die tückische Überfahrt über das Kaspische Meer –, nur um hier an diesem wunderschönen Ort zu sterben. Einen Moment lang fragt er sich, ob dies wohl der Grund war, wieso sie ihn hierhergeschickt hat. Ein Weg zum Meer hinunter ist nach wie vor nicht zu erkennen. Nun, da ihm die Gefahr bewusst ist, erscheint der Gedanke, sich so unbekümmert voranzukämpfen, unglaublich. Er bewegt sich umsichtiger, sogleich alarmiert, wenn loses Geröll ihn schlittern lässt. Endlich beginnt das Gestrüpp sich zu lichten, und er erkennt, welch ein Glück er mit der Wahl seiner Route hat, sieht die gesamte beeindruckende Front der Klippe, die zu seiner Rechten in die Höhe ragt. Von hier, direkt unterhalb des Felsens, kann er den schmalen Streifen Sand sehen.

Er geht nun schneller, mit sichereren Schritten, tritt hinaus ins Sonnenlicht; seine Füße versinken im weichen Sand. Die ganze Hitze des Tages kehrt zurück. Erst jetzt bemerkt er, dass sein Hemd an zahlreichen Stellen zerrissen ist, Blut aus langen Kratzern an seinen Armen hervorperlt. Er zieht Schuhe und Socken aus, die sich bereits unbequem mit Sandkörnern gefüllt haben. Doch der erste Kontakt mit dem glühend heißen Sand lässt ihn über den Strand zum Wasser hinunter springen, während er über sich selbst, über den Anblick, den er bieten muss, lacht. Die Kühle des Wassers ist ein willkommener Balsam. Er weiß, dass er allein ist, erinnert sich jedoch an Bill und versichert sich einmal mehr, bevor er sich seiner übrigen Kleider entledigt. Im gnadenlosen Licht der Sonne erscheint ihm sein Körper ganz besonders bleich.

Der Duft der Kräuter, das Rauschen der Wellen, die gegen die Felsenarme prallen, die die Bucht umschließen, die Weite und das Strahlen des Himmels, so blau wie eine Gasflamme. Er lacht und hört seine Stimme widerhallen. Im Echo klingt sie unsicher, als bitte der Hall diesen Ort, ihn zu akzeptieren, ihm zu gestatten, ein Teil davon zu werden.

Am frühen Nachmittag versammeln sich kleine durchsichtige Quallen in gigantischer Anzahl unter der Wasseroberfläche. George empfindet eine vage Scheu vor ihnen. Er wandert um den Felsvorsprung herum und sucht nach einem freien

Fleckchen Wasser. Doch jedes Mal, wenn er glaubt, eines gefunden zu haben, und zwischen den Algen und Steinen hinabstarrt, tauchen sie langsam aus den Tiefen hervor wie eine optische Täuschung. Beinahe könnte er sich einbilden, sie seien Flecken in seinem Sichtfeld. Doch nicht ganz. Die Hitze hat ihren Höhepunkt erreicht, das Wasser jenseits der heimtückischen Quallen lockt ihn, dunkelblau. Schließlich wagt er es, watet durch die Massen weicher Körper, das Kinn erhoben, den Blick starr aufs Meer hinaus gerichtet; wartet auf den ersten Stich in die nackte Haut. Er kommt nicht. Etwas wie ein wahres Glücksgefühl durchströmt ihn. Nicht allein die Schwindel erregende Erleichterung, einer Verletzung entgangen zu sein, es ist mehr als das: ein Gefühl, als hätte dieser Ort ihn nunmehr akzeptiert. Er schwimmt bis zur Erschöpfung; später legt er sich in den Sand. Die Hitze des Tages ist vorüber, nun herrscht eine goldene Wärme – fürsorglich und liebenswürdig trocknet sie das letzte Wasser des Meeres aus seinem Haar und von seiner Haut. Es ist das erste Mal seit langer Zeit, dass er so lange allein war. Nicht einsam – dieses Gefühl ist ein vertrauter Freund. Die letzten Jahre haben ihn unter anderem gelehrt, wie einsam man sich umgeben von einem ganzen Regiment an Männern fühlen kann. Dies hier, mit sich selbst allein zu sein, fühlt sich im Gegensatz dazu an wie der reinste Luxus. Es ist ein Geschenk, das er nicht verdient – und das weiß er. Es ist reiner Eigennutz. Doch daran wird er jetzt nicht denken.

Er nimmt die letzte Prise Tabak aus seiner Dose, rollt sich eine recht magere Zigarette und stützt sich liegend auf den Ellbogen ab. Seine Füße graben sich tief in den Sand auf der Suche nach einer kühleren Schicht, unberührt von der Sonne. Diese scheint ihm warm auf die Schultern. Er verspürt das kurze, unschuldige Glück eines Tieres.

Sein letzter Gedanke, bevor er in den Schlaf driftet, ist, dass sie es war, die ihm dieses Geschenk gemacht hat.

Als er die Augen wieder öffnet, hat er vergessen, wo er ist. Das Licht hat sich verändert; die Dämmerung kündigt sich an. Er hat die Abfahrtszeiten der Fähren vergessen, die er sich bei der Anlegestelle noch angesehen hat, und ist sich nicht ganz sicher, wann das letzte Schiff ablegt. Er wird sich beeilen müssen oder riskieren, die Nacht hier zu verbringen. Wie um seine missliche Lage noch zu verdeutlichen, hört er das Surren eines Moskitos an seinem linken Ohr. Er schlägt danach, doch nur Sekunden später hört er den nächsten. Bald werden es Tausende sein. Er hat die gesamte Zeit des Krieges über darauf geachtet, sich sorgfältig vor ihnen zu schützen; das einzige Mal, als er es nicht getan hat, bekam er Malaria. Eilig schlüpft er in seine Kleider und fragt sich, wie er nur so sorglos sein konnte. Seine Tabakdose liegt offen und leer im Sand. Er greift danach und benutzt sie nach kurzem Zögern wie eine Schaufel, um sie mit den weißen Sandkörnern und Muscheln zu füllen. Es ist niemand da, der ihn sehen könnte, und doch kommt er sich ein wenig albern vor, so etwas Seltsames zu tun; es ist so gar nicht seine Art. Ein sentimentaler Akt. In Gedanken sieht er sich selbst irgendwann in der Zukunft dieses Döschen öffnen und an diesen warmen Ort zurückversetzt werden.

Von der Sonne geblendet und ein wenig verbrannt, die Haut rau von Sand und Salz, sitzt er auf der Fähre. Nur wenige Fuß entfernt wirft ein kleiner Junge den Möwen Brotkrumen in die Luft. George hat für diese Vögel nie viel übrig gehabt, doch jetzt erkennt er, wie majestätisch sie in ihrer Konstruktion sind: die Geschicklichkeit, mit der sie durch die Luft gleiten und sich der Geschwindigkeit des Schiffes anpassen, um dann, mit präzisen, gelenkigen Bewegungen des Halses die Krumen mit scheinbar arroganter Leichtigkeit aus der Luft zu schnappen. Der Junge hüpft begeistert auf den Fußballen auf und ab. Er muss etwa sechs Jahre alt sein und ist so schmächtig, dass er aussieht, als könnte eine kräftige Windböe ihn davontragen. George stellt sich schon halb darauf ein, aufzuspringen und den Jungen zu fangen. Sein Anblick weckt in ihm eine Mischung aus Freude und Schmerz.

Dann erscheint die Mutter vom unteren Deck und bekommt einen Wutanfall über die Verschwendung des kleinen Kanten Brotes. George ist beinahe erleichtert, von der Verantwortung erlöst zu sein und den Blick abwenden zu können.

Als das Schiff sich der Stadt nähert, legt sich eine beinahe ehrfürchtige Stille über die Passagiere. Selbst diejenigen, die diese Anfahrt schon viele, vielleicht hunderte Male gemacht haben, scheint dieser Anblick nicht unberührt zu lassen. Und tatsächlich wirkt die Stadt um diese Tageszeit, wenn die ersten Lichter angehen, besonders majestätisch. Die letzte Glut des Tages liegt wie ein Heiligenschein über ihrer Silhouette, umringt von der dunkleren Färbung der Dämmerung. George betrachtet es mit von Schönheit übersättigten Augen.

Der Gefangene

Seine Gedanken sind von dem Jungen besessen. Ein Schüler aus seinen Tagen als Lehrer: ein armenisches Kind, das seinen eigenen Platz in der Zuneigung seiner Schwester eingenommen hat, und das nun – gemeinsam mit dem englischen Arzt – das Haus besetzt hält, das einmal sein Zuhause war. Der Junge repräsentiert alles, was er selbst verloren hat, ist eng verbunden mit seinem eigenen Unglück. In einem rationalen Teil seines Hirns weiß er, dass es absurd ist. Und doch kann er sich dieses Gefühls nicht erwehren, dieses tiefen, wilden Hasses gegen diesen Jungen, der eine Manifestation, eine Verspottung seiner eigenen Versehrtheit ist.

Dieser Hass gibt ihm eine gewisse Kraft. Er liefert ihm einen Fokus, der seinen anderen erbärmlichen Versuchen fehlte.

Nun verspürt er eine gewisse Aufregung. Die Brutalität – die Kühnheit – seiner Idee ängstigt und begeistert ihn zugleich. Es ist, als würde etwas in ihm wachsen. Eine Sache, die die Jahre in Gefangenschaft ihm geschenkt haben: eine besondere Konzentration, eine Intensität der Gedanken. Wenn die Umgebung eines Menschen so unveränderlich trostlos ist, entwickelt dessen innere Welt eine neue Vielfalt und Komplexität, um diese zu kompensieren. Unter gewissen Umständen kann diese innere Welt realer werden als die äußere. Manchmal ist es ihm möglich, sich die Tat so lebendig vor Augen zu rufen, dass er glaubt, sie sei bereits geschehen, die Macht seiner Gedanken reiche aus, um sie eintreten zu lassen. Dann erwacht er schweißgebadet, während das Herz vor Siegesgewissheit und Angst in seiner Brust hämmert.

Die Idee wurde von seiner Erfahrung geformt. Vor allem von der Kälte, die ihn bei so vielen Gelegenheiten beinahe überwältigt hätte – kein Zufall also, dass seine Gedanken in diese besondere Richtung tendieren. Zu einem Element, in dem die Dinge fundamental verändert werden. Einem Element, in dem, wenn man den Mythen Glauben schenkt, etwas – jemand – neu erschaffen werden kann.

Die militärische Raffinesse, die ihn im Angesicht des russischen Vormarsches verließ, kehrt nun zu ihm zurück. Er beginnt Pläne zu schmieden. Er benötigt ein Boot, und er benötigt den Katalysator, mit dem er das Element seiner Wahl zum Leben erwecken wird. Es ist wunderschön in seiner Einfachheit. Das Boot wird einfach zu erlangen sein; er braucht bloß Erfan zu fragen, dessen Vater im Bootsbau tätig ist. Der Katalysator ebenfalls: Jeder Schuljunge weiß, wie es geht. Er ist bereit.

Doch die Leben.

Notwendig?

Notwendig, ja. Ein Opfer. Ein Beispiel. Und Teil von etwas Schönem: Teil dieser Erneuerung.

Aber Nur.

Sie hat schon jetzt Angst vor ihm, er kann es sehen. Und sie ist nicht länger die, die sie einmal war. Sie scheint hart, wütend, furchtlos geworden zu sein. Seine Schuldgefühle sind mit der alten Version von ihr verbunden, der vertrauten Version. Doch die gibt es nicht mehr.

Aber die Vergangenheit.

Doch welche Hilfe ist die Vergangenheit ihm gewesen? Tatsächlich muss sie sogar annihiliert werden. Sie kann keinen Anteil an dem Mann haben, zu dem er werden wird, oder an der Nation, die sich aus diesen Ruinen erheben wird.

Die englischen Besatzer. Der Junge, der armenische Junge. An allem, was er verloren hat, tragen diese Feinde die Schuld. Sein Haus – kolonisiert. Seine Menschlichkeit – die Dinge, die man aufgrund des armenischen Verrats von ihm gefordert hat, all diese Dinge haben es ihm unmöglich gemacht, zu dem Menschen zurückzukehren, der er in seinem alten Leben gewesen war. Seine Schwester – die nun gegenüber diesen Feinden loyaler zu sein scheint als gegenüber ihrem eigenen Fleisch und Blut.

Hier ist es, was er gesucht hat: etwas, das ihm helfen wird, die Leere in sich zu füllen. Ein Ziel.

Nur

Als Nur am nächsten Abend ins Hospital kommt, fragt der Junge den Arzt: »Haben Sie Nur *hanım* schon das Grammophon gezeigt?«

Gegen ihren Willen ist Nur fasziniert. Sie hat noch nie eines gesehen, doch ihr Vater hat es ihr beschrieben.

Und doch ist das Gerät, das der Arzt ihr präsentiert, seltsamer, als man es jemals mit Worten beschreiben könnte. Es hat eine beinahe U-Boot-artige Schönheit, denkt Nur – der Schalltrichter aus Messing hat die Form einer Muschel. Sie geht um das Ding herum, betrachtet es aus jedem Winkel. Der Arzt benennt die einzelnen Teile für sie mit der Präzision eines Mediziners.

»Gehört es Ihnen?«

»Ich habe es in einem kleinen Dorf am Kaspischen Meer gefunden, durch das wir gekommen sind.«

»Und Sie haben es sich einfach genommen?« Sie bemüht sich gar nicht erst, die Missbilligung aus ihrer Stimme fernzuhalten.

»Ich habe es gekauft. Im Gegensatz zu dem, was Sie vielleicht gehört haben, sind die Soldaten der britischen Armee keine Plünderer. Jedenfalls die meisten.«

»Wie funktioniert es?«

»Ich werde es Ihnen zeigen.«

Die drei treten näher an das Grammophon heran. Er dreht die Kurbel, schnauft dabei vor Anstrengung. Dann, mit großer Sorgfalt, hebt er den kleinen Messingarm, der sich über dem Korpus erhebt.

»Schauen Sie darunter«, sagt er.

Sie gehorcht.

»Sehen Sie sie? Die Nadel? Sie ist es, die die Melodie abliest.«

»Wie das?«

»Es ist alles aufgeschrieben, auf dieser Platte hier.«

Sie schaut genau hin, sieht aber nichts als konzentrische Kreise.

»Ich verstehe es auch nicht so ganz genau.«

Sie blickt auf und sieht sein Lächeln. Ertappt sich dabei, wie sie es erwidert.

Jetzt führt er den Arm mit größter Sorgfalt an seinen Platz. Sie sieht, wie elegant seine Hände sind – wie die eines Musikers oder Künstlers –, die geschickte Wölbung seines Daumens, die konisch zulaufenden bleichen Ovale seiner Nägel; es sind die Hände eines Arztes.

Und dann weicht sie erschrocken zurück. Klänge dringen aus dem Gerät. Sie hat gewusst, dass es so sein würde, und doch hat sie nicht damit gerechnet, zumindest nicht *damit*. Diese Klarheit – nicht allein einer einzelnen Melodie, sondern eines ganzen Orchesters. Sie kann die einzelnen Komponenten heraushören, die Streicher, die Bläser. Kann man das als Musik bezeichnen? Es hat die Uneinstimmigkeit des Jazz, den sie durch die Straßen von Pera hat strömen hören, und doch ist es anders: Violinen, Flöten, die hohen, schrillen Töne der Piccoloflöte. Es liegt eine gewisse Brutalität darin. Die Musik spricht von Dingen, die zerbrechen und sich wieder neu formen, sich durch das Alte hindurchkämpfen. Sie spricht vom Wachsen und vom Zerreißen. Vom Alten, das entzweigerissen wird. Vom Wunder und vom Schrecken des

Neuen. Sie buhlt nicht um die Gunst der Zuhörer … verlangt sie gar nicht. Sie ist einfach nur mutig und verletzlich und voller Kraft und seltsam schön und scheußlich, und vor allem: neu.

Es dauert eine Weile, bis sie merkt, dass ihr die Tränen über die Wangen laufen. Der Junge blickt zwischen ihr und der Nadel hin und her, als fasziniere ihn beides. Nur glaubt nicht, dass der Arzt es gesehen hat; sein Kopf ist gesenkt, die Augen beinahe geschlossen. Welche Erleichterung. Sie wendet sich ein wenig von ihm ab und führt eine Hand an ihr Gesicht. Als sie sie wieder fortnimmt, ist der Handschuh beinahe vollständig durchnässt; sie ist erstaunt.

Nachdem sie den Jungen in sein Zimmer zurückgebracht haben und Nur ihm eine gute Nacht gewünscht hat, wendet sich der Doktor zu ihr um und fragt mit seltsam hastigen Worten: »Ich habe mich gefragt, ob Sie wohl mit mir tanzen würden.«

Es folgt eine knisternde Stille, in der seine Worte widerzuhallen scheinen. Seine Frage hat Nur dermaßen überrumpelt, dass sie vergessen hat, sie sogleich zu verneinen. Sie erinnert sich an den Tag, als er sie fragte, ob sie mit ihm einen Kaffee trinken würde. An den Schock über diesen Regelverstoß, als hätte niemand ihn gelehrt, wie es sein sollte zwischen Besatzer und Besetzten. Doch diesmal ist es natürlich etwas völlig anderes, so viel mehr.

Zu seinen Gunsten muss sie sagen, dass er über seine Frage beinahe so geschockt zu sein scheint wie sie selbst. Er findet als Erster die Sprache wieder. »Verzeihen Sie bitte«, sagt er. »Das war ganz und gar …«, er sucht nach einem Wort, »ganz und gar unangemessen.«

Das gibt ihr zu denken. Unangemessen. Eine interessante Wahl.

Denn, wenn man es ehrlich betrachtet: Was ist denn an dieser Situation überhaupt angemessen? Und dabei denkt sie an die Gesamtsituation, nicht ihre eigene. Diese Besatzung ist *unangemessen*. Unzulässig. Die Beschlagnahmung von Häusern überall in der Stadt – in denen manchmal, anders als hier, die Familien gemeinsam mit den Besatzern leben. Oder der Umstand, dass hier etwa zwanzig halbnackte Männer in einem Zimmer liegen, das einst allein den Frauen vorbehalten war. Die von Nationen und Regierungen angeordnete Kolonisierung privater, intimer Orte. Oder gar der Umstand, dass ein Mann wie ihr Bruder – so sanft, ein Lehrer – dazu gezwungen wurde, in den Krieg zu ziehen und sich in einen Soldaten zu verwandeln.

All diese Dinge erscheinen ihr mit einem Mal so viel unangemessener als die simple Bewegung zur Musik mit einem Menschen, den man – gegen alle Erwartungen – beinahe als Freund zu betrachten gelernt hat. Nur denkt auch an all die Leute, die sich danach verzehren, sie zu missbilligen, allein weil sie in die Stadt hinausgeht, um Geld zu verdienen, weil sie ihr Gesicht nicht verschleiert. Sie erinnert sich an ihre Scham, als sie an diesen französischen Offizieren vorbeiging, an die Art, wie diese Männer ihre Anwesenheit auf der Straße als ein Zeichen von Promiskuität, als eine Einladung betrachteten.

Es ist vor allem diese Erinnerung, die ihren Entschluss besiegelt. Wenn es einen Ort gibt, an dem sie sich nicht vorschreiben lassen wird, was anständig – was angebracht – ist und was nicht, dann hier. In ihrem Haus.

Und deshalb schüttelt sie den Kopf und sagt: »Nein. Sie irren sich. Ich würde gerne tanzen.«

Der Arzt ist erstaunt. Es scheint, als hätte er niemals damit gerechnet, dass sie seine Einladung annehmen würde, oder vielmehr, als habe er sie gar nicht erst aussprechen wollen. Vielleicht war es die Musik, die seltsame Magie eines ganzen unsichtbaren Orchesters, die den leeren Raum erfüllte. Die Stille im Raum fühlt sich nun an wie angehaltener Atem. Missbilligt das Haus ihre Entscheidung? Dieses Haus ist ein Teil der alten Welt, und diese Welt würde es ganz sicher missbilligen. Doch die alte Welt existiert nicht mehr. Und falls – wenn – die Besatzung der Stadt endet, wird es keine Wiederaufnahme, keine Rückkehr zu den alten Normen und Werten mehr geben. Diese Welt ist zerstört. Sie müssen einen neuen Weg finden. Sie müssen diese Welt neu bewohnen.

Der Arzt entfernt die Platte von Strawinsky und wählt eine andere.

»Ein Walzer«, sagt er und errötet, als habe er etwas Unanständiges gesagt. Er legt die Platte auf den Plattenteller. Sie meint, seine Hand ein wenig zittern zu sehen. Der Mechanismus an sich: Die elegante Wölbung des Arms, das glänzende Messing, die dunkle Mulde des Trichters, bekommen mit einem Mal eine Erotik, die sie beschämt – die so ausdrücklich scheint, dass Nur nicht glauben kann, sie nicht schon früher bemerkt zu haben. Er muss es ebenfalls sehen.

Diese halb begrabene Nacht mit ihrem toten Mann. Die tastende Dunkelheit und dann die Überraschung einer neuen Empfindung, voller Scham, sinnlich, komplex, auf sich bestehend trotz des Unbehagens. Nicht ganz etwas für sich allein, sondern vielmehr der Schatten von etwas, ein Versprechen.

Er nimmt ihre Hand in seine, legt seine andere über ihre Hüfte. Die Berührungen sind so leicht, dass Nur, könnte sie seine Finger nicht an ihren, nicht an ihrer Hüfte sehen, glauben könnte, sie bilde es sich nur ein. Und doch ist sie für einen Augenblick starr vor Scham. Sie denkt an ihre Großmutter. Sie denkt an Kerem. Jegliche Überzeugung hat sie verlassen.

Dann setzt die Musik ein, und sie tut den ersten Schritt.

George

Ah. Jetzt hat er ein Problem. Bisher ist es ihm gelungen, völlig losgelöst von allem Körperlichen an sie zu denken. Doch nun sind da Geruch und Wärme und Atem, und ihre Hand in seiner. Die weiche Einkerbung einer Hüfte unter dem seidigen Stoff eines Kleides. Jetzt gibt es die unbestreitbare Realität von ihr, menschlich und … ja, wunderschön, begehrt.

Selbst wenn es nicht so lange her gewesen wäre – ohne all diese Erinnerungen, beladen mit Schwere und Schuld –, selbst dann hätte er sie begehrt.

Er ist ein Feigling. Er hat diesen Teil von sich ignoriert, hat diese anderen Beweggründe verborgen. Er ist ein Feigling, weil er sie um diesen Tanz gebeten hat, obwohl das niemals hätte geschehen dürfen, und weil er jetzt nicht damit aufhören wird, obwohl er genau das augenblicklich tun sollte, um wenigstens noch ein wenig zu retten.

Er ist ein Feigling, weil er ihr gestattet hat, ihn für einen guten, einen edlen Menschen zu halten, für anders als die anderen. Er hat die Wahrheit über sich selbst vor ihr verborgen.

Der Junge

Sie glauben, er schläft. Doch er weiß, wie man sich ganz still verhält, so still wie eine Katze. Er ist so leise aus seinem Zimmer hinaus und in dieses hier hineingeschlichen, dass er ebenso gut einer der Abendschatten hätte sein können, die sich in den Ecken sammeln. Musik strömt aus dieser wundervollen Maschine. Nur *hanım* und der Doktor stehen sehr eng beisammen, und ihre Hand liegt in seiner. Sie bewegen sich gemeinsam mit der gleichen Magie, die eine Formation aus Vögeln in perfekter Synchronizität fliegen lässt. Es ist schön, ihnen zuzuschauen, so wie es schön ist, etwas Anmutiges zu betrachten, doch er spürt, dass auch etwas Gefährliches darin liegt. Er muss an den Tag denken, als Nur *hanım* ihm plötzlich so winzig erschien, umgeben von all den anderen Menschen auf der Straße, und er Angst um sie hatte. Auch jetzt hat er Angst um sie – obwohl er wieder nicht in der Lage wäre zu erklären, warum.

Nur

In dieser Nacht erwacht sie von seltsamen Träumen. Diese unterbewusste Welt ist so luzid, dass die reale im Gegensatz dazu dünn erscheint. Wie so viele Träume sind auch diese flüchtig. Nur kann sie nicht logisch oder vollständig heraufbeschwören. Was ihr bleibt, ist allein ein Gefühl, das sie am liebsten ebenfalls vergessen würde.

Sie legt eine Hand an ihr Gesicht und spürt, dass es heiß ist. Dabei fühlt sie, lebendiger als ihre eigenen, die Berührung anderer Finger. Als sie sich unter den Laken aufsetzt, erinnert sie sich an das Gewicht eines anderen Körpers. Nicht erstickend, vielmehr ein lange ersehntes Gewicht. Nein, ermahnt sie sich: ersehnt allein im Reich ihres Traumes. Und mehr noch: die Wärme und Weichheit von Haut. Von Atem, von Blut unter der Haut, von Lippen, von Haaren. Die Bilder haben einen eigenen Rhythmus, sie scheinen einander durch ihre Erinnerung zu jagen, ohne ein Ende – eine Schlange, die sich selbst in den Schwanz beißt.

Das Schlafzimmer ist leer. Natürlich. Und doch ist es seltsam, sich allein wiederzufinden.

Sie weiß, dass dies keine realen Erinnerungen sind. Sie stammen nicht von ihrem Ehemann, den sie kaum kannte und verlor.

Nur setzt sich auf und wartet auf das Gefühl der Scham. Sie ist ein wenig überrascht, als es sich nicht einstellt.

Hier, in dieser unbewachten Stunde, täuscht ihr Verstand das Unmögliche vor, spielt damit, dreht es, kitzelt es heraus. Und in diesem Prozess gibt es kurze Momente, in denen es nicht länger unmöglich erscheint. Es ist Wahnsinn, so zu denken. Zwischen ihnen gibt es keine ausgesprochene Übereinkunft. Und doch fühlt es sich manchmal so an, als gäbe es etwas, das zugleich mehr ist und weniger als das.

Am frühen Morgen nimmt sie die Fähre zu ihrem geheimen Ort. Auf dem Friedhof von Eyüp, zwischen Feigen und Zypressen – Leben und Tod – scheint die Zeit still zu stehen. Die Stadt ist weit weg. Es herrscht eine Melancholie, wie sie an einem solchen Ort zwangsläufig herrschen muss. Aber auch Frieden. Auf den Wegen zwischen den Gräbern leuchtet das Licht grün und betagt. Der alte weiße Marmor ist davon gefärbt.

Einige der Gräber sind viele hundert Jahre alt, die Steine scheinen unter den Mühen, so lange aufrecht zu stehen, zusammenzusacken. Die Zeit hat die Namen unleserlich gemacht, und all jene, die sich einst an sie erinnerten, sind ebenfalls schon lange fort. Vielleicht ist das der wahre Tod, wenn man gänzlich aus der Erinnerung der Lebenden verschwindet.

Doch hier ist man der Vergangenheit sehr nah. Manchmal hat Nur das Gefühl, als könne sie mit der Hand den dünnen Schleier zwischen Jetzt und Damals einfach fortwischen.

Als sie an den Feigenbäumen vorübergeht, verbreiten die Blätter ihren Duft. Es ist ihr liebster Geruch. Sie nimmt ein Blatt, faltet es und zerdrückt es an ihrem Handgelenk, um den Saft herauszupressen und den Duft ein wenig länger bei sich zu tragen.

Ein grauer Kater kommt hinter einem Grabstein hervor und folgt ihr miauend. Er hat einen weißen Streifen über dem

Auge, als hätte er sein Gesicht in Farbe gerieben. Sie beugt sich zu ihm hinunter. Sein Fell ist überraschend seidig für einen Streuner. Nur stellt sich vor, mit welchem Stolz er sich putzt – akribisch, mit seiner rauen pinkfarbenen Zunge. Allein seine einstmals weißen Pfoten, jetzt beständig grau, sind der Beweis eines Lebens im Müll und Schmutz der Straßen dieser Stadt.

Jetzt hält er inne, die empfindliche Nase erhoben, und erstarrt. Sie fragt sich, was ihn wohl erschreckt hat. Eine andere Katze womöglich.

Sie tragen nachts entsetzliche Kämpfe aus, die Straßenkatzen. Kämpfe, die klingen, als trieben sie es beinahe bis zum Tod, so laut und qualvoll sind ihre Schreie. Doch Nur hat nie eine Katze gesehen, die mehr als einen Kratzer davongetragen hat. Es sind kluge Tiere, die wissen, wie man am Leben bleibt. Eine schlimme Wunde würde eitern, könnte sich als fatal erweisen. Das Wichtigste ist, die Gefahr von Anfang an zu meiden. Jeder könnte von ihnen lernen. Sie selbst könnte von ihnen lernen.

Nur beugt sich hinunter, und der Kater erlaubt ihr, seine Ohren zu kraulen, die feinen Knochen an der Seite seines Kopfes. Seine Augen schließen sich kurz vor Wonne, und er drückt seinen Kopf überraschend kraftvoll in ihre Hand. Dann zieht er sich zurück, streckt erst die Vorder-, dann die Hinterbeine, beobachtet, für einen Moment alarmiert, ein Blatt, das über den Boden flattert, lässt sich auf dem Fleckchen Erde direkt vor sich nieder und schließt die Augen. Ein Tier zu sein, denkt Nur – seinen alltäglichen Geschäften nachzugehen, zu essen, zu schlafen und zufrieden zu sein. Sie macht einen weiteren Schritt. Es muss die falsche Bewegung gewesen sein, denn sie schreit vor Schmerz auf. Der Kater reißt ein bernsteinfarbenes Auge auf und sucht den Boden nach der winzigen Beute ab, die das Geräusch gemacht haben könnte. Enttäuscht macht er es wieder zu.

Nur beugt sich hinunter und reibt sich den Knöchel. Der Schmerz erinnert sie an eine andere Gelegenheit, ein anderes Stolpern. Ein hinuntergefallenes Buch, einen englischen Offizier. Schottisch, korrigiert sie sich. Einen schottischen Arzt. Damit hatte alles angefangen. Wenig hilfreich von ihm, sich als so liebenswürdig zu erweisen – zuerst durch seine Galanterie, das Buch für sie vom Boden aufzuheben, und dann indem er sie auf dem Anlegesteg nicht blamierte. Wie viel einfacher war es, als sie sie allesamt, absolut, von ganzem Herzen hassen konnte.

Sie pflückt eine Feige von dem Ast über ihr und weiß von der Kraft, mit der sie ziehen muss, dass sie nicht reif ist. Es ist viel zu früh. Ein klebriger Saft läuft ihr über den Unterarm. Sie beißt in die Frucht, und der Geschmack ist so fad, wie sie es verdient; ihre Lippen kräuseln sich ob der unreifen Säuernis. Doch das Versprechen dessen, was sein könnte, ist bereits da, in ihrem Duft. Sie wirft die Feige fort.

Nur fährt den längeren Weg mit der Fähre zurück nach Tophane. Als sie um die Spitze der Landzunge fahren, kann sie die weißen Umrisse des Leanderturms ausmachen. Kız Kulesi, ein kleines einsames Gebäude, das sich etwa zweihundert Meter vor der asiatischen Küste aus dem Meer erhebt. Seine Geschichte ist Nur so vertraut, dass sie beinahe Teil ihrer eigenen Familiengeschichte sein könnte. Und dennoch erinnert sie sich noch an das erste Mal, als sie sie hörte. Sie fuhren im *kayık* daran vorbei, auf dem Weg nach Hause, und ihre Großmutter machte sie auf den Turm aufmerksam.

»Siehst du ihn?«

»Ja«, antwortete Nur. »Aber es ist kein sehr großer Turm.« Nicht so wie der Turm in Galata, von den Italienern erbaut, die einst hier gewesen waren. Von dem aus man die ganze Stadt sehen konnte, die einem förmlich zu Füßen lag, bis hinaus zu den alten Mauern. Und weiter noch: bis zu den fernen dunklen Erhebungen der Prinzeninseln, den Wirbelknochen einer Seeschlange, die dort unter ihrer Decke aus feinem Dunst schlummerten. Nur bezweifelte, dass man von diesem kleinen, gedrungenen Türmchen aus viel sehen konnte, und dabei war doch gerade dies sicherlich der Grund für seinen Bau gewesen?

»Ah«, sagte ihre Großmutter. »Das liegt daran, dass er nur für einen einzigen Menschen gebaut wurde, siehst du. Und es ging nicht so sehr darum, hinauszuschauen, als vielmehr darum, drin zu bleiben. Ich glaube, du bist jetzt alt genug, um die Geschichte zu erfahren.«

Ein Sultan hatte den Turm für seine Tochter erbaut, so die Legende, um sie vor dem Schicksal zu bewahren, das ihm im Traum erschienen war: dem tödlichen Biss einer Schlange. Indem er sie zwang, in diesem Turm zu leben, geschützt durch das Wasser und die Wachsamkeit ihrer Hofdamen, hoffte er, ihr dieses schreckliche Ende ersparen zu können. Doch sie war töricht, wie junge Frauen es zu sein pflegen, und hatte ihre Sehnsüchte, für die junge Damen ebenfalls empfänglich sind. Der Turm schützte sie und bot zugleich einen perfekten Blick auf all die Dinge, die ihr verwehrt blieben. Die Lichter der großen Stadt, in der Tausende von Menschen liebten und lebten und ihren Schicksalen in glücklicher Unwissenheit folgten, ohne Furcht. All die Boote, die an ihr vorbeifuhren, beladen mit exotischen Waren und glücklichen Passagieren auf dem Weg an Orte, die die Prinzessin selbst niemals sehen würde. Und über allem die blauen Weiten des Himmels, an dem frei die Vögel kreisten.

Eines Tages passierte ein kleines, mit Früchten beladenes Boot ihren Turm. Das Mädchen hätte nach allem verlangen können, wonach ihr der Sinn stand, und man hätte es ihr gebracht. Der Sultan bestand darauf, dass es seiner Tochter an nichts mangeln sollte, und verlangte allein, dass alles, was in den Turm gelangte, zuvor rigide kontrolliert wurde. Doch natürlich verloren die Dinge auf diese Weise viel von ihrem Reiz. Die Tochter des Sultans sah zu, wie Brotlaibe in winzige Stücke zerpflückt wurden, so klein, dass unmöglich noch etwas darin verborgen sein konnte, wie Orangen geschält, entkernt und in kleine Stücke geschnitten wurden, die dann auf einem weißen Teller arrangiert und zuerst einer der Damen zum Kosten gereicht wurden wie Datteln entkernt und geviertelt und zu einem Brei zerdrückt wurden. Wie alles zu weniger reduziert wurde als die Summe seiner einzelnen Teile. Nichts gehörte ihr ganz, weil fremde Finger es bereits berührt, durchsucht und alle Magie daraus entfernt hatten.

Als nun dieses Boot mit den Früchten fast lautlos unter dem Fenster dahinglitt, folgte das Mädchen ihm mit sehnsüchtigem Blick. Sie sah die rubinroten Granatäpfel, die Stapel reifer gelber Birnen, leicht errötet unter dem Kuss der Sonne, die dunkelviolettfarbene Fülle der Trauben. Und dann sah sie den Bootsführer, und er war schöner als all seine Waren. Und als er sie halb aus dem Fenster hängen sah und zu ihr hinaufrief, ob sie etwas wünsche, wie konnte sie ihm da nicht antworten? (Mit Fremden zu sprechen war ihr ebenfalls von ihrem Vater verboten worden, als könnten allein schon die Worte Gift in ihre Ohren träufeln.)

»Die Trauben«, sagte sie, denn plötzlich konnte sie sie beinahe auf der Zunge schmecken: die bittere Haut, die sich öffnete, um eine unbeschreibliche Süße preiszugeben. Jede einzelne, so dachte sie, ein Ersatz für einen Kuss des Bootsmanns.

»Wie kann ich Sie Euch geben, *effendi*?«, rief der Bootsführer.

Die Prinzessin überlegte. Sie musste sich beeilen, bevor eine ihrer Hofdamen erschien und sie ertappte. Sie fand einen langen Seidenschal und ließ ihn zu dem Mann hinunter.

»Bindet sie hier an«, sagte sie. »Den Schal dürft Ihr anschließend behalten, als Bezahlung.«

Natürlich – denn so ist es immer im Märchen – bekam die Tochter des Sultans keine Gelegenheit mehr, ihre Trauben zu genießen oder sich in den Bootsführer zu verlieben. Als sie die duftenden Früchte zum Mund führte, entwand sich eine Schlange und vollführte den tödlichen Biss. Es war ihr Schicksal. Sie hätte nichts tun können, um diesem zu entgehen.

Es ist unmöglich. Nur weiß das. Man würde sie verstoßen. An einem anderen Ort, zu einer anderen Zeit, vielleicht. Wenn es noch vor dem Krieg gewesen wäre, oder ein Jahrhundert danach. Wenn es keinen Krieg gegeben hätte. Doch diese Überlegungen haben keine Bedeutung; und keine Berechtigung.

Ihr Vetter Hüseyin hat eine Grenze überschritten – doch bei ihm ist das etwas anderes. Er ist ein Mann, der im Ausland lebt. Sie ist eine Frau, die in einer besetzten Stadt lebt, die ihren Mann und ihr ungeborenes Kind durch den Feind verloren hat. Sie hat hier gelebt, während dieser Feind osmanische Männer und Frauen beleidigte, verhaftete und sogar töten ließ; während er diese Stadt zu seinem Spielplatz machte. Sie würde nicht nur von ihrem Zuhause, von ihrem Volk verstoßen werden, sondern auch von sich selbst.

Nicht zum ersten Mal wünscht sie, sie wäre diesem Mann niemals begegnet.

Destabilisierungsmaßnahmen

In den finstersten Stunden der Nacht. Aus der Stadt dringen noch immer leise Geräusche. Doch hier herrscht beinahe vollkommene Stille, nur unterbrochen von den winzigen musikalischen Erschütterungen im Wasser, den heimlichen Bewegungen der Fische.

Eine Gestalt löst sich, wie aus dem Material der Nacht selbst herausgeschnitten, aus den Schatten und bewegt sich mit unglaublicher Schnelligkeit über das Gras. Dann ein winziger Laut, ein winziger Lichtschein.

Das Feuer erwacht überraschend zögerlich für etwas mit einer solch latenten Gewalt. Das Holz ist alt, vernarbt, brüchig, was dem Feuer förderlich sein sollte. Doch es ist ebenfalls feucht von der Meeresluft – die akkumulierte Feuchtigkeit von zwei Jahrhunderten. Wenn irgendetwas es jetzt noch retten könnte, dann wäre es dies.

Mehr Alkohol.

Mit fast so etwas wie konzentrierter Willensanstrengung gewinnt das Feuer an Kraft. Blasse Flammen beginnen kritisch am Holz zu züngeln wie ein Koch, der ein neues Gericht für die *carte* kostet. Zu Beginn bewegen sie sich träge – ohne besondere Eile, nun, da die Entscheidung gefallen ist, die Waagschale zu einer Seite gekippt.

Dann verändert sich etwas. Eine Windböe aus exakt der richtigen Richtung vielleicht. Die Flammen werden gierig, unersättlich, und schneller, schneller kichern sie die alten Balken empor, gewinnen mit Hilfe von gar nichts – von Luft allein – an Stärke. Jetzt wird es laut. Geräuschvolle Exhalationen von Hitze, leiseres Keuchen, gackerndes Lachen, ein leiser, kichernder Laut, der vielleicht der schrecklichste von allen ist.

Die Nacht wird damit erleuchtet.

Das stille schwarze Wasser reflektiert das Spektakel, sodass es selbst ebenfalls zu brennen scheint wie Öl. Und er sieht auch sein eigenes Spiegelbild, eine gesichtslose Gestalt, umgeben von Flammen – der Urheber all dieser Zerstörung.

Es ist grauenvoll, prächtig. Eine Schande eigentlich, dass niemand hier ist, um es zu würdigen. Abgesehen von ihm, der das Holz während seiner Vorbereitungen, die fast schon von zärtlicher Aufmerksamkeit geprägt waren, mit Alkohol getränkt hat. Er, der das Streichholz entfacht und zugesehen hat, wie es Feuer fing, der es beschworen hat, weiter zu brennen, leicht zitternd vor Angst und Aufregung und schließlich dem neuen Bewusstsein seiner Machtlosigkeit, weil es sich so schnell seiner Kontrolle entzogen hatte.

Vorher, mit dem Zündstoff in der Hand, hatte er die Macht. Dann wurde sie ihm entrissen, wurde weit größer als er selbst.

Er könnte es nicht mehr aufhalten, selbst wenn er wollte. Will er? Nein. Nein, er will nicht.

Nicht einmal jetzt, mit der Wirklichkeit konfrontiert, die sehr viel gewaltiger und schrecklicher ist, als er es sich ausmalte, wenn er es in seinen Träumen entzündete?

Noch könnte er ihnen helfen. Er könnte sie warnen. Es wäre ein fantastischer Akt der Rebellion, ein Symbol. Aber kein Leben würde geopfert werden.

Nein, zu spät, unmöglich. Doch er könnte es versuchen.

George

Es ist ein Geruch aus seinen frühesten Erinnerungen. Er trägt eine Jahreszeit mit sich. George ist bereit dafür, der Hitze überdrüssig, bereit für seine Weichheit, die satteren Farben. Holz, von der Sonne des Sommers getrocknet, Holz und Harz, das brennt. Ein Geruch von Süße und Wärme. Wie seltsam jedoch – er kann sich nicht erinnern, wie er hierhergekommen ist, nach England, im Herbst.

Wie ist er zurückgekehrt? Nein … er kann sich nicht erinnern.

Konstantinopel, der Bosporus, Schwimmen im türkisblauen Wasser, ein kleiner kranker Junge, eine Frau mit Namen Nur – dies sind die Dinge, an die er sich erinnert.

Er öffnet die Augen. Ein Traum. Nein, nicht ganz: Der Geruch von brennendem Holz bleibt. Die Dunkelheit ist so dick wie Suppe. Doch an den Rändern seines Blickfelds sieht er eine seltsame Helligkeit, ein unruhiges Flackern. Er kann sich nicht denken, was es sein könnte, außer der Vorstellung, dass zu viel aus seinem Traum in die Wirklichkeit gesickert ist – dass es einen Abdruck auf seiner Retina hinterlassen hat. Der Geruch in seiner Nase. Der bittere Geschmack in seinem Mund.

Seine Gedanken sind noch schläfrig, er muss sich in die Klarheit hinauskämpfen wie jemand, der durch tiefen Morast watet. Es muss der Traum sein, eine andere Erklärung gibt es nicht. Es ist viel zu dunkel, viel zu spät, als dass jemand ein Lagerfeuer entzündet haben könnte.

Eine weitere Minute vergeht, bevor er dem animalischen

Teil seines Gehirns Aufmerksamkeit schenkt, dem Zentrum reinen Instinkts, das die Alarmglocken schrillen lässt.

Doch jetzt kann er die Hitze spüren, die hinein–, die kalte Luft aus dem Raum zurückdrängt. Noch immer klammert er sich an der Hoffnung fest, dass er sich irrt. Die Alternative ist einfach zu schrecklich.

Er stolpert nach draußen. Das Haus steht in Flammen. Einen Augenblick lang steht er blinzelnd und ungläubig vor dem wogenden Segel aus Hitze, sein Blick verschwommen.

Während er auf die Flammen starrt, sieht er, wie sich ein Schatten aus der Dunkelheit löst und davonläuft. Zuerst denkt er, jemand sei gekommen, um zu helfen, will schon winken und denjenigen bitten, sich der Löschschlange anzuschließen. Dann erkennt er, dass die Gestalt nicht zu ihm hin rennt, sondern vielmehr in den Schutz der Bäume hinter dem Haus.

»Hey!«, ruft er. »Sie! Bleiben Sie stehen!«

Der Mann zögert, dreht sich um. George ist sicher, dass er es nicht bewusst getan hat, dass es eine ungewollte Reaktion war. Zweifellos wird er sich später dafür ohrfeigen, denn indem er sich umdrehte, hat er sich Georges Blicken gestellt. Im Licht der Flammen ist sein blasses, ovales Gesicht – jung, mit dunklen Zügen – so gut zu erkennen wie am helllichten Tag. George ist sicher, dass er ihn schon einmal gesehen hat. Doch zugleich zeigt dieser Mann eine gewisse Ähnlichkeit mit jemandem. In diesem Moment hat George keinen Raum in seinem Kopf, um es sich zu erklären. Vielleicht wird die Erklärung von selbst kommen. Er ist jetzt überzeugt, dass das Feuer kein Unfall ist, dass es hier seinen Ursprung hat. Zu spät kommt ihm der Gedanke, dem Mann hinterherzulaufen. Seine Beine sind wie Gummi; der andere dagegen bewegt sich mit der Geschicklichkeit eines Tieres. Der Boden unter seinen Füßen scheint George regelrecht zurückhalten zu wollen und sendet einen heftigen Schmerz sein Bein hinauf. Dennoch rennt er weiter, stürzt sich ins dunkle Gestrüpp. Erst jetzt wird ihm bewusst, dass es vollkommen sinnlos ist. Der Brandstifter könnte irgendwo hinter einem Baum hocken oder über ihm in den Zweigen, oder schon lange fort sein. Er könnte selbst wenige Fuß von George entfernt still auf dem Boden liegen, eingehüllt in die Dunkelheit – und er würde ihn niemals bemerken. Es macht keinen Sinn, weiterzurennen.

Das Feuer ist noch immer ein Stück von der Krankenstation entfernt, doch es scheint sich mit unglaublicher Geschwindigkeit auszubreiten. George stürzt zurück ins Haus. Die Gestalten, weiß gekleidet, scheinen aus der Dunkelheit des restlichen Gebäudes hervorzuschimmern: Bill und zwei der Schwestern in ihren Schlafgewändern. Sie starren ihn mit großen Augen an, noch nicht ganz wach, spiegeln seinen eigenen Unglauben wider.

»Die Patienten«, sagt er zu ihnen. »Wir müssen sie hinaus auf die Wiese bringen.« Seine Stimme ist ruhiger, als sie es sein sollte. »Wir müssen sie in Sicherheit bringen. Und dann das Feuer löschen.«

Sie nicken. Er möchte sie schütteln – sie scheinen vor Schreck wie betäubt – und vergisst dabei, dass es ihm nicht anders ergangen ist, dass er bloß einige bedeutende Augenblicke länger Zeit hatte, um es zu begreifen. Endlich scheinen sie sich in Bewegung zu setzen.

Die Patienten sind wach – zumindest diejenigen, die für eine solche Katastrophe sensibel sind – und alarmiert. Einige von denen, die alleine laufen können, sind bereits nach draußen geflohen und kehren nun beschämt zurück, um beim Transport ihrer bettlägerigen Kameraden zu helfen.

George sieht zuerst nach dem Jungen. Er hat sich wie ein Embryo zusammengekauert, die Arme schützend über dem Kopf, die Beine angezogen. Als George zu ihm tritt und seinen Namen ruft, ist er starr vor Angst.

Er tut das einzig Mögliche: Er trägt den Jungen mit seinem Bettzeug hinaus ins Freie. Die kleine Fracht in den Decken ist unnachgiebig, starr. Er muss an die Eltern des Jungen denken.

»Ich bringe dich in Sicherheit«, sagt er. »Es ist kein großes Feuer, doch wir müssen sichergehen, dass alle weit genug davon entfernt sind.«

Noch während er spricht, hört er das Getöse der Flammen und spürt deren Hitze im Nacken wie den Atem eines Drachen.

George legt das Kind in seinem Bettzeug auf das taufeuchte Gras. »Es wird alles gut«, sagt er. »Alles wird gut werden.« Er erhält keine Antwort. Mit plötzlicher Panik beugt er sich hinunter zu dem unverdeckten Gesicht. Der Junge atmet – flach, sehr schnell. George hätte gerne mehr Zeit, um ihn zu beruhigen, doch es könnte ohnehin schon nicht genug Zeit sein für alles, was getan werden muss.

Einer der Gelbfieber-Patienten befindet sich so tief in den Klauen des Fiebers, dass er nicht zu wissen scheint, was geschieht: Er bittet sehr höflich um ein Glas eisgekühlten Wassers. George beneidet ihn beinahe um seine Unwissenheit. Die Patienten, die am wenigsten bei Bewusstsein sind, sind am schwierigsten zu verlegen; sie besitzen keinerlei Körperspannung und sind dementsprechend schwer, ihre Glieder rollen immer wieder von den Bahren. Doch dies hier ist nicht das erste Mal, dass George und Bill so etwas machen; Erinnerungen an das letzte Mal steigen auf. Allerdings waren einige der Männer, die sie damals trugen, tot.

Ihnen fehlt die körperliche Leistungsfähigkeit, die sie einst besaßen, die durch harte Märsche erlangte Ausdauer, aber sie erinnern sich an die richtigen Griffe, daran, das Gewicht zu nutzen, statt dagegen anzukämpfen, an den seltsam stolpernden Tanz der Füße über unebenen Boden.

Wie hatte er es nur nicht vorausahnen können? Dass die Lage hier am Wasser, an diesem einsamen Ort, sie von der Hilfe der Feuerbrigaden abschneiden würde? Nein, er weiß, warum. Exakt deswegen, weil er sich nicht vorstellen konnte, dass so etwas geschehen könnte, in einem abgeschiedenen Gebäude an den Ufern des größten Wasservorkommens der gesamten Stadt. Doch jetzt ist keine Zeit, um darüber nachzudenken. Die Flammen haben die Krankenstation erreicht.

Der letzte Patient ist ins Gras geschleift worden, weit genug entfernt von der Gefahr – jedenfalls fürs Erste. Alle Leben wurden gerettet; das ist das Wichtigste. Doch die Ausrüstung, die kostbaren, sorgfältig bewachten Vorräte an Chinin und Morphium, all das ist in Gefahr. Sie müssen versuchen, das Feuer zu löschen, bevor es noch mehr Schaden anrichten kann.

Der Rauch verschluckt ihn, erfüllt Mund und Nase, nimmt ihm den Atem. Er weicht zurück, würgend und hustend. Es ist unmöglich. Doch langsam erinnert er sich, was er über Feuer weiß. Er drückt sich die Vorderseite seines Nachthemds über den Mund, geht hinunter auf Hände und Knie und kriecht hinein, unter allem hindurch wie ein Tier. In der glühend heißen Finsternis tastet er nach den Flakons und Fläschchen. Manche sind in der Hitze bereits geborsten, seine Finger ertasten spitze Kanten. Doch einige sind noch intakt, und er wirft sie sich vorne in sein Nachthemd. Dann plötzlich explodiert etwas direkt vor seinem Gesicht: Die Gewalt der Explosion lässt ihn erstarren. Die Haut in seinem Gesicht und an seinen Ohren fühlt sich an, als würde sie sich selbst verzehren. Taumelnd weicht er zurück, noch immer auf allen vieren, keuchend vor Schmerz. Er braucht Wasser, doch er hat keines. Ihm bleibt keine Zeit für etwas anderes, als zu versuchen, sich selbst zu retten. Unter enormer Anstrengung beginnt er zu kriechen. Seine Lungen schmerzen, als seien sie mit glühenden Kohlen gefüllt, und es fühlt sich an, als würde jemand eben diese Kohlen auch gegen seine Wangen und Ohren drücken. Schwach wird ihm bewusst, dass er die Strecke womöglich nicht schaffen wird. Seine Sinne beginnen zu schwinden; er ist verwirrt vom Schmerz und vom Rauch, weiß nicht mehr, in welche Richtung er sich bewegen muss – es könnte ebenso gut hoch oder runter, vor oder zurück, rechts oder links sein. Sein Verstand beginnt, die Symptome aufzulisten, beinahe ruhig: die Verwirrung, der Schmerz in seinem Gesicht, die brennende Atemnot in seiner Brust, der allmähliche Verlust seiner Fähigkeiten.

Der Gefangene

Er klettert ins *kayık*, tastet hektisch nach den Rudern. Aus irgendeinem Grund sind sie unhandlicher als auf dem Hinweg – sie scheinen ihm nicht gehorchen zu wollen. Er weiß, woran es liegt, weiß, dass seine Hände zu sehr zittern, um sie richtig greifen zu können.

Der Mann hat ihn gesehen. Er weiß es. Es bringt nichts, sich darüber den Kopf zu zerbrechen. Es ist geschehen. Daran lässt sich nichts mehr ändern. Ah – aber was hat ihn dazu gebracht, sich umzudrehen? Auch nur eine Sekunde zu denken, er könnte seine Tat ungeschehen machen, oder die Menschen im Haus warnen? Die Schande liegt nicht in der Tat selbst, sagt er sich jetzt, die Schande liegt in diesem Moment des Zweifelns. Es wird nur dann brenzlig, wenn er erwischt wird. Der Mann hat ihn nie zuvor gesehen, und wenn er ihn niemals wiedersieht, wird es keine Schwierigkeiten geben. Verborgen zu bleiben, außer Sicht, das sollte keine allzu große Herausforderung sein.

Er beginnt zu rudern. Vielleicht ist es die Strömung, anders als ihm bisher bekannt, doch der Bug scheint mehr Widerstand zu haben als sonst. Die Ruder sind lauter – zuvor war alles still, mühelos. Alles ist schwerfälliger. Er sagt sich, dass es nicht sehr weit ist. Der schwierige Teil ist vollbracht.

Er versucht, sich nicht Nurs Gesicht vorzustellen. Sie wird es wissen, sobald sie von dem Feuer erfährt. Seine Mutter und Großmutter sind zu blind vor Liebe zu ihm, um ihn einer solchen Tat zu verdächtigen. Doch Nur ist anders – gerade ihre Liebe wird es sein, die sie es erkennen lässt.

»Wer da?«

Er hört auf zu rudern, kauert sich tief ins Boot, bemüht, keinen Laut von sich zu geben, doch es ist ihm unmöglich, das Zittern zu unterdrücken. Er versucht sich selbst in die Finsternis zu denken, sich darin aufzulösen, doch seine Haut scheint beinahe schuldig zu schimmern. Dann der schwankende Strahl einer Taschenlampe. Als er das Licht in seinen Augen spürt, weiß er: Das Spiel ist vorbei.

George

Gerade als er die Augen schließen möchte, um ein wenig auszuruhen, fühlt er sich gepackt und in kühlere Luft hinaus-
geschleift. Sein Gesicht wird mit Wasser übergossen.

Bill hockt sich neben ihn. »Ich dachte schon, du seist tot.
Du Dummkopf. Du und dein Chinin. Ich kann dir jetzt schon
sagen, bevor du in den Spiegel schaust: Du hast einen ziemlich hohen Preis dafür bezahlt.«

Einige Minuten lang liegt er da, halb betäubt, bevor er wieder zu sich selbst zurückkehrt. Dann blickt er auf, sieht die
Flammen. Der Anblick jagt ihm entsetzliche Angst ein. Sie
sind nur zu sechst gegen das da. Und er, der nun wacklig
auf die Beine kommt, hat kaum noch Kraft, die er einsetzen
könnte.

Nein, sie sind noch ein paar mehr. Die gut genesenden
ihrer Patienten bieten ihre Hilfe an. Und dann ein überra-
schender Anblick: Neue Gestalten erscheinen aus der Dunkelheit. Zehn vielleicht, insgesamt. Einige davon Frauen,
mit Schleiern, die in der warmen Luft der Flammen wehen
und flattern. Mehrere Männer, die meisten von ihnen schon
älter. Und ein paar Jüngere – sogar einige Kinder. Alle tragen irgendwelche Behälter und Gefäße.

Eine Reihe bildet sich vom Feuer bis an den Bosporus. Die
Gefäße – Töpfe, Eimer, sogar eine große Kaffeekanne – wandern, mit Wasser gefüllt, von Hand zu Hand. Jede einzelne
Ladung Wasser wirkt wie ein erbärmlicher, zum Scheitern
verurteilter Versuch. Doch nach den ersten Wasserladungen
hält George nicht mehr inne, um den Effekt zu beobachten

oder auch nur Luft zu holen, denn der nächste volle Eimer wartet bereits auf ihn.

Er arbeitet ohne nachzudenken. Selbst der Schmerz in seinem Gesicht und in seinen Lungen tritt in den Hintergrund. Er ist zu einer Maschine geworden, nein, zu einem Teil einer Maschine.

An irgendeinem nicht festzulegenden Punkt wendet sich das Blatt. Das Feuer breitet sich nicht weiter aus, weicht zurück. Das treibt sie an. Dann kommt der Moment, in dem George nach dem Eimer greifen will, und er ist nicht da.

»Schau.« Er dreht sich um und stellt fest, dass Bill die ganze Zeit über neben ihm gestanden hat; er hat es nicht einmal wahrgenommen. »Ich glaube, wir haben es geschafft.«

Er schaut. Der eine Flügel des Hauses ist ein schwarzes, durchnässtes Gebilde, als hätte eine riesige Hand einen Teil des Gebäudes einfach herausgehöhlt. Die wenigen Balken, die noch einsam und intakt dort stehen, wirken wie die Rippen eines gigantischen verkohlten Tierkadavers. Flüchtiger Rauch steigt daraus hervor. Eine seltsame Helligkeit umgibt sie, und er dreht sich um und sieht, dass die Dämmerung eingesetzt hat. Der Himmel über ihnen leuchtet rosa und golden, als stünde nun er in Flammen. George möchte den türkischen Helfern danken, doch sie sind alle fort, beinahe als wären sie nie da gewesen.

Mit bleichem Gesicht starrt sie auf die Ruinen der Krankenstation. Sobald ihr Blick ihn streift, wendet sie sich ab, doch das ist kaum überraschend. Die Hälfte seines Gesichts ist mit weißer Gaze bedeckt, doch auch die kann die ausgefransten Ränder seiner Verbrennungen nicht vollständig verbergen.

Reine Essigsäure, die in einem Flakon neben dem Chinin stand und dazu benutzt worden war, Infektionen zu behandeln. Sie hatte sich in das weiche Fleisch seiner Wange gefressen; er wird diese Narbe nun sein Leben lang tragen. George kann von Glück sagen, dass er sein Auge nicht verloren hat. Hier nun also ist sie, seine erste Kriegsverletzung.

»Es tut mir leid«, sagt er. »Ich vergaß, wie es sich für Sie anfühlen muss, Ihr Zuhause so zu sehen.«

Sie schweigt einige Minuten lang, umkreist die Trümmer wie jemand, der entsetzt ist, und doch unfähig, den Blick abzuwenden.

»Ich gehe davon aus, dass Sie den Jungen mit nach Hause nehmen möchten. Wie Sie sich sicher vorstellen können, hat das Feuer einen tiefen Eindruck auf ihn gemacht. Ich fürchte, er ist nicht ganz er selbst.«

Sie war zu dem Jungen gegangen, hatte ihn in ihren Armen gehalten. Ohne ein Wort. Mit einer solchen Zärtlichkeit, dass George das Bedürfnis verspürt hatte, den Blick abzuwenden, ja sogar den Raum zu verlassen. Es war eine Zärtlichkeit von ganz besonderer, beinahe heiliger Natur. Bisher hatte er geglaubt, dass sie nur zwischen einer Mutter und ihrem Kind existieren könne.

Sie sieht ihn mit dem leeren Blick einer Schlafwandlerin an. Erst allmählich scheint er wieder an Fokus zu gewinnen. »Alle haben überlebt? Von Ihren Patienten?«

»Ja.«

Sie scheint vor Erleichterung ein wenig in sich zusammenzusacken. Ihre Gesichtsmuskeln arbeiten. Sie sieht aus, als ringe sie innerlich mit sich.

»Was ist?«

»Der Mann. Den sie heute Morgen aufgegriffen haben …«

»Der Brandstifter? Ja. Sie haben ihn geschnappt, als er versucht hat zu fliehen, obwohl er es zweifellos bestreiten wird.«

»Er ist mein Bruder.«

»Ihr …« Er verstummt. Weil er nicht weiß, was er sonst sagen soll, sagt er: »Ich dachte … verzeihen Sie … man gehe davon aus, er sei tot.«

Sie öffnet den Mund, als wolle sie etwas sagen, schließt ihn jedoch wieder. Schließlich sagt sie: »Wir haben es erst kürzlich erfahren. Er war in russischer Gefangenschaft. Er ist vor ein paar Monaten zurückgekehrt.«

George fühlt sich betrogen. Nach all der Zeit, die sie nun hierherkommt, hat sie ihm nicht genug vertraut, um es ihm zu erzählen. Dann fängt er sich wieder. Natürlich hat sie ihm nicht vertraut; wie hätte er etwas anderes von ihr erwarten können?

Ihr Bruder. Gedanken wirbeln durch seinen Kopf. Einer von ihnen ist fast zu entsetzlich, um ihn näher zu betrachten, doch er muss ausgesprochen werden: »Wussten Sie, dass er so etwas plante?«

Bei diesen Worten tritt sie vor. Eine Sekunde lang glaubt George tatsächlich, sie wolle ihn schlagen. »Denken Sie wirklich, ich hätte es gewusst«, sagt sie mit einer Stimme, die zwischen Flehen und Wut schwankt, »und nicht versucht, ihn davon abzubringen oder Sie zu warnen? Mit dem Jungen hier? Wie können Sie mir überhaupt so eine Frage stellen?«

»Ich weiß es nicht.« Alles scheint plötzlich anders zu sein, nichts ist mehr sicher. Denn es hat eine Täuschung gegeben, oder zumindest ein Verschweigen. Sie hat die Rückkehr ihres Bruders nie erwähnt, und plötzlich findet er es bemerkenswert.

»Das dürfen Sie nicht von mir denken. Ich hatte Angst vor ihm. Vielleicht hätte ich es sehen müssen … aber ich hätte mir so etwas niemals vorstellen können. Es ist … als hätten wir nicht denselben Menschen zurückbekommen. Der Krieg hat etwas mit ihm gemacht. Er war so jung, als er eingezogen wurde. Er hatte nicht die Möglichkeit, er selbst zu werden …« Sie verstummt, setzt erneut an. »Wenn meine Mutter ihn erneut verlöre … wenn wir ihn erneut verlören … für sie, für uns alle, wäre es …« Sie kann nicht weitersprechen, scheint kein Wort zu finden, das trostlos genug ist. Ihre Körperhaltung ist steif, wie bei einem Soldaten in Habtachtstellung. George sieht, dass ihre Augen trocken sind. Ihr Flehen hat etwas Ernstes, Nacktes.

Und dennoch. Ein Vorfall wie dieser erinnert einen nur daran, dass es klare Seiten, dass es noch immer Feinde gibt. Sie ist nicht auf derselben Seite wie er; ist es da nicht naheliegend, dass sie auf der anderen Seite steht?

Er richtet sich ein wenig auf. »Er hat versucht, ein Krankenhaus niederzubrennen«, sagt er. »Mit sechsundzwanzig Männern, die meisten davon zu schwach, um alleine fliehen zu können. Mit einem Kind. Sie hätten alle sterben können.«

»Ich weiß. Ich kann es nicht glauben. Aber ich denke nicht, dass er das gewollt hat«, fährt sie fort, ohne ihm Zeit zu geben, ihr zu widersprechen. »Ich kenne ihn. Er liebt … Symbole. Ich denke, er wollte etwas Symbolisches tun. Ich glaube nicht, dass er wirklich gewollt hat, dass sie alle sterben.«

Sie kann es nicht sehen, denkt er. Sie ist geblendet von ihrer Liebe. Vielleicht sollte es ihr zumindest erlaubt sein, diese

Illusion zu bewahren, wenn schon nichts anderes. Doch er kann sich nicht davon abhalten, zu sagen: »Wenn es ein Symbol sein sollte, warum dann ein Krankenhaus? Warum keine Militärbaracken? Weil er sich sicher war, dass die Menschen darin nicht in der Lage sein würden, sich zu retten? Sich zu wehren?«

»Weil es unser Haus war. Ich stelle mir vor, er dachte wohl, es sei … nicht sein Recht, aber so etwas wie seine Pflicht.«

George erinnert sich an die Gestalt, die er im wilden Schein der Flammen gesehen hat. Mit leerem Blick, reglos wie ein Fuchs. Dieser Mann meinte es genau so.

Er nimmt all seine Entschlossenheit zusammen. »Ich glaube nicht, dass ich es verstehe. Was genau versuchen Sie mir damit zu sagen?«

»Niemand ist getötet worden.« Glaubt sie tatsächlich, dass das einen Unterschied macht?

»Es lag nicht an ihm, dass ihre Leben verschont wurden. Er wollte das ganze Haus abfackeln. Wenn es so gekommen wäre, wie er es geplant hat, wäre jeder einzelne Mensch in diesem Gebäude verbrannt.«

»Ich bin mir sicher, dass er jetzt, wo er sieht, was hätte passieren können, Reue empfindet.«

»Wie können Sie sich da so sicher sein?«

»Weil das nicht der Mann war, der er in Wirklichkeit ist. Er ist ein guter Mensch, ein liebenswürdiger Mensch, ein Lehrer.« Er schnaubt höhnisch. »Und weil ich ihn kenne.«

»Weil Sie ihn kennen, oder weil Sie nicht weiter blicken können, als Ihre Liebe für ihn es Ihnen erlaubt?«

»Ich bitte Sie, ihm eine zweite Chance zu geben.«

»Selbst wenn ich es wollte, könnte ich nichts mehr für ihn

tun. Sein Schicksal liegt nicht in meinen Händen. Sie haben ihn.« Sein eigener Gebrauch des Wortes »sie« lässt ihn verstummen. Es erzeugt Distanz – die ihm ein wenig unpatriotisch erscheint, und von der er nicht weiß, ob sie Absicht ist oder nicht.

»Kommt er vor Gericht?«

»Ja.«

»Sie werden dort als Zeuge aussagen.«

Jetzt versteht er, worum sie ihn bittet. Er hatte es vermutet, doch es ist etwas anderes, es laut ausgesprochen zu hören. Dass sie die Nerven hat, es überhaupt vorzuschlagen, ihm, der hier vor ihr steht, verstümmelt durch das Verbrechen ihres Bruders, bestürzt ihn. Und sowenig er auch über sie weiß, so zeigt es ihm, wie verzweifelt sie sein muss.

»Sie können nicht glauben …« Er senkt die Stimme. »Sie können nicht von mir verlangen, über das, was ich gesehen habe, zu lügen.«

»Ich bitte Sie nicht zu lügen«, erwidert sie rasch. »Ich bitte Sie … Ich nehme an, ich wollte wissen … wie sicher Sie sich dessen sind, was Sie gesehen haben.«

Er denkt zurück an die Nacht. Schon jetzt hat sie die surreale Anmutung eines Traums. Oder vielmehr einer Geschichte, die jemand ihm erzählt hat, nicht von etwas, das er selbst erlebte. Er findet die Gestalt in seinen Erinnerungen, und sie ist vielleicht der einzige klare Punkt darin, das eine Element ohne verschwommene Ränder. Und doch hat sie etwas Unheimliches, je genauer er hinsieht. Das bleiche Gesicht, der leere Blick, die animalische Körperhaltung. Die Gestalt erscheint ihm nicht mehr ganz menschlich – zu gefasst, zu klar: vielmehr wie die Vorstellung eines Raubtiers als wie irgendetwas Reales. Er schien beinahe wie ein Teil der Flammen selbst, ein Vertreter des Chaos. George kann sich nicht vorstellen, wie ein normaler Mensch, bei Tageslicht, in der Banalität eines Gerichtssaals dem gerecht werden kann.

Er schüttelt den Kopf, um wieder klar denken zu können. Er hat sein Gesicht gesehen. »Ich muss ehrlich sagen, was ich gesehen habe«, erklärt er. »Das verstehen Sie doch?«

Sie schweigt, verzieht keine Miene. Irgendwie spürt er, dass sie ihm trotz allem in dieser Unterredung überlegen war.

»Sie hätten nicht herkommen sollen. Sie hätten das nicht von mir verlangen sollen.«

Er sieht eine Bewegung unter der Maske, die sie zu tragen scheint, ein schmerzliches Zucken. Sieht, ganz kurz, die Selbstbeherrschung, die sie aufbringen muss. Und verschließt sich gegen diesen Gedanken.

Der Gefangene

Er hat Angst.

Wie?

Er hat Angst vor sich selbst.

Sobald er dieses Streichholz angezündet hatte, war es nicht länger seines, wie ein gigantisches Biest, das seiner Leine entflohen war. Doch all der Tod, das war sein Tun.

Er hat versucht, es zu verdrängen. Doch die Bilder kommen dennoch, während er in seiner Zelle liegt. Er erwacht halb erstickt von dem Rauch, der aus seinen Träumen quillt.

Er versucht zu weinen. Um die, die ihr Leben lassen mussten. Um sich selbst. Und um die anderen, die zuvor starben, die Gesichter, die ihn in seinen Träumen besuchen.

Doch seine Augen sind trocken. Jegliche Tränen wurden aus ihm herausgebrannt.

George

Das provisorische Gericht ist in einem leeren Schulgebäude untergebracht. Der Raum, in dem die Verfahren stattfinden, war vermutlich einmal der Ort, an dem die Schüler sich versammelten. George muss unweigerlich an sie denken.

Sie hat den Jungen am Morgen geholt. Jedes Verständnis, jedes noch so zarte Band, das einmal zwischen ihnen dreien bestand, ist zerstört. Vielleicht wäre es ohnehin so gekommen, wenn der Junge nicht länger sein Patient gewesen wäre, doch das Feuer hat es endgültig gemacht. Das Haus ist sehr still ohne den Jungen, ohne ihre Besuche, als wäre mehr als nur das weggebrannt, was das Feuer sich nahm. Und doch sieht George die beiden in jedem Buch auf dem Regal, in der Kaffeekanne auf dem Herd, im Hinabfallen der Glyzinienblüten, die den Flammen auf wundersame Weise entkommen sind – verdammt, sogar in seinem eigenen Grammophon. Er versucht nicht daran zu denken, dass er möglicherweise keinen der beiden jemals wiedersehen wird.

Auch ohne aufzublicken weiß er es, als der Gefangene in den Saal geführt wird; eine seltsame Stille überkommt die Anwesenden. Irgendwo hinter ihm befindet sich der Urheber dieser Nacht der Katastrophe, und plötzlich hat George Angst. Denn diese Gestalt war ihm nicht ganz real vorgekommen, und nun soll er mit dem konfrontiert werden, was ihm selbst gleichsam wie eine Projektion seiner Gedanken, eine innere Finsternis erschienen ist, statt wie ein echter Mensch. Der Gefangene geht jetzt nur wenige Fuß entfernt an George vorbei, und Georges Blick ruht auf dessen Rücken – überraschend schlank, mit schmalen Schultern wie ein Junge –, als er zur provisorischen Anklagebank geführt wird.

George betrachtet den jungen Mann. Er ist es, natürlich. Es gibt keinen Zweifel. Und doch ist es zugleich nicht derselbe Mann; die Ähnlichkeit scheint allein körperlicher Natur zu sein. In der Nacht des Feuers schien er eine besondere Energie und Intensität zu besitzen. All dies ist jetzt fort. Dieser Mann ist nur noch ein Teil dessen. Er sieht sehr jung aus – wie alt mag er sein? Höchstens zwanzig? Seine Schultern sind trotzig gestrafft, doch gerade dies lenkt die Aufmerksamkeit darauf, wie schmal sie sind, lässt ihn eher wie ein Kind erscheinen, das seinen Eltern trotzt. Er weigert sich, irgendeinem der Anwesenden in die Augen zu sehen, sein Blick ist auf einen Punkt an der Wand gerichtet. Die provisorische Anklagebank ist zu einer Insel geworden. Die Verdammung des Gerichts, schweigend, scheint ihn zu umgeben wie ein Ozean.

George erinnert sich selbst daran, dass dieser Mann ihn umbringen wollte; seine Patienten ermorden wollte. Mitleid wäre an dieser Stelle fehl am Platz. Und doch, denkt er, hat er vielleicht nie zuvor eine weniger bedrohliche Gestalt gesehen.

Im Ausdruck des Gefangenen liegt etwas, das George wiedererkennt. Er hat es in den Gesichtern anderer Männer gesehen. Es entstammt dem Krieg. Für einen Vertreter der Medizin ist es ein frustrierend schlecht greifbares Leiden, und doch ist es sofort erkennbar.

George kennt seine Stärken als Mediziner gut genug; es sind dieselben, die sich vor acht Jahren in St Bart's zu erkennen gaben. Er hat ein besonderes Talent dafür, die frühen

Stadien einer Krankheit zu erkennen, und sogar die feinen Nuancen von Hybriden oder komplett neuen Seuchen. Man könnte sagen, es ist ebenso sehr eine Kunst wie eine Wissenschaft: Es bedarf einer gewissen Intuition, eines Mutes zum Urteil.

Dagegen war er nie ein besonders guter Chirurg. Seine Hände besitzen einfach nicht die notwendige Geschicklichkeit. Man kann es bis zu einem gewissen Grad erlernen, doch selbst mit Übung kommt man irgendwann an seine Grenzen. Ebenso wenig könne, wie einer seiner Tutoren ihm erklärte, ein schlechter Bildhauer jemals ein großartiger Vertreter seiner Kunst werden. Etwas fehlt: die flüchtige Magie des Talentes.

An der Front musste man so etwas wie ein Joker in allen Dingen sein. Ein Morgen konnte fünfzig Fälle von Cholera bringen, oder einen Mann, der über den Stumpf seines abgetrennten Beins zu verbluten drohte. Vielleicht eine schlimm infizierte Verbrennung, im Begriff, ihr Gift in die Blutbahn zu entlassen. Oder eine Ruhr-Epidemie, die ganze Schwadrone niederstrecken konnte. Doch diese Leiden waren wenigstens greifbar, sichtbar und konnten praktisch behandelt werden. Wenn man den etablierten Maßnahmen folgte – und der Patient noch zu retten war –, standen die Chancen gut, ein Leben zu retten. Sehr viel schwieriger fand George die unsichtbaren, inneren Leiden der Seele. Sie veränderten einen jeden Menschen, aber manche veränderten sie mehr als andere.

Zum ersten Mal begegnete er diesem Leiden 1915, in einem Feldlazarett des Anzac. Hunderte von Verwundeten lagen dort auf Bahren und warteten darauf, versorgt zu werden.

George kniete in einer Ecke und behandelte gerade die Wunden eines Mannes, als mitten im Lazarett eine Granate explodierte. Viele der Männer auf den Bahren waren sofort tot. Doch der Mann, den George gerade versorgt hatte, war von den Verwundungen, die er bereits besaß, einmal abgesehen, relativ unverletzt geblieben. Und dennoch … später schien es George, als sei etwas in diesem Mann zerbrochen, irgendein verborgener Teil des gesamten Mechanismus. Ein winziges, jedoch essentielles Rädchen, das sich ohnehin bereits gelockert, ein wenig von seinem ursprünglichen Platz gerüttelt worden war. Oberflächlich betrachtet, schien alles unversehrt geblieben zu sein, sodass man den Fehler nicht erkennen konnte, bis das winzige Teilchen versuchte, seine Arbeit aufzunehmen. Der Mund des Mannes öffnete und schloss sich wieder, als versuchte er etwas zu sagen, doch kein Laut kam heraus. Soweit George feststellen konnte, war physisch mit dem Sprachapparat des Mannes alles in Ordnung – nur wenige Sekunden zuvor hatte er noch gesprochen.

Aus irgendeinem Grund war diese Entwicklung belastender als die grässlichsten Wunden. George hatte dem Mann eine kräftige Ohrfeige gegeben in der Hoffnung, der Schreck würde ihn wieder zu Sinnen kommen lassen, jedoch ohne Effekt. Für eine solche Verletzung gab es keine Heilung, keinen Therapieplan. Er war ungeduldig mit dem Mann geworden, hatte ihn angebrüllt: »Machen Sie doch nicht solchen Unsinn, Mann. Kommen Sie. Reden Sie.« Später hatte er ihn einfach aufgegeben.

Eines Tages hielt sich der Mann in einem Augenblick einzigartig wacher Berechnung eine Pistole an den Kopf und blies sich das Hirn raus.

Es gibt nur ein Symptom, und das liegt in den Augen. Oh ja, er sieht es in diesem Augenblick vor sich.

Anfangs schweigt der Gefangene, als hätte es ihm die Sprache verschlagen. Oder vielleicht ist es auch nur Trotz. Doch unter der wiederholten brutalen Befragung scheint etwas in ihm zusammenzubrechen.

Schließlich beginnt er mit Hilfe des Übersetzers zu reden. Er leugnet alles. Doch allein die Tatsache, dass er redet, ist in sich selbst schon eine Schwäche, ein Nachgeben, ein Schritt näher an einem Geständnis. Die Zuschauer fühlen es; George spürt, dass sie Blut wittern.

– Was hatte er an diesem Abend, um diese Uhrzeit draußen zu suchen?

Er habe versucht, nachts zu fischen, erklärt der Übersetzer an seiner statt, mit einer Laterne. Er müsse eine Familie ernähren; sie müssten verstehen.

Man lässt seine Antwort kurz so stehen, gerade lange genug, dass ihre Absurdität deutlich werden kann.

– Aber natürlich, es ergibt absolut Sinn, dass Sie nachts zum Fischen hinausfahren müssen. Schließlich sind Sie ja den ganzen Tag über damit beschäftigt, sich mit Karakol-Anhängern im Kaffeehaus zu treffen?

– Ich treffe mich mit meinen Freunden. Darf ein Mann keine Freunde haben?

Seine Kampfeslust scheint sein Gegenüber nur zu amüsieren.

– Sie müssen zugeben, es ist eine interessante und recht spezifische Auswahl an Freunden, die Sie da haben.

So geht es weiter, und George spürt, wie die Sympathien

im Raum sich immer unnachgiebiger gegen den Angeklagten richten. Auch liegt so etwas wie Aufregung in der Luft – mehr als einmal muss lautstark um Ruhe im Saal gebeten werden. Wenn es nach ihnen ginge, würden sie jubeln und immer wieder dazwischenrufen. George fragt sich, was diese stehenden Gentlemen wohl sagen würden, wenn man ihnen erklärte, wie viel sie mit einer Gruppe russischer Bauern gemein hatten, die eine Bärenhatz verfolgten.

Für ihn ist nichts daran unterhaltsam. Er allein, abgesehen vielleicht von dem Brandstifter selbst, weiß, was hier auf dem Spiel steht. Er wünscht sich nur, es möge bald vorbei sein.

Nur

Von allen Tagen muss es ausgerechnet an diesem Morgen sein, dass ihre Mutter beschließt, ein wenig von ihrem Verstand zurückzuerlangen.

»Wo ist Kerem?«, fragt sie ihre Tochter, als diese ihr vor dem Spiegel die dünnen Haarsträhnen kämmt. »Ich wollte ihn bitten, mich auf einer Fahrt hinaus zur Stadtmauer zu begleiten.«

Doch nicht ganz bei Verstand, denkt Nur. Und doch klar genug, dass sie ihre Mutter belügen muss, worauf sie nicht vorbereitet war.

»Er hat schon früh das Haus verlassen«, sagt sie. »Und ist gestern Abend erst spät nach Hause gekommen – du hast schon geschlafen.«

Sie sieht ein argwöhnisches Zucken im Blick ihrer Mutter, bevor dieser wieder trüb wird.

»Nun, wir müssen ihm etwas Gutes zu essen vorbereiten, wenn er zurückkehrt. Sag Fatima, sie soll nach Mahmutpaşa gehen.«

Ihre Großmutter schweigt, als hätten die beiden Frauen die Rollen getauscht. Vielleicht hat sie gelauscht, als die türkische Polizei kam und Nur darüber informierte, was man herausgefunden hatte – wobei manche von ihnen ihr Mitgefühl ausdrückten. Und wenn sie nicht gelauscht hat, dann vermutet sie zumindest etwas. Zum ersten Mal, denkt Nur, wirkt ihre Großmutter tatsächlich alt.

George

»Er ist es nicht.«

Kollektives Luftholen. George nimmt es ihnen nicht übel. Er selbst hatte noch Sekunden zuvor nicht gewusst, dass dies seine Antwort sein würde.

Bis zu diesem Augenblick hat er exakt das geglaubt, was er ihr gesagt hatte: dass er es nicht tun könne, weil zu viel auf dem Spiel stehe.

– Ich gehe davon aus, damit meinen Sie, dass Sie ihn nicht wiedererkennen.

Er kann die Erleichterung hören. Ah ja. Nicht dasselbe wie eine grundsätzliche Widerlegung. Es kann überwunden werden.

– In Anbetracht der Umstände, der Gefahr, in der Sie sich befanden, überrascht mich das nicht.

Man bietet ihm einen Ausweg. Und vielleicht könnte er noch zurückziehen und ihnen diese Möglichkeit lassen. Er ist noch nicht zu weit gegangen, die Entscheidung kann noch rückgängig gemacht werden. Tatsächlich, wenn man es recht bedenkt, war es nie wirklich eine Entscheidung, nur ein spontaner Impuls. Doch George weiß tief in seinem Inneren, dass es kein Zurück gibt; es ist geschehen.

»Nein«, sagt er und räuspert sich, sodass seine nächsten Worte deutlich zu verstehen sind. »Das ist nicht der Mann, den ich in dieser Nacht gesehen habe. Ich erkenne ihn nicht wieder, weil er es nicht ist.«

Es folgt langes Schweigen.

Der Mann, der ihn befragt, setzt an, um etwas zu sagen,

macht ein leises Geräusch, das an einen Schluckauf erinnert, und scheint sich eines Besseren zu besinnen.

George sieht den Mann auf der Anklagebank kein einziges Mal an. Er hat es nicht für ihn getan.

An diesem Abend bekommt er Besuch.

»Sie haben ihn gerettet. Er hat mir erzählt, was Sie gesagt haben.«

»Ich möchte nicht darüber reden.«

Mit dieser Reaktion scheint sie nicht gerechnet zu haben. »Das verstehe ich«, erwidert sie, als sie die Fassung wiedergewonnen hat. »Was Sie getan haben, war sehr mutig.«

»War es das?«

»Das denke ich, ja.«

»Ich bin mir da nicht so sicher.«

»Was meinen Sie?«

»Ich glaube, dass es vielmehr eine Art von Feigheit gewesen sein könnte.«

»Ich sehe nicht, wie es so etwas gewesen sein sollte.«

»Wirklich nicht?«

»Nein.«

»Nun. Was, wenn ich Ihnen sage, dass ich es am Ende nicht aus meinem Gefühl für Gut und Böse heraus getan habe, sondern Ihretwegen?«

Sie antwortet nicht.

Er weiß nicht, was ihn dazu bringt. Vielleicht ist es der Whisky – mehr, als er normalerweise trinkt, und früher am Tag. Der Alkohol lässt Dinge möglich erscheinen. George hebt eine Hand – seine Besucherin ist nur wenige Fuß entfernt – und legt sie an ihre warme Wange.

Sie steht ganz still.

Keiner von ihnen sagt etwas.

Wo seine Fingerspitzen ihre Haut berühren, kann er den Rhythmus ihres Herzschlags spüren.

Er wünscht sich, sie möge ihn ansehen.

Sie räuspert sich, den Blick weiter auf einen Punkt am Boden gerichtet. »Ich weiß, dass wir in Ihrer Schuld stehen. Erst der Junge und nun mein Bruder. Es ist mir bewusst. Wir nehmen es nicht leichtfertig hin. Mir ist bewusst, wie viel ich Ihnen schulde. Und ich weiß nicht, wie ich es Ihnen je vergelten soll. Aber ich weiß, dass Sie schon sehr lange von zu Hause fort sind ... ohne die Gesellschaft einer Frau.« Sie schluckt. »Wenn ...«

Sein Hand zuckt zurück, als hätte er sich verbrannt.

»Was wollen Sie damit andeuten?«

»Ich ... Ich bin nicht sicher.«

»Es besteht keinerlei Schuld.« Er möchte ihre Schultern packen und es sagen, doch er wird nicht wagen, sie noch einmal zu berühren. »So ein Mann bin ich nicht. Verstehen Sie?«

Sie schweigt.

»Bitte. Sagen Sie mir, dass Sie das verstehen.«

Sie nickt. Noch lange, nachdem sie gegangen ist, sitzt er da wie gelähmt.

In der Nacht liegt er wach. Vielleicht zum ersten Mal hasst er die Stille an diesem Ort. Er wünscht sich zurück nach Pera, mit all dem Lärm in den Straßen nach Sonnenuntergang, den an Rabelais erinnernden Szenen, komisch und schmutzig und anonym. Männer gehen dorthin, um sich in den Straßen zu verlieren, ob aufgrund der Dinge, die sie in den letzten Jahren gesehen und erfahren haben, oder der Verantwortung, die zu Hause auf sie wartet. George war selbst dort, aus beiden Gründen. Doch diesmal würde es nicht funktionieren. Es sei denn, er würde sich massiv betrinken. Und betrinken kann er sich ebenso gut hier wie dort. Er steigt aus dem Bett und geht ins Arbeitszimmer, wo auf dem Schreibtisch die Flasche des kostbaren Whiskys steht, als warte sie auf ihn. Er hält sie ins Licht. Zu einem Drittel voll. Nicht ganz genug, um so betrunken zu werden, wie er es gern wäre, aber es wird reichen. Wie gern würde er den Ausdruck auf ihrem Gesicht vergessen, als sie sich ihm anbot. Und wie gern würde er vergessen, was er getan hat, obwohl er kein Recht dazu hatte. Ihr Angebot hat ihn zu einem extremen Grad abgestoßen, doch sie trägt daran keinerlei Schuld. Mit seiner Geste, in diesem Moment der Dankbarkeit, hat er es förmlich von ihr erzwungen.

Nur

Auf der Überfahrt zurück ans europäische Ufer saß sie vollkommen reglos, ihr Blick starr. Ein oberflächlicher Beobachter hätte sie für eine Frau gehalten, die gelähmt war von einer frischen Trauer. Man ist diesen Anblick inzwischen so gewohnt, seit so vielen Jahren nun schon, dass keiner ihr groß Beachtung schenkt. Die Passagiere, die an den anderen Haltestellen an oder von Bord gingen, stiegen über sie oder um sie herum.

Etwas ist zerbrochen, und es ist ihre Schuld. Das Wissen darum wiegt schwer. Sie kann sich nicht überwinden, sich die Details des Wortwechsels in seinem Arbeitszimmer wieder vor Augen zu rufen – ihr Verstand kann nur antäuschen, sich dem zu nähern, und dann wie verbrannt zurückweichen. Und dennoch tut sie es wieder und wieder.

Der Ausdruck auf seinem Gesicht, als sie ihr Angebot aussprach. Was sie am meisten daran beschämt, ist nicht die Ungehörigkeit desselben, auch wenn das allein schon schlimm genug ist. Es ist die Lüge, die darin lag. Sie weiß, dass sie sich ihm nur zu gern hingegeben hätte.

Nur

»Er war jeden Tag hier, Nur *canım*. Hat darum gebeten, mit dir zu sprechen. Ich will gar nicht wissen, was unsere Nachbarn von uns denken. Ein englischer Offizier. So etwas ziemt sich nicht.«

»Ich weiß, *büyükanne*.«

Die alte Frau richtet sich ein wenig in ihrem Stuhl auf und durchbohrt Nur mit ihrem Blick. »Ich hätte nie gedacht, dass ich das einmal zu dir sagen würde. Ich missbillige es, von ganzem Herzen. Aber ich denke, du solltest mit ihm sprechen – und wenn auch nur, um zu verhindern, dass er die Tür unten einschlägt mit seinem Geklopfe. Oh, diese Demütigung!«

»Ich kann nicht mit ihm sprechen.«

»Was auch immer zwischen euch war – und ich weiß, dass es nichts gewesen sein kann, denn du bist ein kluges Mädchen, und eine Witwe, und eine Tochter aus einer guten Familie, und meine Enkelin, und stell dir vor, welche Demütigung –, ich denke, du musst es tun. Du bist es ihm schuldig. Er hat Kerem gerettet.«

»Ich weiß, aber …«

»Sie ziehen ab. Alle. Die Briten, die Franzosen, die Italiener. Sie haben es heute Morgen verkündet. Ich würde es nicht sagen, wenn es nicht so wäre. Aber wenn du jetzt nicht mit ihm sprichst, wirst du es dein Lebtag mit dir herumtragen, was auch immer es ist. Du wirst niemals davon befreit werden. Verstehst du das?«

Zusammen

Sie ist gekommen, um ihn zu sehen. Er hätte wissen müssen, dass es so sein würde; nach ihren Regeln.

Es gibt so viel zu erklären, und so wenig Zeit dafür. Die Hast, mit der die Besatzer abrücken, wirkt übereilt, unehrenhaft. Sie kamen als Sieger in diese Stadt, machten ihr Recht zu herrschen geltend, beschlagnahmten Häuser, die Justiz, fest entschlossen, alles nach ihren Vorstellungen neu zu gestalten. Jetzt sind sie wie Partygäste, die Angst haben, die Einladung des Gastgebers überzustrapazieren.

»Wann reisen Sie ab?«

»In den nächsten Wochen. Ich muss zuerst den Transport der Patienten organisieren und sicherstellen, dass sie angemessen versorgt sind.«

Nur versucht, sich die Reise für die Kranken vorzustellen – mit dem Zug, vielleicht, oder im Laderaum eines Schiffes. Doch die Dimensionen dieser Reise sind ihr nicht bekannt. In ihrer Unwissenheit verlieren sie sich im Abstrakten. Er kennt die weite Wegstrecke nur zu gut, hat er sie doch selbst überwunden, um herzukommen.

Dann erkennt sie, dass sie sich irrt, dass sie sie womöglich sehr wohl kennt. Nicht auf die gleiche Art wie er, nicht im erinnernden Schmerz seiner Muskeln, den Blasen müder Füße, den verschwommenen Erinnerungen an all die Landschaften, die er gesehen und vage im Gedächtnis behalten hat. Und dennoch weiß sie es. Diese Distanzen stehen jetzt zwischen ihnen, in nur drei Fuß voll Luft. Die Kluft zwischen seinem und ihrem Verständnis. Die Weiten, nicht navigierbar, zwischen Kulturen, Historien, Religionen, Geschlechtern.

Dies ist der Grund, warum sie einander niemals ganz verstehen werden – das, was sie so effektiv wie jede Geografie voneinander trennt. Auf etwas anderes zu hoffen muss bedauernswerte Eitelkeit sein.

Vielleicht wird er ein paar Andenken mit sich zurücknehmen, wie all die anderen auch. Wertloses Zeug, das er auf dem Großen Basar erstanden hat. Ein paar körnige Erinnerungen, in denen die Stadt unverändert bleibt, ewig, mit Beständigkeit gestempelt, doch in denen die Gesichter mit der Zeit verschwimmen, in der das Gedächtnis nachlässt. Gesichtszüge werden sich in Verwirrung auflösen, und sie werden ihm nichts bedeuten.

George

Er gibt sich einen Ruck.

»An dem Abend, als Sie zu mir kamen ...«

»Ich möchte nicht darüber reden.« Sie weigert sich, ihn an-
zuschauen. Er kann förmlich sehen, wie sie denkt: Wie kann
er sie so demütigen? Kann er ihre Scham nicht verstehen?

Er muss es erklären. »Ich habe nicht abgelehnt, weil ich
nicht wollte, was Sie mir angeboten haben. Es ist schwer aus-
zudrücken, wie sehr ich es mir gewünscht habe. Aber ich
hatte einen Grund. Nicht allein deshalb, weil ich nicht wollte, dass Sie denken, ich hätte mich vor Gericht nur aus diesem Grund so verhalten. Und auch nicht allein deshalb, weil
ich nicht wollte, dass Sie sich auf diese Weise erniedrigen –
obwohl Sie wissen sollen, dass dies in meinen Augen niemals
geschehen könnte. Kurz gesagt, Sie sind ein besserer Mensch
als alle, denen ich jemals begegnet bin.«

Welch ungeschickte, zögerliche Worte. Und allesamt unpassend. Er wollte ihr so viel sagen – und diese Worte helfen
ihm nicht dabei, sondern entfernen ihn immer weiter von
der Wahrheit, der Aufrichtigkeit.

Diese Unbeholfenheit der Sprache. Von allen Sprachen ist
das Englische vielleicht die störrischste, steifste. Nicht zuletzt
dank des viktorianischen Zeitalters mit all seiner Liebe für
Maschinen, für Effizienz. Seine eigene Sprache, vielleicht
seine gesamte Bildung, ist das Produkt eines mechanischen
Planungsentwurfes: eines Systems, um zu erobern, ein Im-
perium aufzubauen. Über ein Jahrhundert lang wurde es ge-
stählt, wurden alle feineren Empfindungen kauterisiert.

Womöglich gibt es eine andere Sprache, in der George sich besser ausdrücken könnte. Das Altgriechische: die Griechen mit ihrem feinen, nicht von Scham geprägten Verständnis für Herzensangelegenheiten. Doch er muss sich der armseligen Mittel bedienen, die ihm zur Verfügung stehen.

»Ich habe abgelehnt, weil ich Ihnen gegenüber nicht ehrlich war, weil es so vieles gibt, das ich Ihnen nicht erzählt habe. Ich war ein Feigling. Ich weiß nicht, wo ich anfangen soll.«

Bevor er dazu kommt, klopft es an der Tür. Schwester Agnes vielleicht, oder Bill. Der Feigling in ihm ist erleichtert – ein wenig Aufschub, um zu überlegen, wie er es ihr sagen soll.

»Haben Sie die Neuigkeiten schon erfahren, alter Freund?« Es ist Calvert. Georges Erleichterung über die Unterbrechung versiegt.

»Einen Augenblick, Lieutenant, wenn es Ihnen nichts ausmacht.«

Ihm wird sofort klar, dass es ein Fehler war, seinen Rang auszuspielen. Calverts Gesichtszüge verhärten sich. Die verräterische Röte überzieht seine Wangen.

»Tatsächlich, *Captain*, ist es ziemlich wichtig. Man hat mich ausdrücklich gebeten, herzukommen und Sie zu informieren.«

George wendet sich an Nur. Mit den Augen versucht er ihr zu sagen: *Verzeihen Sie.* Sie antwortet mit einem winzigen Nicken des Kopfes.

Er wendet sich wieder an Calvert. »Was ist es?«

Calvert gibt sich schockiert. »Das kann ich unmöglich in Anwesenheit dieser Frau sagen.«

»Ah, ich bin mir sicher, das können Sie. Ich habe keinerlei

Sorge, dass wir verraten werden könnten. Sehen Sie, entweder mir machen es so, oder die Angelegenheit wird noch ein wenig warten müssen.« Jetzt macht es ihm beinahe Spaß, verdammt sei der gesunde Menschenverstand. Er kann nicht nachvollziehen, warum er Calverts Gesellschaft jemals akzeptiert hat, selbst im Hinblick darauf, dass sogar der Teufel in der Not Fliegen fressen muss.

»Also gut«, sagt Calvert. »Vermutlich spielt es jetzt ohnehin keine große Rolle mehr.« Er schaukelt ein wenig auf seinen Fersen. Und George verspürt eine plötzliche Beklemmung. »Nun. Unser Regiment hat seinen Marschbefehl erhalten – *endlich*, wenn man bedenkt, dass einige der Männer schon vor Wochen nach Hause zurückgekehrt sind. Zeit, heimzukehren, alter Freund. Zurück zu unseren Lieben.« Er macht eine bedeutungsschwere Pause, gerade lang genug, dass George die Katastrophe herannahen hören kann. »Heim zu unseren Ehefrauen.«

Dabei ist es nicht so sehr, *was* er sagt, sondern *wie* er es sagt. George lässt sich wie gelähmt auf seinen Stuhl sinken und spürt, wie die Erkenntnis dessen, was Calvert gesagt hat, über ihn kommt. Er blickt zu Nur und sieht, dass auch sie es weiß.

Damals

Er hatte zwei Wochen Urlaub. London war zugleich auf wundersame Weise wie immer und hatte sich doch unwiederbringlich verändert – letzteres womöglich aufgrund der Veränderung in ihm selbst. Norton, ein Kollege von ihm, hatte ihn in Bloomsbury zum Abendessen eingeladen. Es war eine Offenbarung. Menschen wie diese hatten auch vor dem Krieg bereits existiert, kein Zweifel, nur war George ihnen damals noch nicht begegnet. Besonders die Frauen schienen von einem anderen Planeten zu kommen. Der Zukunft. Ihre Kleider wirkten exotisch – lockere, bedruckte Stoffe, seidene Kopftücher, Goldschmuck, der jegliche zuvor gefasste Vorstellungen von Geschmack widerlegte. Einige der Männer hatten den Kriegsdienst verweigert. Sie neckten ihren Freund Norton liebenswürdig für seinen »verdammten Patriotismus« und sprachen vom Kampf der Klassen anstatt einzelner Staaten. George gab sich alle Mühe, nicht zu zeigen, wie überrascht oder getroffen er über einiges davon war. Er erkannte, wie sehr er sich bereits an den Gedanken von sich selbst als Held gewöhnt hatte. Auf der Straße hatte er die stumme Anerkennung der Menschen gespürt, die an ihm vorbeigingen. Hier fühlte er sich wie eine Kuriosität, ein seltsamer Kauz, beinahe wie ein Freak.

Er trank mehr, als er hätte tun sollen – es war nicht leicht, sich zurückzunehmen nach all den Monaten fast vollständiger Abstinenz –, und mehr als er eigentlich wollte, zumal nur süßer Wermut ausgeschenkt wurde.

Und er versuchte sich einzureden, dass diese Menschen

hier eine Ausnahme seien. Irgendwann trat er hinaus auf den kleinen schmiedeeisernen Balkon über einem kleinen Garten, der in der Dämmerung allmählich verblaute.

»Eine Pfeife? Wie kurios. Mein Vater raucht Pfeife.«

Er drehte sich in die Richtung, aus der das Lallen gekommen war, und spürte, wie etwas in ihm nachgab. »Verzeihen Sie, Madam, aber was sollte ich denn Ihrer Ansicht nach rauchen? Wäre eine Opiumpfeife eher nach Ihrem Geschmack?«

»Du meine Güte.« Sie wich einen Schritt zurück. Er hatte ihre Gedanken gelesen, die sie gut verborgen geglaubt hatte. George sah jetzt, dass sie ein seltsam faszinierendes Gesicht hatte. Die Nase war ein wenig zu lang, was ihr ein beinahe aristokratisches Aussehen gab. Ihre Lippen waren voll, beinahe geschwollen. Es war die Art von Gesicht, das man desto länger betrachten muss, je länger man es betrachtet.

»Verzeihen Sie«, erwiderte sie seidig. »Aber ich brauchte einen Einstieg ins Gespräch, verstehen Sie. Sie wirkten so ernst, wie Sie da so finster in die Welt hinausstarrten. Ich benötigte sozusagen einen Türöffner.«

Ihr Name war Grace – was nicht ganz zu ihr passte. Er hatte etwas zu Nachgiebiges, zu Weiches. Sie lebte das Leben einer *Bohemienne*, erklärte sie ihm stolz, doch während sie sprach, wurde offensichtlich, dass dieses Leben, diese Freiheiten, einer gewissen Privilegierung entstammten, und nicht der Art von Entbehrungen, die man mit diesem Wort assoziierte. Bei näherer Befragung schien vieles von ihr ebenfalls eine Täuschung zu sein. Doch obwohl es ihn hätte abschrecken können – sollen –, erschien sie ihm nur umso faszinierender.

»Es geschieht so selten«, erklärte sie ihm, »dass man einem Mann mit gutem Herzen und einem Gewissen begegnet.

Einer, der das, was er tut, aus der Überzeugung heraus tut, Gutes zu stiften. So viele wollen bloß Krieger spielen und die Trommeln schlagen.«

Die Worte berührten ihn wie ein Kuss.

»Und diese angeblichen Pazifisten hier ... ich bin mir nicht sicher, ob sie wirklich besser sind. Natürlich sollte man so etwas nicht über seine Freunde sagen, aber man kann einen Freund von ganzem Herzen lieben und zugleich wissen, dass er ein grässlicher Feigling ist. Du meine Güte«, sie warf sich eine kleine weiße Hand – unter dem Funkeln von Edelsteinen -- vor den Mund. »Da war ich wohl ein bisschen zu ehrlich. Ich fürchte, sie müssen den Wermut mit Gin versetzt haben.«

Sie hatte eine Hand auf seinen Unterarm gelegt. Es fühlte sich an wie ein weiterer Kuss. Mehr als das.

Wenig später hatte sie sich wie eine Katze gegen einen Stuhl gestreckt, die Hände über dem Kopf, und er kam nicht umhin, die Bewegungsfreiheit ihrer nicht in ein Korsett gezwängten Brüste unter dem seidenen Stoff ihres Kleides zu bemerken. Alles wurde sehr einfach. Er wollte mit ihr schlafen – vielleicht noch nie zuvor hatte er eine solch starke, unkomplizierte Lust empfunden. Und ihr schien es ähnlich zu gehen.

Grace hatte ihm sehr deutlich gezeigt, dass sie ihn ebenfalls wollte. Sie habe eine Wohnung in der Stadt, erklärte sie. Ihr Vater hatte sie ihr gekauft.

George nahm vage wahr, wie Norton eine Augenbraue hochzog, als sie sich gemeinsam verabschiedeten, empfand jedoch keinerlei Scham. Er selbst hatte sich in ein Individuum verwandelt, das allein von Selbstinteresse getrieben war, vor allem von seiner Lust.

Die Wohnung war ein Spiegel ihrer Persönlichkeit: Es war ihr nicht gelungen, ihre privilegierte Herkunft, auf die sie sich stützte, durch irgendwelche *Bohème*-Accessoires zu verbergen.

Er konnte sich kaum zurückhalten; ihm war von Anfang an klar gewesen, dass es ein Willenskampf sein würde. Sie schmeckte nach Zigaretten und Wermut und Rouge. Ihr Mund wurde zu einem verschmierten pflaumenfarbenen Fleck. In ihrer Halsbeuge: Parfüm und Schweiß. Sie biss ihm in die Schulter, und ihre scharfen Nägel fanden die Haut an seinem Rücken.

Anschließend lachte sie. Sein Kopf schmerzte von der Wucht, mit der es geschehen war. Er fühlte sich, als hätte er eine Opiumpfeife geraucht. Innerhalb weniger Stunden war er von ihr besessen. Am Morgen, als sie in ihrem riesigen weißen Bett lagen, sagte er: »Ich finde, wir sollten heiraten.«

Sie lachte ihn aus, befreite sich aus seinen Armen und ging zum Waschtisch am Fenster, wo sie sich mit einem Schwamm wusch – nackt, völlig unbefangen, wahrscheinlich gut sichtbar von dem Gebäude auf der gegenüberliegenden Straßenseite aus.

»Darling«, sagte sie. »Du kannst niemandem vor dem Frühstück einen Heiratsantrag machen. Außerdem ist es albern. Ich bin viel zu gut für dich.«

»Ich glaube, ich liebe sie.«

Norton lachte. »Nicht diese Frau, hoffe ich. Um deinetwillen. Sie ist völlig verrückt.«

»Ich kann nicht aufhören, an sie zu denken.«

»Es sind erst drei Tage, mein Freund. Es gibt andere Arten von Faszination, weißt du.«

»Ich habe sie gefragt, ob sie mich heiraten möchte.«

Norton spuckte sein Bier wieder aus. »Sie hat doch nicht ja gesagt, oder?«

»Nein.«

»Na, Gott sei Dank. Zum Glück hat wenigstens einer von euch noch einen Rest Verstand.« Er schien ernsthaft irritiert, ja sogar wütend zu sein. »Geh und nimm dir eine Hure, um Himmels willen, wie jeder normale Mann. Ich hatte dich für intelligent gehalten, für jemanden, der weiß, wie die Dinge laufen. Um deinetwillen hoffe ich, dass sie so anständig ist, deinen Antrag auch weiterhin abzulehnen.«

George blickt zu Nur hinüber. Wie soll er ihr all dies erklären? Sie hat das Gesicht von ihm abgewandt; ihrem Gleichmut, ihrer demonstrativen Gleichgültigkeit gegenüber ist er machtlos. Denn es kann nicht echt sein, oder doch? Ihm ist bewusst, dass er kein Recht hat, es sich zu wünschen, aber er möchte, dass es ihr nicht gleichgültig ist.

Er könnte Calvert umbringen. Sein Hass auf diesen Mann reicht aus, um es buchstäblich zu tun, ohne Gewissensbisse, allein mit dem befriedigenden Gefühl, es vollbracht zu haben.

Es würde nichts ändern. Egal, welchen Vorwurf man Calvert machen kann, so liegt er dennoch allein in der Offenbarung der Schuld, dieser größeren Schuld, die allein Georges ist. Wenn er heute betrachtet, wie er sich damals verhalten hat, ist er schockiert, so wie er es über die Taten eines anderen sein würde, eines Fremden. Er hat sich immer als einen im Grunde guten Menschen betrachtet. Doch wenn man einen Mann nach seinen Taten beurteilt, sieht er nicht gut aus. Jetzt fragt er sich, wie das alles passieren konnte, beinahe als wäre nicht er es, der dieses Leben gelebt hat, der gehandelt und entschieden hat, und verheimlicht. Falls er geneigt wäre, sich selbst zu verzeihen – was er nicht ist –, könnte man es als eine Reihe von Unfällen betrachten.

Er hatte den größten Teil seines nächsten Urlaubs in Schottland verbracht und reiste nun für die letzten Tage nach London, wo er in einem kleinen Hotel in Pimlico wohnte. Einige Tage verbrachte er damit, all die ihm altbekannten Orte aufzusuchen, und stellte überrascht fest, dass sie sich nicht verändert hatten, während er selbst und die Welt doch ganz andere geworden waren. Als er ins Hotel zurückkehrte, wartete dort eine Karte auf ihn. Kaum hatte er den Umschlag in die Hand genommen, so ahnte er schon, dass die Nachricht von ihr stammen musste; die Extravaganz der Schrift vielleicht.

Darling G. Es gibt Neuigkeiten. Wir müssen reden. Lädst Du mich zum Essen ein?

Als sie ankam, sah sie noch besser aus als früher. Die neue Fülligkeit stand ihr, dachte er, vor allem in diesen Zeiten des Mangels. Beinahe schien es, als wäre sie immun gegen den Krieg, als hätte dieser sie nicht berühren können. So verärgert er auch war, ihre Macht über ihn schien kein bisschen geschmälert.

Nach zwei Gläsern Champagner kam sie endlich auf den Punkt. »Weißt du, ich glaube, wir sollten doch heiraten.«

Beinahe wäre er an seinem Bier erstickt. Da er davon ausging, dass sie sich einen kleinen Scherz mit ihm erlaubte, lächelte er nur, um ihr zu zeigen, dass sie ihn nicht einfach für dumm verkaufen konnte. Doch sie erwiderte sein Lächeln nicht.

»Nach unserer *affaire*«, sie sprach es französisch aus, was der ganzen Sache etwas Romantisches, Tragisches verlieh, »habe ich festgestellt, dass ich in Schwierigkeiten war. Ich wollte dich nicht damit behelligen, bevor ich nicht wusste, ob gewisse Maßnahmen erfolgreich sein würden.« Sie wies auf die neue Fülle ihres Körpers. »Ich denke, mehr brauche ich wohl nicht zu sagen. Zweifellos wirst du meinen Zustand bereits erkannt haben, sobald ich den Raum betrat und du gesehen hast, wie fett ich geworden bin.«

»Nein«, sagte George, und seine eigene Stimme klang ihm fremd. »Nein, das habe ich nicht.«

Innerhalb weniger Tage waren sie verheiratet, mit nur einer Freundin von ihr als Trauzeugin, die ihn mit einer Mischung aus Amüsement, Verachtung und Mitleid ansah. Doch es war nicht schrecklich, dachte er. Natürlich, sie kannten einander nicht besonders gut. Und er konnte nicht mit Sicherheit sagen, ob sie einander lieber mögen würden, wenn sie sich besser kannten. Doch er bewunderte sie. Und es gab diese – in Ermangelung eines besseren Begriffes – sexuelle Anziehung zwischen ihnen. Eine Menge Ehen wurden auf der Basis von weniger geschlossen. Zudem bestand die Gefahr, dass er an der Front fiel, in welchem Fall es ohnehin keinen großen Unterschied machen würde.

In den zwei Wochen, bevor er endgültig wieder in die Heimat versetzt wurde, verlor sie das Kind. Er kehrte zu einer Ehefrau zurück, die keinerlei Ähnlichkeit mit der Braut aufwies, die er geheiratet hatte. Sie war verzweifelt in ihrer Trauer, vollkommen verändert. Plötzlich sah er sich nicht länger einer selbstbewussten, verführerischen Frau gegenüber, sondern einem Menschen, der Liebe brauchte.

Er hatte großes Mitleid mit ihr, und mit sich selbst – obwohl er zuvor nicht einmal sicher gewesen war, ob er das Kind, die Verantwortung, die ihn erwartete, wenn er nach Hause kam, wirklich wollte. Als Mann der Medizin konnte er die kritischen Veränderungen, die in seiner Frau stattgefunden hatten, verstehen, konnte nachvollziehen, wie es dazu gekommen war, dass sie das Kind verloren hatte und womöglich nie wieder würde schwanger werden können. Doch all seine Studien hatten ihn nicht gelehrt, wie er sie trösten könnte. Er versuchte sie zu überreden, mit ihm essen zu gehen, oder ins Theater; ans Meer zu fahren. Er versuchte, einfach bei ihr zu sitzen, mit ihr zu reden. Doch nichts davon schien irgendeinen Effekt zu haben. Sie war für ihn unerreichbar. Etwas in ihr war zerbrochen, doch es lag außerhalb seines Zugriffs – außerhalb des Verständnisses seiner Wissenschaft. Stärker als zuvor wurde ihm bewusst, wie wenig sie beide voneinander wussten; dass sie sich im Grunde, trotz der Intimität, die sie geteilt, der Schwüre, die sie getauscht hatten, vollkommen fremd waren. Bald war er beinahe besessen von dem Gedanken, dass er, wenn er sie nur besser kannte, vielleicht den Schlüssel zu ihrer Heilung in seinen Händen hielte. Und zugleich hatte er den Verdacht, dass das, was sie wirklich brauchte – Liebe –, die eine Sache war, die er ihr ziemlich sicher nicht würde geben können.

Ihre Eltern kamen und bestanden darauf, sie eine Weile zu sich zu holen. George widersprach nicht. Es hatte schon zuvor »Schwierigkeiten« gegeben, erfuhr er; hysterische Phasen in ihrer Kindheit. Sie hatten ihn nicht damit belasten wollen. Er widersprach ebenfalls nicht, als sie vorschlugen, dass man sich in einer dieser freundlicheren Institutionen für Frauen wie sie, die sich augenscheinlich außerhalb des Einflusses ihrer Familie befanden, womöglich am besten um sie würde kümmern können.

Als er eine Woche später von einer neuen Stelle im Nahen Osten erfuhr, einem Hospital in der frisch besetzten osmanischen Stadt, konnte er sich beinahe einreden, dass es seine Pflicht sei, sie anzunehmen.

Er meldete sich freiwillig, ja. Doch war seine Anwesenheit hier etwa nicht wertvoll, sogar essentiell?

Niemand hinterfragte den Grund für seine Rückkehr, das war es. Niemand wusste davon – nur ein paar wenige Verschwiegene.

Hier war er ein guter Mensch, ja sogar ein Held. Niemals ein Feigling oder ein Schurke. Allein er kannte die Wahrheit.

Nur

Nur blickt den Bosporus hinunter zum Schwarzen Meer, von dem ein früher Herbstnebel heranzieht, dick wie Rauch.

Er hat sich zu ihr umgewandt; aus dem Augenwinkel kann sie die blasse Form seines Gesichts sehen und glaubt, etwas Flehendes in seinem Blick wahrzunehmen.

Schließlich, mit einiger Willensanstrengung, dreht sie sich zu ihm um und wird, wie ein Taucher, der an die Oberfläche zurückkehrt, seiner Stimme gewahr.

»Es spielt keine Rolle«, sagt sie und spürt eine Kälte in ihrem Kopf, die auch ihre Worte erfüllt. Sie weiß, was es ist: ein Betäubungsmittel gegen den Schmerz. Sie ist dankbar dafür. Es ermöglicht ihr, in einem Ton zu sprechen, als rede sie über einen bedauerlichen – jedoch geringfügigen – *faux pas*. »Es gibt nichts, was Ihnen unangenehm sein müsste.«

Sie wird nicht an die Wärme seiner Handfläche auf ihrer Wange denken. An die Berührung, das Versprechen des Fleisches.

»Nur«, sagte er. »Ich muss es erklären.«

George

»Ich liebe sie nicht.«

»Du hast sie geheiratet.«

»Ja, aber …«

»Du hast ihr ein Versprechen gegeben.«

»Ja …«

»Dann musst du zurückkehren.«

Mit erschreckender Klarheit wird ihm bewusst, dass dies der Moment ist, in dem ein ganzes Leben sich ändert. Wieder und wieder wird er in den folgenden Jahren daran zurückdenken. Es wird ihn bis ans Ende seiner Tage begleiten. Er muss es richtig machen. Er sieht sich selbst als Ertrinkenden, die Hände gefesselt, unfähig, sich selbst zu retten.

»Ich habe das – mit Grace – für etwas anderes gehalten … für mehr. Mir fehlte dies hier, um es damit zu vergleichen.«

Sie sagt nichts.

»Da ist etwas, nicht wahr? Sag mir, dass du weißt, dass da etwas ist.« Und mit »etwas« meint er natürlich: alles.

Was würde er ihr sagen, wenn er sich von all den Fesseln und Gewohnheiten seines Lebens befreien könnte?

Er würde so vieles sagen. Er würde nur dieses eine Wort sagen: Liebe.

Sie bestätigt es nicht, noch widerspricht sie. Jetzt liegt nur noch Mitleid in ihrem Blick. Für ihn, für sich selbst.

»Es war nicht real«, sagt sie. »Nichts davon. Und das hat es überhaupt erst möglich erscheinen lassen, wenn auch nur für kurze Zeit. Noch bevor du es mir gesagt hast, habe ich es gewusst. Es wäre absurd, so zu tun, als wäre es nicht so.«

»Das glaube ich nicht.«

Es ist wahr, dass er diesen Ort als eine Art Zuflucht betrachtet hat. Seine Zeit hier existierte in einem provisorischen, fantastischen Raum – umhüllt vom Anschein der Pflichterfüllung, doch in Wirklichkeit frei von realer Verantwortung, umschrieben von dem Wissen um eine unausweichliche Rückkehr. Doch was er für sie empfindet, ist vielleicht das einzig Wahre, das er jemals in seinem Leben empfunden hat.

»Wir könnten nicht hier leben. Ich könnte mit dieser Schande nicht leben. Du würdest niemals akzeptiert sein. Wir könnten auch nicht in deinem Land leben, weil ich hier nicht fortkann.«

»Wir würden eine Möglichkeit finden.«

»Deine Schuldgefühle würden dich immer begleiten. Und meine Schande. Ich weiß nicht viel über dein Land, aber ich weiß genug, um sicher zu sein, dass die Menschen es dir nicht verzeihen würden. Ich glaube nicht, dass du dir selbst verzeihen könntest. Für dich ist es wichtig zu wissen, dass du ein guter Mensch bist.«

»Nicht so wichtig wie andere Dinge.«

»Du würdest zu einem Monster werden. Für andere, doch mehr noch für dich selbst.« Die Macht ihrer Logik ist erstickend, verheerend. Und sie ist noch nicht fertig. »Wir würden einander hassen.«

Sein Blick ist verschwommen. »Ich werde zurückkommen.«

»Sag das nicht.«

»Warum nicht?«

»Sag es nicht, wenn du es nicht auch so meinst. Ich glaube nicht, dass es so ist. Zwischen uns war nichts, dessen wir uns schämen müssten. Du bist frei zu gehen, ohne Schuld. Du hast mir nichts versprochen. Fange jetzt nicht damit an.«

»Ich meine es. Ich sage es, weil ich es so meine.«

Er nimmt ihre Hand; sie wehrt sich nicht. Mit einem Finger malt er einen Halbkreis in die weiche Haut ihres Handgelenks.

»Ich werde zurückkommen.«

Der Gefangene

Mustafa Kemal und seine Armee sind auf dem Weg in die Stadt. Der Stolz einer Nation wird wiederhergestellt sein, ein neuer Staat sich aus der Asche des alten erheben. Die Pläneschmieder des Kaffeehauses in Eyüp werden über die Besatzer triumphieren. Die Besatzung – ein gebrochenes Versprechen, eine Demütigung – wird zum Ende kommen.

Trotz allem hat er seine Freiheit. Doch er ist noch immer ein Gefangener. Er ist nicht wirklich hier, in dieser Stadt, oder im Gefangenenlager in Ägypten. Er ist wieder in der Wüste, sieht die Gesichter, die ihn jede Nacht im Schlaf heimsuchen. Er ist in die Hölle zurückgekehrt. In Wahrheit hat er sie nie verlassen.

Er beendet den Brief. Dieser ist kurz, doch es hat ihn beinahe die ganze Nacht gekostet, ihn zu schreiben. Die Wohnung ist still. Alle schlafen.

Er schiebt den Brief zwischen ihre Stickarbeit. Sie wird ihn finden, doch nicht zu früh. Er hat nicht versucht, sich freizusprechen, hat nur versucht, alles loszuwerden, alles, selbst die Dinge, die zu schrecklich sein müssten, um sie in Worte zu fassen. Sie muss die Ausmaße erkennen, die Gefahr; die Dinge, die er mit den eigenen Händen getan hat – schlimmer noch als das Feuer. Er hat von den Dingen geschrieben, die unschuldigen, einfachen Menschen vom Land widerfahren sind. Kindern. Im Namen eines Stärke zeigenden Staates.

Diese Sache wird nicht enden, weil der Krieg endet. Diese Sache ist ÄLTER UND GEHT TIEFER. Es gibt Männer –

ich habe mit ihnen gesprochen und sie meine Freunde genannt –, die glauben, wenn wir vorankommen, eine neue Identität finden wollen, müssen wir uns der Elemente entledigen, die uns schwächen. Gleichartigkeit wird als Stärke betrachtet: eine Einheit von Kultur, Glaube, Ethnizität. Alles, was nicht gleich ist, wird folglich zur Bedrohung.

Kurz hat er mit dem Gedanken gespielt, ihr alles zu erzählen. Er hat sich vorgestellt, wie er sie um Vergebung bittet. Dann wurde ihm bewusst, dass es keine Rolle spielt, ob sie ihm vergibt oder nicht, denn er würde sich niemals selbst vergeben können.

Doch vielleicht wird es seine Handlungen ein wenig erklären. Ein wenig Verständnis liefern für das, was von einem jungen Mann – nicht wirklich ein Soldat … einem Lehrer – im Namen seines Landes, im Namen von Ruhm und Ehre und Sieg und Stärke unter Umständen verlangt wird. Wie viel von ihm gefordert wird: eine immer länger werdende Liste, die mit seiner Menschlichkeit endet. Vielleicht wird seine Schwester erkennen, dass alles, was seitdem geschehen ist, in gewissem Sinne eine unweigerliche Konsequenz dessen war.

Es ist zudem – mit Blick auf den Jungen – eine Warnung.

Du musst einen Weg finden, ihn in Sicherheit zu bringen – vor Menschen wie mir.

Eine stille Überfahrt, sehr früh am Morgen. Auf dem Schiff sind keine Passagiere, die sehen könnten, wie ein junger

Mann von Deck klettert und sich lautlos ins Marmarameer sinken lässt. Die sehen könnten, wie er zielstrebig auf die Insel zuschwimmt, auf der einst, vor langer Zeit, die Hunde ausgesetzt wurden, weil die Stadt keinen Platz mehr für sie hatte.

Der *çay*-Verkäufer fragt sich kurz, was mit dem Passagier geschehen ist, der, da ist er sicher, nach Tophane zugestiegen ist, und nach dem er sich nun, den Samowar und die Teegläser bereithaltend, umschaut. Der Fahrkartenkontrolleur wundert sich ebenfalls, aber erst später, erst nachdem sie alle Anlegestellen einmal angefahren sind und niemand ausgestiegen ist. Doch bis dahin gehen bereits neue Passiere an Bord, es herrscht Lärm und Chaos, Wechselgeld muss herausgegeben, kleine Kinder müssen auf der tückischen Landungsbrücke umgangen werden. Zudem – er reibt sich den Schlaf aus den Augen – war es noch sehr früh. Womöglich hat er es sich nur eingebildet. Er erwägt ebenfalls die relativ beunruhigende Möglichkeit, dass es sich um die kurzzeitige physische Erscheinung eines *djinn* gehandelt haben könnte, eines bösen Geistes. Normalerweise neigt der Kontrolleur nicht zum Aberglauben, doch in einer Stadt, so alt wie diese, sollen schon seltsamere Dinge geschehen sein.

Und so gibt es keine Zeugen der letzten Reise dieses jungen Mannes, der tapfer auf die ferne Insel zuhält (eine unmögliche Distanz, selbst für einen guten Schwimmer). Der nachlassenden Geschwindigkeit, als die Glieder müde werden, sein Kopf ein wenig tiefer über die Wasseroberfläche sinkt. Die Bewegungen werden langsamer … langsamer, beinahe so, als habe der Schwimmer aufgegeben, als sei alles geplant gewesen, als habe er gewusst, dass er sein Ziel niemals erreichen würde. Und unsichtbar: die große, mächtige Strömung, die sich bereit macht, seinen Körper aufs Meer hinaus zu ziehen.

Es gibt niemanden, der Zeuge dieses unwillkürlichen Ringens nach Atem wird, der kurzen Brutalität darin. Bevor der Kampf abklingt und die Lungen sich mit Wasser füllen und die Augen sich schließen und Friede ihn, vielleicht, endlich überkommt.

Der Reisende

Nach tagelanger Reise – nach endlosen Stunden unveränderter Landschaft, Eintönigkeit und Schmerzen und der Sehnsucht danach, dass diese Reise endlich ein Ende findet – und zugleich dieses Ende fürchtend –, kommt die Stadt selbst wie eine Überraschung. Ich bin nicht bereit dafür. Ich glaube nicht, dass ich aus freiem Willen zurückgekehrt wäre. Aber ich habe ein Versprechen gegeben. Zuerst erreichen wir das Marmarameer. Riesige rostumhüllte Frachtschiffe in Primärfarben, entweder durch geworfene Anker in ihrer Fahrt gebremst oder zu gigantisch, um ihre Bewegungen auszumachen. Kleinere Schiffe, die Segel so spitz wie ein Krummsäbel. Das Licht, das vom Wasser reflektiert wird, ist zu grell – ich muss immer wieder nach wenigen Sekunden den Blick abwenden, kehre jedoch jedes Mal zurück, warte auf die erste Ansicht, während kleine helle Punkte durch mein Blickfeld tanzen.

In diesem Meer liegen die Inseln. Dort irgendwo ist der Strand, von dem der Sand stammt. Und den ich nicht aufsuchen werde, denke ich, aus Angst, dass er mittlerweile entdeckt, von Menschen bevölkert, vermüllt, verändert wurde.

Er wäre vielleicht zurückgekehrt.

Aber ich bin nicht er. Der schottische Arzt, der so anders war als ich, den niemand aus Versehen für meinen Vater gehalten hätte, doch den ich wie einen solchen zu lieben gelernt habe.

Nur

In den Wochen nach dem Abzug des Feindes, der Befreiung der Stadt, hat sie viel Zeit, um ihren Gedanken nachzuhängen.

Es wird gefeiert. Die Stadt ist befreit. Ein neuer, moderner Staat wird aus den Ruinen des alten entstehen.

Doch das ist es nicht, was sie beschäftigt.

Auch nicht diese andere Sache. Sie weiß, wie es sich anfühlt, einen Menschen zu verlieren. Sie versteht, wie dieses Gefühl funktioniert. Der Verlust wird zu einem Teil von ihr werden. Eine Veränderung wird stattfinden, geheimnisvoll, nicht greifbar, doch endgültig. Es wird einen Menschen für immer verändern. Doch daran wird sie jetzt nicht denken.

Sie denkt an den Brief ihres Bruders. Die Grausamkeit der Taten, die darin beschrieben werden. Vielleicht hätte sie es nicht geglaubt, nicht wirklich, bis zu diesem Augenblick.

Sie hätte sie ignoriert, diese anderen Hinweise: Hüseyins Warnung, Georges Schilderung dessen, was er in der Wüste gesehen hatte, die Kinder, die aus ihrem Klassenzimmer verschwanden. Zwei Feuer. Was hatte Hüseyin gesagt? Dass man einer Sache zu nah sein konnte, um sie als das zu erkennen, was sie war. Der Gedanke – die Tatsache, dass sie diese Zeichen, diese bösen Omen, womöglich weiterhin übersehen hätte – macht ihr Angst.

Doch Kerems Beichte, von einem Mann, der keinen Grund hatte zu lügen, der zerstört wurde durch das, was er tat, lässt sie endlich verstehen. Sie erkennt das ganze Ausmaß des Schreckens, sieht die Gefahr. Sie weiß, dass sie keine Wahl hat.

Ihre Fertigkeiten als Briefeschreiberin sind nicht so gut wie die als Konversationspartnerin. Das ist nicht das größte Problem, sondern, dass es so vieles gibt, was nicht gesagt werden kann. Sie müssen sich dem Reich des Unmöglichen überschreiben.

Hinzu kommt, dass ihre Hand so stark bebt, dass ihre Finger kaum den Stift richtig halten können. Teilweise muss sie so fest pressen, um das Zittern zu unterdrücken, dass der Stift kleine Risse ins Papier macht.

Ein erster Versuch muss aufgegeben werden, weil die Tinte so sehr verlaufen ist, dass man die Schrift nicht länger lesen kann. Beim zweiten Versuch denkt sie daran, sich den Schleier vor das Gesicht zu drücken, um das Papier vor ihrer Traurigkeit zu schützen.

Sie endet mit den Worten: Mir ist bewusst, dass es eine sehr große und schwierige Bitte ist, mit der ich Sie behellige. Ich würde sie nicht aussprechen, wenn ich nicht glaubte, dass es unbedingt notwendig ist. Ich würde Sie nicht darum bitten wollen. Ich tue es in dem Bewusstsein meines eigenen sehr großen Verlustes.

Nur blickt auf diesen letzten Satz. Zum Glück bildet er den Beginn einer neuen Seite. Sie legt das Blatt weg und beginnt erneut. Mir ist bewusst, dass es ohne Zweifel unmöglich sein wird. Dennoch hoffe ich auf Ihre Antwort.

Sie unterschreibt mit ihrem Namen.

Dies ist der Punkt, an dem eine Geschichte endet. Und eine andere womöglich beginnt.

Der Reisende

Wir nähern uns dem Bahnhof Sirkeci.

Ich erinnere mich an einen kleinen Jungen. Schnee fällt und verwandelt die Stadt in die schönste, irrealste Version ihrer selbst. Die hallende Weite des Kopfbahnhofs, andere Menschen, die herumlaufen, Fahrkarten kaufen. Die beiden gehen zu einem kleinen Kiosk mit ein paar Tischen. Eine kleine familiäre Szene.

Man hätte sie für Mutter und Sohn halten können.

Vor dem Eingang zum Bahnhof fällt weiter der Schnee. Er legt sich wie eine Decke über die Stadt, lässt sie perfekt erscheinen. So zumindest wirkt es auf einen kleinen Jungen, der sein heißes Gesicht gegen das Fenster drückt, als der Zug den Bahnhof verlässt. Bereits jetzt wie ein Ort, den es nicht wirklich gibt. Ein Ort aus einem Traum.

Ich öffne den alten Koffer. Er war schon damals alt, dieser Koffer, als ein kleiner Junge ihn unter dem Arm trug und das Gewicht seine Schritte aus dem Gleichgewicht brachte.

Ich finde das Buch, ziehe es heraus. Es ist so fragil, dass ich es zwischen zwei hölzerne Brettchen schieben musste. Der Rücken ist gebrochen, sodass einige der Seiten von sich aus versuchen würden, sich zu lösen.

Dieses Buch ist für mich von essentieller Bedeutung für mein Selbstverständnis und das meiner Vergangenheit. Es war mir immer mein heiliges Buch, meine Möglichkeit, mich irgendwo zugehörig zu fühlen. Und obwohl ich es so oft betrachte, brauche ich die Worte auf den Seiten nicht mehr zu lesen. Ich kenne sie allesamt auswendig, seit ich ein kleiner Junge war.

Jedes einzelne Gericht in meinem Restaurant hat seinen Ursprung auf diesen Seiten. Es erschien mir absolut notwendig so.

Aubergine, in rauchigen Samt gehüllt, gespickt mit den leuchtenden Kernen des Granatapfels.

Zucchiniblüten, dahinschwindend leicht, mit weißem Käse und Honig.

Ein Salat aus gehackten Kräutern, Zitrone, Öl, der exakt so schmeckt wie die Farbe Grün.

Gebäck, so fein, dass es auf der Zunge schmilzt und einen zarten Schimmer von Butter und Zucker auf den Fingern hinterlässt.

Großmutters gefüllte Kohlblätter.

Geschmortes Hühnchen mit zartschmelzenden Feigen.

Mein Restaurant heißt Stambul. Denn so haben wir sie genannt, die Stadt; wir, die dort lebten, wir, denen sie gehörte, die zu ihr gehörten. Konstantinopel war für den Feind, der sie nur unter dem Namen verstehen konnte, den ihr ein anderer westlicher Eroberer gegeben hatte.

Manchmal komme ich mir vor wie ein Betrüger. Durch Stambul betrachtet man mich als einen Experten für diese Stadt, oder doch zumindest für einen bestimmten Aspekt ihrer Kultur. Doch die Wahrheit ist, dass die Version, die ich kannte, lange veraltet ist, eine Version wie unter einer Glaskuppel konserviert – ganz und gar unecht. Und nun werde ich mit der Realität konfrontiert werden.

Essen war für mich schon immer eine Möglichkeit, mich

zugehörig zu fühlen. Ich weiß, dass es mir im Grunde genau darum ging, als ich mein Restaurant eröffnete. Es ging um mehr als das Ausleben von Leidenschaft und Ambitionen, es ging darum, einen Ort und eine Zeit zu erschaffen, etwas, wozu ich einst gehört hatte. Eine Wiederauferstehung. Ein Kritiker schrieb, er sei über seine Sinne an einen Ort gereist, den er nie besucht habe. »Jede Gabelvoll«, schrieb er, »transportierte mich, physisch, an einen Ort voll Wärme und Licht, Vergangenheit und Farben.« Es war ein Coup, vor allem von einem Mann, der gestärkte Tischtücher und französische Präzision bevorzugte. Doch zugleich verspürte ich auch so etwas wie Neid. Denn sosehr ich es auch versuchte – die original-getreuesten Interpretationen, die authentischsten, hochwertigsten Zutaten –, es ist mir nie wirklich gelungen, selbst diese Reise zu erleben.

Eine sehr *englische* Schule. Die Bestürzung über gräuliches Fleisch, bis zu einer sturen Geschmacklosigkeit zerkocht; khaki-braunes Gemüse, aus dem noch lauwarmes Wasser spritzt. Ein klumpiger beigefarbener Reispudding mit einem optimistischen Klecks aus Himbeerkonfitüre. Was hätte ich damals nicht alles für einen kleinen Beutel mit Gewürzen und Salz gegeben; eine Mischung, die alles genießbar machte. Diese erbärmliche Kost schmeckte so grässlich wie ein Klumpen Erde, den man auf dem regennassen Sportfeld unter dem Fenster des Essenssaals ausgegraben hatte. Doch wenn man den Hunger kennt – nicht das »Verhungern«, unter dem Schuljungen leiden, sondern den echten Hunger –, verweigert man keinen einzigen Bissen. Und dann gab es ja auch noch eine winzige, beschämende Hoffnung. Wenn ich dieses Essen lange genug hinunterwürgte, würde ich vielleicht so werden wie die anderen Jungen, wäre meine Andersartigkeit nicht länger so deutlich zu erkennen.

Doch ich konnte mich an frische Mandeln auf einem Kuchen aus Eis erinnern, das weiße Fleisch cremig und süß. An Feigen, direkt von den Bäumen gepflückt und verzehrt, an ihren Saft, der über die Haut perlte und an den Handflächen klebte.

Das Buch kam an meinem achtzehnten Geburtstag. Ich sagte ihm, ich wolle es nicht. Dieses Leben, das alte Land, sei nun ein Teil meiner Vergangenheit, einer Vergangenheit, von der ich mich distanzieren wolle.

»Ich verstehe deinen Ärger, aber er richtet sich gegen die Falsche. Es war nie ihre Schuld.«

»Sie hat mich aufgegeben.«

»Sie glaubte, dir so das Leben zu retten. Und nach allem, was wir wissen, mag es sehr wohl so gewesen sein.« Er lächelte. »Und ihr Verlust war mein Gewinn.«

»Sie hat mich nicht genug geliebt.«

»Sie hat dich zu sehr geliebt.«

Ich muss nicht sehr überzeugt ausgesehen haben. Er ging hinaus und kehrte mit einem Stapel alter Zeitungen zurück. »Ein Teil von mir wünscht, du müsstest sie niemals lesen«, sagte er. »Aber wenn es dir hilft zu verstehen, dann mag es notwendig sein.«

Ich hatte keine Ahnung, wie ein paar armselige Zeitungsartikel mir dabei helfen sollten. Doch dann begann ich zu lesen. Über die Armenier, mein Volk, auch wenn ich es nie so betrachtet hatte. Ich erfuhr von Frauen und Kindern, die gezwungen waren, ihre Heimat zu verlassen und ihr Hab und Gut auf dem Rücken zu tragen, um mit nackten Füßen durch die Wüste zu wandern. Ich erfuhr von Dörfern und Wohnvierteln, die in Flammen gesetzt wurden. Von unvorstellbaren Anblicken. Ein Berg aus toten Körpern, nackt und mitleiderregend. Aufgedunsene Leichen in einem Fluss. Tausende von Knochen, die man unter einer dünnen Schicht Sand gefunden hatte. Ich erfuhr von dem Versuch, ein ganzes Volk auszulöschen, eine Kultur; das, was einmal mein Volk, meine Kultur gewesen war. Ich lernte, dass der kleine Junge, den man in einem heruntergebrannten Gebäude gefunden hatte und der allein in einem Zugabteil einmal quer durch Europa gefahren war – von einem Menschen, der ihn liebte, zu einem anderen, der ihn lieben würde –, mehr Glück gehabt hatte als viele andere.

Und er zeigte mir den Brief. Ich erkannte die Handschrift, denn sie war meiner sehr ähnlich. Seine Absenderin schließlich war es gewesen, die mir das Schreiben beigebracht hatte.

Ich sah ihn an.

»Ich zeige dir all dies«, sagte er, »nicht um dich noch wütender zu machen, oder trauriger. Sondern weil du verstehen sollst, dass es in einem Krieg niemals nur zwei Seiten gibt. Es gab vieles, was nicht erklärt oder verstanden werden kann, auch heute nicht, selbst nicht mit dem Wissen, dass in einem Krieg schreckliche Dinge geschehen, dass Menschen Dinge tun, die nicht zu verstehen sind.

Sie hat es getan, weil sie dich liebte. Kannst du es jetzt sehen? Wenn sie dich auch nur ein bisschen weniger geliebt hätte, und sich selbst ein bisschen mehr, hätte sie dich nicht gehen lassen.«

Damals war ich in meiner eigenen Verzweiflung und Verwirrung gefangen und noch viel zu jung, um zu verstehen, wie es sich für ihn angefühlt haben muss. Diesen Brief zu bekommen, mit dieser Bitte. Entscheiden zu müssen, wie er antworten sollte, auf diese Bitte von einer Frau, die ihm so viel bedeutete. Es muss sein Leben verändert haben. Er war damals noch ein relativ junger Mann, mit einer kranken Frau und nun auch einem kleinen traumatisierten Jungen, um die er sich kümmern musste.

Er trug den Verlust wie eine zweite Haut. Selbst wenn Sie seine Geschichte nicht gekannt hätten, so glaube ich, hätten Sie es ihm angesehen. Sie hätten gedacht: Hier ist ein Mann, der um etwas trauert. Doch dann wiederum war es in diesen Tagen nichts Ungewöhnliches. Jeder trauerte um etwas.

Zumindest sah ich, dass er ein anderer Mensch war als der, den ich in der alten Stadt gekannt hatte. Dort war er lebendiger gewesen, sonnenverbrannt und voller Humor. Der Mann, der mich am Bahnhof abholte, schien irgendwie geschrumpft zu sein. Zuerst nahm ich an, dass es an England läge. Ich spürte förmlich, wie ich selbst schrumpfte, als ich aus dem Zug ins gähnende Grau dieses riesigen alten englischen Bahnhofs stieg, mit dem grauen englischen Tag dort draußen, der Kälte, die sich eng um mich herumlegte, als versuchte sie, mich in die Form zu pressen, die sie für mich vorgesehen hatte. Doch im Rückblick glaube ich, dass es etwas anderes war. Es lag nicht an dem, zu dem er zurückgekehrt war. Es lag an all dem, was er zurückgelassen hatte.

Später erkannte ich noch etwas anderes. Wenn ich nicht gewesen wäre, sein Versprechen, sich um mich zu kümmern, wäre er vielleicht zu ihr zurückgekehrt.

In Gedanken bin ich so oft durch die Straßen dieser Stadt gelaufen, dass es mir schwerfällt zu glauben, dass diese hier echt sind und nicht meiner Fantasie entsprungen. Doch manches hat sich verändert: Autos, mehr Menschen … mehr Geschwindigkeit. In der Ferne ein paar Wolkenkratzer, die wie Borsten in den Himmel ragen. Sie lassen die Minarette der Blauen Moschee winzig wirken und scheinen doch zugleich von ihr dominiert zu werden. Die Zukunft hat hier noch einen langen Weg vor sich, bevor sie sich mit der Vergangenheit messen kann.

Auf halbem Weg über das weite, ruhige Wasser, auf der schwankenden Fähre, merke ich, dass meine Hand die Tabakdose in meiner Tasche gefunden hat und sie umklammert. Sie spendet mir einen seltsamen Trost.

Ich entdecke, mit einem Schreck, eine dunkelhaarige Frau auf der Terrasse: eine junge Frau. Sie liest. Plötzlich fühle ich mich wie ein Eindringling. Als ich mich dem Haus über den Pfad, der zur Vorderseite führt, nähere, sehe ich, wie sie aufblickt, das Buch beiseitelegt, aufsteht.

Ich erkläre ihr, wen ich suche. Die alte Sprache ist klebrig und störrisch in meinem Mund. Meine adoptierte Sprache hat sie beinahe erstickt. Doch sie scheint mich zu verstehen.

»Sie ist im Haus.«

»Oh.« Ein Gefühl durchzuckt mich, das sich beinahe wie Angst anfühlt. »Sind Sie ihre Tochter?«

Sie lacht. »Ich hoffe doch, dass ich nicht ganz so alt aussehe.«

Ich erkenne meinen Fehler. Sie kann nicht mehr als dreißig Jahre alt sein. Und zum ersten Mal wird mir bewusst, verstehe ich wirklich, was das bedeutet. Der Mensch, den ich erwartet hatte zu sehen, ist die Frau aus meinen Erinnerungen, exakt so, wie ich sie zuletzt gesehen habe, und die damals in etwa so alt gewesen sein muss wie diese Fremde.

»Ich war ihre Schülerin«, erklärt sie. »Vor langer Zeit. Jetzt arbeite ich als Übersetzerin, für einen Verlag hier in der Stadt. Doch als ich hörte, dass sie krank ist, kam ich her, um mich um sie zu kümmern. Ich verdanke ihr sehr viel.«

»Das war ich auch: ein Schüler. Vor noch längerer Zeit. Und ich glaube, ich verdanke ihr sogar noch mehr.«

Sie betrachtet mich lange. »Ich glaube, ich weiß, wer Sie sind.«

Wir gehen hinein. Mein erster Gedanke ist, dass es kleiner scheint, als ich es in Erinnerung habe. Nein, es ist kein Palast. Zudem wirkt es sehr leer: der lange Raum, einst vollgestellt mit Betten, liegenden Körpern, geschäftig umhereilenden Krankenschwestern. Aber dies ist ein Haus, in dem die Erinnerung lebt. In dem alle – alle, die hier waren – nur kurz im Nebenzimmer zu sein scheinen. Nicht so sehr Geister als vielmehr Echos, ein alter Nachhall der Mauern.

»Ich sollte Sie warnen. Sie ist nicht mehr ganz sie selbst.«

Es ist dasselbe Zimmer, in dem auch er all diese Monate gelegen hat, der Junge, der ich zugleich bin und nicht bin. Es ist eins der kleinsten im Haus, doch es hat den besten Blick auf den Bosporus.

Die Gestalt auf dem Diwan erscheint mir wie eine Fremde. Ich weiß nicht, was ich erwartet habe: dieselben Augen vielleicht, oder dieselben schnellen, geschickten Hände – selbst wenn alles andere nicht länger dasselbe ist. Doch die

Augen sind geschlossen, und die Hände, auf dem Laken gefaltet, sind unfassbar alt, knorrig und von Altersflecken übersät. Es fiele mir leichter zu glauben, dass dies die Großmutter ist, die ich einst kannte. So würdevoll und stolz. Die mich so verängstigte, dass ich den gefüllten Kohl ruinierte; eine solche Erinnerung verfolgt einen Koch ein ganzes Leben lang. Doch der Verstand sagt mir, dass sie natürlich schon lange gestorben ist. Dies also sind die Veränderungen, die die Zeit mit sich bringt. Es sollte mich nicht überraschen. Denn welche Ähnlichkeit habe ich selbst, füllig und grau, mit schütter werdendem Haar, mit dem flinken Jungen, der vor gar nicht so langer Zeit hier lag?

Ich weiß, dass sie es ist; das muss genügen. Doch sie wirkt so still – eine Heilige auf einer Bahre. Ich muss genau hinsehen, um das sanfte Heben und Senken des Lakens zu erkennen.

Wenn ich doch nur ein wenig früher gekommen wäre …

Doch das wäre nie geschehen. Ich wäre niemals von mir aus hergekommen. Dafür musste er sorgen; mit seiner Bitte, die ich ihm nicht abschlagen konnte. Seinem Geheiß. Und es bringt nichts, über solche Dinge nachzugrübeln. Das Leben hat keine Symmetrie, kein Muster, sosehr wir auch versuchen, sie darin zu erkennen, in den Geschichten, die wir darüber erzählen. Es ist zerklüftet, unförmig, unendlich frustrierend. Doch vielleicht liegt darin auch eine gewisse Schönheit.

Sie haben mich geliebt. Das weiß ich.

Ich strecke den Arm aus, um ihre Hand zu nehmen, und zögere, fühle mich wie ein Eindringling, ein ungeladener Gast. Doch das hier sind die Hände, nach denen ich gegriffen habe, wenn ich über die gepflasterten Straßen stolperte, die

nach dem Fieber auf meiner Stirn fühlten, die ein Laken glatt-
strichen, mein Haar zerzausten. Die mich aus einem abgebrannten Haus trugen, in ein neues Leben.

Ich nehme ihre Hand.

Sie ist überraschend warm, auch wenn ich nicht sagen kann,
ob die Wärme von dem Blut unter ihrer Haut stammt oder
nur von dem Diamanten der Wintersonne geliehen ist, der
durch das offene Fenster hereinfällt. Hinter dem Fenster
sehe ich den Granatapfelbaum. Seine Zweige sind kahl; er
sieht aus, als wäre er tot. Doch ich kenne diese winterliche
Täuschung. Im Frühling werden winzige braun-grüne Blätter aus den trockenen Zweigen sprießen, so überraschend,
als kämen sie aus einem Stein. Und dann die Früchte: anfangs klein wie englische Hagebutten, dann grün wie Äpfel.
Und dann entfalten sie sich zu reifen roten Kugeln und fallen mit einer stummen Explosion, die niemand hört, zu Boden. Ausgenommen vielleicht die Vögel. Dann scheint es, als
ob alle Vögel der Stadt – ja, aus der ganzen Türkei – sich hier
versammeln, um darin zu schwelgen. Der Garten verwandelt
sich in einen Karneval der Gesänge, ein Chaos aus Flügeln.

Es liegt ein Friede in der Stille im Raum, den ich nicht stören möchte. Doch dann ertönt auf dem Wasser das laute, unhöfliche Dröhnen eines Schiffshorns. Es ist wie ein Startschuss,
die Erlaubnis, auf die ich unbewusst gewartet habe.

Ich berichte ihr von der Reise des Jungen. Vom Zug, den
fremden Menschen, den Bergen. Der angsteinflößenden Über-
querung des grauen Meeres. Der Ankunft in der großen alten
englischen Stadt. Der Stadt des Feindes, von nun an seine Heimat. Von dem Mann, der dort auf ihn wartete. Irgendwie
kleiner, ohne die Uniform. Ich berichte ihr von der Schule

auf dem Land – den Lehrern, die von ihr hätten lernen können. Ich berichte ihr von dem Restaurant. Ich erzähle ihr nicht
von der Frau, der kranken Ehefrau, der selbst ein kleiner Junge ansehen konnte, dass etwas in ihr zerbrochen war.

Ich kann nicht sagen, ob ich ihr Freude bereite oder Schmerz,
ob meine Worte überhaupt Gehör finden.

»Ich verstehe«, sage ich, »was du getan hast.«

Wieder blicke ich hinaus, durch die Bäume, zum Wasser,
einem silbrigen Strahl.

Es ist unmöglich zu wissen, in welcher Gefahr ich tatsächlich geschwebt hätte, wenn ich geblieben wäre. Den meisten
Berichten zufolge endete der Genozid – das ist der Begriff,
den man dafür fand – etwa um die Zeit, als der neue Staat aus
der Asche des alten Reiches entstand. Vielleicht wäre ich einer
der wenigen gewesen, die Glück gehabt hätten. Doch sie liebte mich zu sehr, um dieses Risiko einzugehen.

In der Nähe fliegt ein Schwarm Vögel wie ein einziges Tier,
wie vom Wind verwehte Blätter. Ich frage mich, was ich mir
hiervon erhoffe. Da spüre ich eine Bewegung, schwach, doch
unverkennbar, unter meinen Fingern. Und eine der kleinen,
knorrigen Hände – langsam erhoben wie ein sehr großes Gewicht – legt sich auf meine. Die Wärme kommt tatsächlich
von der Haut.

Ich bin seinetwegen zurückgekehrt, auf sein Geheiß. Er
hat mir keine Möglichkeit gegeben, zu widersprechen. Er
wusste, wenn er mich nicht darum bat, diese Reise zu unter-
nehmen, es mir nicht unmöglich machte, mich zu weigern,
hätte ich von mir aus niemals den Mut dazu gefunden.

Ich möchte ihr von ihm erzählen. Ich möchte ihr von den Andenken erzählen, den Dingen, die er aus dieser Zeit behalten hat – unserem gemeinsamen Erbe. Von den Stunden, die er in seinem Arbeitszimmer verbrachte und schweigend, mit der Haltung eines Mannes, der ins Gebet vertieft war, diese Fotografie, das Haus, betrachtete. Doch ich möchte ihr keine Schmerzen bereiten.

»Nur«, sage ich stattdessen, ihr Name zugleich fremd und doch vertraut. »Ich habe ihn zurückgebracht.«

Ich lasse sie nun allein. Trete durch die Türen, die nach draußen führen, gehe hinunter an den steinernen Steg. Ich nehme die bemalte Dose aus meiner Tasche.

Es muss Liebe gewesen sein.

Ein Mann, und besonders ein Mann wie er, der Mann, der mir zu einem Vater wurde, bittet nicht aus Lust und Laune, aus einer netten Erinnerung heraus darum, dass seine Überreste an einen Ort gebracht werden, den er vor so langer Zeit kannte.

Ich hebe die Hand. Unter mir wartet der Bosporus. Geduldig, ewig, neugierig. Er kommt aus dem Schwarzen Meer. Sie wird ihren Weg hinaus ins Marmarameer finden, zu diesen geheimnisvollen Inseln, wo er einst in den Fluten schwamm, so klar wie die Luft.

Ich lasse los.

ZUM NAMEN DER STADT

Wenn Sie mit der Geschichte Istanbuls ein wenig vertraut sind, werden Sie wissen, dass die Stadt zu der Zeit, in der diese Geschichte spielt, im westeuropäischen und teilweise auch im offiziellen osmanischen Sprachgebrauch als Konstantinopel bekannt war. Auch die Briten in diesem Buch bezeichnen sie so. Seit der Gründung der Republik Türkei im Jahr 1923 heißt die Stadt offiziell Istanbul. Dieser Name jedoch war nicht neu, sondern bereits vor und während des Osmanischen Reiches gebräuchlich. Wörtlich übersetzt, bedeutet İstanbul »die Stadt« oder »in der Stadt« und stammt von dem griechischen Terminus εἰς τὴν Πόλιν.

Das gibt uns eine Vorstellung von ihrer Bedeutung als Metropole über Jahrhunderte hinweg: Istanbul war *die* Stadt. Es gab keinen Grund, ihr einen anderen Namen zu geben. Nur und ihre Familie hätten also ohne Zweifel İstanbul gesagt.

DANK

Ich danke meiner grandiosen Lektorin Kim Young sowie Charlotte Brabbin, Ann Bissell, Hannah O'Brien, Isabel Coburn, Emma Pickard, Rebecca McNamara, Rhian McKay, Charlotte Webb, Niccolò de Bianchi und dem ganzen Team bei HarperCollins für die Leidenschaft und die Professionalität, die ich bei der Veröffentlichung all meiner Bücher erfahren habe. Uns erwarten ein paar spannende Jahre!

Danke an Cath Summerhayes, meine großartige Agentin (und an Caths wundervolle Mutter – eine der Ersten, die dieses Buch gelesen haben!), Katie McGowan, Irene Magrelli und an alle bei Curtis Brown.

An meine wundervolle Mum, die mich auf meiner Recherchereise begleitet hat, bei vierzig Grad im Schatten mit mir durch Ruinen geklettert ist und bis tief in die Nacht auf einem Dach über der Stadt Cocktails getrunken hat!

An meinen geliebten Dad, der dieses Buch bereits sehr früh gelesen und zu seinem Liebling erklärt hat.

Danke an meine Familie und Freunde, für eure unglaubliche, stetige Unterstützung. Dafür, dass ihr meine Bücher kauft, sie lest (!) und eure Liebe teilt.

Ich danke dem Imperial War Museum für seine exzellenten Archive, in denen ich Tagebücher und Briefe von Männern einsehen konnte, die während der Besatzung in Istanbul einquartiert waren, und die mir einen Blick auf die menschlichen Schicksale hinter den offiziellen Berichten ermöglicht haben.

Danke an Gül Hürgel, die mir *ihr* Istanbul gezeigt hat – einschließlich eines zauberhaften Nacht-Picknicks im Maçka Park!

BETTY SMITH

Ein Baum wächst in Brooklyn

ROMAN

»Dieses Buch trifft mitten ins Herz
des Lebens.«
The New York Times

Seit über siebzig Jahren verzaubert *Ein Baum wächst in Brooklyn*
weltweit neue Leserinnen und Leser. Dieser Roman über ein Mädchen, das gegen alle Hindernisse anliest, ist nun endlich wieder
auf Deutsch erhältlich – eine Geschichte, erfüllt von Lebenslust
und Kraft, beseelt von der Euphorie über das Sein.
Die elfjährige Francie Nolan ist eine unbändige Leserin, eine Süßig-
keiten-Connaisseuse, eine genaue Beobachterin der menschlichen
Natur – und sie hat einen Traum: Sie möchte Schriftstellerin werden. Ein Traum, der in dem bunten, ruppigen Williamsburg von
1912 kaum zu erfüllen ist. Hier brummen die Mietshäuser vor all
den Zugewanderten, jeden Tag wird von hart verdientem Geld
das Essen zusammengeklaubt, Kinder strömen durch die Straßen,
um für ein paar Pennies Süßigkeiten zu ergattern. Doch wenn
Francie auf der Feuertreppe in der Sonne sitzt und liest, gibt es
für sie keinen schöneren Ort. Und wenn sie auch gegen so manche Widrigkeit anschreiben muss, ist sie sich einer Sache gewiss:
dass es sich immer lohnt, nach dem puren Leben zu streben.

Betty Smith, Ein Baum wächst in Brooklyn. Roman.
Aus dem amerikanischen Englisch von Eike Schönfeld. insel
taschenbuch 4680. 621 Seiten.

NF 425/1/10.18

Der Nr.-1-Bestseller aus Irland!

Ihre Ehe ist perfekt, ihr attraktiver Ehemann trägt sie auf Händen, sie hat immer betont, wie glücklich sie ist: Als Imogen plötzlich verschwindet, sind alle, die sie kennen, schockiert. Hinter der wohlgeordneten Fassade einer glücklichen Beziehung ist offenbar nichts, wie es scheint. Imogen weiß, dass sie einen Neuanfang wagen muss, um wieder die Frau zu sein, die sie einmal war, und sie hofft, im Süden Frankreichs, in dem kleinen Ort am Meer, in dem sie ihre Kindheit verbracht hat, zur Ruhe zu kommen. Aber die Vergangenheit ist ihr auf den Fersen – ihr Mann versucht mit aller Macht, sie zurückzuholen …

Sheila O'Flanagan erzählt eine mitreißende Geschichte von Liebe und Verlust, von Träumen und Freundschaft und nimmt uns mit auf eine Reise ins Ungewisse, von Dublin über Paris bis an die französische Atlantikküste.

Sheila O'Flanagan, Helle Nächte am Meer. Roman. Aus dem Englischen von Susann Urban. insel taschenbuch 4641. 484 Seiten.

NF 441/1/12.18

Von großen Hoffnungen und noch größeren Träumen

Ligurien, 1953. Vor der schillernden Kulisse der italienischen Riviera spielt diese mitreißende Geschichte zweier Menschen – Hal und Stella –, deren Wege sich in Rom in einer schicksalhaften Nacht kreuzen. Ein Jahr später begegnen sie sich wieder, diesmal jedoch unter Umständen, die ihnen zum Verhängnis werden könnten …
Als Hal und Stella sich auf einer Yacht auf einer Reise entlang der ligurischen Küste inmitten einer Schar illustrer Gäste zufällig wiedersehen, kommen sie nicht voneinander los. Doch nicht nur Stellas Ehemann, der skrupellose amerikanische Investor Frank Truss, auch Stellas eigene Vergangenheit stehen ihrem gemeinsamen Glück im Weg. Sie versuchen, gegen ihre Gefühle anzukämpfen, jedoch erfolglos, und die Spannungen an Bord nehmen immer mehr zu. Und so beschließen sie, allen Widerständen zum Trotz, alles auf eine Karte zu setzen.
Große Emotionen, schicksalhafte Lebensgeschichten und prächtige Bilder verweben sich zu einem üppigen und bittersüßen Schmöker, der das Lebensgefühl des Dolce Vita in all seiner Sinnlichkeit heraufbeschwört.

Lucy Foley, Das Versprechen eines Sommers. Roman.
Aus dem Englischen von Christel Dormagen. insel taschenbuch 4643. 436 Seiten.

**»Ein bezaubernder,
verführerischer Roman.«**
The Sunday Times

»Sie geht an ihm vorbei, und der silberne Stoff ihres Kleides streift sein Bein. Es ist nur eine winzige Berührung, aber jeder Nerv in seinem Körper vibriert.«

Vom alten England in die Straßencafés von Paris, über das in der Augusthitze flirrende Korsika bis ins pulsierende New York führt uns diese fesselnde Familiensaga. Sie erzählt von der Macht der wahren Liebe über Jahrzehnte, Kontinente und Generationen hinweg – und davon, wie Herzen und Familien gerade dann miteinander vereint werden, wenn sie für immer verloren scheinen.

»Eine dramatische Liebesgeschichte ... mitreißend und bewegend.«
Katherine Webb

Lucy Foley, Die Stunde der Liebenden. Roman. insel taschenbuch 4479. 460 Seiten.

NF 289/1/10.16